치자꽃

문을 열다

강외석 인문 에세이

치자꽃,
문을 열다

국학자료원

오랫동안 남이 낸 목소리에 목소리를 얹혀 세상에 대한 인식관을 피력해 왔다. 그런 만큼 늘 아쉽고 한계를 느꼈다. 내 목소리가 남의 목소리에 얹히는 것이니 늘 남의 곁에 서서 손을 들거나 그에 따라 움직이는 투명 존재로밖에 생각되지 않았다. 그래서 내 목소리를 내겠다는 자의식이 이런 글 쓰기를 기획하게 된 가장 큰 동기이다. 비록 눈은 근시안이지만 근시안으로나마 보거나 들은 것을 나름 해석하고 분석해서 내 목소리를 내고 싶은 욕심이 동한 것이다. 흔히 문학은, 소설이나 시 등 창작 자체가 사회 비평적 성격을 갖는 것인데, 에세이 역시, 아니 더욱 사회에 대한 비평적 목소리를 갖는다. 그렇다고 이 글은 사회에 대한 목소리로만 채워진 것은 아니다. 우선 나 자신의 생각 없음의 소산인 어리석음과 무지, 태만, 책임 유기, 방종 등에 의한 잘못을 들추어내어 살아온 지난날을 차분히 진지하게 되돌아보고 내가 살아온 삶에 대해 정리하고 반성하는 목소리부터 먼저 내었다.

그리고 사회 문화 등의 권역으로 관심의 폭을 넓히게 되었는데,

그 의도는 우리 사회를 흠집 내기 위해서가 아니라 살아있는 숨통의 건강한 사회에 대한 바람에서이다. 사실 우리 사회는 경제적으로 풍요로운 만큼 병약하고 찌들어 있다. 자본주의도, 민주주의도 윤리·도덕의 본질에서 사뭇 동떨어져 제멋대로 전횡되거나 횡행하고 있는바, 문화라는 그럴듯한 이름 아래 정당화되고 합리화되고 있는 현실이다. 윤리·도덕이 실종된, 정체불명의 문화가 문화인가. 조금만 생각을 가한다면 깨어있는 정신과 의식이 간절히 필요한 시점이다. 더 배우고 덜 배우고의 문제도 아니고, 더 가지고 덜 가지고의 문제도 아니다. 생각의 문제이다. 조금만 더 생각하면 내 행동에 신중함이 있게 되어, 남의 입장을 헤아리게 되고, 나아가 이 나라 사회와 국가와 민족의 현실과 미래를 향해 나아갈 수 있는 혜안을 갖게 될 것이다. 아쉽게도 덜 생각하다 보니 자신만 생각하는 이기적이고 계산적인 이익만 앞세우고, 사회적인 현상이나 움직임에 대해서는 아예 몰각하거나 알아도 몸을 사리는 방향이다.

크리스토퍼 히친스가 "불공정과 어리석음을 방관하지 말라. 침묵은 무덤에서 한없이 할 수 있다."고 말했다는데, 그 말에 적극 공감한다. 다만 본인은 '불공정과 어리석음을 방관하지 말라' 운운의 무게에서 많이 벗어나 자유롭다. 그냥 소박하게 평소 머릿속에 잡혀 생각으로 더듬고 있던 인간적, 사회적 관심사에 대해 작지만 소박하고 진실된 목소리를 내고 싶을 뿐이다. 내 소박한 바람은 에리히 프롬이 오래전에 피력했던 건강한 사회에 대한 욕망의 실현이다. 에리히 프롬은 "건강한 사회는 개인이 동료를 사랑하고 창조적인 작업을 하고 이성과 객관성을 발전시키고 자신의 생산적인 힘을 체험함으로써 얻어진 자아의 감각을 갖도록 인간의 능력을 조장시켜 준다."고 했는데, 그가 추구한 건강한 사회의 바탕은 어쨌든 사유의 힘이다. 사랑, 창조, 이성과 객관성 등은 사유의 힘이 없고서는 존재하기 어렵다. 그 사회는 비록 추구하기에는 힘에 부치는 사회이지만 간절히 바라는 건강한 사회이다. 내가 건강한 사회로 간주하는 사회는 소박하고 작다. 생활 속에서나 의식 속에서 문제시되는데, 작지만 무감각하거나 둔감해 있어 공론화하기가 만만찮다.

내가 진지하게 생각하는 우선 문제는 무사유의 전형인 '그러려니' 하는 태도이다. 어떤 반질서나 무질서에 대해, 혹은 잘못되거나 그릇된 질서에 대해 반감을 일으키고 개선이 필요한데도 전혀 그렇게 생각하지 않고 '그러려니' 하는 사람들이 아쉽기만 하다. '그러려니' 하는 반응은 죽은 반응이다. 나름 보는 눈과 판단력을 상실케 하는 '그러려니' 하는 태도는 사유의 실종이다. 사유는 앎을 낳는다. 앎이 있어야 상식에 기반한, 아니 상식에서마저도 이탈한 현실의 기만성을 인식, 깨뜨릴 수 있다. 그래서 우선 나부터 '그러려니' 하는 자세를

벗고, 세상의 작은 진실을 찾아 어섯눈의 작은 목소리에 담아 보고자
했다. 그래서 이름을 '치자꽃, 문을 열다'로 정했다. 치자꽃은 향기가
맑고 풍부하며, 겨울에도 잎이 변하지 않는다고 하지 않은가. 치자꽃
은 아름다운 진실의 세계 그 자체인 것, 그 진실이 상세하게 구체화
된 세계의 문을 열고 싶었다. 그러자면 '그러려니' 하며 눈감으려는
태도로는 난공불락이다. 우리의 열정적인 노력 여하에 따라 밝고 향
기로운 치자꽃 세계의 문을 열기도 하고, 우리의 정성 어린 노력에
감응한 치자꽃이 스스로 문을 개방할 수도 있다. 문은 본질과 진실을
향한 문이다. 가령, 인간과 세계에 대한 통찰의 인문학 혹은 문학의
문은 문(文)으로써 인간과 세상과의 소통을 여는 문(門)이기도 하다.
우리 머리 꼭대기 정수리에 있는 숫구멍인 정문(頂門) 역시 그런 문
이다. 그 문은 하늘을 향해 있다. 그래서 인간은 우주 자연의 존재인
것, 하늘의 기를 받아 세상에 태어난 이유이다. 그 문은 인간 세상의
진실과 본질을 향해서 열린, 누구나 갖춘, 인간의 본질과 진실과의
소통의 문이다. 그래서도 그 문은 랄프 왈도 에머슨의 표현대로라면,
세상에서 가장 가치 있는, 누구나 다 가지고 있는 '능동적인 영혼'의
문일 것, 나를 비롯한 만인의 그 문이 훤히, 환히 개통되기를 바라는,
간절한 마음이다.

한 가지 밝히는 사실은, 목차의 몇몇 현안에 대해 피력하면서 필

요한 정보는 인터넷을 검색, 최대한 톺아본 끝에 확보하고 끌어다 쓰기도 했다. 내가 필히 접해야 하는 정보는 확보하기에 왕왕 한계에 부닥치는데, 이전 같으면 방도가 없었지만 지금은 인터넷을 통해 필요한 정보를 확보할 수 있다. 그 알뜰살뜰한 정보를 통해 비록 짧고 헐거운 사유의 글이지만 엉성하게나마 짜고 푸는 데 큰 힘을 입었다. 그리고 빠져서는 안 되는 인간의 염치와 기본 예의로써, 본고의 글 제목에 자신들의 귀한 텍스트의 패러디를 흔쾌히 묵인해 준 소설가 현진건, 이청준, 수필가 윤오영, 시인 정한모, 세르반테스, 횔덜린, 알베르 카뮈, 마르셀 프루스트, 로버트 프로스트, 사르트르, 한나 아렌트, 사이먼 크리츨리, 특히 '코기토'의 철학자 데카르트에게 존경과 감사의 말씀을 올리며 사의를 전하고, 얕고 낮고 좁은, 부족한 생각을 담은 '치자꽃, 문을 열다'에 얼핏 눈길이나마 보내 주신 극소수의 분들에게 경의를 표한다.

2023년 한 해가 저무는 동짓달 무렵
강외석

제3부
키 작은 선생님

제4부
꽃동네의 합창

1부

내려가는 길에 서서

고향은 사람이다

70년대 산업화 시대 때 라디오만 틀면 나훈아 노래가 흘러나왔다. '물레방아 도는데', '고향역', '머나먼 고향' 등 고향을 그리워하는 노래였다. 당시만 해도 도시 중심의 생활 공간이 집중화되던 시기였던 만큼 고향을 떠나 도시로 대거 유입되었다. 한마디로 인구의 대이동이 있었던 시절이었다. 도시로 이동한 시골 인구는 도시의 노동자가 되어 밤낮으로 생활 전선에 투입되어 힘난하게 살았던 시기였기에 고향은 더욱 그립기만 했다. 고향은 대체로 시골이다. 6, 70년대 나라 경제, 경제라는 말을 붙일 경제도 안 되었던 그 가난했던 시절, 머나먼 이국땅 독일에서 광부와 간호사로 밤낮으로 빡세게 일했던 우리 노동자들은 이런 고향 노래를 들으면서 향수를 달랬다고 한다. 고향만한 힘이 있을까. 고향은 지금 현재의 어려움을 견뎌낼 수 있는 강력한 힘이었다. 도대체 고향은 어떤 곳일까. 어떤 곳이기에 그렇게 간절히, 애타게 그리워하는 것일까.

이문열의 소설집 『그대 다시는 고향에 가지 못하리』에 실린 단편

소설 「롤랑의 노래」의, 다음 대목이 눈에 뜨인다.

누구든지 고향에 돌아갔을 때, 그걸 대하면 "아, 드디어 고향에 돌아왔구나" 싶은 사물이 하나씩은 있기 마련이다. 그것은 이십 리 밖에서도 보이는 고향의 가장 높은 봉우리일 수도 있고, 협곡의 거친 암벽 또는 동구 밖 노송일 수도 있다. 그리워하던 이들의 무심한 얼굴, 지서 뒤 미류나무 위의 까치집이나 솔잎 땔 때는 연기의 매캐한 내음일 수도.

고향이라는 뚜렷한 인식은 산봉우리일 수도, 협곡의 암벽일 수도, 동구 밖 노송일 수도 있는, 이른바 고향을 떠올리게 하는 물질 이미지일 수 있다. 또한 늘상 그리워하던 얼굴일 수도, 시골집 아궁이에서 나는 솔잎 땔 때는 매캐한 연기일 수도 있다. 그러니까 고향집 사람들과 저녁밥을 짓는 부엌의 연기일 수도 있다. 시골집의 정취라고 할까. 고향은 한자로 故鄕인데, 태어나 자란 곳이라는 뜻, 그런데 '고(故)'는 옛날이라는 뜻, 그러니까 고향은 지금 살고 있는 곳이 아니라 떠나온 곳이라는 함의가 있다. 그렇기에 고향은 그리운 추억의 공간이니 지금 내가 살고 있는 타지와는 달리 원초적 순수한 삶의 세계를 뜻한다. 그곳에는 내가 처한 현 공간의 삭막함과 고독감이 아닌, 이원수의 〈고향의 봄〉에서처럼, 고향이라는 순수 자연 공간을 기본으로 일가친척과의 혈연적 유대감과 끈끈한 사랑과 정이 있는 곳이다. 그래서도 고향은 공간에만 한정되지는 않는다. 고향은 공간만이 아니라 고향 공간에서 가장 핵심인 부모와 형제자매를 비롯한 고향 사람들, 곧 친척들이나 이웃들, 그리고 그곳에서 함께 공유했던 삶의 시간들이 농축되어 있는 시공간적 표현이다. 하이데거에 따르면 인간이란 고립된 존재자가 아니라 '세계-내-존재'인 것, 고향 역시 그렇다. 실존의 근거가 고향이라면 서로 끈끈하게 연대감 유대감으로써 존재하는 곳, 그곳이 고향이다.

독일어로 고향은 '하이마트'(Heimat)라고 하는데, '내가 태어난 집(Heim)이 있는 곳'이란 뜻, 집이 고향이다. 집은 '집안'의 줄임말로 집 바깥과 대조되는 공간이다. 집 바깥이 차갑고 외로운 공간이라면 집은 따뜻하고 아늑하며 평화로운 곳, 곧 안식의 공간이다. 아니, 바깥 세계의 힘겹고 고된 곳에서 돌아와 오래되고 묵은, 정들고 익숙한 곳에서 편안하게 휴식과 안정을 취하고 새로운 바깥 세계를 향한 힘찬 계획을 수립하는 곳, 바깥 세계 곧 사회에서 겪는 육체적 혹은 정신적 삶의 피로와 긴장을 풀어주고 에너지를 재충전하는 피드백의 공간이 곧 고향인 집이다. 집은 정신분석학의 관점에서 보면 어머니의 자궁일 수도 있다. 바깥세상의 온갖 어지러움과 소란함, 분란과 다툼을 정화하고 제어, 방어해 주는 편안한 휴식 공간, 생명의 공간, 생명 지킴의 공간인 것이다. 박목월 시인의 생각대로라면 역시 어머니는 고향이다. "꿈길에서도 사무치게 그리워 돌아오는/ 당신은/ 고향의 외줄기 오솔길"(「어머니에의 기도 4」)이라는 구절에서처럼, 어머니는 영원한 '고향의 외줄기 오솔길'인 것이다.

해방 전, 일제가 최악의 발악을 하던 이태 동안(1943-1945) 고향에서 산 일이 있었던 황순원은 자신의 소설집 『기러기』(1951년)의 '책머리에'에서 다음과 같은 목소리를 내고 있다.

그때 고향에서는 예전과 마찬가지로 가을철에서 겨울에 걸쳐 타작 마당질 끝에는 으레 모닥불을 피우는 것이었습니다. 나는 이 모닥불 곁에서 고향 사람들이 다 스러진 듯한 재를 뒤치어 그 속에서 새로운 불씨를 일으켜 놓는 것을, 마치 무슨 처음 보는 물건이나 취한 듯이 바라보군 한 적이 있습니다. 그리고 밤에는 마을을 가, 질화로의 다 꺼진 재를 내 스스로 소나무 판대기 부손으로 돋우고 헤집어가며, 그 속에 그냥 반짝이는 불씨를 발견하고 시간가는 줄을 모른 적도 있습니다. 말하자면   이 모닥불과 질화로의 반짝이는 불씨 같다고나 할까, 그렇게 명멸하는 내 생명의 불씨가 그 어두운 시기에 이런 글들을 적지 아니치 못하게 했다고 보는 게 옳을 것 같습니다. 그리고 그것은 곧 내가 이런 글이나마 적음으로써 다름 아닌 내 명멸하는 생명의 불씨까지를 아주 스러뜨리지는 않을 수 있었다는 걸 여기 말해 둡니다.

당시 시대 상황은 일제가 대동아 전쟁 혹은 태평양 전쟁을 일으켜 미국과의 전쟁이 치열했던 전시 상황으로서 일제는 한민족을 전쟁에 투입하고, 전시 상황에 필요한 물자를 보급하기 위해 식량을 공출하는 등 가혹한 정책을 펼쳤던 시기였다. 당시 우리 민족이 겪었던 고난은 이루 말할 수 없다. 그때 황순원은 시대적 위기를 피해 고향으로 내려가 지냈던 시절이다. 그에게 고향은, 고향 사람은, 위 인용문에서도 기술된 것처럼, 모닥불과 질화로의 반짝이는 생명의 불씨였다. 그는 그 불씨를 발견하고, 일제의 한글말살정책에 대처하여 한글로 쓰인 소설—이 소설들이 『기러기』라는 단편집으로 간행됨—원고를, 일제 경찰의 감시를 피해 몰래 비밀리에 써서 자신의 지조를 벼리고 의지를 다졌다. 그에게 고향은, 고향 사람은 따뜻한 불빛이고, 어두운 시대를 극복하게 한 주동으로서의 생명의 불씨였던 것이다.

황순원 선생의 고향은 평양 부근인데, 그는 해방 이후 북한 공산체제의 지주 계급 탄압에 못 이겨 월남을 결행하고, 2000년 9월 14일, 이 세상을 뜨기 전까지 늘 고향을 그리워했다. 고향에 대한 그리움을 삭이지 못한 그는, 평양을 거꾸로 한 양평을 고향처럼 생각하곤 자주 드나들었다고 하는데, 그런 탓인지 황순원의 문학을 기리는 〈황순원 문학관〉도 양평에 들어섰고, 자신도 그곳에 영원히 묻혔다.

역시 황순원 선생이 쓴 소설 「내 고향 사람들」에 고향 사람인 김 구장이라는 따뜻하고 반듯한 추억의 인물이 등장한다. 그는 지주로서 빈농가인 이웃이 어려울 때 식량을 꾸어주고 이듬해 가을 한 푼도 더 받는 법이 없이 이웃에 대한 배려심이 크고, 법도 있는 생활 태도를 지닌 분이었다. 물론 그분도 아들이 일제의 학도병으로 나간 뒤 아들의 행방 불명으로 인해 정상을 이탈한 이상한 행동을 하긴 했지만 소설가 황순원 선생의 기억에 오래 남는 분이다. 그렇다. 고향은 반드시 반듯한 사람과 함께 나란히 병행하는 법이다.

결론적으로 고향은, 김우창 교수의 말대로, 사람의 삶의 장으로서 조화된 공간인 만큼, 고향의 가장 중요한 핵심은 사람과 사람의 조화와 균형 그리고 서로에 대한 진지한 인식이다. 고향다운 고향, 진정한 고향 사람과 아름답고 따뜻한 추억이 있는 고향을 가진 사람이 많았으면 좋겠다. 그리고 고향이 되기 어려운 나도 이참에 나 자신을 돌아보고 고향이 될 수 있도록 내게 남은 시간 동안 최대한 노력해야겠다.

그래서 고향은 사람이다. 사람이 고향이다. "궁핍한 시대에 시인은 무엇을 할 수 있는가."며 시인의 사명을 고민했던 독일의 시인 프리드리히 횔덜린은 늘 고향을 그리워했다고 한다. 왜 그는 그가 살았던 그 시대를 '궁핍한 시대'라고 규정했던 것일까. 신성이 약화된 시대 곧 신의 부재 시대라는 해석이 있는데, 하이데거는 각각 신과 신성을 '고향'의 존재 개념과 연결하여 '고향의 상실'을 궁핍함의 이유로 제시한 바 있지만, 인간적 공동체 의식이 붕괴된 시대 인식이라는 해석도 있다. 그것은 달리 말하면 고향 상실의 시대라는 인식이다. 그래서 그는 줄곧 고향을 그리워하는 시편들, 특히 어머니와 형제자매를 그리워하는 「어머니에게」「동생에게」「누이에게」와 같은 시편을 썼던 것일까. 인간적 결속을 강조하는 시편들이다.

> 지난날 내가 물결치는 것을 보던 서늘한 강가에
> 지난날 내가 떠 가는 배를 보던 흐름의 강가에
> 이제 곧 나는 서게 되리니 일찍이 나를
> 지켜주던 그리운 산과 산이요, 내 고향의
>
> 오오 아늑한 울타리에 에워싸인 어머니의 집이여
> 그리운 형제자매들의 포옹이여 이제 곧 나는
> 인사하게 될지니, 너희들은 나를 안고서
> 따뜻하게 내 마음의 상처를 감싸 주리라.
> — 프리드리히 횔덜린의「고향(Die heimat)」에서

횔덜린의 고향은 자신을 지켜주던 그리운 산과 산, 고향의 울타리, 그 울타리에 에워싸인 어머니의 집, 그리고 그리운 형제자매들의

포용이 기다리고 있는 안식의 공간, 그리고 마음의 상처를 치유해 주리라는 기대의 공간이다. 앞서 이문열이 그렸던 고향의 이미지와 다를 바 없다. 산봉우리일 수도, 협곡의 암벽일 수도, 동구 밖 노송일 수도 있는, 늘상 그리워하던 얼굴일 수도 있다. 횔덜린은 고향에 대해 "오 고마운 빛이여! 거기서 처음으로 그대 한 줄기 흥분한 빛살과 내가 만났지. 거기서 사랑스러운 삶이 시작되었고 또 새롭게 시작된다오."라고 노래했다. 고향을 떠나 타지 생활을 오래 했던 횔덜린의 입장에서는 고향이 그리울 수밖에 없을 것이다.

여기서 솟는 물음이 하나 있다. 고향은 예외 없이 모든 이들이 다 존재의 근원지로 추겨서 귀향을 꿈꾸는 곳일까. 자신을 실향민, 이향민이라고 공언하는 한 친구가 있다. 거창이 고향인 그는, 대학 시절, 타지에서 가난한 생활을 했던 것으로 기억되는 그는 오랜 교사 생활을 한 뒤 학교장으로 정년 퇴임을 했다. 오랜만에 만나 대화를 나누다가 고향이 화제가 떠올라, 귀향 여부를 떠보았더니, 머리를 절레절레 흔드는 것이었다. 지역 개발로 인해 고향은 사라졌지만 혹 그대로 남아 있어도 고향에 대한 좋은 기억이 없다면서 단호하게 잘라 말하는 것이었다. 그가 이야기한 고향에 대한 기억은, 이렇다.

자신에게 고향, 하면 떠오르는 기억은 집안 모임에서의 뒤끝 분위기인데, 집안 길흉사시에 술에 취하기만 하면 위아래도 없이 주사를 부리고 난동을 부려 분위기가 늘 풍비박산이 났던 기억이라고 한다. 그 주동 인물들은 당숙들이라는 것이다. 문제는 그가 당했다는 것인데, 초기 교사였던 시절에, 술에 취한 한 당숙이 본인한테 욕을 퍼부으며 (그 당숙 자신의) 장조카를 통해 복수를 하겠다면서 폭행을 하고 저주를 퍼붓는데, 어떻게 감당할 도리가 없었다고 한다. 그 황당한 '복수'는 자격지심에서 튀어나온 발언으로 생각된다면서, 당시 그분이 중학교 소사로 근무한 사실을 들었다. 또 하나의 고향에 대한, 지금도 계속 상처를 입고 있는 기억이 있다고 했다. 그의 아들이 중학생 나이였을 때, 어떤 한 당숙의 손주 이름이 자신의 아들과 똑같은 이름자인 것을 알게 된 것이다. 남남끼리면 몰라도, 같은 집안에서 이미 그 이름자를 호적에 올린 지가 벌써 십오 년이 지났는데, 그 당숙이 그 이름자를 모를 리가 없을 것인데도 자기 손주 이름자로 호적에 올린 것이다. 그 뒤로 합리적으로 설명하고, 개명을 요구했지만 눈도 끔쩍 않더라는 것이다. 결국 그가 내린 처방은 호적에 올린 뒤 내내 그 이름자의 존재로 커 온 아들의 그 이름을 버리고, 다른 이름으로 개명한 것이다. 지인의 이야기를 들으면서 '이건, 집안이 아니구나', 하는 생각이 들었지만 표를 내지는 않았다. 그런데 근 이십 년이 지난 지금에 와서 생각해 보니 당시 자신의 개명 결단이 잘못된 일이었다며, 후회막급이라는 것이다. 그때 이미 서로 남이라는 것을 간파했어야 했는데, 남남끼리는 동명을 써도 무방하지 않은가, 라는 것이다. 그 이후로 본 적이 없다는 것, 길에서 설사 조우해도 그냥 지나칠 행인인, 서로 남이 되었다는 것이다. 그리고, 자신에게 폭행을 가한 장본인과 작명 사태의 장본인이 서로 형제지간이고, 폭행의 장본인이 장조카를 통해 복수하겠다는 그 말이 그대로 실현되었다는 사실을 덧붙이는데, 복수 운운의 그가 동명 작명의 배후인인지 여부는 불투명하지만 어쨌든 동명의 작명 사태가 곧 지인에 대한 복수로 판명난 까닭이다.

그리고 또 하나의 기억이 있다고 했다. 자신은 대학을 졸업하고 중등학교에 재직하면서, 그가 가진 꿈은 대학원에 진학해서 전공 분야의 학자가 되고 싶었던 터이라 대학원에 진학, 박사 학위까지 받았던 것, 그런데 명절 때거나 길흉사의 집안일에 참석하면 몇 살 위의 사촌들이 교묘하게 자신을 괴롭힌다는 것이다. 그들은 중학교만 다닌 사람들인데, 자신을 질시해서, 소위 왕따를 시킨다는 것이다. 큰집, 작은집 제사 등 행사는 말할 것도 없고, 가을 벌초 때에 재종들까지 모인 자리에서도 자신은 아예 없는 사람 취급하는, 가까운 핏줄 형답지 않은 좀스럽고 못난 행태를 벌였다는 것이다. 자신이 그들을 무시하거나 안하무인으로 대한 적이 없는데도 그러니, 가슴이 답답하고 속으로 분이 차더라는 것이다. 학력 차이가 나는 그들 속으로야 마음이 상할 수도 있겠지만 겉으로 그렇게 심하게 표를 내어 용렬한 행태를 벌이니, 이 친구도 굳이 그들을 받아들이기가 어렵다는 것이다. 그런 일이 오랫동안 반복되다가, 이후로 그 사람들과의 관계를 정리하곤 가까이하지 않는다는데, 그들 역시 그에겐 고향이기에, 고향은 사람이기에 그는 막말로 자신에게는 고향이 없다고 고개를 내젓는 것이다. 고향 상실 그 자체, 실향민이라고 해야 할까, 이향민이라고 해야 할까. 듣는 처지에 있지만 그의 지인이기에 안타깝기만 하다.

지인의 그 이야기를 듣고 나니 착잡한 심정이다. 나 역시 자유로

울 수 없는 까닭이다. 진정한 고향은 사람이라는 그의 말에 적극 공
감을 표한다. 내게도 고향이 있을까, 생각하니 마음이 무겁고 어두워
진다. 그의 고향과 나의 고향이 닮아도 아주 닮았기 때문이다. 한 번
씩 만나 정을 두텁게 하려면 서로를 이해, 배려하고 존중하지 않으면
안 된다. 일종의 고향 의식인데, 앞서 언급한 하이데거의 '세계-내-
존재'라는 존재론의 관계를 의식화하여 심에 깊이 박지 않으면 힘들
기만 한 의식이다. 고향 의식의 일환인 제례 의식 또한 그렇다. 서로
간 이해나 배려, 존중이나 유대감 연대감과 같은 상호 소통의 관계가
없이는 고향 사람들의 지속적인 관계는 언젠가는 무연으로 끊기고
만다. 고향의 부재 현상이다.

고향은 부재 내지는 있어도 결핍 그 자체이다. 고향의 부재 내지
결핍 현상은 인간 사회의 실종 곧 사랑과 배려, 이해와 포용 등 인간
미덕의 실종이다. 그런데 다행히 내게 그런 인간 본질의 실재인 그리
운 고향이 떠오른다. 그 고향은 친가가 아닌 외가인데, 늘 대청마루
에 단아하게 앉아계시던 외종조모님과 외당숙 내외분이다. 어린 시
절 가을날, 마당에 떨어진 떫은 생감을 독에 담아 삭힌 뒤, 동네를 헤
집고 놀다 가면 달달한 감을 하나씩 늘 챙겨주시던 정겨운 할머님이
셨다. 시어머니, 하면 으레 며느리에게 고함을 지르고 손사래를 치며
다잡던 고된 시집살이를 먼저 떠올리지만, 남이 볼 때 두 분은 고부
간이 아닌, 꼭 모녀 사이로 오인할 정도로, 외당숙모님의 시어머니이
신 외종조모님은 살갑고 자상하신 분이셨다. 외당숙모님 역시 친정
어머니처럼 그렇게 효심으로 모셨다. 오래전에 하늘나라로 가신 두

분을 생각하면 어린 시절의 잔잔한 추억을 떠올리게 하는 슈만의 '트로이메라이'라는 음악과 리챠드 클레이더만이 연주한 '어린 시절의 추억' '강가에서' 등의 향수 어린 음악이 은은하게 귓가를 적신다. 가부장제의 그 시절엔, 아래 항렬은 어른이 어렵기만 한데, 뭔가 또 꾸지람이 터져 나오지 않을까, 하는 조바심과 두려움으로 늘 긴장하기만 했는데, 훈훈하고 느린 저음의 목소리로 '석아' 부르시며 머리와 어깨를 쓰다듬고 다독여 주시는 외당숙님은 늘 편안하고 안락하기만 했다. 지금도 어린 시절을 생각하면 그분들이 계신 정겨운 저녁 마을이 떠오른다. 불 땐 아궁이 온돌방 아랫목에, 세상에서 제일 편한 사람 마음으로 두 팔 두 다리 뻗고 누운 기분이다. 세 분에게는 고향의 본질인 사랑과 배려, 이해와 포용이 다 실재한다. 역시 고향은, 고향의 본질은 사람이다. 그 고향이 그립다.

그리운 고향, 그래서 새로운 고향 개념의 설정과 수립이 간절한 시점이다. 지금 세대층에게 고향은 우리가 생각하는 그런 시골 공간의 고향이 아니다. 우리 세대는 대가족 제도였기에 한 마을이 집성촌이라 조부모님과 백부 숙부님, 그리고 당숙분들과 함께 살았던 관계로 고향은 층층이다. 지금 세대는 핵가족 시대에 살고 있는 만큼 그들은 우리와는 고향 개념이 아주 다르다. 그들의 고향은 거의 도시의 아파트 공간이고, 백부 숙부는 말할 것도 없고, 조부모와도 함께 사는 경우는 보기 드문 광경이다. 그래서 그들의 고향은 핵가족 세대에 꼭 알맞은 아파트 공간이고, 또한 그들의 부모 형제자매가 바로 고향인 것이다. 그래서도 가족은 평화롭고 든든한 언덕의 관계이어야 한다. 특히 부모, 부모 중의 부는 기존의 가부장적인 위압감이나 억압을 떨쳐내지 않으면 안 된다. 인간에게 있어 어린 시절이 가장 추억에 남고, 그래서 고향에 대한 인식이 가장 강한 편이다. 어머니는 당연히 집이라는 근원이고 존재 그 자체라는 개념에 걸쳐 있지만 아버지 역시 자식들에게 집이라는 고향 개념으로 자리 잡아야지 싶다. 고향은 사람의 근원인데, 아버지 역시 자식의 근원인 까닭이다.

그런데 나는, 따뜻한 온돌방 혹은 훈훈하고 푹신하며 아늑한 침대 위 이불로 빗대어지는, 몸과 마음의 편안함과 안도감, 행복감을 만끽할 수 있는 고향이 될 수 있어야 했는데, 그러질 못했다. 잘잘못을 따지고 또 따져 훈계하고 꾸짖기만 한 냉돌 같은 집이기만 했다. 그런 점에서 나는 자식들의 고향이 아니었고, 될 수도 없었다. 밖에서는 기가 꺾여도 집에 와서는 마음 편하게 편히 쉴 수 있도록 하고, 사랑과 애정으로 내일을 다지게 할 수 있는 풍요로운 안식의 공간이 되도록 해야 하는데, 아쉽게도 그런 공간을 만들지 못했다. 고향은 한 번 마음이 떠나면 정과 미련이 소롯이 끊겨 다시 되돌리기 어려운 법, 지인도 그렇고, 나도 그렇지 않았는가. '고향은 사람'이라는 테제의 그 공은 어느새, 아니, 실은 오래전에 우리에게로 넘어왔다.

그래서도 횔덜린이 귀향을 꿈꾸었던 고향을 읽기 차원의 건성이 아닌 진성으로 깊이 새기고 생각하며 고향의 기본으로라도 살 수 있도록 고향성 찾기에 남은 힘을 기울여야겠다. 평생 횔덜린의 삶은 평탄하지 않았고, 시인으로도 인정받지 못했던 외로운 시인 횔덜린, 그는 자신이 입은 숱한 상처를 감싸 주는 존재의 근원인 고향, 어머니의 집이 있는 고향, 또 형제자매의 포옹이 기다리고 있는 그곳으로의 귀향을 꿈꾸지 않았던가. 서릿발같이 차갑고 냉혹하기만 한 바깥 사회생활에 몸과 마음이 지친 내 자식도 횔덜린에 두사되어 꿈꾸는 그런 귀향을 기리며, '고향은 사람'이라는 뼈저린 인식과 함께 부실한 고향이지만 유기체의 존재가 본능적으로 그리는 작은 고향이나마 될 수 있도록 최대한 남은 부모의 본능을 회복할 수 있도록 노력해야겠다.

내려가는 길에 서서
— 나의 바위는 나의 것

흔히 나이가 육십을 넘으면 내려가는 길에 들어섰다고 말한다. 그럴 것이다. 태어나 성장하고, 젊은 시절을 살다가 중장년을 거쳐 회갑이라는 절정에 이르면—요즘엔 회갑은 좀 이르고 고희를 지나야 절정이라는 말이 어울리는지 모르겠지만—대개 산 정상에 빗대어진다. 삶의 꼭대기에 올랐다는 것이다. 그 이후는 내려가는 길이라고 한다. 문득 짧은 시 한 편이 떠오른다. "내려갈 때 보았네// 올라갈 때 보지 못한// 꽃". 나름 생에 대한 깊은 사유와 통찰이 뚜렷한 시편이다. 올라갈 때와 내려갈 때라는 두 개의 길이 절정을 정점으로 대칭 구도를 이루면서 삶의 순수한 알짜인 꽃에 대해 사유하게 한다. 내려갈 때 보이는 꽃을 왜 올라갈 때는 보지 못했을까. 그런 꽃이 왜 내려갈 때 눈에 보였을까. 내려가는 길은 험한 인생살이가 끝나고 마무리가 되는 시점에서, 물론 사람마다 내려가는 길은 차이가 조금씩 나타날 수도 있지만 죽음의 길을 향하는 길일 것이다. 그 내려가는 길에 포착된 꽃의 실체는 무엇일까. 분명 문맥상 그 꽃은 올라갈 때에도 그곳에 실재했다는 사실이다. 또 내려가는 길에 들어선 이들이라고 모두 다 그 꽃의 실체를 발견하는 것은 아니다.

'꽃'의 정체는 무엇일까. 아름다운 것일 것. 자신의 삶에서 가장 중요한, 소중한 알맹이 같은 가치 있는 무언가일 것이다. 그것을 올라갈 때 발견했더라면 그것을 치밀히 계획하고 성취시켜 자신의 삶을 좀더 가치 있게, 당당하게 멋지게 만들 수 있었을 것이다. 그런데 열정을 다해 올라가는 길의 걸음이 종지부를 찍고 내려오는 마당에 비로소 그것이 발견된 것이다. 아쉽다. 아쉽지만 거기서 멈출 수는 없는 일, 체념하는 것은 안 된다. 내려갈 때 발견한 것만도 다행이지 않은가. 사실 내려간다고 했지만 정점을 전제로 한 내려감인데, 어디가 정점인가. 객관적인 정점이 있는가. 모든 사람에게 공히 적용되는 정점은 없다. 그 정점은 사람에 따라 다르기도 하지만 또 사람에 따라 오늘은 내려오지만 내일은 또 올라갈 수도 있다. 우리가 통상 간주하는 정점은 대략 사회생활을 끝내는 60대 중·후반 무렵의 시점이다. 정점을 그렇게 규정을 한다면 변호사나 의사, 개인 사업을 하는 이들이나 농어업에 종사하는 농어업인들은 해당 사항이 없게 된다. 사람의 삶의 정점은 사회생활이거나 연령을 뛰어넘어 상대성의 원리에 따른다. 또한 내려올 때 꽃을 볼 수도, 못 볼 수도 있는 것, 내려올 때 보았다니, 얼마나 축복인가. 그 꽃을 계기로 다시 올라가는 그를 볼 수도 있으리라.

알베르 카뮈가 쓴 『시지프의 신화』가 생각난다. 시지프는 명계의 왕인 하데스에 의해 바위를 산꼭대기까지 굴려 올려야 하는 운명에 놓였다. 그러나 산꼭대기에 굴려 올려진 바위는 순식간에 다시 저 골짜기 아래로 굴러 떨어진다. 처음 바위를 굴려 올릴 때 시지프는 무슨 생각을 했을까. 아무 생각도 못 했을 것이다. 왜냐면 그 무거운 바위를 굴려 올리는 데 온 힘을 집중해야 하니 다른 생각을 할 겨를이 없었을 것이다. 그러나 굴려 올려진 바위가 굴러 떨어지고 다시 그 바위를 올리기 위해 내려가는 일이 끊임없이 반복되면서 많은 생각을 하지 않았을까. 김화영 교수는 이렇게 말한다. "산정으로 바위를 굴려 올리는 일의 반복이 광채 없는 습관적 삶이라면 '반성'은 굴러 떨어진 바위를 향해 내려가는 동안 자신의 일상적 삶을 되비춰 보는 의식이며 시간을 떠메고 가는 일이다." 정확한 지적이다. 생각이 없는 사람이라면 똑같이 반복되는 일상에 묻혀 그냥 하루하루 관성에 의해 시간 보내기에 그칠 것이다. 그러나 생각이 있는 사람은 그 반복된 일상 속에서 무언가 시간에 대해 고민하지 않을까. 그 시간은 삶의 시간인데, 무의미한 시간으로 죽이기보다는 의미 있는 값진 삶의 창조에 생각을 넣어 두지 않았을까. 알베르 카뮈는 시지프의 삶을 통해 부조리를 말했다. 그가 말하는 부조리는 무의미하고 불합리한 세계 속에 처하여 있는 인간의 절망적 한계 상황이나 조건을 말한다.

시지프가 하데스에게 벌을 받고 바위를 산으로 밀어 올린다는 것은 언젠가는 죽음의 세계로 가게 된다는 운명을 전제로 한 일상적 삶의 과정을 의미하는 것이다. 말하자면 인간은 어차피 죽음의 세계로 가야 한다는 것, 그 죽음의 세계로 가면서 삶의 세계에 대한 성찰과 통찰의 몸짓을 보인다는 것이 핵심이다. 그것은 알베르 카뮈가 착안한 세계 개척의 한 지혜이다. 그렇게 운명지어진 삶의 세계에서 어떻게 살아가야 하는가에 대한 철학적 인식을 밝혀낸 것이다. 그것은 거저 그냥 인간의 한 생명으로 태어났으니 '그러려니' 하고 살아가는 거의 모든 사람들의 삶에 대한 깊이 있는 성찰과 반성의 인식 결과인 것이다. 사실 호모사피엔스인 인간은 모두가 다 시지프이다. 그리고 시지프가 운명처럼 떠맡겨진 바위를 모두 다 받아 시지프처럼 굴려 올렸다 떨어져 내리면 또 굴려 올리고 하는 일을 평생 반복하다 종지부를 찍는 운명을 살게끔 되어 있다.

'시지프의 바위' 올리기는 비록 신화이지만 인간이 태어나 죽기까지의 삶의 일정에 딱 맞는 비유적 신화인 것 같다. 삶을 등정으로 치면 오르고 내리고 또 오르고 내리는, 그 두 오름과 내림이 끝없이 반복되는 우리의 일상이 아닌가. 우주 자연의 이치와 현상에 따라 해가 뜨고 짐으로써 하루 일과의 시작과 끝이 끝없이 반복되지 않은가. 시지프가 바위를 밀어 올리면 저 밑으로 떨어지고 내려가서 또 올리는, 끝없는 반복적인 행위와 다를 것이 없다. 바위는 죽기 전까지는 이어져야 하는 인간의 운명이고, 우리 일상적 삶의 상징이다. 고은이 내려올 때 발견했던 꽃에 대해, 만약 자신이 발견한 그 꽃에 대해 진지하게 성찰에 성찰, 통찰에 통찰을 더해 올라갈 때 그 성찰과 통찰의 속속을 최대한 사유하고 반영해서 오른다면 그 사람의 운명은 어떻게 될까. 최악의 경우를 가정한다면, 발견하지 않은 때가 그나마 나은 삶이었을 수도 있겠지만, 설혹 그렇다 하더라도 이 세상을 살아간다면 조금이나마 깬 삶을, 자기만의 색깔과 무늬가 있는 삶을 살아야지 싶다. 이 세상에 태어나 자신만의 삶의 무늬와 색깔이 없는 무미건조한, 평범하기 짝이 없는 삶을 어느 누가 바라랴.

그런데 고은의 시에서 내려가는 길은 모든 게 다 끝난 뒤에 뒤늦게 발견된 가치 그 자체인 데에서, 포기와 후회, 체념과 허탈의 안타까운 심리 상태가 느껴진다. 이젠 다 끝났다는 허망한 한숨이 크게 들린다. 반면, 알베르 카뮈의 '시지프의 바위'는 내려간다고 끝나는 게 아니고 끝날 때까지 또 바위를 밀어 올리는 데에서 긍정적이고 생산적인, 발전적인 소리와 몸짓이 포착된다. 일체유심조(一切唯心造)의 불교 게송이 고은과 알베르 카뮈의 차이를 해명하는데 적절히 원용, 가동된다. 고은에 비해 카뮈의 시지프는 삶에 대한 성실하고 긍정적 인식으로 인해 행복하기만 하다.

그런데 대체로 내려가는 길에 들어섰다고 하면, 고은 시의 전언처럼 마치 인생 다 살고 죽음으로 가는 길로 생각할 여지가 크다. 물론 그런 길이 일반적이지만 옳다, 그르다로 가름되는 길이 아니고, 여기서의 길은 긍정적인 희망 차원의 길, 곧 시지프가 산 아래로 떨어져 내린 바위를 다시 굴려 올리려고 내려가면서, 바위를 밀고 올려야 할 자신의 삶에 대한 성찰의 시간을 갖게 되는 그 길을 말한다. 내일 당장 죽으면 으레 올라가는 길이 끝난 건 아니다. 삶이 지속되는 한 내려오고 올라가는 길은 영원히 계속되는 것이다. 거듭 말하지만, 내려가는 길에 들어섰다고 해서 올라가는 일에 종지부를 찍은 것은 아니다. 내려가면서 성찰한 생각들을 정리해서 지난번 올라갈 때의 무미건조한 삶에 대한 반성과 성찰로서 바르게 고칠 것은 고치고 개선해서 남은 길을 올라갈 참이면, 생이 끝날 때까지 오르고 내리는 길은 지속될 것이다. 내려가면서 자신의 삶과 삶이 소속된 세계와의 관계에서 부조리를 인식하고 그 부조리를 어떻게 해결할 것인가에 대한 통찰과 성찰의 진지한 고뇌를 하지 않을까. 시지프가 올려야 하는 바위는 바로 자신의 삶이고 운명인 까닭이다. 죽음이 오면 그 바위도 끝나지만 살아있는 한 인간의 실존인 바위는 영원하다.

카뮈가 '시지프의 바위'를 통해 알리고자 하는 삶은 하이데거 철학의 한 테제인 본래성의 삶, 곧 자신이 추구하고자 하는 삶의 가치와 방향에 대해 진지하게 생각하는 삶으로 가닥잡힌다. 본래성의 삶에 반하는, 이른바 비본래성의 삶은, 하이데거에 따르면, 타인 또는 사회가 시키는 대로 살아가는 삶, 그러니까 남들이 선망하는 좋은 학벌과 직장만 갈구하는 삶, 앞선 남들이 닦아놓고 정해놓은 삶의 궤적을 따라 의심하지 않고 사는 삶을 말한다. 사람이 살아가면서 추구해야 하는 본래성의 삶은 '시지프의 바위' 올리기와 내려가면서 생각하기와 같은 맥락에서 볼 것이다. 시지프형 인간도 처음에는 열에 아홉의 일상인들과 같이, 처음에는 그냥 바위를 밀어 올렸다 떨어지면 또 관성대로 밀어 올리는 삶을 살다가, ―그러나 그냥 일상의 노예가 되어 바위를 올렸다 떨어지면 또 올리는 관성의 삶을 살아가기만 하는 그 일상인들과는 달리, 그는 자신의 관성적인 삶에 대해 진지한 성찰의 계기를 갖는다. 이를테면, 젊어서 결혼하고 직장 다니고, 아이 낳고 키우고, 허겁지겁 살다가 어느덧 오십 대 육십 대를 지나면서 살아온, 자신이 걸어온 삶의 길에 대해 진지하게 사유하고 헤아리는 생각에 젖게 되는 것이다. 그러니까 고은의 그 시가 납득이 되는 것이다. 허둥지둥 사는 데 정신을 뺏기다 보면 삶의 진지한 성찰이나 사유가 사라지고 마는 것이다. 삶의 관성에 따라 습관적으로 살다 보면 삶에 대한 진지한 사유는 결핍되기 마련, 그러다가 뒤늦게사 자신의 삶의 알짜이자 골자인 꽃을 발견하게 되는 것이다.

한 인간의 삶은 반드시 그 자신만의 고유한 색깔이 있다. 고은의 '꽃'의 색깔, 혹은 하이데거가 말하는 '본래적 삶'의, 실존의 색깔일 것. 사람은 그것을 환히 빛내고 밝히기 위해서 산다. 남에게 보이기 위해서가 아니라 자신만의 삶을 살기 위해서 의식이 있는 행동으로 살다 보면, 정치 사회 경제 문화 예술 분야에서 뜻있게 자신만의 뚜렷한 발자취를 남기고 가는 소수의 인물들이 있다. 그 길은 우리에겐 너무 먼 길이지만 우리도 나름 값진 생명의 삶을 살다 갈 의무가 있다. 류시 말로리는 "(남들을) 생명으로 인도하는 길은 좁"다고 했는데, 남은커녕 우리 개개인 모두, 자신을 값진 생명의 길로 걸어가게끔 하는 길, 역시 좁고, 좁은 만큼 힘들고 어렵기만 하다.

혈기 왕성한 젊은 시기에 "내려갈 때 보았네// 올라갈 때 보지 못한// 꽃"에서 전해지는 고은의 한숨을 절절히 느끼고 받아들였으면, 좋았으련만. 고은의 한숨을 통해, 그 꽃의 의미에 대해 곰곰이, 절절히 생각에 잠겨보자. 무엇일까. 화려한 꽃의 기호를 가지고 그 의미를 찾아야 하는 것일까. 아니면 그 꽃이란 기호에 함축된 소중한 생명의 질서와 세상의 숨겨진 이치나 원리를 뜻하는 것일까. 분명한 것은 그 꽃의 존재를 인식했더라면 삶은 더욱 아름답고 풍요로웠을 것이었다는 것. 겉만 보고 치닫는 것이 아니라 진정으로 값진 삶의 가치를 지향하면서 살아야 한다는 것. 명예나 부귀, 출세를 향해 맹목적으로 추구하는 것이 아니라 사람답게 사는, 사람으로서의 진정한 가치를 추구하며 살아야 한다는 것. 자식을 키우더라도 맹목적으로 공부나 잘하라고 강요하고, 입신출세 지향의 비본래적인 삶을 강요하지 않고, 자식이 자식의 뜻대로 살고자 추구하는 삶 곧 본래적인 삶에 대한 목표와 욕망을 이룰 수 있도록 조언과 도움을 주는 곁길을 걸음으로써 자식의 삶을 진정으로 복되게 누리는 일이 되지 않았을까.

내게 일정 기간 남은, 내려가는 길은 마지막 올라가는 길 곧 죽음을 향하는 길인 것이다. 역설적으로 말하면 그 길 역시 삶의 길, 아니, 어쩌면 우리에게 남은 마지막이면서 가장 소중하고 중요한 길이다. 나의 바위는 나의 것, 남이 밀어 올릴 수 없는 나만의 바위, 남아 있는 마지막 삶을 향하는 바위, 부끄럼이나 후회를 최대한 줄일 수 있도록 뜨겁게 열심히 밀어 올리자. "잘 사는 것이 곧 잘 죽는 것"이라는 에피쿠로스의 말처럼, 살아있는 날까지 오늘도 내일도 열심히 바위를 밀어 올리자.

어머니 생각
― 눈물로 진주를 만드시는 어머니

추억의 노래가 있다. "엄마가 보고플 때 엄마 사진 꺼내놓고 엄마 얼굴 보고 나면 눈물이 납니다. 어머니, 내 어머니, 사랑하는 내 어머니, 보고도 싶고요 울고도 싶어요, 그리운 내 어머니." 이 노래는 1989년 4월 22일부터 1997년 3월 2일까지 mbc에서 방송되었던, 군인 대상 프로그램 〈우정의 무대〉의 마지막 코너이자 감성 코너인 '그리운 어머니'가 시작되면서 흘러나오던 노래이다. 이 노래가 흐르는 순간 사병 군인들의 표정이 흔들리고, 시청하는 사람도 다 가슴이 먹먹해지면서 촉촉이 눈물이 고였다. 내일모레가 일흔인데도 이 노래를 떠올리니 가슴이 촉촉해진다. 그런데 이 노랫말을 보면 사실 눈물을 쏟게 할 아픈 사연의 내용은 찾을 수 없을 정도로 단순하기만 한 가사이다. 그냥 엄마, 엄마 사진, 엄마 얼굴을 보니 눈물이 난다, 울고 싶다, 이게 노래 가사의 전부일 뿐 눈물을 흘리게 할 애틋하고 짠한 사연이 구성되어 있지 않다. 그런데도 그냥 눈물이 흘러나오는 건 무슨 이유일까. 왜 어머니는 눈물일까. 가부장제도 아래에서 장남

삼 년, 벙어리 삼 년, 귀머거리 삼 년을 살아야만 했던 운명의 혹독한 시집살이와, 가난했던 시절, 가족을 위한 희생과 고생, 그리고 무조건적인 사랑을 베푸신 그 어머니의 모습이 가슴에 아프게 박혀 있기 때문일까. 그럴 것이다. 어머니는 평생 가슴에 박힌 아픔이 아니었을까.

평생 고생만 하시다가 사람답게 제대로 생을 누리시지도 못한 채 허무하게 세상을 떠나셨기에 더욱 억울하고 허탈해서 '이게 아닌데' 하며 뼈아픈 마음이 갈수록 커진다. 대가를 바라고 가족을 위해 희생적인 삶을 사신 어머니가 있을까마는 자식의 입장에서는 편안하게 노후를 보내시다가 돌아가셨으면 그나마 마음이 덜 아프기라도 할 것이다. 지금도 암으로 고생하시던 어머니의 모습이 선히 떠오른다. 고생 끝에 낙이 온다더니만 이게 무슨 일인가, 하는 생각에 얼마나 마음이 허망하셨을까. 어머니의 고생을 덜어드리지 못했다는 자책감에 뼈아픈 회한이 가슴을 때린다. 어머니는 자식에게 사랑을 쏟지만 자식은 줄곧 사랑의 '단 것만 익혀' 있기에 그 사랑의 단맛을 알지 못한다. 우리 속담에 "부모는 자식을 주고 남는 돈을 쓰고, 자식은 쓰고 남는 돈이 있어야 부모를 준다." 그래서인지 김초혜 시인의 "쓴 것만 알아/ 쓴 줄 모르는 어머니/ 단 것만 익혀/ 단 줄 모르는 자식"(김초혜의「어머니 1」)이라는 구절이 가슴에 절절히 다가온다.

세상의 어머니는 인간 존재에 대한 사랑을 탐구하는 시인들이 많이 모시는 분이기도 하다. 어머니에 대한 시편만을 모아 '어머니'를 시집 제명으로 한 최초의 시집인, 박목월 시인의『어머니』(삼중당,

1967)가 있고, 이후 조병화 시인의 『어머니』(중앙출판사, 1973)에 이어, 김초혜 시인의 『어머니』(한국문학사, 1988)가 그 뒤를 잇고 또 계속 이어지고 있다. 김초혜에게 어머니는 눈물 그 자체였다. 그는 "부모 속에는 부처가 들어있다"는 우리 속담에 견주어지는, "신은 모든 곳에 있을 수 없기에 어머니를 만들었다"는 유대인의 속담을 빌어 다음과 같이 피력한다.

> 조물주는 인간 모두에게 神이 하나씩 필요하다는 것을 알았지만 신을 그렇게 많이 만들 수가 없어 그 대신 어머니를 주었다고 한다. 어머니는 우주이고 생명을 있게 한 근원이고 우리의 인식이고 위안이며 희망이며 신앙인 것이다.
>
> ─『어머니』, 「시인의 말」

그러기에 모성은 유별나다. 모성은 다 거의 비슷한데, 비슷하면 싫증이 나고 지겹지만, 모든 모성엔 신이 자리했기에 그래서 모성은 비슷한데도 늘 신선하고 성스러운가 보다. 모성은 부끄럽게 생각할 때 그 부끄러움마저 제친다. 가장 아름다운 모성은 혼인 전에는 남에게 부끄럼을 많이 타지만 혼인 후 아기를 낳고 나면 부끄러움은 한낱 물거품이 된다. 갓난애에게 젖을 물리기 위해 과감히 젖가슴을 드러내고 젖을 먹인다. 이 모성은 부끄러움을 넘어 강하고 아름답고 성스럽기까지 하다. 그래서 영국의 시인이자 극작가인 로버트 브라우닝은 "모성애 : 모든 사랑은 거기서 시작되고 거기서 끝난다"고 말하고, 에릭 프롬은 "어머니의 사랑은 무조건적인 사랑인 것이다. 어머니의 자녀에 대한 사랑은 아버지의 그것과는 다르다. 왜냐하면, 아버지의 사랑은 자녀의 행위에 따라 주어지지만, 어머니의 사랑은 자기의 자녀이기에 주어지는 것이기 때문이다."고 말한다. 두 견해는 모성의 사랑에 무게를 두는 듯, 그런데 세상의 논리를 헤아린다면 부성과 모성의 사랑은 균형적이어야 한다. 그러니까 부성도 자식에 대한 사랑의 가치인 것, 인간은 사회적 존재라는 명제가 그 핵심인데, 사람은 언제까지 부모의 슬하에서 모성의 무조건적인 사랑 아래에서 지낼 수 없다는 사실이다. 그러니까 아버지는 자식이 바깥 세계에서 사회적 존재로서 당당히 살아가는 동력의 축인 사회적 실존성에 부성을 표하지 않을 수 없다는 것이다. 그래서인지 추억의 눈물로 조각되는 어머니의 사랑에 비해 아버지의 사랑은 왕왕 자식에게 상처를 남기기도 한다.

어린아이 말인 맘마와 엄마라는 말에 대해 생각해 본다. '맘마, 엄마'의 글자를 보면 각 음절마다 공히 자음 'ㅁ'이 있다. 'ㅁ'은 아기가 태어나면서 우는 고고(呱呱)의 본능적인 소리 말고는 인간이 태어난 후 가장 먼저 배워 발성하게 되는 소리이다. 갓난아기가 폐에서 나오는 공기를 입 밖으로 내보낼 때 양 입술로 내보내는데 여기에서 처음으로 나오는 소리가 입술소리인데, 입술소리는 'ㅁ'과 'ㅂ' 계열인 'ㅃ, ㅍ'이 있지만 뒤의 두 소리는 갓난아이가 발성하기에는 무리이거나 갓난아이에게는 맞지 않는 탁하거나 센소리이다. 그래서 'ㅁ'이 중심이 된 유아어가 생성된다. 'ㅁ'은 언어학적으로 가장 발음하기 쉬운 부드러운 소리인데, 그 대표적인 말소리가 맘마, 엄마이다. 아기의 먹이는 엄마의 젖인데, 이것을 '맘마'라고 하고, 곧 '엄마'를 가리킨다. 신기하게도 영어권에서도 맘마(mamma)는 젖(유방)이며 어머니를 이르는 어린이의 말이다. 이후에 발음되는 소리가 'ㅂ' 계열인 'ㅍ, ㅃ'으로, 부드러운 엄마에 비해 거칠고 강한 이미지의 아버지에게 쓰이는 소리이다. 아빠의 '빠'와 영어권의 파파(papa)의 '파'가 그렇다. 맘마(mamma) 혹은 마마(mama)와 파파(papa)는 프랑스어, 독일어, 스페인어, 이탈리아어, 심지어는 러시아어도 마찬가지다. 요는, 'ㅁ'은 생명이 시작되는 소리인 것, 그 생명의 시원은 바로 맘마, 엄마인 것이다.

그 생명의 시원인 엄마 가운데 한 분인 내 엄마, 내 어머니가 계신다. 어머니를 생각하며 곧잘 오래전에 살던 동네를 걷는다. 진주 장대동 골목, 들어서는 순간 초행길인 사람들에겐 미로가 되어버리는 골목, 가난한 사람들의 동네, 흔히 달동네라고 일컬어지는 전형적인 동네 형태이다. 도시 계획으로 인해 그 골목은 사라지고 말았지만, 오랜 기억 속에 남아 있는 구불구불 좁은 골목길을 걷는다. 그 골목에서 국민학교 1학년 때부터 대학 3학년 말까지 무려 15년을 살았다. 그런데 그 골목만 생각하면 가슴이 막혀오고, 아픈 기억들만 새록새록 떠오른다. 그 기억은 가난의 잔재뿐이다. 그리고 그 가난과 함께 일체가 되어 떠오르는 분은 어머니이다. 어머니를 생각하면 편안히 쉬고 계신 모습은 떠오르지 않는다. 아침 일찍부터 밤늦게까지 늘 바쁘게 일하시고 분주하게 움직이고 계시는 모습뿐이다. 무슨 빨래는 그렇게도 많은지 늘 수돗가에 앉아서 산더미같이 쌓인 빨래를 하셨다. 뒤에 알고 보니 그 빨래는 우리 가족의 빨래가 아니라, 직장에 나가는 동네 이웃 젊은 처자들의 빨래였다. 그러니까 돈을 받고 빨래를 하신 것이다. 당시에는 세탁기가 없었기에 지금으로서는 상상조차 하기 어려운 힘든 이불 빨래부터 시작해서 모든 빨래를 손빨래로 했던 시절이었다. 가족 빨래만 해도 팔이 떨어져 나갈 정도인데, 남의 빨래까지 하셨으니 팔이 제대로 남아 있기나 했을지, 그러나 그때는 그런 생각조차 하지 못했다. 당시 집안일은 빨래 노동으로 시작해서 쉴새없이 이어지는 온갖 일-일-일로 끝나는 전업 노동의 일과였다. 그 전업 노동이 일상이었다. 똑같은 하루하루의, 힘에 부치는 노동으로 반복되는, 어머니의 일상이었던 것이다.

기억되는, 어머니의 노역이 있다. 1960년대 말 즈음, 진주에서 하동으로 가는 철도를 건설할 때, 지금은 그곳 철도의 기능이 폐쇄되어 놀이 쉼터로 바뀌고 말았지만 망경동 일대에 철둑 건축 공사판에 어머니가 노역을 가신 것이었다. 당시 국민학생인 나와 막내동생이 같이 따라갔는데, 여자에게는 너무 벅찬 일이었다. 철둑 석축 공사에 필요한 돌을 망치로 깨어 철둑 옹벽에 쌓을 마름모꼴 네모꼴 등의 깬돌을 만드는 일을 하는 것이다. 힘이 넘치는 젊은 장정들이 해도 나중엔 힘에 버거울 텐데, 연약한 여자의 몸으로 그 돌 깨는 작업을 하신 것이다. '남자들이나 할 이런 힘든 일을 엄마가 우찌 하노', 라는 찌푸린 생각과, 동생에게 "집에 가면 아무한테도, 특히 아부지한테 엄마가 이런 일 했다고 말하면 안 된다, 하면 쥑인다"며 윽박질렀던 기억이 난다. 연약한 여자의 몸으로, 더욱이 평소 늘 과한 노동으로 기력이 떨어진 몸인데도 남자도 꺼리는, 저런 힘한 일을 하셔야만 했다니, 생각하면 가슴이 찢어진다.

하루 내도록 힘든 노동을 하시곤 밤이면 또 힘드셨다. 술 드신 아버지께서 혼자만 귀가하시는 게 아니고, 같이 술 드신 지인분들과 같이 집으로 오시는 것이다. 그때부터 어머니는 술상을 차리고 온갖 술심부름을, 그분들 돌아가실 때까지 수발을 들어야 했다. 술자리만큼 힘들고 무료한 자리가 있을까. 술자리에는 진지한 대화나 주위 담을 이야기는 없고, 시간 가는 줄 모르고 횡설수설만 난무한다. 술 못 하는 사람들이 겪는 고문의 자리가 바로 술자리인데, 어머니는 거의 매일 고문을 당하다시피하셨다. 그나마 다행인 것은 당시는 밤 12시 통금이 있어 새벽까지 술자리가 이어지지 않았다는 것인데, 어쨌든 저녁 무렵만 되면 신경이 많이 쓰이고 스트레스가 쌓여만 갔다. 혹 오늘은 안 오실까, 또 오실까. 제발 우리 어머니 좀 편안히 쉬시게, 오늘은 안 오셨으면 좋겠다고 간절히 바라곤 했지만, 날이 어두워져 밤이 되니 그분들이 또 오시는 것이었다. 그럴 때면 화를 못 참아 방에서 주먹으로 벽을 쥐어박고 내리치곤 하면서 속에 차는 화를 풀곤 했다. 그 일로 인해 사회생활을 하면서, 집안 핏줄이 음주인 까닭에 음주를 하지만 정도를 넘는 음주는 거의 차단하는 벽을 가지게 되었다.

당시 경제 형편상 하숙도 많이 치셨고, 방 두 개를 제외하곤 나머지 방 4개는 모두 세를 내주었다. 그래서 하루도 우리 식구만 모여 두리반 식사를 해본 적이 없었다. 하숙생은 오랫동안 우리 식구들의 하루 세 끼 식량을 대주었기에 당연히 두리반 동석 식사를 했고, 그런데 거의 늘 군식구들이 대기하고 있었다. 그 군식구들은 친척들이 있는데, 특히 어머니의 친정 식구들인 외척이 많았다. 그 많은 식구들의 하루 세 끼를 차려내기 위해서는 어떻게 해야 할까. 그렇다고 고생하신 만큼 따뜻한 배려나 관심이 있었던 것도 아니고, 얼마나 정신적으로 힘드셨을지, 생각하니 과거 회상의 연을 단절하고 싶지만 그럴수록 더 새록새록 아프게 떠오르기만 한다. 다 '그러려니' 하는 생각들, 당시에는 다 가난했고, 또 여자이기에, 더욱이 어머니이기에 가족을 위해서 그 수고나 희생은 당연한 것 아니냐는, 생각들이니 말이다. 암 투병을 하시다가 세상을 떠나기 전부터 어머니의 삶은 실종된 지 오래였다.

칼 포퍼는 이런 말을 한 적이 있다. "수도, 전기, 가스 등의 과학기술의 발달은 정확히는 가사노동으로부터의 해방이다. 이전 끔찍한 가사노동 때문에 분명 여성의 수명은 크게 단축되었을 것이다. 여성은 과학 기술의 발달에 감사해야 마땅하다." 그의 말에 전적으로 공감, 동감을 표한다. 지나친 노동은 몸의 에너지를 소모시키고 몸의 유기적인 조직을 파괴하지 않을까. 그러면 충분한 휴식과 에너지 보양을 통해 몸 상태를 회복시켜야 하는데, 그러지 못하니 수명까지 단축되는 사태가 발생하는 것이다. 그의 말대로, 끔찍한 가사 노동의 희생자가 된 분은 가난했던 시절의 모든 어머니들이다. 이반 일리히는 현대의 주부 노동을 "남편의 임금노동에 가려워진 그림자 노동"이라고 했는데, 역시 정확한 발언이다. 어머니들의 노동을 어떻게 드러내고 했겠는가. 으레 당연히 여자들이 해야 마땅한, 여성 전유의 고유한 일로 생각되었으니, 전통적인 여성 노동관이다. 그러니 어머니의 노동은 그 가치가 드러나지 않는 '그림자 노동'일 수밖에 없는 일이다. 미국의 시인이자 사상가인 에머슨에 의하면, "미국 사람들이 기계를 만지는 데 그토록 뛰어난 능력을 가지고 있는 것은 오로지 그들이 피로와 힘든 일을 싫어하기 때문이다". 기계 문명을 자칫 인간의 나태함 곧 게으름의 산물로 내세울 수도 있는 표현이지만 극심한 노동력에 시달린 어머니들에게만은 예외로 인정해야 할 것이다. 지나친 노동으로부터의 자유와 해방은 마르크스가 내세운 유토피아의 이상이자 인간 문명의 한 목표가 아닌가 싶다.

대체로 모든 어머니는 한 인간으로서의 주체적인 고유한 삶을 살지 못하고 가신다. 이 얼마나 편향적이고 불공평한 일인가. 여자로 태어난 죄로 자신의 삶은 없고 오로지 가족을 위해 삶의 시간을 다 쓰고 가시니, 존재론적으로 인간의 권리 박탈이 아닌가. '나'는 이 세계의 주체라는 존재론의 선언인데, '나'라는 주체로 살아보지 못한 우리 어머니들은, 시집으로 오시는 그 순간, 있던 이름조차 없어지고 만다. 세계의 주체이자 소우주인 '나'는 '나'만의 이름을 갖는 법인데, 우리 어머니들은 자신의 이름 없이, 누구 며느리, 누구 아내, 누구 엄마, 누구 어머니, 더 나아가서는 누구 할머니라는, 존재 실종의 허위적 존재로만 살다가 갈 운명이었다.

지금은 많이 진화되었다. 혼인해도 자식을 낳지 않겠다는 여성도 많아졌다. 옛날과는 달리 가사에만 전념하는 전업주부가 그리 많지도 않은 시대이고, 혼인해도 계속 직장에 근무하는 직업인으로서 사회생활을 하는 여성이 많다. 자녀를 출산해도 언제까지 직장에 출산 휴가를 내고 자녀 보육에만 전념할 수는 없는 일, 그러다 보니 자녀를 낳지 않는 여성들이 많고, 또 이전과는 달리 모성이 상당히 약해진 부분도 한몫을 거든다. 페미니즘의 영향에 따른 성 정체성의 자각에 이유가 있기도 하다. 페미니즘의 원조격인 시몬 드 보부아르는 『제2의 성』에서 "여자로 태어나는 것이 아니라 여자가 되는 것이다." 혹은 "여자는 태어나는 것이 아니라 만들어진다"고 선언한 바 있다. 보부아르 사상의 영향을 받은 것으로 짚이는, 페미니즘 여성철학자 엘리자베트 바댕테르는 『만들어진 모성』에서 다음과 같이 말한다.

> 모성애란 하나의 감정에 지나지 않으며 또 그렇기 때문에 본질적으로 우발적일 수밖에 없다는 결론(이러한 결론이 잔인하게 들릴지라도)에 이르지 않았는가. 이 감정은 존재할 수도, 존재하지 않을 수도 있다. (…) 자연 결정론과는 상관없는 이 영역에 보편적 법칙이 존재할 리 없는 것이다. 모성애란 본래부터 당연히 존재하는 것이 아니다. 이것은 '만들어진' 것이다.

바댕테르의 견해는, 말하자면 모성은 '자연 결정론' 곧 인간 본능이 아니며 사회 관습과 교육에 의해 18세기 이후에나 등장한 개념이라는 것인데, 그럴 것이다. 여자라고 해서 처음부터 모성을 지니는 것은 아니고, 임신, 출산, 양육을 거친 여성의 경험을 통해서 모성이 생기는 것이 아닌가. 그러니까 그의 말대로, 모성애란 자식과 함께하는 시간이 쌓일수록, 그리고 자식들에게 베풀어 주는 보살핌이라는 기회를 통해 생겨나는 것이다. 그런데 18세기 이전에는 모성이라는 게 없었다는 주장이 쉽게 납득이 되지 않는다. 바댕테르의 주장대로 모성애는 본능이 아니다. 그렇다고 모성이 근대가 발명한 역사적 산물이라는 주장은 모성애가 본능이라는 주장만큼 진실과 거리가 멀게 느껴진다. 열 달의 임신 기간과 출산 과정을 거치면서 아기가 태어났는데도 국가와 사회 제도에 의해 '만들어진 모성' 운운이 좀체 와 닿지를 않는다. 오히려 그가 부정한 '자연 결정론'이 모성으로 가동되는 것은 아닐까. 과연 모성이 사회 관습이나 교육, 특히 가부장적인 제도에서 생겼다는 논리가 진실일까. 그렇다면 이전에는 모성애가 있어도 약했거나 아예 없었단 말인가. 없었거나, 있어도 약했는데, 근대산업화와 가부장제의 관습이나 교육에 의해 모성애가 생겨 차차 강하게 되었단 말인가. 심지어 어머니가 모유 수유를 포기하는, 그야말로 자식에게 부당한 짓을 저지르는 일을 자행했다는데, 그 사실을 이해하기가 내 머리의 한계이다. 흔히 모성애는 여성으로 태어날 때부터 가지고 있는 본능이라고 하지만 아기를 낳지 않았는데도 모성애라는 본능이 있을 수는 당연히 없을 것이다. 사랑의 대상이 없는데 어떻게 모성애가 생길까. 그 역도 마찬가지다. 사랑의 대상이 자기 몸에서 열 달 동안 자신이 그 생명을 키웠는데도 모성애가 없다? 물론 예외는 얼마든지 존재한다. 아기를 낳았다고 해서 다 모성애가 생기는 것은 아니다. 사람에 따라 임신과 출산에 대한 극도의 스트레스가 쌓여 아기가 태어난 순간, 오히려 아기를 학대하고 핍박하고 죽이는 부모도 있다. 그런 악한 행위는 안 해도 자식에게 사랑을 베풀지 않는 부모가 또한 얼마나 많은가. 부모의 사랑을 받지 못하고 자란 불행했던 유년의 기억을 가진 사람도 많은 게 현실이다. 정리하면, 바댕테르는 모성애는 태생적으로 주어진 것이 아니라 여러 가지 요소들이 어우러진 복합적 게임 속에서 후천적으로 생성되고 형성됐다고 주장한다.

그런데 바댕테르가 내세운 사례대로, 정말 프랑스의 과거에는 모성이란 게 없었을까. 바댕테르는 모성애가 존재하지 않았다는 가장 핵심적인 예로, 18세기 프랑스에서 관행처럼 행해졌던 유모 위탁 문제를 제시한다. 당시 프랑스 여성은 집안 형편과 상관없이 출산 뒤에는 갓난아기를 도시의 외곽 멀리에 있는 유모에게 맡겼다고 한다. 이 행위는 언뜻 보면 아이들의 환경을 위해 물 좋고 공기 좋은 곳으로 보낸 것 같지만, 사실 이런 유모 위탁 행위는 사실상 유아를 방기한 행위였다고 말한다. 이렇게 보내진 아이들은 유모의 무관심과 비위생적인 환경에서 대부분 죽었다고 한다. 그런데도 심지어는 이미 유모의 집에서 두세 명의 자식을 잃었던 어머니가 또 그 유모의 집에 자식들을 보냈고, 일 년 남짓 동안 영아 31명을 죽게 한 유모도 있었다는 것이다. 이런 수상한 징표가 모성애가 없었다는 것을 증명해 주는 사실은 아니라고 할지라도, 어머니가 아이를 맡긴 뒤 멀리 떨어진 아이에게 수년간 관심을 보이지 않았다는 사실을 볼 때, 과연 모성애가 존재했는지, 바댕테르는 의문을 던질 수밖에 없다고 말한다.

또 한 예로, 1780년 파리의 치안 감독관이 제시한 통계를 든다.

매년 태어나는 파리시의 유아들 가운데 5퍼센트 정도도 안 되는 아기들만이 어머니의 모유를 먹고 자랐다는 통계다. 모유 수유와 어머니의 보살핌이 유아의 생존 가능성을 높이던 시대에 오히려 아이들이 방기되었다는 사실에 저자는 의문을 제기한다. 18세기 말까지만 해도 이렇게 만연했던 유아에 대한 무관심이 19세기에 들면서 중상주의 정책으로 노동력이 중요하게 되자, 국가는 모성애를 여성들에게 강요하기 시작했다는 것이다. 그러니까 아이들이 경제 정책을 뒷받침할 중요한 노동력이라는 사실에서 그랬다는 것이다. 그의 말대로 "모성애는 인간적 감정일 뿐이다. 다른 모든 감정과 마찬가지로 불확실하며 불안정, 불완전한 것이다." 그의 견해는 예외적인 사실을 전체적인 진리로 억지 논리화하고 있다는 인상이 든다. 그렇다면 사람이라고 다 선행을 하고, 짐승 같은 악행은 자행하지 않는다는 것인가. 숱하게 지금도 자행되고 있는 범행의 장본인들을 어떻게 설명할 것인가. 아기가 생겨 태어났는데도 아기에 대한 애정 곧 모성이 없는 어머니는 예외적으로 존재할 수 있다. 다만 모성은 사회적인 것이라는 논리로 일반화시키는 것은 다소 오류인 것이다. 그렇다면 동물의 모성애는 어떻게 설명해야 될까. 송아지를 낳은 어미 소가 새끼를 챙기는 그 모성애를 역시 소들 세계에도 소 사회의 국가제도적인 요구나 그런 게 있어서 새끼에 대한 애정이 그렇게 강한 것으로 인식해야 할까. 시몬 드 보부아르는 "모성은 현대에도 결국 여성을 노예로 만드는 가장 세련된 방법이다."고 극단적인 발언을 하고 있다. 그의 말은 물론 타당성이 있다. "아이를 낳는 것이 여성 본연의 임무로 여겨지는 한, 여성은 정치나 기술에는 거의 신경을 쓰지 못한다. 그리고 여자의 우월성에 대해 남자들과 논쟁을 벌일 생각조차 못한다"는 것이다. 심지어 바댕테르는 오늘날 여성들이 자식을 낳는 것은 당연한 일이 아니라고까지 말한다. 여자 입장에서는 얼마든지 공감이 가는 소신 발언이다. 한 인간으로 태어나 인간답게 살다 가야 한다는 명제에 이르기 위해서는 모성의 존재에만 갇혀서는 불가능한 일이다. 그렇기에 자식 낳는 것이 당연하다는 논리에 대해 의문을 제기할 수 있다. 굳이 '만들어진 모성' 운운을 이해하려면 남녀의 혼인까지도 2세를 위한 국가의 장기적인 기획으로 판단해야 가능하다. 그렇다면 국가의 장기적인 기획으로 자식 낳기 방법을 고려해 보아야 마땅한 일, 국가와 국민 나아가 인류가 멸종되지 않고 지구를 지켜가야 하는 일을 찾을 수밖에 없는 일, 가령, 자식을 전문적으로 낳는 여자를 사회적으로 선정 내지 지정하든지, 남자가 자식을 낳는 방법을 강구하든지, 아니면 인간 생명을 만드는 사상 초유의 문명 기술을 개발한다든지 하는 방법을 강구해야 그들의 의견이 반영될 것 같다. 보부아르의 견해에 대해서는 모계제 사회를 다시 꿈꾸는 방법을 모색하면 그나마 숨이 트이고 돌려지려나.

다시, 어머니를 생각한다. 독일의 신학자 폴 틸리히의 말대로, 어머니가 비록 객관적으로는 평범한 한 여성에 지나지 않는다, 할지라도 나에게는 둘도 없는, 세상에서 으뜸가는 어머니이시다. 공허한 빈소리일까. 진실의 소리일 것, 모성애는 비교의 대상이 아닌 까닭이다. 자식에 쏟는 그 사랑은 높고 낮음이 있겠는가. 이순신 장군의 어머니도, 나와 같은 보통인들의 어머니도, 그 사랑의 모성은 다 위대한 것이다. 하긴 프로이트도, 그의 뛰어난 특징의 하나였던 자신(自身)도 어머니의 안정된 애정에 뒷받침되어 있다는 사실의 소산이라고 한다. 앞의 그 '자신(自身)'은 자신감(自信感)이 아니라 이 세상에서 오로지 하나뿐인 존재로서의 자신(自身)이다. 그래서도 어머니의 사랑, 그 모성애를 높이기 위해서는, 사랑을 쏟아 키운 자식이 사랑의 값어치에 달하는 존재가 되면 더욱 빛나지 않을까. 어머니의 사랑을 헛되게 하기보다는 그 값진 사랑을 빛내도록 최선의, 최상의 노력을 기울여 살아가야 어머니의 사랑에 대한 훌륭한 갚음이 되지 않을까. 어머니의 사랑을 갚는 게 아름다운 일인 것, 그것이 이치이고 도리이다.

언젠가는 죽음의 세상으로 떠나야 할 때가 올 것인데, 누구나 다 두렵기만 한 그때이다. 그런데 이상하게, 오래전 저세상에 가신 어머니를 비롯하여 먼저 간 가족과, 백년지객이 아니라 살붙이로 늘 살갑게 맞아 주신 덕분에 처가엘 가면 온돌방 아랫목같이 훈훈하고 온온한 마음을 갖게 해주신, 또 한 분의 어머니이신 장모님을 만난다는 공상을 하니 죽음에 대한 공포나 두려움이 많이 줄어든다. 저세상에서 만나 뵌다느니 하는 운운부터가 헛소리, 공상이지만 어쨌든 죽음에 대한 두려움이 준다는 생각이 드는 건 사실이다. 그래서도 본인인 나도 희한하게 생각된다. 말이 되건 안 되건 모성은 돌아가서 안주할 영원한 고향인 곳이고, 안주할 편안한 의식의 그곳이니까. 그렇다고 일찍 뜨고 싶다는 뜻이 아니라, 때가 되어 그날이 오면 굳이 회피하려는, 어색한 몸짓이 아닌 그날이 왔구나, 하는 자세로 받아들이겠다는 그런 뜻이다.

끝으로, 엘리자베트 바댕테르가 모성을 두고, 근대가 발명한 역사적 산물이라는 주장을 하며, 모성은 만들어진 것이라고 해도 우리 어머니를 비롯한 세상의 어머니는, 정한모 시인의 어머니처럼 오늘도 자식을 위한 진주를 꿰고 계시는 모습이 지금도 내 눈에 선히 서린다. '눈물을 아예 맹물로 만들려는/ 검은 손'(「어머니 6」, 5연)의 무서운 음모를 헤치면서 '진주'를 지키며

어머니는
오늘도
어둠 속에서
조용히
눈물로
진주를 만드신다
　　　　　－ 정한모의 「어머니 6」, 6연

언덕에 부는 소리
— 아버지라는 이름

살다 보면 알베르 카뮈가 설한 부조리가 생생하게 다가오는 경우가 곧잘 있다. 그의 말대로, 인간의 운명은 오직 의식이 깨어있는 드문 순간들에만 부조리하다. 아니, 부조리한 세계에 대한 통찰의 인식이 가능하다. 신의 저주에 의해 영원히 산 밑에서 위로 바위를 밀어 올리는 삶을 살아야 하는 시지프의 운명은 부조리한 세계에 던져진 인간의 삶, 그것이다. 그런데 인간의 삶에서 부조리가 느껴질 때가 아주 다양하겠지만, 부모의 입장에서 부조리는 자식에 대한 의식에서 비롯된다. 그 의식은 자식에 대한 관심과 집착에서 비롯된 것인데, 대체로 남의 자식과의 비교에서 움튼다. 남의 자식은 저렇게 잘났는데, 내 자식은 이렇게 칠칠치 않게 못나게 사는가, 하는 회의가 시작되면 부모의 삶, 그리고 자식의 삶은 분열을 일으켜 끝내는 붕괴되고 만다. 자식은 남과 비교당하는 순간 비극은 시작되고 불행의 길을 걷게 되어 있다.

비교는 따지고 보면 차등인 셈이다. 비교의 대상은 잘난 것과 잘난 것이 아니라, 잘난 것과 못난 것이다. 그래서 비교에서 차등이 발생하는 것인데, 차등이 아닌 대등이 아쉽다. 대등이 아닌 평등은 억지라는 인상이 강하다. 잘난 것과 못난 것이 어떻게 평등할 수 있을까. 대등 역시 수납하기가 만만치 않다. 대등은 빗대어 말하면, 말똥구리와 흑룡의 관계이다. "말똥구리는 스스로 말똥 굴리기를 즐겨하여 용이 품은 여의주를 부러워하지 않는다. 여의주를 품은 용 또한 여의주를 뽐내면서 말똥구리가 말똥 굴리는 것을 비웃지 않는다." 말똥구리와 흑룡의 대등은 쉽게 수용될 수 있을까. 남의 자식은 용에 빗대어지는 지위와 권력의 자리에 있는 반면에, 내 자식은 하는 일이 변변찮은 말똥구리라면 과연 그 대등론이 먹혀들까. 그 잠언도 답답한 상황에 처한 실상으로 인해 생기지 않았을까, 싶은데, 일종의 자위론으로, 스스로 위로 삼기 위해 만든 자위성 말일 가능성이 크다.

대체로 동서양을 막론하고, 아버지는 자식 특히 아들이 나아갈 길의 방향을 제시하곤 그쪽으로 강요하는 경우가 강하다. 가령, 『보바리 부인』의 작가 플로베르의 경우가 그랬는데, 외과 의사였던 엄격하고 가부장적인 아버지의 강권으로 플로베르는 하기 싫은 법학 공부를 하다가 사법 시험에 세 번이나 낙방하고, 결국 뇌전증 발작을 일으킨 후 법학 공부를 중단하곤, 그 후 자기가 원했던 소설 쓰기에 전념하여 뛰어난 소설가가 되었다. 결과론적으로는 아들이 변호사가 되었으면 하는 아버지의 기대를 저버림으로써 플로베르는 자신의 길을 걸어간 셈이다. 사르트르의 표현을 빌면, 실패를 선택함으로써 진정한 자신의 길을 찾고 진정한 자신을 세상에 드러낸 것이다. 이렇게 아들의 장래를 자기 뜻대로 결정하려는 아버지의 행태를 사르트르는 '아버지의 저주'라고 불렀는데, 참으로 절묘한 표현이다.

　동서양의 아버지들은, 특히 한국의 아버지들은 누구든지 공히, 사르트르의 표현대로, 자신의 아들에 대한 '아버지의 저주'가 극렬한 편이다. 사르트르가 가장 바람직하게 생각한 부자 관계는 아버지를 부정하고 지향하는 것, 다시 말해서 상징적 친부 살해이다. 그것보다 바람직한 것은 아버지가 자신의 인생을 자식에게 주입시켜 자신의 뜻대로 살기를 바라서는 안 된다는 것을 스스로 깨닫게 하는 것이다. 아버지는 다들 자식의 인생은 자식의 뜻에 맡겨 그들이 개척하도록 맡기기보다는 자신이 자식의 길을 인도해야 한다는 사명감이 더 강한 것이다. 그 사명감은, 아버지 방식으로는 사랑이지만 라캉이나 프로이트식으로 해석하면 극도의 억압과 금기가 된다.

　부성의 존재치고 이런 아버지의 존재론에서 자유로운 이가 많지 않다. 경쟁의 논리가 지배적인 이 사회에서 내 자식이 떳떳하게 자신의 존재감을 부각하며 살아가기를, 아니 정확히는 치열한 경쟁 사회에서 생존하기를 바라는 마음 때문이었을 것, 그래서도 그런 마음속은 사랑이라는 강한 밀도로 채워진 속이었지만 겉으로는 억압으로 비칠 수밖에 없었다. 세칭, 꼰대짓을 자행했던 것인데, 자애로운 아버지는 애당초 없었다. 아버지라는 이름에는 사회가 뒷자리하고 있는 까닭에 모성과는 다를 수밖에 없었다. 그래서 에릭 프롬은 "어머니의 자녀에 대한 사랑은 아버지의 그것과는 다르다"고 전제한 뒤, 아버지의 사랑은 자녀의 행위에 따라서 주어지지만, 어머니의 사랑은 자기의 자녀이기에 주어지는 것이기 때문에 다르다고 해석한다. 내 자식이 사회에서 당당하게 자리하기를 바라는 마음에서 자식의 내성을 탄탄히 하는 방향으로 자식 교육이 쏠릴 수밖에 없었던 것, 그러다 보니 자식의 행동 하나하나에 이르기까지 혹독하게 간섭하고 간여하게 되었던 것, 결과론적으로는 그것이 정신적 상처로 남게 되어 심각한 후유증을 안긴 것이다. 그래서 이어지는 에리히 프롬의 다음 말이 안타깝지만 인정할 수밖에 없다. "부모의 자식에 대한 잔인성은 육체적인 것에서부터 정신적인 고문, 무관심, 단순한 소유욕 및 사디즘에까지 걸쳐 있으며, 너무나 충격적인 사실이지만, 우리는 자식을 사랑하는 부모가 대부분이라기보다는 진정으로 사랑을 베푸는 경우는 오히려 예외임을 믿어야만 한다." 프롬은 부모라고 두루뭉술하게 통합적으로 몰아가지만, 그 부모는 정확히는 아버지로 좁혀진다.

그래서도 아버지라는 이름은 외롭다. 한자로 아비는 父이다. 아비 父는 막대기(ㅣ)와 오른손(又)이 합쳐진 회의자로서, 오른손에 회초리를 들고 자식을 훈계하는 모습 또는 오른손에 채찍을 들고 가족을 거느리는 가부장 곧 아버지의 뜻으로 풀이한다. 혹은 ' ㅣ '는 채찍이나 회초리가 아니라 집안의 혈통을 이어주는 씨앗을 전하는 '남성의 상징'으로 해석되기도 한다. 이때 아버지는 생물학적인 기능체로서 '생명을 나게 하여 기르는 것'이라는 기호체가 된다. 그런데 이 글자는 넌센스하게도 내게 꼭 손에 도끼를 든 모습처럼 보인다. 도끼를 뜻하는 한자 부(斧)는 도끼(斤) 모양의 도구를 든 아비(父)의 형상이다. 이 글자 풀이는 남자 곧 아버지가 손에 도끼를, 정확히는 허리에 도끼를 찼다는 뜻이다. 이때 도끼는 사냥을 해서 가족 구성원을 먹여 살리기도 하고 외부의 침입을 막아 가족을 지킨다는 아버지의 상징적 표지, 라캉식으로 말하면 상징계의 언어 표지인 셈이다. 이런 아버지가 사라지거나, 사라지지 않고 있긴 있으되 도끼를 들고 있지 않거나, 도끼를 들고도 가족을 부양하는 가장으로서의 책임과 의무를 저버린다면 그 결과는 뻔하다. 가족공동체는 풍비박산이 날 것이고, 나아가 사회도 금이 가서 총체적 혼란과 붕괴가 가속화될 것이다. 상징계의 건강한 아버지가 부재하는 사회는 결국 건강하지 못한 사회로 귀착된다. 아버지가 만든 법과 질서와 이성과 제도가 아버지의 부재가 있게 된다면 그 결과는 응당 그것들의 총체적 혼란과 붕괴로 갈 수밖에 없다.

아비 父와 도끼 부(斧)의 상형자 해석에 기반해서도 집안의 가장이 되는 아버지는 당연히 바깥양반이다. 바깥은 응당 외부 세계이고, 그 세계로부터 아버지는 가장으로서 가족을 지키고 보호해야 하는 역할이다. 바깥 세계와의 교류 소통과 안의 세계를 지키기 위해 그는 바깥 활동을 할 수밖에 없다. 바깥에서 당당하게 자신의 존재를 심어 굳히고 지키는 데 큰 의미를 두는 것이다. 그래서도 아버지의 존재는 부성이 될 수밖에 없는 일, 그러다 보니 자식에게 바깥에서의 역할이나 의의에 대해 엄격하고 강한 훈계식 주입을 할 수밖에 없을 것이다. 억압적인 가부장으로, 가까이하기 부담스러운 부성의 존재로 정착된 이유이다. 프란츠 카프카는 아버지뿐만 아니라 어머니에게도 거리감을 가졌다. 그의 아버지 역시 엄격하고 실용적인 분으로, 겁 많고 사색적인 카프카를 이해하기는커녕 겁을 줌으로써 먼 거리감을 갖게 하는 그런 사람이었다. 카프카는 말한다. "두 분은 나한테는 모두 타인이에요. 우리를 연결시켜 주는 것은 혈통뿐이에요." 인도의 위인 마하트마 간디도 역시 가부장적인 아버지였다. 장남 하릴릴 간디는 지나치게 엄격했던 아버지를 따라가지 못하고, 아버지 간디의 길과는 다른 옆길로 빠지고 말았다. 간디는 모국어 존중을 강력히 주장하여 아이들에게 영어를 배우지 못하게 하고, 양약에 대한 치료를 일체 배제하고 전통적인 치료 방식을 강요하는 가부장적 횡포로 말미암아 아들들은 급기야 알코올 중독에 빠지고, 사업에서도 여러 실패를 맛보았다. 간디의 뼈아픈 오점이다.

라캉의 논리대로라면, 간디를 비롯한 아버지들은 상징계의 대타자인 셈이다. 상징계는 사회의 규약이나 질서, 법과 규칙의 세계인데, 아무래도 아버지의 존재는 그 세계를 대표하는 기호체이다. 아버지는 그래서 바깥 활동을 하는 것이고, 자식들에게 사회의 규칙과 질서를 가르쳐 적응시키려고 한다. 그러다 보니 엄격한 통제와 억압이 따르고 순응을 강요하기 마련이다. 아이들은 그를 두렵게 생각하여 심리적 거리를 두게 된다. 이성복과 김언희의 시에서, 상징 존재인 아버지에 대한 부정과 거부, 혐오는 그런 점에서 심각한 상처와 후유증 지속을 의미한다. 미나미 지키사이의 말을 경청해 볼 필요가 있다.

부모란 자기 자식의 존재를 먼저 승인하고, 그 아이가 아무것도 할 수 없다 하더라도 존재 자체만으로 기뻐해 주지 않으면 안 됩니다. 하지 않으면 그 아이는 인간관계를 만들 기초 체력이 많이 모자라게 되고 맙니다. 삶의 강도가 떨어져 버리는 것이죠. 그렇게 되면 그 아이는 어른으로 성장한 뒤에, 자기 힘으로 타인과의 관계를 형성하려 해도 힘이 모자라서 대인 관계를 만들 수 없게 되는 것입니다.

꼭 부모의 역할에 대한 신의 뜻을 전달하는 듯 지당한, 미나미 지키사이의 말이다. 존재 인정이 핵심이자 관건인데, 비록 남의 자식과 내 자식을 놓고 견주어서, 세칭 비교해서, 지적 능력을 포함한 여러 기능이 떨어지더라도 존재 그 자체만으로 기뻐해 주고 용기를 북돋워 주어야 한다는 것인데, 그의 말처럼 태반의 부모들이 그렇지 못하다. 사실 대다수는 그럴 때마다 아이 기를 꺾어버리지 않을까, 싶다. 그런데 문제는 기를 꺾고 기가 꺾여 주눅드는 것이 그때에 그치고 끝나는 것이 아니라 성장 궤도를 타면서 정신적 피해가 심각해진다는 것이다. 특히 사회생활을 하면서 타인과의 관계를 중시해야 하는 청장년기에도 어린 시절의 잘못된 기억은 트라우마로 남아 고통을 받게 되는 것이다. 심하게 말하면 자신의 인생에 심각한 위기가 닥치는 것이다. 어떤 부모가 자식을 낳아 키우면서 자식의 인생을 절단나게 할 마음을 가질까. 그럴 마음 운운 자체가 말도 안 되는 소리로 일소에 부치겠지만, 그러나 결론은 비극적 현실로 나타난다는 것이다.

요는 자식에 대한 과한 욕심이 화를 부른 격이다. 엄밀하게 말하면 자식에 대한 욕심은 문제시될 사안이 아닌, 당연한 마음의 현상인데에도 문제시되는 것은 그 욕심이 지나치다는 데 있다. 부모가 부모로서의 할 일은 자식이 잘 되고 못 되고를 미리 산정해서 자식에게 지나친 욕심을 가하는 것보다는 당시 자식의 면면을 그대로 수용하고, 자식을 도닥거리고 격려해서 최대한 좋게 나아갈 길을 모색하는 것이 가장 현명한 일인 것이다. 부모는 자식의 철저한 울타리요 언덕인데, 특히 힘들고 절망적일 때 든든한 뒤가 되어 받쳐주어야 한다는 사실이다. 좋을 때보다는 궂을 때, 힘을 실어주는 부모가 자식 생명을 진정으로 사랑하는 부모인 것, 남도 어려울 때 도움을 주는 지인이 되어야 마땅한데, 하물며 자식에게는 더 말할 나위가 없다. 그리고 덧붙인다면 자식에 대한 부모의 간섭은 사실은 애정의 표현이겠으나 정확히 말하면 애정의 과잉이다. 부모 입장에서는 자식이 더 나은 인간으로 발전하기를 바라는 마음에서 사사건건 간섭 아닌 간섭이 튀어나오지만, 자식 입장에서는 그것이 곧 자아의 발전에 장애가 된다는 사실이다. 한쪽에서는 순수한 마음에서 우러난 것이지만 다른 한쪽에서는 그렇게 받아들이지 않는다. 오히려 존재 부정의 불온한 의도로 받아들일 수도 있는 것이다.

사람은 누구나 태어나면 분리와 개체화를 겪게 되는데, 분리는 태어남으로써 모태로부터 분리되는 것을 말하고, 개체화는 분리를 통해 개인의 인격적인 독립과 독자성을 확보하는 것을 말하는바, 이른바 한 개인으로서의 독립 선언인 것이다. 태어나기는 부모의 몸을 통해서 태어나지만 부모의 종속적인 존재가 아니라 부모의 몸을 빌어한 개인의 주체적인 세계 선언이다. 그런데 이 점을 부모는 대개 망각하고 있다. 늘 보호와 관찰의 대상으로만 인식하는 것이다. 그래서 관심과 사랑, 애정이라는 그럴듯한 이름 아래 자식에 대한 끈질긴 관여와 간섭이 들어가는 것이다. 이 관여와 간섭이 얼마나 빨리 끝나느냐에 자식의 운명은 달려 있다고 할 수 있다. 붓다는 '여여(如如)' 곧 인간 존재의, 있는 그대로 진실의 모습을 인정하라고 했는데, 사람은 특히 부모는, 부모 가운데 아버지는 자식이 자신의 뜻대로 되기를 바라는 욕망이 있다. 자식의 존재를 자신의 뜻대로 바꾸려는 것, 이것이 불행의 근본이라고, 인도의 철학자 오쇼 라즈니쉬는 간파했다. 자식의 존재는 존재로 그 자체로 인정하는 것, 그것이 자식의 행복을 기하는 핵심이다. 붓다의 여여는 부모와 자식 간에도 아주 절묘하게 적용된다.

특히 아버지로 대표되는 가부장 제도는, 이른바 정답주의라고 할 수 있다. 하나의 답만이 길인 것인데, 아버지의 선택과 결정이 정답이고 그 외의 것은 모조리 오답인 것으로 인식되어온 바, 아버지의 선택과 결정을 따르지 않으면 버텨낼 수가 없었던 시절이 지난날이다. 그런데 인간 세상에 대한 답이 하나로 정해져 있는가. 정답이 있는가. 우주 천체의 복잡다단하고 거대한, 오묘한 인간사가 오지선다형 문제로 풀리는가. 단정적으로, 답은 정답주의가 아니라 해답주의로 가야 한다. 해답주의는 하나의 문제에 대한 답이 하나만 있는 게 아니라 생각하기에 따라 여러 개의 답이 나올 수 있는 패러다임이다. 소크라테스가 당시 그리스의 아테네 정부가 국가의 신이라고 하는 것을 따르지 않고 다신론을 주창하여, 젊은이들에게 일깨움을 준데 대해 당대의 정치권력자 아니토스라는 한 정치꾼에 의해 괘씸죄에 걸려 국가 모독이라는 죄목으로 법정에 서게 되었는데, 결국 그 정치꾼이 동원한 어리석은 민주 시민들에 의해 사형 선고를 받게 된다. 소크라테스가 택한 길은 정답주의가 아니라 해답주의였던 것인데, 그것이 정답주의자에게 빌미가 잡혀 끝내 끝장을 맞은 것이다. 정치에서 독재 독선이 그렇지 않은가. 독재 독선의 정치는 정답주의이다. 진정한 민주주의는 해답주의인 것이다. 그런데 일반 대중들은 정답주의를 추종하거나 따르는 경향이 있기에 대중이라는 칭호가 합당하게 들린다. 개성의 상실, 독자성의 무화 등으로 이어지는 시스템인 아버지 제도는 자식들의 개성과 독자성을 소멸케 한다. 삶의 주체는 남이 될 수 없고, 오로지 본인이다. 그 삶의 문제의 답은 오로지 그 삶의 주체인 본인만이 가지고 있다.

인생을 살다가 뜻대로 일이 풀리지 않는 경우, 왕왕 물려받은 유전자 탓으로 돌리는 경우가 있다. 어떤 부모이든 지적 능력이나 신체적인 기능의 측면에서 자식에게 좋은 유전자를 물려주었으면 하는 간절한 원망(願望)을 가졌을 것, 그러나 유전자의 대물림은 불가항력의 유전 현상이다. 하마면 리처드 도킨스가 이렇게 말했을까. "우리는 유전자의 기계로 만들어졌고 밈의 기계로서 자라났다. 그러나 우리에게는 우리의 창조자에게 대항할 힘이 있다. 이 지구에서는 우리 인간만이 유일하게 이기적인 유전자의 폭정에 반역할 수 있다." (『이기적 유전자』) '유전자의 폭정에 반역' 운운이 나올 정도이면 그 유전자의 대물림에 대한 원망(怨望)이 크다는 반증이다. 그런데 미국 워싱턴 대학의 연구진은 성장기 때 자녀가 엄마와 정신적 교감을 하는 경우가 하지 않는 경우보다 학습과 기억, 인지 등에 약 10% 정도 긍정적 영향을 끼친다는 연구 결과를 밝혔다. 일반적으로 대략 부모와 자식 간에는 유전자의 50% 정도를 공유하고, 나머지는 환경과 교육에 영향을 받는다는 것이다. 유전자도 중요하지만, 그것은 노력의 차원을 초월한 결정론적 단계이기에 환경과 교육의 중요성이 새삼 절감된다. 하긴 앞의 리처드 도킨스의 말처럼 유전자의 지배로부터의 탈출도 감행해 볼 여지는 있다. 유전자의 지배나 폭정에 대한 반역이라는 그 말의 뉘앙스도 환경과 교육을 전제로 한 개연성으로 들리는 까닭이다. 그래서도 간절한 것은 자식이 태어나면서 부모가 되는 것보다는 자식이 태어나기 전에 미리 '준비된 부모'가 되는 길이다. 그 길을 사전에 깨닫지 못하면 기다리는 것은, 시행착오로 인해 돌이킬 수 없는 길을 돌아보며 후회하는 부모의 길뿐이다. 준비된 부모가 되어 유전자 의존에서 탈피하여 오로지 자식의 정신적 자유를 위한 평온한 가정 환경과, 미래를 위해 수립한 하루하루의 계획에 따라 하나씩 실천에 옮길 수 있는, 작지만 훈훈한 교육 환경을 만들어 나가는 일이다.

하긴, 세상 아버지들의 속마음을 어떻게 구구히 다 드러내고 이해를 구할 수 있을까. 심심상인(心心相印)인 것. 다만, 뜻한 바의 벚꽃을 보려고 꽃이 피지 않은 벚나무를 마구 베어서는 벚나무를 망가뜨려 벚꽃 자체를 볼 수 없다는 사실, 벚꽃의 삶의 목적인 자신 안에 내재한 모든 잠재력인 생명의 힘의 결실인, 자신만의 빛깔과 향기를 띤 꽃과 열매를 피우거나 맺게 될 것일 것. 아버지가 할 수 있는 일은 정원사의 역할일 것, 그들 생명의 힘이 가장 최적의 상태를 갖추어 꽃과 열매를 피우거나 맺는 데 자신의 경험을 피드백하여 그것을 바탕으로 도움을 주는 일이다. 그렇다고 거창한 도움은 아니다. 자식과의 정신적 교감과 든든한 마음의 후원, 응원의 박수가 알차고 건강한 미래를 지향하는 자식의 독자적인 삶을 기리는 데 기여하는 단계의 도움일 것이다. 모든 식물이 다 많은 물을 원하지 않는다고 하지 않은가. 식물에 따라 적절한 물이 필요한 것, 지나친 물은 생명을 빼앗는 원인이 된다는, 과유불급의 식물학의 원리가 있다. 사람의 사랑 역시 그렇다. 자식에게 필요한 적절한 사랑이 자식의 삶을 피워 돋우는 데 도움이 된다는 사실, 그 사랑 중에 기본이 되는 역할은 물 외에, 자식이라는 나무가 스스로 잘 자라게끔 태양과 바람을 향하도록 도움을 주는 일이다.

새삼 회고하자면 지난날의 가부장제 사회의 아버지는 물질적 자산 말고도 자식까지도 소유물로 지배했는데, 인젠 자식이 아버지의 소유적 존재가 아니라는 것, 해서 가부장적 의식의 아버지라면, 진지하게 회오하고 성찰해야 할 것, 왜 자식이 가부장의 뜻대로 인생을 살아야 하는가. 자신이 구도한 대로의 로봇 같은 인생을 살기를 강요하는 가부장이 있다면 낡고 지배적인 가부장일 뿐 자식의 삶을 아끼고 헤아리는 아버지는 아니다. 자식이 '아버지의 지배로부터의 자유'의 선언이 아닌, 그들 '자신만의 꿈과 이상의 목표를 향한 자유'를 선언, 자기 삶을 주도하는 독자적인 존재가 될 수 있도록 옆에서 뒤에서 그들의 진정한 삶의 '자유'를 북돋우고 지켜주는 든든한 언덕으로서의 아버지가 되어야 하리라. 만시지탄의, 회한의 아쉬움이 담긴 소리가 속에서 곁에서 가까이에서, 멀리 어디선가에서 살아나는 듯 들린다. 늦었지만 지금부터라도 기대고 싶은 언덕이 되겠다는, 기가 든 들숨 날숨과 함께

자식(子息)의 숨sum 소리
— 자식의 코기토(cogito)를 위하여

자식(子息)은 부모가 자신의 아이 곧 아들과 딸을 일컫는 말로, 앙증스럽게 '새끼'라고 하기도 한다. 부모가 '자식'이라고 할 때에는 귀여움과 사랑을 듬뿍 담은 표현이다. 간혹 낮잡아 부르는 말이거나 친근감의 표현이기도 한데, 욕설로도 쓰이기도 한다. 이 자식(새끼), 저 자식(새끼), 개자식(새끼) 등으로 쓰인다는 건 내 자식 급이라는 얘기의 의미이며, 특히 접두어가 붙으면 그 사람의 부모를 욕보인다는 것이다. 할아버지 할머니, 부모가 흔히 쓰는 '내 새끼'라는 말은, '새끼'라는 말이 아직 어리다는 뜻에서도 아이에 대한 그들의 사랑과 보호 본능이 함뿍 담긴 표현이다.

'자식(子息)'이라는 말을 곰곰이 들여다본다. 아들만이 아니라 딸도 가리키는 자(子)에 '숨을 쉰다'는 뜻을 가진 식(息)은 '숨' 그 자체를 가리킨다. 그 '숨'의 식(息)은 생명을 유지하게끔 하는 생명 그 자체이다. 또한 식(息)은 차분히 마음을 가라앉혀 마음의 안정이나 평온을 찾는 경우를 말하는데, 숨과 안정과 평온의 뜻이 복합된 자식(子息)을 접하는 순간, 오만가지 착잡한 생각에 잠긴다. 자식의 참된 뜻은 그들을 편안하게 숨을 쉬게 해주어야 한다는 것인데, 과연 나는 자식들에게 숨의 환경 공간을 만들어 주었는가, 하고 물으면 고개가 절로 강하게 내저어진다. 자식의 기를 살려 활발하게 숨 쉬게 하는 최상의 환경을 만들어 주는 것, 그것이 부모의 의무이고 책임이고 역할인데, 그리고 그 공간 안에서 자유롭게 숨을 쉬면서 자신의 길을 고민하고 개척하고, 자식이라는 말에 담긴 진실 그대로 자라고 커서 어엿한 어른이 되어 세계에 동참하도록 하는 것이 부모의 사랑인데, 전혀 그러지 못했다. 그래서 늘 후회는 뒤늦게 오는 것인가 보다.

그런데 놀랍게도 자식(子息)을 자식(子熄)으로 키우는 부모가 많다는 사실을 알게 되었다. (여기서 부모는 아버지 어머니 모두를 다 지칭하는 것이 아니라 아버지가 지칭의 대상이지만 '부'만 칭하기에는 언어상 균형이 맞지 않아 그냥 '부모'라고 통칭하는 것임. 그리고 에릭 프롬의 말대로, 어머니의 자식에 대한 사랑은 무조건적인 사랑인 데 반해 아버지의 사랑은 자식의 행위에 따라 주어진다. 통상 바깥양반으로 불리는 아버지는 대체로 집 안보다는 밖의 세계 활동에 무게 중심을 두기 때문에 자식의 대외적인 활동이나 사회적 활동 능력에 큰 기대와 가치 부여를 하는 까닭이다.) 자식(子息)과 자식(子熄)의 차이는 숨(息)과, 불(氣)이 꺼지고 식어버림(熄)에 있다. 숨을 쉬게 하여 불(氣)을 돋운 자식을 키운 부모이거나, 숨을 틀어막아 생명의 기운이 식은 자식으로 자라게 한 부모의 차이이다. 뼈저린 아픔이 후회막급으로 들이닥친다. 자식이 독립하고 난 뒤인 지금에 와서야 비로소 '자식'에 숨겨진 그 깊은 뜻을 깨닫곤 쉽지 않은 자식 교육을, 그리고 부모가 된다는 것은 그저 되는 것이 아니라 철저히 준비되어야 하는 것을 뼈저리게 느낀다. 숨 쉬게 해야 사는 자식을 불을 꺼서 생명 의지가 꺾인 자식으로 만든, 전혀 뜻밖의 뛰어난 인물들이 많다는 사실도 새삼 알게 되었다. 에디슨, 마하트마 간디, 윈스턴 처칠같이 뛰어난 인물들도 자식 때문에 울었다고 한다. 그들은 자식(子息)이 아니라 자식(子熄)으로 키운 업보를 톡톡히 받았다. 부모가 자식의 장애물일 수도 있다는 것, 위에 든 뛰어난 인물들을 대상으로 '위대한 남자들의 자식 농사 실패기'를 쓴 모리시타 겐지는 알코올 중독자로 생을 마친 간디의 장남 하릴랄 간디를 두고 "장남 하릴랄은 자녀들에 대한 간디의 이상주의 교육이 드리운 짙은 그늘이었다"는 판정을 내린다. 간디 자신의 기준에 따라 아들인 하릴랄의 의견은 철저히 무시하고 오로지 자신의 철학만 강요한 탓에 아들은 실의 끝에 술과 여자에 빠져 방탕한 생활을 하다가 인생을 망친다. 간디의 가부장적 권위주의가 자식을 망친 원인이다. 영어를 배워 영국에 유학, 변호사가 되겠다는 아들 하릴랄의 의견을 철저히 통제, 무시하고 억압한 것이다. 그는 오로지 영국으로부터 인도를 독립시킨다는 자신의 애국관만을 강요했던 것이다. 큰 나무 아래서는 나무가 제대로 자라기는 어렵다. 작은 나무에 대한 사랑과 배려가 없거나 뒤틀려 있는 까닭이다. 자기의 큰 그늘에 있으면 무탈하다는 것인지, 자기의 그늘 영향으로 자식의 세계 개척 노력 없이도 잘 살 수 있다는 뜻인지는 모르지만, 숨통을 죄고 또 죈다.

존 스튜어트 밀의 경우는 긍정적이다. 그의 아버지 제임스 밀은 자신이 직접 아들의 교육을 담당했으며, 어렸을 때부터 독서를 통해 엄청난 양의 지식을 습득하도록 이끌었다. 밀은 세 살 때부터 그리스 어를 배우기 시작하여 여덟 살이 될 때끼지 이솝의 『우화들』, 헤로도 토스의 『역사』, 플라톤의 『대화편』을 그리스어로 읽었다. 또한 라틴 어는 물론 유클리드 기하학과 대수학을 배워 동생들에게 가르치기도 했다. 열두 살에 아리스토텔레스의 논리학을, 열세 살에 정치학과 경 제학을 배우기 시작하여 애덤 스미스의 『국부론』을 읽었으며, 열여 섯 살 때는 계몽주의 철학서들을 섭렵했다. 그는 아버지의 주도 아래 영재교육을 받은, 아버지의 뜻이 순수하게 관통된 대표적 인물이다. 자세히 알 수는 없지만 제임스 밀은 자식(子息)인 아들 밀에게 꼭 맞 는 숨쉬기 방법을 찾아 쉬도록 했을 것이다. 그러니 아들 밀이 반발 하지 않고 아버지의 뜻을 그대로 따랐을 것이다.

하릴랄과 밀의 상반된 경우는 차분히 깊은 생각에 잠기게 한다. 부모는 자식을 위해서는 오랜 시간 동안 철저히 조력자의 역할을 해 야 한다. 자식을 자기 수준에 비추어 판단한다든가, 자식에 대한 욕 심만 지나치게 요구하고 정작 자식은 무관심으로 방치하는 것은 자 식의 장래를 망치는 원인이 된다. 자라는 아이들에게 가장 필요한 것 은 진지한 관심과 대화 그리고 진정한 사랑이다. 그래서인지 새삼 진 자리 경험의 산물인 속담에 담긴 깊은 삶의 철학과 지혜가 진하게 느 껴진다. "뿌린 대로(만큼) 거둔다", "가꾸지 않는 곡식 잘 되는 법이 없다", "곡식은 주인 발소리 듣고 자란다"는 말도 있듯이, 자식에 대한 사랑 어린 관심과 지향성은 때가 있는 법, 그때를 놓치면 후회해봐야 아무런 소용이 없다. 사람의 일은 때가 있는 법, 때를 놓치면 이미 버스는 지나가고 만 것이다. 씨를 뿌렸으면 늘 관심을 가져 성장에 장애가 되는 풀들을 제거하고, 생명을 꽃 피울 수 있도록 지켜주고, 보살펴야 하는 것이다. 씨만 뿌려놓고, 자라는 건 네 알아서 하라는 식의 무책임한 행태는 무참한 결과를 예약한 상태가 된다.

이어령 선생은 "미래는 오는 게 아니라 만드는 것"이라고 했는데, 그러니까 자신의 존재는 처음부터 존재하거나 이미 결정되어 있는 것은 아니다. 자신의 의지에 따라 만들어지는 것이다. 자신의 의지에 따라 걸어가야 할 길을 결정할 수 있도록 부모는 도와주는 역할은 해야 하는 것인데, 도와주면서 지나치게 모든 것을 자기의 뜻대로 결정하는 부모가 있기도 하고, 아예 무관심 일변도로 가는 바람에 자식들이 갈 길을 잃어버리고 방황한 끝에 결국은 인생을 망치는 경우가 있다. 데카르트의, '나는 생각한다, 고로 나는 존재한다(cogito, ergo sum)'는 말처럼, 진정한 정체성을 가지고 이 세상을 떳떳하고 당당한 존재로 자신을 세울 수 있도록 도와주는 것이 부모의 역할이다. 그래서 부모가 특히 명심해야 할 중요한 덕목의 키워드는 데카르트의 '코기토(cogito)'이다. 코기토는 세상의 이치에 이르는 인식론이자 합리적인 방법론이다. 생각이 없이 이루어지는 크고 값진, 좋은 일은 드물다. 독일의 나치가 자행한 홀로코스트는 코기토의 결과일까. 물음 자체가 어불성설의 우문(愚問)인데, 그 만행은 코기토의 부재이자 심각한 결여 현상이다. 아인슈타인의 상대성 이론이 코기토의 일환인 것은 마땅하다.

사람은 누구나 태어나면 분리와 개체화를 겪게 되는데, 분리는 태어남으로써 모태로부터 분리되는 것을 말하고, 개체화는 분리를 통해 개인의 인격적인 독립과 독자성을 확보하는 것을 말하는 데, 이른바 한 개인으로서의 독립 선언인 것이다. 부모의 몸을 거쳐 태어났지만, 그냥 그렇게 거친 것일 뿐 부모에게 종속된 존재가 아닌, 한 개인의 주체적인 세계 선언이다. 그런데 이 점을 부모는 대개 망각하고 만다. 내 자식은 곧 내 소유라는 인식, 그래서 늘 보호와 관찰의 대상으로만 인식하는 것이다. 그래서 관심과 사랑이라는 이름 아래 자식에 대한 끈질긴 관여와 간섭을 행하는 것이다. 부모의 세계관이나 인생관을 지나치게 강요하고 주입함으로써 자식으로 하여금 맹종에 길들게 한다. 그런데 그 맹종은 자식의 독립을 가로막는 큰 장애물이 된다. 남에게 기대거나 맹종의 태도를 거부, 자신의 길을 걸어가는 존재론적 행동이 개인을 위해서나 사회를 위해서나 바람직한 일이다. 진정한 독립은 자식의 코기토를 정립, 인정하는 일이다.

그 맹종을 거부한 뛰어난 사례는 플로베르에서 발견된다. 『보바리 부인』의 소설가 플로베르는 부모의 관심과 기대를 저버림으로써 제 길을 찾게 된 아이러니한 표본이다. 법학자로의 성공 곧 변호사가 되기를 기대한 유명 의사인 아버지의 기대를 무참히 저버리고, 심각한 간질 증세가 나타난 이후로 플로베르는 자신이 몹시 혐오한 법학을 때려치웠다. 사법 시험에 연거푸 낙방을 하고 아버지의 기대를 저버림으로써 플로베르는 진정한 자신을 세상에 드러낸 것이다. 사르트르의 표현을 빌리면, 실패를 선택함으로써 진정한 자신의 길을 찾은 것이다. 플로베르는 아버지의 뜻에 대한 맹종을 거부, 자신의 길을 걸어간 성공적인 사례이다. 그 모든 원천은 플로베르의 코기토이다. 그의 독자적인 코기토가 있었기에 '나는 존재한다(cogito, ergo sum)'에 맞는 '『보바리 부인』의 소설가 플로베르'의 존재론이 성립되었던 것, 이 세계에 대한 인식의 주체는 바로 '나'라는 존재론의 측면이 핵심이다. 한 마디로 나는 세상의 들러리가 아니라 세계의 주체자라는 인식이 키-포인트인 것이다.

특히 인간 생명과학인 유전학의 입장에서 유전자 타령을 많이 하고, 툭하면 유전자에 모든 탓을 돌리는 경우가 있다. 잘 된 집안의 아이들은 유전인자가 좋아서이고, 그렇지 않은 아이는 유전인자가 안좋아서라고, 유전 지식을 들이대며 합리적 변명을 갖다 붙이는 것이다. 그런데 그런 유전 지식으로 알고 있었는데, 진실은 그게 아니었다. 심지어 암과 같은 무서운 병도 유전적이라고 보통 인식하고 있는데, 유전과는 무관하다는 게 의학적 진실이다. 환경이 그렇게 만든다는 것이다. 가령, 부모가 위암일 경우, 자식도 유전적으로 위암 발병의 개연성이 높다고 생각하기 십상인데, 설혹 그렇게 발병되어도 유전 탓이 아니고, 가족의 음식 환경이 같다는 데에 원인이 있다는 것이다. 마크 월린에 따르면, 우리가 부모에게서 받는 DNA 가운데 얼굴, 키, 피부색 같은 외형과 관련된 것은 겨우 2%에 그치고, 98%는 감정이나 행동 그리고 성질과 연관된 것들이라고 한다.(『트라우마는 어떻게 유전되는가』) 따라서 우리가 주목해야 할 곳은 전혀 뜻밖의, 환경인 셈이다. 어떤 집의 경우, 부모가 억압적이고 언어폭력을 포함해서 폭력적일 경우, 자식들은 기죽거나 짓눌려 살게 마련인데, 문제는 그 자식이 어른이 되고 부모가 되었을 경우, 역시 자기 자식에게 자신이 답습한 나쁜 그 환경을 그대로 재현하고, 대물림시킨다는 것이다. 그래서 생뚱맞게, 사실과는 전혀 어긋난, 유전이라는 말이 튀어나오는 것이다. 하긴 타당하다. 피의 유전이나 대물림만이 유전이고 대물림이 아니라 환경의 유전, 대물림도 역시 유전이고 대물림인 까닭이다.

이런 유전 논리를 감안하면, 부모가 되려는 이는 곰곰이 잘 더듬어 먼저 생각해 보아야 할 일이 있다. 자식을 낳기 전에 자신이 커온 환경이 어떠했는지, 그 환경 속에서 자신이 어떻게 성장하고 성격이 형성되었는지, 자신을 꼼꼼히 살펴보아야 한다. 그리고 난 뒤 자신을 위한 교육과, 자식을 위한 미래의 교육을 준비해야 하는 것이다. 잘못된 대물림은 자신의 대에서 종지부를 찍도록 해야 한다. 그리고 절대 금지 사항은 자식은 남의 자식과 비교해서도 비교당해서도 안 된다는 사실이다. 잘난 남의 모든 것을 부러워하지 말라. 남의 것은 남의 것, 내 것이 아니다. 내 것이 아니니 내 것이 될 수가 없다. 내 것이 아닌 것을 부러워하다가는 내 것마저 잃을 일만 남을 것이니 불행이 아닌가. 내 것을 어떻게 해서 만족할 만한 수준까지 끌어올리는 것이 상책이다.

이덕무(李德懋) 선생이 남긴 말을 새겨 듣는다. "말똥구리는 스스로 말똥을 아껴 여룡의 여의주를 부러워하지 않는다. 여룡도 여의주를 가졌다 하여 스스로 뽐내면서 저 말똥을 비웃지 않는다." 하긴 이덕무 선생 자신도 정조가 위세등등한 양반제도를 까뭉개지 않았고, 정조의 신임을 받지 못했더라면 그냥 이름도 없이 살다가 이 세상을 떠났을 것이다. 그의 신분은 서얼 신분이었기 때문이다. 정조 시대에 규장각에 검서관 제도를 두고 유능한 서얼 출신자를 등용하였는데, 그때 등용된 서얼 출신 인물들 중에서 이덕무(李德懋)가 첫 번째 검서관으로 발탁된 뒤 이어 유득공(柳得恭)·박제가(朴齊家)·서이수(徐理修) 등이 발탁되었다. 말똥구리와 여룡은 결코 평등한 존재가 될 수 없는 상징성의 존재이다. 그러나 말똥구리는 여룡의 여의주를 부러워하지 않는다는 사실, 말똥구리는 여룡이 될 수 없기 때문이다. 이미 태생적으로 첩의 자식인 서얼 신분인 이상 본처의 자식이 될 수는 없는 일, 자신이 서얼로 태어났다고 해서 평생 그 신분을 탓하거나 본처의 자식이 되기를 꿈꿀 수가 있겠는가. 이미 그 신분은 자기의 신분이 아닌 이상, 최대한 최선의 돌파구를 마련해야 하는 일만 그에게 남았다. 그래서 자신이 '여룡'이 아니라는 것을 명백한 현실로 받아들이는 것, 그리고 여룡의 상황을 부러워할 것이 아니라, 자신의 상황을 '말똥구리'의 존재로 받아들여 '말똥구리'가 할 수 있는 일을 최대한 모색한 것이다. 그것이 '말똥' 곧 책읽기와 글쓰기였다. 만약 그가 자신의 신분을 망각하고 여룡이 되기를, 여룡의 여의주를 꿈꾸었다면 그만의 독자적이고 고귀한 '말똥'을 생산할 수 있었을까. 말똥과 여의주는 비교 대상이 아닌 것이다. 말똥은 말똥만이 지닌 가치를, 여의주는 여의주만이 지닌 가치를 가지는 것이지, 비교의 층위는 아닌 것이다. 이덕무의 호가 일백여 개에 달한다는 놀라운 사실은, 호는 곧 사회적 자아라는 당대의 세계관에 입각, 자신의 삶을 다양하고 깊게 탐구하고 추구하면서 살아간 자신의 철학관을 절실하게 보여준다.

> 부모란 자기 자식의 존재를 먼저 승인하고, 그 아이가 아무것도 할 수 없다 하더라도 존재 자체만으로 기뻐해 주지 않으면 안 됩니다. 하지 않으면 그 아이는 인간관계를 만들 기초 체력이 많이 모자라게 되고 맙니다. 삶의 강도가 떨어져 버리는 것이죠. 그렇게 되면 그 아이는 어른으로 성장한 뒤에, 자기 힘으로 타인과의 관계를 형성하려 해도 힘이 모자라서 대인관계를 만들 수 없게 되는 것입니다.

일본의 미나미 지키사이(南直哉)의 말이다. 그렇다. 자식의 존재를 먼저 승인, 인정해야 한다. 쉽게 하는 말일지 모르지만 결코 쉽게 튀어나오는 말이 아니다. 자식을 낳은 어머니의 무조건적, 절대적 사랑에서야 그 말은 가능하지만, 아버지의 사랑은 어머니의 사랑과는 달리 녹록치 않다. 아버지는 자식의 사회 진출에서 적응과 생존, 나아가 부각과 사회적 인정에서 성공 신화까지 생각하기 때문이다. 진정으로 자식을 사랑한다면, 자식의 앞날에 대한 관심이나 애정이 크다면 지나친 관여나 간섭은 삼가거나 줄여야 마땅하다. 의견 무시와 억압으로 인한 존재감 상실로 인해 바깥세상에서의, 야심에 찬 활동을 망칠 수 있다. 집에서 새는 바가지 들에 가도 샌다는 속담이 있듯이 집에서 제대로 대접받지 못하고 존재를 인정받지 못한다면 자신에 대한 존재감 상실로 인해 대인 관계도 그렇고, 자신감을 잃게 되어 결국은 무기력한 존재로 떨어지고 마는 것이다. 집에서 존재감을 부여하는 역할 수행은 전적으로 부모에게 달려 있다. 존재감은 의견을 자유롭게 개진하게 하고, 그 의견을 최대한 받아주고 북돋워 주는 데에서 키워지고, 결국엔 자기만의 자리를 잡고 우뚝 서게 되는 것이다.

나는 숨을 불어 넣어 불(氣)의 기운을 돋운 자식(子息)으로 키운 부모이기보다는 숨을 틀어막아 불의 기운을 식게 한, 자식(子熄)의 부모였다. 참-부모가 아닌 거짓-부모였던 것, 그래서 자식의 코기토, 존재 인정은 이제까지는 먼 남의 이야기였다. 그런데도 헤매거나 엇나가지 않고 제 갈 길을 반듯이 걸어가고 있는 자식이 짠한 속죄감을 덜어주는 듯 뿌듯하다. 늦었다고 생각한 때가 가장 이른 때라는 말은 듣기 민망한, 자기변명에 가까운 상투어지만, 한참 늦은 지금이지만 임제 선사의 말을 자식에게 띄워 부친다. '수처작주(隨處作主)라' 곧 '어디에 있더라도 늘 주인이 되라'는 선사의 말은 자신이 살아가는 세상의, 자기 삶의 주인이 되라는 뜻, 비록 한참 늦은 지금부터라도 너희 뜻대로 뿌듯하고 벅찬 삶을 살아가는 삶의 주체가 되길 간원한다. 간원하는 순간 어디선가 귓전을 울리는 듯, '나는 생각한다'는 너희들 코기토cogito의 소리가 당당히 '나는 존재한다sum'는 너희들 '숨sum' 소리와 겹쳐 깊고 듬직한 소리로 울린다.

마지막 소통
— 미리 쓰는 유인서

　유언서, 하면 혹 자살을 떠올리거나 죽음을 앞두고 남길 말이나 사안들, 특히 재산권 이양이나 유증에 대한 법적 효력을 지닌 문서를 먼저 떠올린다. 그러나 사람이면 누구든 반환점을 돌아 황혼의 저녁 길을 걸어가기 마련, 유언서는 그 마지막을 준비하면서 어떻게 남은 시간을 뜻깊게 쓸 것인지에 대해 계획을 짬으로써 남은 삶의 시간에 대해 실존적 가치를 부여함으로써 실존적인 삶을 살아갈 수 있는 일이니 바람직하다. 그리고 사이먼 크리츨리의 말처럼 "유서는 마지막 소통"이기에 미리 쓰는 유서를 통해 오랫동안 속 깊이 품은 말을 풀어놓고, 가족들과 진지한 성찰의 시간을 갖는 게 가치 있는 길이지 싶다.

　사람은 다 수명이 있는 법이다. 물건도 만들어져서 잘 사용하다가 고장이 나면 더 이상 사용하지 못하고 폐기하는데, 사람도 그렇다. 동종의 물건도 부지불식간에 품질 차이가 나도록 생산되는 바람에, 그것을 쓰는 주체인 물건의 주인이 어떻게 사용하고, 잘 관리하느냐에 따라 그 수명이 다르듯, 사람 수명도 마찬가지, 애시당초 유전성, 그러니까 집안 내림의 건강성에 따라 탄탄한 건강을 받아서 태어났는가의 여하에 따라 건강성 여부가 나타나고, 또 평소 건강 관리를 어떻게 했느냐에 따라 생명의 시간이 달라지기도 한다. 미리 그것을 알고 건강 관리를 충실히 잘하면 수명이 길어지기도 하고, 소홀하면 수명이 짧아지기도 하는 것이다. 생물학적인 존재는 언젠가는 수명이 다하는 날이 오기 마련, 그 수명의 다함을 담담히 받아들여야 할 일이다. 아니다. 숫자상의 수명 운운할 것이 아니다. 진정한 생명력은 숫자로 오래 사는 힘을 말하는 것이 아니라 정신의 힘을 말하는데, 그것은 곧 인간과 세상을 똑바로 보고 인식하는 정신과 사유의 힘을 말한다. 그런 정신과 사유의 힘이 없이 숨만 쉬고 있다면 죽은 생명이나 마찬가지, 몸만 남은 죽은 생명이 되기 이전에 정신과 사유가 살아있는 생명력의 존재로 실존하다가 떠나기를 간절히 바랄 뿐이다. 프랑스의 위대한 철학자 파스칼은 39세의 짧은 생애를 숨 쉬다 갔지만 그의 정신과 사유는 그의 저서 『팡세』를 통해 350년이 지난 지금까지 살아 숨쉬고 있지 않은가.

제번하고, 나와는 체질상 상극의 절기인, 내가 좋아하지 않는, 찌고 찌는 여름날도 이젠 하루하루 줄어들고 있다. 소중하고 귀한 시간이다. 하늘을 보라. 푸른 하늘에 흰 구름이 떠 있다. 이젠 저런 풍경도 하루 지나면 하루씩 줄어든다. 아깝다. 값지다. 소중하다. 아름답다. 너무 가슴 아프게 들어온다. 갈수록 과거의 풍경이나 사실에 대해 추억을 느끼고 애착을 갖는다. 이상하게 어떤 장면은 뜬금없이 옛날의 추억어린 장면과 겹치기도 하고, 추억을 떠올리게도 한다. 추억은 미래가 아닌 과거의 시간이니, 개인적인 시원 공간으로 돌아갈 날이 많이 남지 않았다는 뜻인가. 허긴 나이를 생각하자면 조민간 소크라테스가 독배를 마시고 세상을 떠난 그 나이가 되었다. 그래서인지 부쩍 유언서를 써야겠다는 마음이 급하게 든다. 죽을 날이 얼마 남지 않아서가 아니라, 금싸라기 같은 살 날이 남았기에 그 살 날을 값지게 보내기 위해서 유언서를 남기는 것이다.

지금까지 걸어온 날들이 희미하게 혹은 선하게 떠오른다. 나름 최선을 다해 헐거운 삶을 다져서 조금이나마 앞으로 나아가도록, 위로 올라가도록 해서 값지게 채우려고 했었는데, 뜻대로 이루어진 삶의 길은 못된, 안타까운 어정잡이의 길이었다. 그때로 돌아가 다시 시작할 수 있는, 신의 기회가 다시 주어진다고 해도, 냉철하게 판단한다면, 이룰 수 있는 일이 있고, 이룰 수 없는 일이 있는 한계가 있다. 내 타고난 능력은, 특히 인간 세상을 세세히 깊이 훑는 혜안의 이성과 감성이 핵심인 인문학의 길을 걷기엔 여전히 안개 속이다. 도대체 내가 걸어갔어야 할 길은, 혹은 걸어왔어야 할 길은 어떤 길일까. 당최 가늠이 안 된다. 추구하는 삶의 지향이나 목표가 잡히지 않은 삶이라니, 삶의 비극이자 희극이 아닐 수 없다.

사피엔스의 비극이자 희극의 하나는 사피엔스가 부모가 된다는 사실이다. 사피엔스가 살다 가면 살다 갔다는 흔적이 남는 법이다.

여기서 말하는 흔적은 위대한 사피엔스가 남긴 역사적 업적이나 명예를 말하는 것이 아니라, 누구에게든 다 부여되는 보편적인 생명의 흔적인, 바로 자식이다. 자식은 중요한 흔적이다. 그 흔적이 자랑스러운 부모와 그 역의 부모가 있다. 굳이 돌아보지 않아도 난 뒤의 부모 곧 '역의 부모'이다. 자식에게 존재 의식을 강하게 심어 준 까닭에 당당하고 뜻있는 부모로 인식되는 부모가 뜨겁게 부럽기만 하다. 피로써 물려주는 것도 중요하고, 태어나 성장시키는 과정에서 제대로 된 부모 역할을 하는 것은 피의 유전성보다 더욱 중요하다. 부모의 역할은 그 자식이 세상의 당당한 한 인간으로 존재감을 드러내면서 살아가는 일에 최선을 다하는 일이다. 아니, 자식의 한계가 있다면 그 한계를 뚜렷이 인식하고 그 한계를 극복하는 데 온 힘을 다 바쳐야 하는 것이다. 그것이 자식에게, 한계라는 불행한 인자를 가지고 태어나게 한 원인을 제공한 부모의 할 일인 것. 참으로 회한이 심하게 인다. 한 소설을 읽다가 뜨끔했던 대목이 있다. "부모는 자식에게 죄인이라고 했다. 차라리 이 세상에 태어나지 않도록 했어야 했다." 막말로 죄인 운운의 앞말에다가 일견 무책임하게 들리는 뒷말은 세상에 태어나게 했으면 나름 독자적인 한 인간으로 존재할 수 있도록 부모의 역할을 다했어야 했는데, 그 역할을 다하지 못한 데 대한 자책감의 소리일 것, 그 소리는 내 회한의 속엣말이다. 얘들아, 내 회한이 담긴 속엣말을 진지하게 귀담아 들었으면 한다. 이 회한이 대물림되지 않기를 바라는 절절한 마음에서이다.

그렇다고, 무작정 남의 것, 곧 남의 행복, 남의 자랑스러움을 부러

위할 수만은 없는 일, 남의 것은 남의 것, 내 것이 아니다. 내 것이 아니니 내 것이 될 수가 없는 것, 내 것이 아닌 것을 부러워하다가는 되레 내 것마저 잃어버리는 불행을 맞을 수도 있다. 좋은 시간내는 다 놓쳤지만, 지금이라도 해야 할 일은 비록 작고 초라한 내 것이지만 거기에서 나름 의미를 찾고, 의미를 부여할 수 있도록 내 것을 끌어올리는 것이 상책이다. 나만의 길을 찾기 위한 방법론적인 모색의 하나로 왕왕 역설적으로 남의 것이 해답이 되거나 실마리가 될 수도 있다. 그러나 이미 내 것은 너무 멀리 와 버렸다. 내가 걸어온 그 먼 지점에서 해답을 찾는 게 정답이다. 해답 중 중요한 항목 하나는 자신이 걸어온 길의 오류를 인정하는 것이다.

뒤늦게사 고백하자면 나는 가정을 이루어, 그 가정의 따뜻하고 듬직한 가장이 되기에는 역부족했다. 나만의 세계에 몰입한 탓에 사회성이 극히 떨어진 채 홀로 세상을 살아갈 운명의 사람을, 그나마 세상 사람이 되어 살아갈 수 있게끔 천생연분으로 만나 옆에서 곁고 곁에서 감싸준 평생의 동반자인 아내에게 감사의 속뜻을 전한다. 나 홀로가 아니라, 짝을 만나 어렵고 궂은 일을 함께 헤쳐 나갔기에 지금 마지막 소통의 진솔한 속엣말을 남기고 있지 않은가. 혼자 살아가기란 힘들기에 짝을 지어 살아가도록 음양의 이치가 생긴 것인데. 낮만 있으면 안 되니 밤이 있어야 하고, 해와 달이, 물과 불이 있듯이 생명의 세계 역시 마찬가지인 것. 힘들고 궂은 일은 혼자서는 감당하기 어렵다. 그래서 짝을 이루어 그 어려움을 견디고 이겨내는 것. 만약 나 혼자 세상에 던져진 사람으로 살아갔다면 그 뒤의 동선은 예측불

허, 아니 정해진 수순이다. 자식에게도 이 말을 전한다. 그나마 인간의 길은 인연의 짝을 만나 함께 걸어가며 삶의 집을 짓는 일이 최상의 진리와 진실인 것을.

인간적인 순수 욕망일까. 아니면 이상적인 욕망일까. 박이문 선생이 쓴 산문 「마지막 고별」을 읽다가 다음 대목에 눈길이 갔다. "며칠전 오후 그는 방문하러 온 딸네 집에서 책을 보고 잠깐 쉬려고 혼자 방에 누웠다가 자신도 모르는 사이에 영원히 잠들어 아무 말도 없이 저승으로 영영 떠났다." 마지막 가는 길의 모습, 천복 받은 분의 임종 모습이다. 황순원 선생도, 형평운동의 선구자 백촌 강상호 선생도 방에서 홀로 또는 가족들이 지켜보는 가운데 유언 없이 긴 잠을 자듯이 고통 없이 세상을 떠났다고 한다. 내가 꿈꾸는 임종의 풍경이다. 마지막이라는 필연을 맞이하는 누구인들 꿈꾸는 풍경일 것, 그분들이 맞이한 마지막 모습이 내 모습이기를 바라는 간절한 꿈이 이루어지기를 기하는 마음에서도 그렇다. 병원에서 암으로 고통을 받으면서 하루하루를 보내는 환자들을 보면 복 가운데에서도 갈 복도 크다는 것을 절절히 절감하곤 한다. '나는 갈란다'고 일언하며 입적하셨다는 효봉 스님은 아예 바랄 수도 없는 경지의 분, 차마 그분처럼 임종을 맞을 수는 없는 일이지만, 가급적 죽음과의 사투는 멀리하고, 평화로운 죽음을 맞는다면, 마지막 가는 길의 축연일 것인데.

애들아, 내 임종의 그날이 오면 다음과 같이 할 것을 진지하게 발안하는 바이니, 실하게 행하기를 바란다.

첫째, 혹 병고 끝에 운명하지 못하고 의식 불명 상태가 되면 산소 호흡기 따위 절대 끼워서 억지로 연명하지 않도록 해주길 바란다. 그렇게 숨을 쉬게 해서 무슨 소용이란 말인가. 이미 죽음의 길을 걷고 있는 판국인데 말이다. 그리고 그렇게 숨만 쉬고 살아 있는 게 살아 있는 것인가. 오히려 그렇게 살아있는 게 더 추하게 느껴지는 장면을 연출하는 것이 되니, 말이다. 죽음의 길은 인위적, 인공적이 아니라 자연적인 코스라는 사실을 명심 또 명심해야 한다.

둘째, 내가 숨이 끊기는 날에는 아무한테나 부고 의무 고지서를 발부하지 않도록 하길 바란다. 나는 크게 세상에 내세울 만한 일을 한 적도, 남길 만한 업적이 있지도 않아서 명예고 뭐고 아무것도 없다. 단체에 든 사람의 경우, 단체에 알려 문상을 오게끔 하는 부고를 많이 날리는데, 난 그러고 싶은 생각이 추호도 없다. 그냥 그런 단체에 알릴 이유도 없으니 알리지 않아야 한다는 뜻을 분명히 전한다. 그리고 내가 지인이라고 적은 이름들 외에는 절대 부고를 알리지 않았으면 한다. 죽음 이후까지 겉으로만, 겉과 속이 다른 사람들과 그렇게 조우하는 일은 절대로 피했으면 하는 마음이다. 마지막 길은 진정한 이들의 배웅을 받으면서 가고 싶기 때문이다. 친척이라는 이들에게도 알릴 필요가 없는 이들에게는 알리지 말았으면 한다. 살아생전에 지적 상식의 코드가 맞지 않아 혼례나 상례시에 의례적으로 만나는 일 말고는 만날 이유가 없는 친척에게 알릴 이유가 없다. 우리 친척에도 아무리 생각해 봐도 지척(知戚)이 될 만한 이들이 없으니, 그나마 한 지척이 있긴 한데, 그 지척은 따로 말하마.

셋째, 화장을 한 뒤 골분(骨粉) 곧 뼛가루를 하늘에 날려 보냈으면 하는데, 살아생전에 내가 추구하여 이루고자 하는 뜻대로 이루지 못했기에, 살고자 했던 대로 살아본 적이 없어 한으로 맺혔다. 속된 말로 내 뜻을 이루어 하늘을 붕붕 날아보고 싶은 것이다. 언제까지 하늘에 떠있을 수만은 없는 일, 세상 이치에 맞게 지상으로 내려와야 하는 일, 그곳이 어딜지 모르겠지만 닿은 곳이 내가 머물러야 하는 곳, 죽음도 운명이고, 죽음에 빙의하여 내 뜻을 이루고 난 그 뒤의 일도 운명인 것. 그렇게 되었으면 하는, 바람이 드는데, 그것이 영 실천하기 어렵다면 부득불 차선의 장의는 수목장이다. 나무 밑에 뿌려주면 좋겠다.

넷째, 조화는 고인 또는 유족의 사회적 관계 곧 클럽이나 사교회 또는 공·사적인 관계의 표시로 장례식장에 세워지는 조의물인데, 한국 사회는 조화의 규모와 수량에 따라 고인의 죽음에 그 크기가 부여되기도 한다. 난 클럽이나 사교회 활동 및 일체의 조직에 가담하지 않았다. 에리히 프롬은 "인간이 제정신을 유지하기 위해 가장 필요로 하는 것은 안전하게 연결되어 있다고 느낄 수 있는 존재와의 유대"라고 했는데, 그래서 학연 지연 혈연에 따른, 에리히 프롬이 말한 '일차적 유대' 관계를 맺는 게 통상이지만, 그러나 나는 그 연과는 무연한 관계로 살아왔다. 에리히 프롬이 말한 '존재와의 유대'라고 할 만한 그 '존재'를 찾기가 어려웠던 것, 그런 까닭에, 우리 사회의 사교나 클럽인 학연 지연 혈연에서 나는 아주 동떨어져 살아왔던 것, 그래서 조화는 나와는 무관하다. 게다가 나는 평소에도 그 조화로 뒤범

벽이 된 허례허식의 장의에 대한 부정과 거부감이 강했기에, 내 마지막 가는 길은 조화 같은 껍데기로 포장된 채 떠나고 싶은 마음은 추호도 없어서이다. 조화 정도로 내가 살아왔던 삶을 자리매김한다는 게 부끄러운 일, 내게 진정한 조화는 나를 깊이 이해하는 지음의 마음일 뿐이다.

다섯째, 장의는 굳이 사흘 장이 아니라 이틀 장으로 했으면 좋겠다. 사흘 의례가 도대체 무슨 의미가 있단 말인가. 다 지어낸 헛되고 쓸데없는 의식에 불과한 것. 삼일장은 사람이 운명한 지 사흘 만에 장사지내는 장례 의식인데, 고려시대에 주로 삼일장으로 치렀다. 삼일장은 『禮記』에서, 죽은 자가 사흘이 지나면 혹 살아날 수도 있기 때문에 사흘 동안 기다렸다가 염을 했다는 데에서 시작된 것이다. '禮記' 당시의 의술이기에 가능한 삼일장 운운이다. 지금 의술로 보면 장난이 심한 속임수 의술이다. 삼일장을 넘어 장의를 치르는 경우도 있다. 사회적 명망이 높은 유명 인사일수록 장례 기간이 길어진다. 그만큼 문상객의 범위와 수가 넓고 많다는 뜻인데, 나와는 무관하고, 되레 나에겐 삼일장도 길다.

마지막으로 남긴다. 너희 남매간에 서로 우담 즉 울(타리)과 담이 되고, 언덕이 되고, 나무 그늘이 되기를 바란다. 남매는 DNA가 같은, 곧 한 핏줄이라는 것인데, 너희들 인생을 위해서라도 핏줄 간에 서로 등 돌리는 등 흉이 되어서는 안 된다. 자신의 인생을 위해서도 서로를 챙기고 잘 지내야 한다. 가족 간에 틀어져 못 지내는데 어떻게 자기 일이 술술 풀리겠나. 오로지 모토(motto)는 수신(修身)이다. 긍정적인 생각을 가지고 잘 지내야만, 그래야만 한 핏줄 각자의 마음이 편하고 즐거우니까, 하는 일도 잘 풀리지 않을까, 싶다. 부정적인 생각을 가지고 살면 모든 게 부정적이고, 막히기 마련, 너희 뜻대로 살려는 것을 방해하는 장애가 될 수 있다. 각기 서로의 다름을 인정하고, 그 다름에서 한 핏줄이라는 동질감을 느끼면서 조화롭고 균형 있게 살아가기를 바란다. 하긴 말처럼 결코 쉽지 않은 일이지만 서로의 이질성을 존중하고 핏줄이라는 동질성 또한 인정하면서 각자 자신의 삶을 일구어 가길 바란다. 그래야 각자가 생각이 있는 사람으로서, 이 우주에서 각기 하나밖에 없는 소중한 두 존재로 살아갈 수 있으니, 말이다. 그리고, 잠깐, 너희의 효심을 잘 알기에 굳이 마지막 소통에 언급하지 않으려 했는데, 내가 떠난 뒤 홀로 될 너희 어머니, 마음 편히 잘 모시길 바란다. 너희에겐 사랑의 모신(母神)인데, 그래서 그 사랑의 세례를 흠뻑 받았기에, 그래서도 잘 모시겠지만 홀로인 그 외로움을 잘 위로하고 아듬어 드리길 바란다. 난 먼저 가서 황천을 잘 가꾸어 네 어머니와 피안의 황천 세계에서 해후하기를 기다리고 있을 것이야.

그리고 한 가지만 더 첨부한다면, 서가의 서적들 말이다. 그 서적들은 일반인들이 읽고자 하는 관심 분야가 아닌 까닭에 도서관에 기증했으면 좋겠지만 기증받기를 꺼려할 것이다. 이전에 한 번 기증했더니 발행 일자가 오래된 서적이라는 이유로 거절당한 일이 있었다. 도서관의 존재 이유를 망각하거나 몰인식한 무지의 처사였다. 그래서 인터넷을 통해 그 책을 소개하고, 필요로 하는 사람에게 보냈으면 한다. 쓰레기로 폐기 처분하는 것보다는 그렇게 사용되는 것이 그 서적을 값지게 하는 일이 아닌가. 그래도 정리가 안 되면 중고 서점에 기증했으면 좋겠다. 내가 오랫동안 지켜온 이 서적들이 그들에게 일푼어치의 도움을 줄 수 있다면 내가 그 서적들을 지켜온 보람이 아니겠나 싶다.

블라디미르 장켈레비치가 한 말이 있다. "세상에서 가장 홀로 가는 사건은 죽음에의 길이다." 뻔한 말이지만 맞는 말이다. 그렇지 않은가. 죽음은 동행이 있을 수 없는 일, 이제 홀로 가야 하는 일만 남았다. 열심히, 뜨겁게 준비해야겠다. 조금이나마 뒤통수가 덜 부끄럽게, 덜 뻘쭘하게 갈 수 있도록 최선의 마무리 준비를 해야겠다. 누구에게도 그렇겠지만 내게도 태어난 일은 축복의 천은으로, 살아왔던 일 역시 추구할 만한 보람 있던 일로, 그리고 마지막 가는 길은 가족과 지인들의 조용한 기도를 받고 담담히 홀로 가야 하는 인간의 외길로 거엽게 따라야 하리. 이제 저만치 남은, 홀로 갈 외길이여, 합장지도(合掌之道)여.

2부

치자꽃 향기

가지 않은 길
— 교단의 두 갈래 길

　사람은 누구나 선택의 기로에 처하기 마련이다. 이 길이냐, 저 길이냐를 두고, 두 길을 맞아 하나를 택해야 하는 인생 최대의 고비를 맞게 되는데, 그래서 고민에 고민을 거듭하여 최종 결단을 내리는 운명에 처하게 된다. 그런 일은 자신의 인생 진로가 최우선일 수도 있다. 그리고 평생 반려가 될 배우자와의 혼인 결단도 그렇다. 그런데 그 길은 선택과 동시에 예정된 길이지만, 인간이 신이 아닌 이상, 자신의 선택과 결단에 대한 후회가 닥치기 마련인데, 그것을 어떻게 극복하고 긍정적으로 다독거리느냐가 관건이다.

　10대 후반 또는 20대 초중반 시절의 무렵, 누구든 미국의 시인 로버트 프로스트의 시「가지 않은 길」을, 깊은 일체감으로 즐겨 읽고 또 읽었던 추억이 있을 것이다. 자신이 걸어야 할 길에 대한 고민과 진지한 선택이 절실한 시기였던 까닭이다. 10대라면 대학 선택의 기로에 처하게 되고, 20대 초중반이라면 대학 졸업과 동시에 사회에 진출, 자신만의 삶의 길을 걸어가야 할 중대한 선택의 기로에 처하는 시기이기 때문이다. 프로스트 역시 직업도 변변치 않고 시인으로서 인정받지도 못한 채 병약하기까지 했던, 자신의 앞길이 불투명했던 20대 중반에 이 시를 썼다고 한다.

> 노란 숲속에 두 갈래 길이 있었습니다
> 나는 두 길을 다 가지 못하는 것을
> 안타깝게 생각하면서 오랫동안 서서 한 길이 꺾이어
> 바라다볼 수 있는 데까지 멀리 바라다 보았습니다
>
> 그리고 똑같이 아름다운 다른 길을 택했습니다
> 그 길에는 풀이 더 있고 사람이 걸은 자취가 적어 아마 걸어야 될 길
> 이라고 생각했던 게지요
> 그 길을 걸으므로 그 길도 거의 같아질 것이지만
>
> 그날 아침 두 길에는 낙엽을 밟은 자취는 없었습니다
> 아, 나는 다음 날을 위하여 한 길을 남겨두었습니다
> 길은 길과 맞닿아 끝이 없으므로
> 내가 다시 돌아올 것을 의심하면서
>
> 훗날 훗날에 나는 어디선가
> 한숨을 쉬며 이야기할 것입니다
> 숲속에 두 갈래 길이 있었다고
> 나는 사람이 적게 간 길을 택하였다고
> 그리고 그것 때문에 모든 것이 달라졌다고

이 시편의 창작 동기는 자신의 길을 찾고 싶은 간절한 심적 욕구

에 있다. 사람은 누구나 진지하게 삶의 길을 걷다 보면 두 갈래 길이 나타나는데, 두 길 모두 '똑같이 아름다운' 길로 보이지만 두 길을 다 걸을 수는 없는 일, '사람이 적게 간 길을 택'한 시적 자아처럼 깊은 생각과 고민 끝에 하니의 길을 선택하기 마련, 시간이 힌참 흐른 '훗 날 훗날에' 그 길은 뼈저린 후회가 될 수도 있고, 자신의 가장 뛰어 난 결정일 수도 있다. 혹 가지 않은 길을 선택하지 않은 데 대한 뼈아 픈 후회가 닥친다고 해도 가고 있는 길 혹은 간 길을 되돌릴 수는 없 는 일, 부득불 받아들이지 않을 수 없지만 마음 속 깊이 남는 아쉬움 과 '한숨'은 크기만 할 터이다. 비록 '다음 날을 위하여 한 길을 남겨 두었'지만 이미 택한 길을, 황혼기가 지나도록 오래 걸어갔기에 택하 지 않은 그 길을, 되돌아 와 걷기란 요원한 일이다.

내게도 프로스트가 선 두 갈래 길이 있었다. 두 갈래 길의 하나 인 길에도 두 종류의 길이 있었는데, 하나는 가고자 했지만 길을 찾 지 못해 갈 수 없었던 학문의 길 곧 대학으로의 길이었다. 정확히 표 현하면, 내 의지에 따른, 가지 '않은' 길이 아니라 내 의지가 소외된, 가지 '못한' 길이다. 또 하나는 교직에 몸을 담은 지 오랜 뒤에 나타 난 두 길로서, 흔히 말하는 승진의 길이냐, 교단을 지키는 교사의 길 이냐의 갈림길이었다. 그런데 이 두 길은 사실 프로스트의 두 길과는 매치가 안 된다. 프로스트의 두 길은, 걸어가는 길로 선택된 그 길을 "똑같이 아름다운 다른 길"로, 그리고 "나는 다음 날을 위하여 한 길 을 남겨"둔다고 한 언술처럼, 걸어가는 길이건 가지 않은 길이건 간 에 모두 다 아름다운 길의 이미지이다. 그러나 아쉽게도, 내가 몸담

앉던 교직의 두 길은 프로스트의 말처럼 이 길 저 길 모두 아름다운 길인 것은 아니다. 두 길 모두, 특히 가지 않은 길이 프로스트의 시적 언술과 같이 아름다운 길이었으면 하지만 현실의 진실은 차갑게 외면하고 만 것이다.

교직에서의 길을 전제로 선택 운운한 길이라면, 프로스트가 "그 길에는 풀이 더 있고 사람이 걸은 자취가 적어 아마 걸어야 될 길"이라고 한 시적 진술과는 포개지지 않거나 어긋날 수도 있다. 교직의 길에서 교사의 길을 선택한다고 가정한다면, 과연 현실적으로 그 길이 사람이 걸은 자취가 적은 길이라고 할 수 있을까. 그러나 생각을 바꾸면 모든 교직자가 걸을 수밖에 없는 그 길이 '걸은 자취가 적'은 길이라는 언술과 역설적으로 포개진다. 사실 교직자 100명 가운데 순수 교단의 길을 걷겠다는 뜻의 표명과 승진의 길을 걷겠다는 뜻의 표명 비율을 통계로 내면 전자의 길을 선택한 이는 1%도 안 될 것이다. 그렇게 본다면 전자의 길은 프로스트의 위 진술에 합당하게 들어맞는다. 진정하게 그 길을 걸어간 이가 몇 안 되는 까닭에 사람이 걸은 자취가 적은 길인 것이다. 그래서 전자의 길을 선택한다면 실로 희귀한, 값진 길을 선택한 셈이다. 참된 교사의 길은 그만큼 드물고 희귀한 까닭이다. 이런 점을 감안하고 마지막 대목을 보면 거의 일치한다. "훗날 훗날에 나는 어디선가/ 한숨을 쉬며 이야기할 것입니다/ 숲속에 두 갈래 길이 있었다고/ 나는 사람이 적게 간 길을 택하였다고/ 그리고 그것 때문에 모든 것이 달라졌다고" 이 진술에서 걸리고 켕기는 대목은 '한숨' 운운이다. 한숨은 어떤 결과가 기대한 바에 이르지 않아 기분이 저하되고 마음이 실없고 열없다는 뜻인데, 역시 본 이야기에 프로스트의 이 시는 제대로 선정되어 인용된 시편이라는 생각이 든다. '사람이 적게 간 길을 택'한 결과가 결국 '그것 때문에 모든 것이 달라졌다'로 나타났으니 말이다. '훗날 훗날에' 일어나게 될 일종의 추측이지만 현실 논리의 결과로 나타날 엄연한 현실인 것이다.

오래전, 80년도에 시골 오지 학교에 첫 발령을 받고, 나름 교사의 식을 가지고 교단의 길을 걸었다. 그런데 교직 경력이 어느 정도 쌓이다 보니 승진 이야기가 주변 화제—내겐 주변 화제이지만 교단 위에 선 압도적 태반의 그들에겐 중심 과제로 다가오는 것이었다. 그런데 승진 이야기는 꼭 남의 일처럼 다가오고, 그래서인지 어렴풋이 감이 잡히는 게 승진은 어렵겠다는 생각이었다. 승진 여부는 승진에의 적극적인 태도 여하에 달려 있는데, 본인의 능력은 그런 방향으로는 시원히 길이 나 있지 않았다. 가장 먼저 갖추어야 할 필수조건은 인사인데, 그 인사는 인사권자에 대한 절대 예의와 복종이다. 그 인사를 통해 그분과의 친교 나아가 그분의 절대 신의를 확보하게 되는 것이다. 교장직은 교단 승진의 길을 나름 조조 이상의 머리와 결단적 행동으로 얻은 자리인 만큼, 그 직의 그분들은 하나같이 교장이라는 '장' 자리에 무게 중심을 두기에 관료적이었다. 그분들과의 교류와 소통이 없고서는 승진 평정 제도를 관통하는 일은 난관, 그 자체이다. 이런 말을 하면, 시선이 내려 꼬일 분들이 태반이겠지만, 승진을 위한 필수 단계로서 한 개인의 독특한 특질인 개인차는 스스로 유기하지 않으면 곤란하다는 것, 속되게 말하면 간도 쓸개도 없는 듯해야 순탄하게 그 길을 향해 걸어갈 수 있는 것이다.

교육계 승진제는 마일리지 승진제라고 한다. 이 승진제는 근무 평정 점수, 연구 실적 점수, 담임과 부장 점수, 도서벽지 근무 점수 등을 합산해서 상위 고점수 계열에 들어야 승진 자격을 갖추게 된다. 여기서 가장 중요한 점수는 근무평정 점수이다. 교원평가제에서 이 점수는 관리자인 교장 배점 비율이 높아 친(親)교장 제도라는 별명을 갖고 있다. 교육계 일각에서는 교육계의 승진 제도를 일명 '꼰대' 제도라고 칭하기도 하는데, 승진 제도를 포함한 각종 인사 체제와 관행을 조롱하여 비꼬는 명명이다. '꼰대'는 '백작'을 뜻하는 프랑스어 콩테(comte)에서 유래한 말이라는 설도 있고, 우리말 '번데기'의 경상, 전라 방언인 '꼰데기/꼰디기'와 '곰방대'가 축약되어 생겨났다는 설이 존재한다. 번데기 곧 꼰데기는 주름이 많다는 의미에서, 곰방대는 나이 든 세대의 상징인 데에서 그렇다. 이미 그 비꼼 말투에서 교장의 행태가 압축, 시사되고 있다. 근평을 잘 받기 위해서는, 교장의 비서실장 겸 경호실장 역할까지 해야 한다는 설까지 도는 실정이다. 명색이 학교 교육의 얼굴인 교장, 교감이 각종 점수 따기, 심지어는 연구 점수 0.5까지도 받아 쌓고 또 쌓아 최종적으로 승진 가능 점수를 확보해서 그런 승진 이름을 얻게 되는 그 제도가 좀스러운 난쟁이 그릇 모양새이기도 하지만 미래적 존재를 향한 책임과 의무라는 열정의 교육적 함의와는 영 매치가 안 된다. 그리고 지금 승진 제도에서 아무나 점수를 따기가 쉽지 않은 영역은 도서 벽지 근무인데, 학교장 임무 수행과는 상관관계가 없다. 이전에 영화에 나온 장면으로, 교육자의 열정을 가진 교사가 섬이나 벽지 같은 학교에 자원을 해서 그곳 학생들에게 진심 어린 교육 열정을 보여주는 감동적인 장면이 영화 속에서 연출되곤 했는데, 그래서도 도서 벽지 근무는 교육 열정과 동궤로 인식되는 게 바람직하다. 그런데 언젠가부터 교육 환경이 열악한 도서벽지 학생들에 대한 그 열정이 판이하게 바뀌었다. 승진 점수를 노리고, 그곳에서 근무하기를 욕망하는 치열한 자리다툼 열정으로 역전한 것이다. 뜬금없이 가능성 제로인 새로운 역전의 비현실적 상황을 그려본다. 열악한 환경 속에서 생활하는 도서벽지의 아동들에 대한 연민과 사랑으로 섬마을에 자원, 홀로 자취 생활하면서 아이들에 대한 열정을 쏟는, 영화 속 젊은 교사의 낭만적인 풍경을 그린다. 그러한 진정한 교육자의 모습이 그립기만 하다.

쉽지 않은 점수를 따고 챙겨서 교장으로 승진한 이들 가운데에도 교육자다운 이들이 있긴 하지만 가뭄에 콩 난듯한 그런 분을 만나기가 여간 쉽지 않다. 오랫동안 교직에 있었던 탓에 많은 학교를 옮겨 근무했지만 기억에 남는, 그런 분이 별로 없다. 안타깝게도 기억에는, 기억 속의 그분이 교장이기에 앞서 교육자라는 사실에 극도의 실망과 회의와 혐오를 안겨 준 이들이 상당수이다. 시대착오적인 행태들, 꼭 조선시대 관료들의 세계에서나 있을 법한, 고관이 하관, 윗사람이 아랫사람을 대하는 듯, 주인이 종 부리듯 하는 관료적 교장이 태반이었다.

이런 교장을 본 적이 있다. 교장실에서 여학생들이 우루루 뛰쳐나오는 광경을 목격했다. 그래서 교장실에 들어가 봤더니 여학생 머리가 길다고 가위로 자르고, 학생은 놀라서 뛰쳐나오고, 난리를 친 것이다. 학생 머리가 좀 길다고 생각되고, 학생 머리답지 않게 해 다니면 불러서 학생 의례의 차원에서 지적할 수 있는 것이다. 그런데 이 교장은 폭력적으로 행사한 것이다. 그래서 진언을 한마디 올렸더니, 그 이후부터 미운털이 박혀 자존감이 뭉개지는 등 그분과의 학교생활이 힘들었던 적이 있다. 심지어 교사에게 담배 심부름을 시키기도 하기도 하는 교장을 보았는데, 꼭 개인 몸종 취급하는 듯했다. 그런 행태에 대해 항변도 못하고 상명하복, 굴종을 하는 그 교사에 대해 처음엔 인격과 자질에 의문을 품었지만, 이내 의문을 풀었다. 그런 수모도 자신의 몇 년 뒤를 계획하고 행동한, 그분에 대한 '충성심' 계획의 일환이었던 것을 뒤늦게사 알아차렸던 까닭이다. 물론 교장직에 있다고 해서 다 행하는 다반사의 일은 아니고, 극히 드문, 예외적인 경우에 속한다.

지금도 쉽게 삭제되지 않는 기억이 있다. 약 7, 8년 전쯤, 선한 인품의 선배 지인인 현직 교장과 자리를 함께한 적이 있었다. 약속 장소에 들어서니 다른 자리에 있던 일행 중의 한 사람이 우리를 아는 듯 우리 자리로 오는 것이었다. 선배 지인의 지인으로, 둘이 이전에 한 학교에서 같이 근무한 사이라고 하였다. 그런데, 수인사를 나누고 시간이 지나면서 태도가 그릇되게 변하는 감이 전해졌다. 남의 자리에 왔으면, 처음 대하지만 예의를 갖추고 바른 태도를 보여야 하는

데, 굴러온 돌이 박힌 돌 함부로 하듯 무력감이 들게 하는 자세가 꼭 사람을 눈 아래 깔고 무시하는 무례한 태도였다. 바로 이유가 잡혔다. 그는 교감이었고, 나는 평교사인 데에서 사달이 난 것이다. 그 자신보다 교사 경력이 4년 앞선 선배인데도 무례한 태도를 보였지만, 언행으로 노골화한 것도 아닌 까닭에 달리 대거리도 못하고, 그가 있는 내내 그냥 투명한 존재로 있을 수밖에 없었다. 사람 됨됨이가 문제였다. 교감이 교사보다 한참 위의 계급적인 존재라고 생각한 모양이었다. 게다가 뒤에 들은 이야기는 실망을 넘어 충격 그 자체였다. 그가 학생들에게 가르친 학과목이 '국민윤리'라는 것이다. '국민윤리'라면 사람다운 자세를 지니고 바른 태도로 삶을 살아가는 덕목을 가르치는 과목이 아닌가. 그런데 본인은 어떤가. 그런 사람이 학생에게 사람다운 바른 태도를 어떻게 가르친단 말인가. 윤리적으로 반듯한 인물이 반듯하게 가르치는 법, 윤리적으로 반듯하지 않은 이가 결코 반듯하게 가르칠 수가 없다. 이런 불합리의 극치인 교육제도가 낳은 학교 교육의 비극이자 희극이다. 하긴 그런 정도의 그이기에 교감직은 교사와는 차등화된 높은 벼슬로 인식되었을 것, 그 얼마 뒤, 교장으로 승진했다는데, 눈에 선하게 들어오는 장면 하나, 당해 학교교사 위에 군림, 오만하게 굴고 있는 보기 흉한, 학교 승진 제도의 추한 진실상이다.

1907년 12월 남강 이승훈 선생이 민족 교육을 위해 평안도 정주에 설립한 오산학교에 남강 선생은 고당 조만식에 이어, 1921년도에 다석 유영모를 교장으로 초빙했다. 조만식 선생이 나라 사랑을 심었다면, 유영모 선생은 진리 사랑을 심었다고 평가한다. 두 분 모두 이 나라의 정체성과 삶의 근본에 대한 애정이 깊었다. 실제로 다석 선생은 교장이었지만 '수신(修身, 윤리도덕)' 과목을 직접 가르쳤다. 그의 가르침을 받은 함석헌—(함석헌은 1919년 평양에서 3.1운동에 가담하고 학업을 중단하였다. 그리고 2년 후 서울에 올라와서 우연히 친척인 함석규 목사를 만나 평안도 정주의 오산학교에 편입한다. 이때 교장이었던 유영모와 사제지간의 연을 맺었다.)—은 수신 시간에 배운 것에 대해 이렇게 말했다. "선생님은 한 번도 교과서를 가지고 가르친 적이 없습니다. 가장 많이 말씀하신 것이 노자 도덕경이고, 홍자성의 채근담에서 뽑아서 가르친 때도 있었지요. 우치무라 선생의 책으로 강의한 적도 있고, '애음(愛吟, 즐겨 읽는 시)'이라는 책을 가져오셔서 칼라일의 '오늘'이란 시를 읽어주기도 했습니다. 그 시를 가르쳐주던 날을 잊지 못합니다." 세상에, 지금 현실과는 극과 극인 세상에서 일어나고 있는 놀라운 이야기이다. 학교의 줏대(主대)는 교장이 아니라 교단에 선 교사이고, 그 줏대의 든든한 후견은 학생이다. 학교에서 학생과 가까이에서 서로 교류하는 관계가 아니면, 설혹 교장이라도 들러리에 불과하다. 그 들러리가 줏대 행세를 하고 있는 모순의 세계가 바로 이 나라의 학교 현실이다.

다석 류영모 선생은 교장이었을 때가 31살 젊었을 때였는데, 선생은 자기가 할 수 있는 일을 남에게 시키는 법이 없이 철저히 자신이 직접 하는 것을 몸으로 실천했는데, 이를테면 학생들에게는 일체 사적인 심부름도 시키지도 않고, 방 청소도 학생 시키지 않고 본인이

했다. 선생은 남에게 일 시키기 좋아하는 '양반 놀음'을 비판하고, 제 몸은 제 손으로 거둬야 한다고 말했다. 이런 분이 교장직을 이용하여 교단을 지키는 교사와 학생들에게 함부로 행동했을까. 교사의 교육자로의 권리와 학생의 인권을 최대한 존중하지 않았을까. 다석 선생을 보면 교장의 자격은 가장 먼저 인격자여야 하고, 교사와 학생을 마음으로 배려하며, 지적 역량 혹은 자신의 전문 분야에 대한 지식이 풍부해야 하는 덕목을 갖추어야 한다. 따라서 다석 선생을 보면 교육자라는 이름은 교단에 서서 학생들에게 가르침을 전할 수 있을 때 비로소 존재하는 법이다. 교장, 하면 수업과는 아무 연관이 없고, 학생들과의 대화나 접촉이 일절 없는 권위적 관료가 되어버리는 지금 교육계의 현실은 어쩐지 진상과 허상이 뒤바뀐 흐름인 듯한 기분이 든다.

하긴 감투욕이 없는 이가 있을까. 대학 사회에도 총장 자리에 임명했을 때 원치 않는 교수가 과연 몇이나 될까. 그 자리는 승진을 노리는 교수들이 최종 목표로 겨눈 자리가 아닐까. 총장 자리보다는 밑이지만 학장 자리도 맡기면 수락하지 않은 이가 별로 없다. 교장 승진제가 필수적인 제도라면 보완책이 절실하다. 지금처럼 점수제로 한다면 교장 승진제가 산수적 단계의 자리임이 입증되는 것인 만큼 교장 승진제를 높이는 방향, ─높인다고 하니 교장의 급이나 격을 3급에서 2급으로, 2급에서 1급으로 높인다는 것이 아니고, 학교에서 필요한 자리라면 기존의 교장 이미지를 교사의 뒤를 받쳐주거나 전격 지원하는 이미지의 자리로 바꾸는 제도적인 보완책을 마련해야 한다는 것이다. 제언한다면, 교사의 임무 가운데 하나는 담임교사나

부장 교사를 맡는 데 있는 것처럼 교장제도 그렇게 맡기고 맡는 방향, 그러니까 교장 보직제로 가면 좋을 듯하다. 그 자리는 오로지 학교라는 전체 곧 교사와 학생이 중심이 된 교육을 위한 봉사와 희생의 자리로 맡기는 것이다. 그리곤 그 직을 몇 년 임기로 수행하다가 다시 교단으로 복귀하여, 교사의 진정한 역할과 본분을 자각, 수행하는 것, 그것이 교사의 정체성이 살아있는 실존적 도그마인 것이다.

　내가 가지 않은 길에 대한 짧은 생각을 끝내려니, 불현듯 교사의 길을 꿋꿋이 걸어간 한 지인이 떠오른다. 그는 세칭 진보적인 교사였다. 교사들의 노동조합인 전교조에 입회했는지는 잘 모르는 일이지만 교사들의 오래된 관행을 답습하지 않고, 교사가 걸어야 할 진정한 교사의 길을 걸었다. 그가 대단한 교육관을 가져서가 아니라, 교사의 본질대로 학생을 가르치는 데 일념하고, 잘못된 교육 관행에 대해서는 직언과 고언을 날리는 선비 같은 교사였다. 교사는 뛰어나고 특별난 인물이기보다는 평범하지만, 자신의 교육 신념이 바르고 곧은 인물이어야 한다. 지인은 그랬다. 그는 젊은 교사 시절부터 승진욕에 크게 휘둘리지 않았고, 학생의 미래를 일부 책임진 교사의 양심과 열정으로 학생 교육에만 전념하면서 반교육적인 관행의 행태에 대해 함구하지 않고 합리적인 행동을 취했을 뿐이다. 승진욕을 가진 교사들에게는 복지부동(伏地不動)의 상전인 교장도 그에게는 인간적인 존중을 표하는 동등한 한 인간일 뿐, 언제든 교육적 비판의 대상이었다. 이 지인이 가지 않은 길은 어떤 길이었는지 모르지만, 그가 가지 않은 길은 이미 간 길이거나 간 길과 같은 길일 가능성이 짙다. 그 길은 바르고 곧은 선비의 길이 아니었을까. 누군가에게는 그 길이 낮은 길일 수도 있지만 그에게는 아름답고 높은 길일 것이다.

교직에서 두 갈래 길이라면 이미 정해진 길이다. 하나는 승진의 길이고, 또 하나는 교단을 지키는 교사의 길이다. 각각의 길이 가지 않은 길로서의 아름다운 또 다른 길이었으면, 교사의 길을 가고 있는 이에게 승진의 길은 또 다른 아름다운 길로서 걸어보고 싶었지만 굳이 걸어야 할 길이 아닌 까닭에 걸어보지 못한 길로 남았으면 얼마나 좋으랴. 또한 승진의 길을 가고 있는 이에게 교사의 길은 한때 걷다가 중단했지만 끝까지 걸어가 보고 싶은, 아름다운 길이었으면, 또 얼마나 좋으랴. 교단에 선 교사의 길이 그런 길로 인식되지 않은, 가고 싶지 않은 길로 남게 된 이 나라의 현실이 안타깝기만 하다. 그래서도 마지막 시적 언술이 아쉽지만 언젠가는 교단의 교사의 길과 승진의 길이 선택의 기로에 놓이게 되리라는, 아니 교단의 교사의 길이 승진의 길보다 한 길 높은 중한 테제로서 진지한 선택의 길이 되리라는 바람과 믿음을 프로스트의 시에 얹어 부친다.

숲속에 두 갈래 길이 있었다고
나는 사람이 적게 간 길을 택하였다고

골방의 아나키즘

사회인으로서의 실존 의식과 사회적 삶의 경제적 해결을 위해 오랫동안 교직 생활을 해 왔다. 그러다가 그런 구속에서 자유로운 상황이 되어 과감히 조기 졸업을 선택했다. 은퇴 이후 내 전유 공간인 골방에서의 생활이 곧바로 시작되었다. 내내 꿈꾸고 바랐던, 욕망의 일상이다. 누군가는 벌써부터 골방에 처박혀 지낸다고 혀를 끌끌 찬다. 골방에 대한 일반적인 인식은 정신분석학자 에릭 에릭슨이 규정한 인생의 마지막 아홉 단계인, 죽음을 앞둔 나이대의 전형적인 공간인 까닭이다. 실제로 한국에서는 오늘내일 오늘내일, 하며 죽음을 앞둔 노년기를 떠올리는 공간이었다. 하나, 내게 있어서 골방은 해방과 자유의 공간이다. 오래 전부터 자유로이 틀고 싶었지만 가장의 의무를 유기할 수는 없는 터이라, 근근이 버틴 교직 생활을 그만두고 나니 진정한 내 세상을 사는 기분이다. 그 틀에 박힌 직업으로부터 해방된 자유로움을 만끽하는 기분은 행복 그 자체이다. 파스칼이 말하지 않았던가. "인간의 불행은 단 한 가지 사실, 즉 그가 혼자 방 안에서 조용히 남아 있지 못한다는 데 있다." 골방에 대한 기피는 동서고

금을 뛰어넘는 모양, 그 갇힌 듯 털어막힌 골방 생활에 대한 일반적 인식을 파스칼은 정확히 짚어낸 것이다. 내게 골방은 딱 맞는 공간이다. 골방은 내 운명이다. 누군가에게는 골방 생활이 고통스러운 감옥이겠지만 내게는 고통이 아니라 자유이고 행복의 유토피아이다.

박이문 선생은 말한다. "은퇴했다면 요리점, 골프장, 해외 여행 등의 오락을 통한 자기방심, 자기도피의 지속이 아니라 자기와의 진정한 만남과 실존적 대결을 통한 참다운 자유와 행복을 향유해야 한다." 꼭 나를 찍어 내 입장을 변호해 준 말씀으로 들린다. 내가 골방에서 해야 할 일들이 있기 때문이다. 우선 자유롭게 사는 것이다. 그리고 세상에 대한 집중적 관심의, 옹골찬 대화를 나누는 일이다. 한마디로 아나키즘(anarchism) 세상을 사는 것이다. 물론 내가 입에 올린 아나키즘은 거창한 아나키즘이 아니다. 그러니까 아니키즘의 일반적 정의인 정치 권력이나 사회 제도가 강제하는 통치 혹은 지배가 없다는 이념적 아나키즘이 아니라, 그런 제도로부터의 실존적 자유를 최상의 가치로 세운 아니키즘이다. 따라서 내 관심을 끄는 아나키즘의 핵심은 잘못된 현실 세상을 직시하여 그 잘못된 현실 세계를 바로 잡아 보다 나은 세상으로 바꾸기 위한 혁신적인 사상과는 거리가 멀고, 어떤 결사체로부터도 독립된 개인의 자유에 중점을 두는 사상으로, 모든 집단과 사회적 단체, 전통, 이념 등의 체제에서 벗어난 개인의 절대 자유에 핵심이 놓인 아나키즘인 것이다.

언젠가 아나키스트 박홍규 씨가 한 언론 매체와의 인터뷰에서 밝힌 일상이 내가 욕망해 왔던 일상이다. 그는 혈연과 학연, 지연의 줄은 찾지 않는 정도가 아니고, 아예 끊어버리고 살며, 각종 동창회나 회식 등 사교 모임에도 일절 가지 않는다고 한다. 한마디로 골방 생활을 한다는 것인데, 그 정도로 홀로이면 외롭지 않을까, 하는 의문이 드는데, 웬걸, 그는 외롭고 심심하기는커녕 오히려 사람 만나는 게 더 외롭고 괴롭다고 한다. 그와 진정한 교유가 오가는 이가 없다는 것일 것, 그래서 책 친구, 생각 친구는 있어도 죽마고우나 동창 친구는 없다고 말한 것일 것, 짐작컨대 책을 통한 세상과의 교유나 소통이 원활히 이루어지리라는 믿음이 간다. 그는 "아나키스트들은 그런 외로움을 즐기고, 혼자 사는 방법을 아는 데는 도사들이다."고 당당히 말한다. 고독하지 않고서야 정신적 생산의 결실이 가능한가. 가령, 문학예술가나 철학자들의 결실은 고독의 결실인 것, 그때의 고독은 홀로 외롭게 떨어져 있다는 고립이 아니라 세상과의 소통을 위한 단서이자 해법으로서의 고독인 것이다.

프랑스의 문학가이자 철학자인 모리스 블랑쇼는 내내 은둔 생활 혹은 은거 생활을 했다. 그는 고독한 생활을 하면서 세상에 대한 꼼꼼한 읽기를 해서 그만의 심오한 글을 썼다. 오히려 블랑쇼는 자신을 '은둔자'라 칭하며 갸우뚱거리는 사람들을 더 이상하게 여겼다. "다들 이렇게 살지 않는가. 다른 모든 사람들처럼 나도 그렇게 살 뿐이다. 나는 삶을 살지 명성의 세계를 살지 않는다." 설마 그 모든 사람의 실체들을 모르고 한 소리일까. 누가 다들 자신처럼 산다고 단정을 내릴까. 어쩌면 은둔이라는 고독의 선택에서 인간 자신의 존재 양태를 돌아다볼 수 있기도 하다. 이 은둔, 은거는 에릭이 말한 것처럼 역설적으로 더 인간 세상에 "깊숙이 관여하는 초탈"일 수 있다. 비록 집단 공동체에서 벗어나 있긴 하지만 오히려 더 깊숙이, 꾸준히 지속적으로 관여하는 상태일 수 있지 않은가. 은둔 은거는 노년의 삶의 방식으로 굳혀진바, 노년의 선택이 아닌 노년의 필수로 강요되는 경우가 압도적이다. 그렇지 않은가. 신체 기능의 약화로 인해 은거할 수밖에 없는 상황에 다 직면하지 않은가. 따라서 타인과 외부 세계와는 접촉이 줄거나 끊어질 수밖에 없는 일인 것. 문제는 그로 인한 정서적, 심리적 이상 반응일 것, 가령, 치매나 알츠하이머, 파킨슨병과 같은 정신적인 문제를 유발한다는 것이다. 늙어가는 자신과 직면하는 용기가 필요하다. 그리곤 자신이 살아온 긴 생애를 떠올려 피드백이 가능하게끔 해야 한다. 오늘내일, 내일모레, 하는 이 판국에 피드백이 무슨 소용이냐며 회의적인 반응을 보일 수도 있다. 그럴 것이다. 그러나 오늘내일 같은 하루라도 남은 생이 있기에 피드백이 필요한 것이다. 골방의 생산적인 기능과 의미는 바로 이 피드백으로 인한 때문이기도 하다.

그런데 모리스 블랑쇼나 박홍규 같은 인물들이 골방 생활에 정착한 이유는 무엇일까. 하이데거의 말을 참고로 하면, 오늘날 우리들의 이야기는 단순한 지껄임 곧 수다로 추락한 것으로 보이는바, 말은 하지만 귀담아 주워 담을 만한 깊은 가치의 말은 찾기 어렵다. 공허한, 텅 빈말뿐, 속된 표현으로 주워 담을 만한 이야기는 없고 그냥 날림의 말을 씨불이는 데 그친다. 그런 자리는 고문의 자리이고, 그 자리는 그들을 더욱 외롭고 심심하게 만든다. 인간에 대해, 세상에 대해,

인간의 생각 있는 말과 행동에 대해, 세상 돌아가는 현상에 대해 곰곰이 따져보고 분석, 판단하고, 나아가 전망의 통찰이 손톱만큼이나 보였으면, 그 자리는 살아있는 자리가 될 텐데. 지혜는 눈과 귀에서 동시에 나온다는데, 정확히 보고 들어야 지혜가 나오는 것인데, 눈도 귀도 죽은 자리, 눈과 귀가 열린 그들에게 눈과 귀가 닫힌 그 자리는 고문하는 자리일 것, 그래서 사람을 만나면 더 외롭고 괴로운 자리이니, 그 자리에서 생각하는 것은 오로지 숨통의 골방일 것이니, 그곳으로의 귀가만을 생각, 또 생각할 것이다.

골방 생활의 가장 생산적 기능은 사유적 읽기와 사유적 쓰기이다. 그동안 내 독서는 극히 제한적이었다. 그동안의 독서는 전공 분야, 특히 시에 국한된 범주에 머물렀을 뿐이다. 후회가 크게 치민다. 그 황금 같은 시간 동안 한정된 세상 읽기만 해 온 셈이다. 새로운 장르나 다양한 분야의 세계에 대한 자극은 거의 받지 못했던 것이다. 낯선 세계의 풍요로운 자극을 받지 못해서 빈한하고 초라하다. 경계를 넘어 바깥에 나가 살아보고, 전공 바깥에 나가 다른 책을 읽어보는 사람만이 편안한, 편협된 안의 사유에 머무르지 않고 바깥의 자극과 마주침으로 뉘우침을 얻어내고, 깨우침의 글로 독자에게 공감으로 다가가기 마련이다. 나의 바깥의 지평이 열리면 나의 안이 심화되고 확장된다. 뒤늦게야 뼈저리게 후회하곤 나름 지금은 다양한 분야의 책을 읽는다고 서두르긴 한데, 글쎄. 언제까지 읽고 사유하기가 가능하지는 않은 일, 한 살이 더 가기 전에 조금이라도 세상에 대한 안목이 더 넓고 깊고 높게 되었으면, 하지만, 만시지탄의 아쉬움이 솟는다. 모리스 블랑쇼가 낸 개념 가운데 '바깥'이라는 것이 있다. 전공 바깥으로 나가 바깥 세계에 대해 폭넓게 접하게 됨으로써 바깥 세계에 대한 자극과 인식을 통해 세계의 범위를 넓히기도 하는 것이다. 지금에야 그것을 깨닫는다.

　늦었지만 이제라도 다양한 세상을 읽을 수 있게 되어 다행하다. 책을 주문한다. 독서는 인간 세상에 대한 자신의 안목을 넓혀서 성찰과 통찰의 계기를 제공함으로써 세계관을 넓히고 나름 살아가는 인생관이 풍요롭고 가치 있게 될 수 있도록 하는 데, 가장 중요한 목적이 있다. 또 있다. 파스칼은 이렇게 말했다. "우리의 본성은 움직임에 있다. 전적인 휴식은 죽음이다." 그 움직임이 비단 몸의 움직임만을 말하는 것이겠는가. 물론 몸의 움직임을 포함한 존재의 존재성을 나타내는 인간의 활동을 가리키지 않겠는가. 그 존재성을 드러내기 위해서는 가장 중요한 것이 정신의 움직임을 바탕으로 한 뇌의 활동이 있어야 한다. 그런데 현대사회에 와서는 평생 움직일 수 있는 활동은 시골 같은 경우, 농사일이 있겠고, 국가 조직 단체에서 사회생활을 하다가 정년을 맞은 경우, 사회 활동은 대체로 그 움직임이 멈춘다. 자영업이나 의사, 변호사 같이 평생 하는 일이 있는 경우 말고는 다 올-스톱이 된다. 움직임이 끝나면 죽음이라는, 파스칼의 말에서 죽음은 반드시 숨이 끊어지는 것만을 가리키는 것이 아니다. 숨은 붙어 있어도 머리가 없으면, 이를테면 치매와 같은 질병이 닥치면 사고와 정신의 움직임이 끝나는 것이니 바로 죽음인 것이다. 그 움직임이 골방에서의 사유적 읽기와 쓰기를 운위하는 이유 중의 하나이다.

사회로부터, 동료들로부터 철저히 소외되고, 외로운 골방 생활을 하다가 스스로 목숨을 끊은 고 마광수 교수는 "인간은 혼자 있을 때 가장 행복하다"고 했는데, 그 말이 실감이 나고 십분 공감이 간다. 골방에서 홀로 이런저런 생각과 생각들에 싸여 그 생각들에 대해 글을 쓰는 것이다. 일반적인 상식 수준으로 보면 마 교수의 이 말은 치매와 치명적인 연결이 된다는 우려를 낳을 수 있다. 나이 들수록 집 안에서 혼자 있는 것은 위험한 일인 까닭이다. 치매 예방을 위해서도 나이 든 이들은 함께 어울려 생활하는 환경이 조성되어야 한다는 것이다. 가령, 노인들끼리 모여서 화투놀이 고스톱을 하는 게 치매 예방에 도움이 된다는 것이다. 마 교수와 같은 지식인 또는 지성인의 경우, 그들과는 다른 생활 양식이 나타날 수밖에 없다. 그들은 혼자서 깊이 생각하고, 그래야 세상사에 대한 통찰을 통한 높은 인식을 발견할 수 있는 것이다. 그런데 홀로 있다는 것에 대해 사람들은 대체로 불안해하고 두려워한다. 그러나 학자나 문학예술가들은 홀로 있는 것에 대해 두려워해서는 그들만이 할 수 있는 사색과 명상과 인생의 숨은 진리와 진실을 찾기 어렵다. 그런 것은 홀로 있어야만 가능한 일들인 까닭이다. 책을 읽고 글을 쓰려면 우선 골방에 갇혀야 한다. 갇혀서 갖가지 생각에 생각을 겹쳐서 생각해야 한다. 혼자 있어야 한다. 모리스 블랑쇼처럼 은둔해야 가능한 것이다. 마광수 교수처럼 고독해야 한다. 고독해야 움직임을 한 군데에 몰입할 수 있는 것이다. 홀로 골방에 처박혀서 세상과의 소통을 시작하는 것이다. 희랍의 시인 호메로스에게 물어보라, 《일리아스》와 《오디세이아》가 어디서 어떻게 창조되었는지. 칸트에게도 물어보라, 《순수이성비판》을 어디서 사유하고 지었는지를. 인간 위대성의 출처는 결국은 고독한 골방이라는 사실, 골방은 고독하지만 결국 세상과의 소통이고 접촉이라는 사실인 것을 말해 주리라.

골방의 핵심 기능은 사유를 통한 읽기와 쓰기인데, 앞은 뒤의 전제이자 원인 행위인 만큼 결국은 쓰기로 귀결된다. 골방에서의 글쓰기는 일종의 보복 행위이다. 인간 세상에 대한 사유를 통해 부조리와 불합리 등 사회적 현실의 모순에 대한 추적과 분석을 통해 그 실상의 이면을 낱낱이 폭로하는 것, 그래서 보복 행위인 것이다. 소설가 이청준은 「지배와 해방」이라는 소설에서 작중 인물의 입을 빌어 "문학 욕망은 애초 우리가 살고 있는 현실 질서와의 싸움에서 패배한 자가 그 패배의 상처로부터 자신을 구해내기 위한 위로와 그를 패배시킨 현실을 자기 이념의 질서로 거꾸로 지배해 나가려는 강한 복수심에서 비롯된다."고 했다. 공감이 가는 말이다. 현실 질서가 환기하는 세계의 질서에 대해 진리와 진실을 추구하는 숙고가 이루어지면 문학인의 실패는 정해진 수순일 것, 그에 대한 보복으로 골방에서 고독한 문학인은 자신이 꿈꾸는 이념의 질서를 구축하는 것이다. 이청준의 '복수'는 통상적인 악의 행위인 범죄가 아니다. 그런데 알베르 카뮈는 "나는 범죄를 저지르지 않기 위해 창작을 택했다"며 대놓고 '범죄'를 올렸는데, 그 역시 형법을 위반한 반인간적 행위로서의 범죄가 아니라 세상의 부조리에 대한 신랄한 비판을 극단화시켜 범죄 운운한 것으로 해석된다. 보들레르도 세상에 복수하고자 생전에 자신의 심정과 반항, 애증을 적나라하게 담은 자서전을 펴내려 하였으나, 그 뜻을 이루지 못했다고 한다. 왜 그는 세상에 대한 복수를 벼린 것일까. 그는 태어날 때부터 불우한 자신의 삶의 환경에 대한 절망과 분노, 자신이 몸담고 있었던 문단 및 조국에 대한 앙심과 서구 문명 자체에 대한 비판을 골방에서 '내면의 일기'로 집필, 계획했지만 생전에는 무산되고 말았다. 이처럼 글쓰기도 보복 행위의 일종이다. 인간과 세상에 대한 비판의 목소리가 자신만의 문체 속에 녹아들기 마련이다. 그들은 인간을 비롯하여 정치, 사회, 문화, 종교 등에 대해 보복의 칼날을 휘두르고 있다. 비판과 성찰 끝에, 인간의 위선과 거짓을 폭로, 겉으로는 선한 체하면서 교묘하게 사람을 못되게 구는, 평범한 악마성을 폭로함으로써 보복을 하고자 한 것이다. 그런데 보복 운운은 아무리 긍정적, 생산적 층위라고 해도 섬뜩하기만 한데, 왜 보복일까. 개인적인 뒤틀림에 따른 사태의 발생으로서의 보복은 분명 아니다. 변증법적 층위에서의 보복이다. 다시 말하지만, 골방의 핵심 기능이다.

이러한 골방의 기능을 모든 이에게 권하기는 무리지만, 그래도 모든 이에게 골방에서의 그 핵심 기능인 읽기와 쓰기를 적극 권하는바, 적극 권하는 이유가 있다. 권함의 강력한 근거는 미국 러시대학 신경행동과학과 윌슨 교수의 연구 결과이다. 이른바, 독서와 치매 예방이다. 그에 따르면, 사회 활동 및 독서 활동을 한 노년의 경우에는 정신 쇠퇴(치매)의 발생 가능성이 32% 줄어들고, 그 반대의 경우는 치매 발생 가능성이 48% 증가한다는 결과이다. 그의 논리를 '→' 기호로 정리하면, 독서→정보 입력→전두엽, 해마→대뇌피질 전반 정보

저장→신경전달물질 균형과 신경세포 형성→기억 및 인지 능력 유지로 연결된다. 이에 근거하여 과학자들은 두뇌를 자극하는 활동으로 독서를 가장 좋은 방법의 하나로 꼽고 있다. 그런데 그냥 읽기보다는 쓰기 활동에 더 무게를 두는데, 그냥 독서에만 그치지 않고 직접 사유 활동을 거쳐 쓰기 활동에까지 나아간다면 이보다 더 좋은 방법이 없다는 것이다. 인생의 여덟 단계를 지나 아홉 단계로 나아가고 있다면 이 조언을 진지하게 고려해야 할 것, 추한 아홉 단계가 아닌 건강한 아홉 단계를 바란다면 말이다.

요즘 가장 행복하고 기쁜 일 중의 첫 번째는 인터넷으로 읽고 싶은 책을 사고 그 책이 도달하기를, 골방에서 기다리는 때이다. 그 기다림의 기쁨과 행복은 앞으로 계속 이어갈 계획이다. 사람이 살아있다는 증거는 생각이 있을 때라고 간주한다. 생명의 기는 곧 생각, 기가 빠지면 생각은 없는 것, 숨은 쉬고 있지만 생각이 없이 살아있댔자 죽은 것이나 다를 바 없는 것이니 말이다. 그 논리의 반증 인물들은 인문학자인 김형석 선생이, 유종호 선생이, 김우창 선생이, 이태 전에 이승을 떠난 이어령 선생 들들이다. 연세가 아흔에 가까운 분들인데도, 아니 김형석 선생은 상수를 넘었는데도, 그 깊은 생각과 기억들은 놀라울 뿐인, 가히 신의 차별이 역력한 분들이다.

장애 극복의 영화 「Black」에서, "장님에게 있어 지팡이는 의존하는 것이 아니라, 혼자 서기 위한 것이다."는 대사가 있는데, 나에게 있어 골방은, 그 골방에서의 사유와 읽기와 쓰기는, 비록 어설프긴 하지만, 장님의 든든한 지팡이인 셈이다. 어차피 인간은 홀로이다. 외로움에 적응할 수 있어야 한다. 말이사 공동체, 운운하지만 결국은 홀로이다. 홀로로서 견딜 수 있어야 하고 버틸 수 있어야 하고, 이겨낼 수 있어야 하고, 뭔가 생산적인 기능을 할 수 있어야 한다. 결국 인간은 홀로 가기 마련이다. 홀로에 적응하기 위해서도 혼자서 할 수 있는 일들을 모색해야 한다. 언제까지 우르르 집단으로 모이는 그런 모임 속에서, 외롭고 심심하게 살아갈 것인가. 하루빨리 홀로일 수 있는 자신을 찾아야 한다. 인생의 종말은 반드시 홀로 직면한다. 건강한 '홀로'를 지키기 위해서는 골방의 생산적인 기능을 최대한 활용해야 할 듯, 그곳에서 책이라는 지적 감성적 기제를 통해 자신의 이상형인 롤-모델과 삶의 길을 제시해 주는 스승격 대상을 만나 정신과 영혼의 교유를 하며 대화를 나누는 것이다. 건강한 정신의 지킴이는 곧 그들과의 대화이다.

죽음의 골짜기 혹은 배타적 홀로 공간이라는 선입견의 골방이기보다는 자신을 돌이켜보고 인간 세상을 조감하는 자리가 되는 골방을 만들어 곰곰이 자신의 과거 현재 미래에 대해 숙연히, 혹은 인간 세상사에 대해 찬찬히 숙고해 보는 시간을 갖는 게 좋겠다. 한마디로 자신의 삶을 자유롭게, 진지하게 피드백하는 시간을 말이다. 다시 한번 파스칼의 말을 인용한다. "인간의 불행은 단 한 가지 사실, 즉 그가 혼자 방 안에서 조용히 남아 있지 못한다는 데 있다." 그의 말을 되새기며 그 말의 참뜻을 헤아릴 수 있도록 좌뇌 우뇌를 움직이자. 인간을 흔히 호모사피엔스라고 명명하는데, 이 호모사피엔스에겐 동물과는 달리 논리적 의식적 사고나 판단력, 지각 능력을 담당하는 신피질의 좌뇌와, 사단칠정의 섬세하고 다양한 자연적 감정이나 정서를 담당하는 신피질의 우뇌가 있다고 한다. 그런데 지각이나 사고 능력 혹은 복잡 다양한 감정과 정서를 담당하는 기능인 신피질은 동물에게는 없다고 한다. 우리 모두 사피엔스이기에 신피질의 존재라는 것을 스스로 드러낼 이유가 있다. 신피질의 사피엔스인 인간에게 있어 사유와 아나키즘의 골방이 존재해야 하는 이유이다. 절대 자유의 골방은 죽지 않는다. 고독할 뿐이다.

관계의 미학
— 내 지음(知音)은 누구이며, 난 누구의 지음일까.

　　자신의 처지가 궁한 지경, 가령, 하는 일의 실패이거나 실패로 인한 정신적인 고통을 받거나 치명적인 신병으로 인해 심상찮은 상황에 떨어지게 되면 그때야 그동안 소홀히 왔던 소중한 것들에 대한 생각이 진지하게 솟는다. 여러 생각 중에서 관계에 대한 생각이 가장먼저 솟구친다. 이른바 자신에 대한 성찰의 진지한 시간을 갖게 되는것이다. 계기는 늘 이렇다. 심상찮은 궂은일 때문에, 그것이 계기가되어 평소 데면데면하게만 여겨왔던 관계들에 대해 곰곰이 생각에잠겨 들게 한다. 그럴 땐, 한 마디로 사막에 떨어진 막막한 기분, 이기분을 어떻게 설명해야 할까. 그러나 절망의 사막은 자신을 되돌아보는 진지한 사색과 성찰과 반성의 시간과 공간을 제공한다. 아무것도 보이지 않고, 아무것도 보이지 않는 그 속에서 뭔가 진지하게 생각하는, 오로지 자신밖에는 아무도 없다. 그래서도 진정한 관계가 그립고 사람 냄새가 진동하도록 그리워진다.

홀로 가는 인물은 어떤 인물일까. 그런 인물들 가운데 뚜렷이 떠오르는 한 분이 있다. 故 마광수 교수이다. 그는「즐거운 사라」를 쓴 뒤 1992년 음란물 제작 및 배포 혐의로 구속, '외설 작가'로 낙인찍힌 뒤, 사회로부터 유폐되고, 동료 교수들에게 소외되면서 2017년 9월 5일 스스로 목을 매달아 짧고도 긴 생을 끝냈다. 세상으로부터 따돌림을 당한 그는 교수실이건 집이건 주로 혼자 칩거하며 갇힌 생활 곧 현대판 은둔 생활을 해 오던 차, 자신이 처한 막다른 상황을 받아들이지 않을 수 없기에 한숨으로 뱉은 소리인지 모르지만 "혼자 있을 때 제일 행복하다"는 자기합리화에 가까운 말을 한다. 프랑스 철학자이자 비평가이며 소설가인 모리스 블랑쇼도 그런 말을 한 적이 있다. 모리스 블랑쇼는 스스로 얼굴 없는 작가로 유명하고 사진도 안 찍고 학회를 비롯한 사교계 활동을 일절 하지 않았던, 반문학적인 제도나 기관을 거부했던 은둔 작가로 평생 글쓰기에만 전념한 문필가이기에 마광수 교수가 처한 상황과는 판이하면서 동일하다. 마 교수 역시 뛰어난 인물임이 틀림없다. 그런데 왜 그런 말을 했을까. 어차피 마 교수가 하는 일 자체가 골방에 박혀 혼자 생각하고 그것을 글로 써야 하는 일 아닌가. 혼자 있는 것은 자신의 자연스러운 모습인데, 꼭 틔는 발언처럼 들리게 한다. 그것은 사람들 사이에 끼이는 그 순간의 상황에 대한 두려움 때문 아니었을까. 외설 시비가 붙은 소설과 에세이 때문에 이미 주목의 대상이 되었기에 자신을 이해, 공감해서 자신을 적극 변호하거나 막아줄 친한 지인이 없거나 드물다는 처절한 인식의 표현일 수가 있다.

"혼자 있을 때 제일 행복하다"는 말을 쓸 수 있는 사람이 얼마나 될까. 아무나 혼자 있을 때 행복할까. 글쎄, 자칫, 자폐증이나 우울증이 심해질 수도 있는 갇힌 심리 상태가 아닌가. 위험할 수가 있는 홀로됨이라니. 그 홀로됨을 행복한 상태로 받아들일 수 있는 인물은 도대체 어떤 인물일까. 그런데 일반적으로 평인은 마광수나 블랑쇼가 살았던 식으로는 살아갈 수가 없는 일이다. 사람살이의 가장 중요한 한 축을 들라면 관계의 축이다. 관계의 중요한 단서는 한 사람 한 사람의 삶이 서로 얽혀 돌아간다는 관계를 의미하는 인간(人間)이다. 인간(人間)이란 한자 표기로는 사람(人)과 사람(人) 간의 사이(間)이다. 때문에 '혼자 사람'은 성립되어도 '혼자 인간'은 성립되지 않는다. 그 사이를 아름답고 의미 있게, 진지하게 이어가는 게 무엇보다 중요한 것, 그래서 친구 사이는 의미심장한 것이다. 특히 "인간은 관계의 덩어리라는 것, 오직 관계만이 인간을 살게 한다는 것"이라는 생텍쥐페리의 말을 새겨들을 이유가 있다. 관계의 핵심은 가족을 제하고는 의당 친구인 까닭이다. 특히 몸과 마음을 포함하여 신변 상황이 주춤거리거나 흔들리거나 할 때 더욱 그렇다. "좋은 벗은 저절로 만들어지는 것이 아니다. 함께 겪은 수많은 추억, 괴로운 시간, 어긋남, 화해, 갈등…… 우정은 이런 것들로 이루어진다"는 생텍쥐페리의 말을 한 가지 더 기억하자.

　열자(列子) 탕문편(湯問篇)에는 지음(知音)의 유래 곧 백아와 종자기의 일화가 있다. 중국 춘추전국시대에 거문고의 명인인 백아가 있었다. 백아의 거문고 연주를 듣는 사람들은 훌륭하다고 하고 매우 듣기 좋다고만 했지만, 무엇을 연주하는지 백아의 음악 세계를 제대로 아는 이가 없었기에 백아는 답답하고 외로웠다고 한다. 그런데 백아 앞에 나타난 종자기는 백아가 지금 어떤 심정으로 거문고를 켜고 있는지 알아 맞추었다고 한다. 백아가 높은 산에 오르고 싶은 마음으로 연주를 하면 종자기는 "좋도다! 높고 높은 태산 같구나(善哉乎鼓琴 巍巍乎若太山)" 하고, 또 뜻하는 바를 흐르는 물에다 두고 연주하면 종자기는 역시 "좋도다! 넓고 넓은 강물과 같구나(善哉乎鼓琴 湯湯乎若流水)"라고 하여 백아가 생각하는 바를 반드시 알았다고 한다. 이에 백아는 진정으로 자신의 소리를 알아주는(知音) 사람은 종자기(鍾子期)밖에 없다고 하였고, 이로부터 지음이라는 말은 자신을 깊이 잘 이해해 주는, 둘도 없는 진정한 벗에 빗대어 말하는 것이 되었다. '지음(知音)'은 이 고사에서 유래된 것이다. 혹 종자기가 백아에게 거문고 대신 단소가 좋은 음악 연주기라며 거문고를 비하시키고 단소를 추켜올려도 종자기는 백아의 지음이 될까. 그 가정은 지음과는 거리가 멀다. 지음의 가장 중요한 전제 요건은 백아의 역량과 기질이 거문고에 있다는 것을 적극 이해, 공감, 인정, 극력 응원하는 덕목 여하에 있다.

그래서 지음은 진정한 벗이라는 말이고, 그 진정한 벗은 외롭고 힘들 때 이해해 주고 의지가 되는 정신적 교유 관계에 있는 존재라는 뜻이다. 백아의 지음은 백아의 음악적 가치를 인정해 준다는 뜻인데, 그것은 종자기가 나타나기 전에는 음악적 가치를 알아주는 이가 없어 한없이 외롭고 쓸쓸했다는 뜻이다. 외로울 때 종자기가 나타나 자신의 존재를 인정해 주었기에 진정한 친구는 외로울 때나 슬플 때 나타나서 자신을 버티게 해준다는 것이다. 백아의 일화에서 탄생한 지음이 한국 사회에서 두각을 나타낸 계기가 되는 시편이 있다. 그것은 고운 최치원 선생이 쓴 「秋夜雨中」이다.

秋風唯苦吟
世路少知音
窓外三更雨
燈前萬里心

이 한시에 대한 견해는 두 가지가 있다. 중국 당나라에 유학, 체류 중이던 최치원이 황소의 난이 발발하자, 황소가 읽다가 너무 놀라 침상에서 굴러떨어졌다는 토황소격문을 써서 유명해졌는데, 그러나 출세가도를 달리기는커녕 외국인인 관계로 알아주는 이가 없어 힘들고 외로운 생활을 했다고 한다. 그래서 이런 외로움을 시로 썼다는 견해가 첫 번째이고, 두 번째는 최치원이 귀국하여 벼슬길에 올랐지만, 골품제라는 신분제도의 제약으로 인해 6두품에 머물러 있었다고 한다. 그가 진성여왕에게 집권체제와 골품제 사회의 모순에 따른 문제를 해결하기 위한 〈시무십여조(時務十餘條)〉를 올리기도 했지만 흔쾌히 수용하려 한 진성여왕과는 달리 진골 귀족들로부터 냉대와 멸시를 받았고, 한없이 외로웠다고 한다. 위 한시의 승구의 '世路少知音'는 구절은 힘들고 외로운 상황에 처한 자신을 겪고 밀어줄 진정한 친구 곧 지음이 없다는 뜻으로 해석된다. 결구의 '萬里心'은 언표(言表)에 나타난 그대로 만 리 타국에 있는 작자의 심경일 수도 있지만, 오히려 마음과 일이 서로 어그러져 세상과는 이미 천리만리 떠나고 있는 작자의 방황하는 심회를 호소한 것으로 읽는 게 더 타당하게 보인다. 신라 조정에 더 이상 기대할 것이 없어 자신의 뜻을 펼칠 수 없다고 판단한 최치원은, 신라의 쇠망과 고려 왕건의 흥성을 예견한 "계림에는 누런 단풍이고, 곡령(鵠嶺, 개성 송악산)에는 푸른 소나무(鷄林黃葉, 鵠嶺靑松)"라는 말을 마지막으로 남기고 가야산으로 들어가 숨어 지내다가 세상을 끝낸다. 관중이 "나를 낳아준 것은 부모지만 나를 알아준 이는 포숙이다"(生我者父母 知我者鮑子也)라고 했다던 관포지교(管鮑之交)의 관계가 아쉽기만 한 고운 선생이다.

순자(荀子)도 지음의 다른 말인 벗(友)을 거론했다. "나를 비판하면서 옳게 이끄는 사람은 나의 스승이며, 나를 인정하면서 옳게 이끄는 사람은 나의 벗이며, 나에게 아첨하는 사람은 나의 도적이다. (故非我而當者 吾師也, 是我而當者 吾友也, 諂諛我者 吾賊也.)"(「修身」) '나를 인정하면서 나를 옳게 이끄는 이'가 벗이라는 것이다. 한자인 '友'는 왼손과 오른손을 각각 나타내는 '又'를 어우른 글자로, 손을 마주 잡고 서로 도우며, 특히 어려울 때 손을 잡아 이끌며 더불어 친하게 지낸다는 뜻을 담은 것이다. 한글인 '벗'의 어원은 '더불다' 곧 '(서로 함께) 붙다'의 '붙'이 '벝〉벋〉벗'로 음운이 바뀌었다고 하는데, 이 두 벗이 곧 지음(知音)인 것이다. 벗(友)의 어원이자 뜻이 이렇다면 과연 세상 인간의 벗은 얼마나 될까. 그래서 흔히 하는 말로 평생에 진정한 벗 진우(眞友) 곧 지음이 둘, 셋만 있어도 성공한 인생이라는 말이 있다. 백아가 그래서 유일한 지음인 종자기가 죽자, 그 길로 곧장 백아절현(伯牙絶絃)한 행위가 충분히 가납된다. 역시 백아다운 최상의 선택이었다. 글자로 남길 수 있는 필서(筆書)라면 은둔을 해서라도 혼자 이어가겠지만, —아니 글도 마찬가지, 글 역시 읽어주는 대상을 전제로 쓴 것이니 말이다— 음악은 들어주는 이가 없으면 연주는 아무런 의미나 가치가 없다. 그런 탓에 줄을 끊어버린 것이다.

후기 인상파 화가로 알려진 고갱과 반 고흐의 관계에 대한 생각이 떠오른다. 고갱은 반 고흐의 명성에 비해서는 약한 편이지만 고갱역시 자기만의 화풍이 있고, 또한 반 고흐의 작품 세계에 영향을 끼친 화가라는 사실은 고갱의 존재를 부각시킨다. 비록 두 사람의 우정은 평생 이어지지는 않았고, 프랑스 아를이라는 작은 동네에서 9주동안 같이 기거한 것에 불과하지만 둘의 관계는 사사건건 서로 지향, 추구하는 세목이 서로 다른 데에서 사이가 틀어지다가 마지막에는반 고흐가 귀를 자르는 자해 행위로 인해 둘의 관계는 아쉽게 갈라서는 비극적 관계로 끝난다. 두 사람의 그림 세계는 인상파라는 전통적인 화풍에서 탈피하려는 창작 의도와 그림 속 상징주의적 요소가 서로 합치되었고, 현실 세계 너머의 이상적인 유토피아를 꿈꿨다. 다만삶에 대한 관점의 차이가 현격했고, 두 사람의 성격 또한 두드러지게달랐다. 고갱은 자기중심적이고 거만하고, 타인을 통제하려는 기질을 가졌고, 고흐는 음울하고 변덕스러운 성격이다. 끝내 둘은 성격과예술관에 대한 차이로 인해 파경을 맞는다. 둘은 지음이었을까. 예술가에게도 지음이라는 성어가 관통될까. 그런데 왠지 예술가에게 지음이라는 말은 살짝 낯설고 생소한 느낌이 든다. 예술가에게는 예술이라는 자기만의 독특한 세계가 있는 것이기에 별나다고 할 정도로 독선적이고 독자적이다. 분명한 것은, 고갱은 고흐의 그림을, 고흐는 고갱의 그림을 서로 인정했다는 사실을 떠올리지 않을 수 없는데, 지음은 바라보는 방향이 같다는 전제 아래에서만 성립되는 관계는 아니다. 따라시 지음에는 화풍 취향이나 기법 그리고 성격이 하나로 겹치듯 서로 맞아야 한다는 단서가 있는 것은 아니다.

그런데 지음(知音)의 관계는 서로 비슷한 나이 또래에만 성립되는 것일까. 이 물음에 대한 하나의 답으로서, 그 지음의 관계는 사제지간에서 가장 많이 확인된다. 소크라테스와 플라톤이 대표적이다. 플라톤은 죽기 직전에 제자들에게 자기 삶의 세 가지 행복을 들면서, 소크라테스가 살던 시대에 태어나 그와 사제지간으로 만났다는 것을, 행복의 하나로 들었다고 한다. 그 둘의 지음 관계는 플라톤의 다수 저작에서 발견된다. 플라톤은 자신의 저작에 소크라테스가 사람들과 나눈 대화를 있는 그대로 기록하면서 스승인 소크라테스의 사상과 철학을 오롯이 드러내는 한편 그 연속선상에서 자신의 철학을 발전시켜 나갔다. 그런데 실상은 소크라테스의 대화라고 하지만 과연 사실인지는 의문스럽다. 실제로 소크라테스의 대화에 플라톤이 그 현장에 함께 있었을 리도 없고, 설사 현장에 있었다고 하더라도 제대로 된 메모장 곧 녹음기 등이 존재하지 않았던 그 시절에 그 대화 내용을 어떻게 속기록으로 일일이 다 남길 수 있었을까. 그것도 소크라테스가 죽은 뒤 수년 뒤에, 그 많은 대화를 복기했을 리도 없다. 그렇다면 소크라테스의 대화는 플라톤이 스승의 가르침을 바탕으로 가상으로 만들어낸 대화일 개연성이 높고, 아니면 스승을 무대의 전면에 내세우고 실제로는 자신의 이야기를 한 셈이다. 알고 있는 상식의 하나는 소크라테스는 자신의 저서 한 권도 남긴 적이 없다는 사실, 그랬기에 후대의 사람들이 그의 사상과 철학을 알 리가 없는 것이다. 순전히 플라톤의 저작에 의해 그의 사상과 철학을 알게 된 것인데, 당연히 플라톤이 소크라테스의 단순한 기록자이었을 리는 없다. 지금 우리가 알고 있는 소크라테스의 사상은 소크라테스와 플라톤의 공동 작업이라고 해도 과언이 아니다. 요는, 스승의 철학에 대한 제자의 진정한 일치를 뜻한다는 것, 실로 둘의 관계는 지음의 관계라고 할 수 있다.

또한 지음의 관계 대상을 남으로만 못 박아서는 안 된다. 지음을 남이라고 한정하게 되면 '등잔 밑이 어둡다'라는 속담을 갖다 붙일 수 있는데, 그것은 지음의 대상이 바로 가족이 먼저이어야 한다는 사실을 몰인식했다는 뜻이다. 지음의 우선 대상은 가족인 것, 부모 형제와 처자식이 가장 먼저이고, 다음이 친척, 그러니까 친족 외족 처족들이다. 유학의 경서인 〈大學〉에 '수신제가치국평천하(修身齊家 治國平天下)'라는 말이 있다. 누구든 스스로 자기의 몸과 마음을 닦을 수 있는 '修身'을 이루면, 그것을 가족들이 본받아서 집안이 잘 돌아가고, 그 가족을 지켜본 사람들이 저마다 그 행실을 따라서 하기에 나라가 평안해지고, 그 나라를 거울삼아 온 세상 사람들이 수신을 하기에 동시에 그 모든 것들이 이뤄질 수 있다는 것이다. 이 말대로라면 가족이 수신의 주체에 가장 가까이에 있는 만큼 수신의 존재 가치를 가장 잘 알지 않을까. 그러나 그렇지는 않다. 전폭적인 관심

일 수도 있지만 전연 무관심일 수도 있다. 소크라테스가 그런 전형의 대표적인 인물이다. 천하의 악처라고 불리는, 그의 아내 크산티페는 자기 남편이 돈벌이에는 관심 없고 매일 쓸데없는 논의에만 몰두한다며 불평하곤 비상식적인 행동을 자행한다. 만약 그녀의 남편이 그냥 보통 사람이었다면 얼마든지 그 행동이 가납된다. 하지만 남편이 소크라테스가 아닌가. 그렇다면 보통 사람의 아내가 되어서는 안 되지 않은가. 남편의 최전선 곁을 지키는 지음의 역할을 해야 했던 것인데, 그런 면에서 3대 악처 중의 한 명으로 꼽히는 톨스토이의 아내 소피아는 억울한 누명을 쓴 악처라는 생각이 든다. 톨스토이가 82세의 나이로 가출해 시골의 간이역에서 죽음을 맞게 한 원인 제공자로 알려져 악처로 소문났지만, 소피아는 남들이 읽어내지 못하는 악필로 유명한 남편의 원고를 읽고 일일이 깔끔하게 정서해 준 훌륭한 조력자였다. 소피아는 명작인 『전쟁과 평화』를 무려 6번씩 옮겨 적기도 하고, 『안나 카레니나』 외 다수 작품도 그녀의 손을 통해 태어났다. 톨스토이는 방탕한 바람둥이로 가정에는 소홀하고 무책임한 가장인데 반해, 소피아는 홀로 출산과 육아를 책임지고 억척스레 가정을 지켜온 인물이었다. 그녀는 48년간 남편과 동고동락하며 무려 13명의 자녀를 낳았다. 그녀는 남편이 문호로서 명성을 떨치는 것을 기뻐했고, 그가 소설로부터 이탈하려는 것을 받아들일 수 없었다. 그래서 가족, 특히 자식들의 생활에 대한 절박함에서 저작권 문제로 남편과 다투기 시작했는데, 그 일로 인해 톨스토이가 가출해 시골의 간이역에서 죽음을 맞게 되었던 것이다. 그렇게 그녀는 악처라는 누명을 쓰게 된 것이다. 그러나 소피아는 남편의 명작 생산에 크게 기여한 인물이라는 사실, 따라서 그녀는 남편의 지음이 아니었을까.

가족이 지음이 되지 않는다는 것은 가장 기피해야 할, 외롭고 힘든 길이다. 기반이 그만큼 부실하고 허약하다는 뜻, 집 밖에서 외로워도 집 안에서는 지음의, 든든한 힘이 되어주어야 밖에서 외롭게 방전된 에너지가 다시 에너지가 충전되는 것이다. 비단 아내가 남편의 지음만이 아니라, 남편이 아내의 지음이, 부모가 자식의 지음이, 자식이 부모의 지음이 되어야 하는 것이다.

친구는 한자로 親舊라고 하는데, 그만큼 오랜 시간(舊)이 쌓이고 겹쳐서 친구가 된다는 뜻이다. 그러나 진정한 친구는 믿고 기댈 언덕(丘)인 친구(親丘)이지 싶다. 진정한 친구는 만나서 이야기도 나누고 살아가는 인생에 대한 진지한 이야기도 나누고 해야 하니, 어쩔 수 없이 채널과 주파수 곧 코드가 어느 정도는 서로 맞아야 한다. 여기서 말하는 코드는 정치적 코드만을 말하는 것이 아니라 하는 일이나 주된 관심사나 주목하는 일, 세계관, 나아가 지적 수준이나 감성에까지 확대된다. 가령, 정치나 정치 철학, 순수 철학, 문학예술 같은 인문학에 깊은 생각을 가진 이가 그것과는 전혀 관심이 없거나 깊이 자체가 없는 장사치와 만나서 무슨 이야기를 주고 받겠는가. 결국 지음이란 소통 코드가 맞아야만 지음 관계가 형성된다.

이 지음과 대척의 위치에 있는 말은 행인이다. 행인에 대한 천상병 시인의 일화가 있다. 그가 조병화 시인에게서 시집을 받은 적이 있다. 대체로 증정 시집에는 시인의 친필 사인이 들어 있기 마련인데, 천 시인이 받은 사인은 '행인에게'였다. '천상병 시인께(에게)'를 예상했는데, 황당하게 '행인에게'였던 것이다. 그래서 무슨 말인지 알 수가 없더라는 것이다. 그래서 아는 이에게 그걸 보여주었더니, 두루뭉술하게 천상병이 싸돌아다니는 사람이니 그렇게 쓴 게 아닐까, 라기도 하고, 신동문 시인은 '거지'라는 뜻으로 해석하더라는 것이다. 모르긴 해도 당시 천상병 시인의 행적을 의식한 사인이 아니었을까, 그러니까 천상병 시인은 조병화 시인에게 '별 친함이 없는, 그냥 길에서 지나치는 사람' 정도로 생각한 까닭에 '행인'이라는 수수께끼 같은 사인을 하지 않았을까, 그렇게 해석된다.

누군가에게 행인으로 인식되는 건 참, 참담하다. 누군가가 나를 버티게 해주는 지음인가도 중요하지만 과연 내가 누군가의 지음이 되고 있는지에 대해서도 진지하게 고민해 보아야 한다. 인간은 늘 자기만 생각하는 이기적인 측면이 강하다. 그러나 언제든지 내가 누군가 기댈 수 있는 든든한 울(타리)과 담 즉 우담이 될 수 있을 것인가에 대해 고민해야 마땅하다. 그래야 지음이라는 말을 입에 올릴 수 있는 자격이 있다. 그런 면에서 보면 나는 지음이 되지도, 될 수도 없다. 누군가 내게 그냥 지나치는 행인이듯이 나 또한 그냥 지나치는 행인일 것, 안타깝다. 새삼 버트런드 러셀의 말이 가슴에 진하게 와닿는다. "좋은 친구가 생기기를 기다리는 것보다 스스로가 누군가의 친구가 되었을 때 행복하다." 그리고 지음이 되려면 가장 중요한 것은 백아의 거문고 소리(音)와 같은, 자기만이 내는 독특한 소리가 있어야 한다. 나만의, 너만의 소리가 있는가. 소리가 있어야 그 소리에 맞는, 곧 서로 죽이 맞는 빛깔과 결의 소리를 바라는 법, 죽이 맞는 친구가 몇이나 있는가. 나는, 그리고 너는 누군가에게 죽이 맞는 친구로 존재하고 있기나 한가. 그 죽이 맞는 지음은 관계의 미학인데, 진지하게 자신에게 물어보라. 내 지음(知音)은 누구이며, 난 누구의 지음일까.

되찾은 시간
— 오래된 미래를 향하여

　　김광규 씨가 쓴 추억의 시편인 「희미한 옛사랑의 그림자」가 있다. 대략 창작 시기는 1978년쯤으로 추정된다. '4.19가 나던 해 세밑'의 지난날을 회상하면서 '그로부터 18년 오랜만에' 친구들과 만나는 장면을 연출하고 있다. 그 당시 "우리는 때 묻지 않은 고민을 했고/ 아무도 귀 기울이지 않는 노래를/ 누구도 흉내 낼 수 없는 노래를/ 저마다 목청껏 불렀다/ 돈을 받지 않고 부르는 노래는/ 겨울밤 하늘로 올라가/ 별똥별이 되어 떨어졌다" 당시 젊은 시절은 '때 묻지 않은 고민', 목청껏 불렀던 '노래' 혹은 '별똥별'에서처럼 순수와 이상, 열정 그 자체였다. 젊은 그 시절의 '옛사랑'에 대한 추억을 되살리며 "부끄럽지 않은가/ 부끄럽지 않은가/ 바람의 속삭임 귓전으로 흘리며" "깊숙이 늪으로 발을 옮"긴다. 「희미한 옛사랑의 그림자」에서 우리는, 18년 시간의 흐름 속에 젊음과 열정, 순수와 이상을 잃어버리고 '부끄럽지 않은가/ 부끄럽지 않은가'라는 뼛속 깊은 자성의 소리를 들을 만큼 현실적인 삶을 살아가는 중년의 소시민적 의식 구조를 엿볼 수 있다.

부쩍 요즘 들어서 자유 연상에 따른 레트로(retro-spect) 경향이 심해진 듯, 옛날의 추억에 젖는다. 폴 모리아와 리챠드 클레이더만, 레이몽 르페브르가 연주한, 추억의 감성 음악을 들으면 아련한 지난날들이 소환되면서 가슴이 촉촉해지고 그 시절이 한없이 그리워진다. 유치한 감성의 발동 탓인가. 그리움, 하면, 지난날에 엎어지다시피 한 편향일까. 흔히 과거에 대한 그리움, 곧 편향 또는 집착이 현재에 대한 잘못된 인식에 원인이 있는 것으로 분석하기도 하는데, 가령, "이러한 인식이 편향의 한 카테고리에 들어가 있는 만큼 사람들이 느끼는 사회적 쇠퇴의 심각성은 대부분 과장되어 있거나 사실과 다르다" 운운이 그렇다. 그러나 과거에 대한 편향 운운이 현대사회에 대한 잘못된 가치관의 인식에서 나왔다고 단정을 지우는 것은 문제가 있다. 사회적 급격한 변화에 대한 부정적 인식이나 견해, 반감으로 인해 과거 지향을 한다는 것이다. 그런데, 과거지향의 경향은 개인마다 그 이유가 다 다르겠지만 어느 한 시절의 흐름의 방향을 추켜올리거나 까 내리려는 게 아니라, 김광규의 시가 시사하듯, 지금 현재와 과거에 대한 성찰과 반성의 시간을 갖는다는 데에 의의가 있다. 그러니까 과거회상은 그 시절로 돌아가 살고 싶다기보다는 남은 시간이 그다지 많지 않기에, 그래서 더욱 알차게, 지난날의 가난했지만 순수했던 삶을 되살려 그렇게 살아가고 싶은 간절한 마음에서 생긴다.

우리 세대는 실로 급격한 사회 변화, 변동의 시기를 거쳤다. 오랫동안 지속되어 온 역사적인 가난, 그 가난의 속박에서 우리는, 어느 날 해방과 자유를 누리는 기회를 맞게 되어 전혀 뜻밖의 풍요를 경험하게 된, 이른바 가난과 풍요의 세대였다. 따라서 우리 세대의 과거와 현재는 각기 다른 세계로 분리되어 경험되고 인식될 만큼 우리 세대는 급격한 시대의 변화를 겪었던 것이다. 그런 만큼 과거에 대한 추억 혹은 현재와의 분리 경험은 그렇지 않은 세대에 비해 심한 편이다. 변화가 없는 시대에서 평생을 지낸 세대라면 현재와 과거가 분리될 이유가 전혀 없는 판인데 굳이 과거를 떠올리거나 그리워할 이유가 없지 않은가. 그러니까 서로 동떨어진 시대와 다른 가치들이 조화를 이루지 못하고 있다는 반증인 것이다. 그래서도 나이 든 사람의 과거 회상에 대한 에릭 에릭슨의 다음 말을 수용해야 하리라. "우리는 노년기에 잠재적 절망에 맞서는 방어 수단으로 의사(擬似) 통합이라 할 수 있는, 과거에 대한 신화가 일어남을 인정해야 한다."(『인생의 아홉 단계』) 에릭슨이 과거 신화 운운한 것처럼 젊음의 행동이나 활동이 순수 그 자체인 데에서 대략 신화 운운의 감이 잡히고, 유독 우리 세대에게만은 분리 경험을 떠올릴 집단기억의 신화적 공간이 있다. 그 공간은 지금은 거의 사라지다시피한 골목이다.

아그네스 헬러가 집단기억에 대해 언급한 대목이 있다. "현재 이전의 과거는 집단적 서사가 존재하는 집단기억 속에 있으며, 그것이 인간의 문화를 구성한다. 예컨대 호메로스가 없었다면, 그리스인은 존재하지 않았을 것이고, 아테네 사람, 스파르타 사람들만으로 존재했을 것이다. 〈일리아드〉와 〈오딧세이〉는 모든 그리스인들의 집단기억이다." (『편견』) 우리 가난한 서민들이 살던 골목집 역시 그렇다. 우리 세대가 살던 골목은 서구의 골목과는 삶의 서사 자체가 다르다.

골목에 배인 우리 삶의 서사는 지독한 가난이지만 그 가난을 함께 이겨나간 소중한 이웃이라는 카테고리가 있다. 골목집을 거치지 않은 도시 서민들이 과연 몇 가구나 될까. 골목은 우리들의 머릿속에 남은 집단기억의 공간이다.

골목의 평범한 기억들은 사라지거나 완전히 잊힌 것이 아니라 무의식 속에 기억으로 기록되어 있었던 것, 그래서 지금 기억나는 것들은 무의식적 현상으로, 그것은 의식의 수면으로는 떠오르지 않고 잠겨 있다가 불시에 떠오르고, 순간순간 자극을 받게 되면 튀어나온다. 골목의 기억 가운데 가장 두드러지는 기억은 이웃에 대한 기억이다. 앞뒤, 옆집과 담장 하나를 사이에 둔 채 희비애환의 집 사정들을 속속들이 서로 잘 알고 같이 겪으면서 지낸다. 당시는 가부장적 사회였던 만큼, 가장은 집안에서는 무소불위의 권력자이고, 아무리 가난한 남자라도 자산가였다. 아내와 자식을 소유하고 그들을 소유한 존재로 행세했던 시절이었던 것이다. 그런 가부장제 아래 아녀자들이 겪어야만 했던 힘들고 고단한 사람살이가 떠오른다. 해가 지고 나면 집집마다 만취한 가장들의 주사 난동에 여자들 우는 소리, 아이들 겁에 질려 울부짖는 소리가 터져 나오고 했다. 그때마다 직감으로 옆집에 또 가부장이 술에 취해 가족들에게 주정을 부리고 행패를 부리고 있구나, 직감하곤 같이 마음을 졸이던 기억이 난다.

지금과는 달리 그 시절은 부녀자는 전업주부였다. 지금처럼 부부가 함께 사회생활을 하면서 가정의 일은 부부가 함께하는 그런 시대가 아니었다. 양육부터 가정의 일은 오로지 여자들의 전업이었다. 여자들의 운명은 참으로 안쓰럽기만 하다. 태어나서도 남자 선호 경향으로 인해 차별시되고 성장하면서도 불이익을 당하는 것은 일상이었다. 그러다가 시집을 가면 그때부터 또 새로운 차별을 당하는 운명의 시대가 열리는 것이다. 여자들은 철저히 남존여비 사상에 희생되어야 하는 인생이었다. 부조리 그 자체로 기억되는, 지난날의 골목 시절이었다.

특이한 인연의 이웃 한 분이 떠오른다. 그분은 일명 바가지 할머니라고 불리는 분인데, 바가지 과자를 집에서 직접 수작업으로 만들어 파는 할머니였다. 서로 앞뒤 집에서 이웃하여 살았는데, 언제부턴가 서로 친족의 연 곧 '義-祖孫' 관계가 된 것이다. 부모님은 그분을 모친으로 모셨고, 그분은 우리 가족을 자식과 손주로 대하셨다. 좋은 일, 궂은 일 가리지 않고 혈연 이상으로 서로 언덕과 나무 그늘이 되어 의지하고 돕고 어려움을 함께 헤쳐 나갔던 관계였다. 골목을 떠나와도 수시로 찾아뵙고 건강의 근황을 챙기는 일은 친할머니에게 하듯 일관되게 변함이 없었다. 지금은 골목과 함께 사라진, 좋은 이웃의 표본이었다. 그분에 대한 기억은 과거에 대한 편향으로서가 아니라 아름다운 인간관계가 넘쳤던 과거에 대한 한 사례로 든 기억이다. 지금 사람들에게 골목 시절의 이웃 관계에 대해 말하면, 전설 따라 삼천리에 나오는 이야기라며 신기해할 듯.

안타깝게도 지금 우리의 현실은 이웃의 실종 시대에 처해 있다.

골목이 사라지고 있는 세상이 그 반증이다. 골목이 사라지거나 없는 세상은 그만큼 물질적으로 모자람이 없이 풍요로운 세상인 것은 분명한 사실, 아이러니하게도 가난했던 골목의 그 시절이 상대적으로 한없이 그리워지는 것이다. 당시의 골목집은 대문이 닫혀있는 것이 아니라 다 훤히 열려 있었다. 이웃은 말할 것도 없고, 일면식도 없는 낯선 이들도 누구든 자유롭게 드나들고 소통이 가능한 골목집이었다. 지금의 이웃은 어떤가. 도시 아파트 공간이면 바로 옆집, 앞집에 누가 사는지 알거나 서로 친밀한 대화를 나누는, 이웃 관계의 가정은 과연 얼마나 될까.

친구도 이웃의 일종이다. 이웃은 거리감이 없이 가깝다는 의미, 그래서 친구는 마음으로 거리감이 없이 가까우니 역시 이웃이다. 비록 사는 곳이 서로 멀리 떨어져 있어도 그 먼 거리를 초월한 관계가 진정한 이웃으로서의 친구이다. 지금은 거의 모든 이가 다 자가용을 소유하고 있지만 당시 자가용은 우리와는 관계없는 서양 부국의 이동 현실이었던 것, 그래서 십 리 안팎의 웬만한 거리는 도보로 걷고, 지역을 달리하면 대중교통 수단을 통해 이동해야 했던 그 시절이었다. 우정을 벼리고 다지는 데 일익이 된 것은 오히려 교통상의 결핍과 불편이라는 요소 때문이라고 해도 과언이 아니다. 설 추석 명절 때가 되면 고향집을 찾아가는 사람들의 마음과 그렇게 오는 자식을 간절히 기다리는 부모의 마음을 어떻게 표현할 수 있을까. 스마트폰은 그런 말조차 생기지도 않았고, 유선 전화기마저도 없던 시절, 친구를 만나러 한참을 걸어서 친구 집 앞에서 친구를 불렀을 때 친구가 나오면 기분이 날아갈 듯한 기쁨에 먼 길을 걸어온 수고로움이 말끔히 씻기고, 없으면 두 어깨가 축 처지는 기분으로 돌아가곤 했던 그 시절이 떠오른다. 친구와의 진심 어린 교유와 우정을 기리며 먼 시간을 걸어서 친구 집에 가기도 했던 그 시절은 친구와의 관계가 지금의 디지털식 관계가 아닌 아날로그식 관계랄까, 그런 친구 관계는 얼마나 끈끈하고 깊었던가. 물론 지금도 그 우정은 방법상 차이가 나지만 그 속은 이전의 아날로그식 관계처럼 한결같이 깊기만 할 것이다. 지금이나 이전이나 한결같은 우정어린 우정의 회상 속으로 그리움이 향한다. 프랑스의 시인 프랑시스 퐁주가 "사람은 사람의 미래다"라는 의미심장한 말을 남겼는데, '사람의 미래'가 될 만한 '사람은' 과연 누구일까. 자식의 미래라면 친족의 경우, 부모 형제자매일 것이고, 남이라면 두말할 여지 없이 이웃사촌인 친구가 아닐까. 하긴 지금 이웃도 사촌이다. 사촌(死村), 곧 죽은 이웃, 말이다.

정신분석학자 칼 융의 말을 따르면 "종종 그런 회상들은 오랫동안 잃어버렸던 삶의 조각을 복구하며, 그것은 사람의 삶에 의미를 주고, 따라서 사람의 삶을 풍요롭게 해준다." 그렇다. 잠시나마 그런 회상에 젖어 들면 그 순간이나마 지금 현실에 대한 아쉬움, 특히 오랫동안 잃었던 아름다운 삶의 한 조각인 이웃을 복구하는 것이다. 그리곤 순간적이나마 그 시절의 삶이 언뜻 풍요로워지면서, 이웃이 실종되고 있는 지금 세상에 대한 뼈아픈 성찰과 회한이 솟는다. 내게 이웃이라는 보물이 있었다는 생각, 그래서도 아르헨티나 소설가 보르헤스가 던진, "과거는 우리의 보물이다. 우리가 가지고 있는 것은 과거뿐이고, 과거는 우리가 자유로이 사용할 수 있는 것"이라는 말이 새록새록 다가온다. 그의 말에 진정 교감하고 공감한다. 내게 그리워할 만한, 보물인 과거가 있다는 것은 축복이다. 그리고 그 과거가 나만의 기억에 그치지 않고 누군가의 기억일 수도 있는, 곧 집단의 기억일 수 있다는 것은 그 누군가와의 교감과 공감의 제휴 가능성을 열어 놓고 있기에 더욱 축복이다.

시인에게도 지난날에 대한 추억은 예술의 근원이기도 했는데, 프랑스의 시인 보들레르는 나폴레옹 3세에 의해 단행된 파리 재건축 공사로 인해 파리에 대한 기억이 사라지는 것을 극히 애석해했다고 한다. 하마면 『악의 꽃』의 2부 『파리 풍경』이라는 제명 아래 「백조」를 비롯한 일련의 시편을 썼을까. "파리가 변한다! 그러나 나의 멜랑콜리 속에서는 그 무엇도 변하지 않았다! (…) 옛 변두리 동네들, 그 모든 것이 내게는 알레고리가 되고, 내 소중한 추억은 바위보다도 무겁다"(「백조」)고 읊조린다. 상실되거나 부재하는 것이 아니라면 그리움은 생기지 않는다. 그리움의 아이러니라고 할까. 그리움의 원천은 옛 추억에 있다. 그런데 추억은 사라짐을 전제로 한다. 그리움은 그 추억의 '대상의 부재'로 인한 현상인 것, 그래서 사람도 산 사람보다는 사라진 사람에 대한 그리움이 크다. 사라지지 않고 현존하고 있는 대상이라면 그리움은 생겨나지 않는다. 요즘도 커피를 타면 대학 시절, 70년대 젊은이들의 만남의 공간이었던 다방에서의 추억이 많이 떠오른다. 그런데 왜 그리울까. 그때 그 시절을 되돌릴 수 없기에 그리운 것, 커피는 얼마든지 살릴 수 있으나, 그 시절의 상황이나 정서

감성이 담긴 시간은 돌이킬 수 없기에 그리운 것이다.

지나간 시간에 대한 추억, 하면, 마르셀 프루스트의 소설 『잃어버린 시간을 찾아서』(혹은 "지나간 것들의 기억")를 그냥 흘려 지나칠 수 없는데, 홍차에 적신 마들렌 한 조각을 음미하던 '나'의 눈앞에 불현듯 자신의 유년 시절의 옛 기억들이 줄줄이 펼쳐지는 것으로 이야기는 시작된다. 공교롭게 마들렌 역시 지난날에 대한 추억이라는 모티브와 연계되어 있다. 폴란드의 마리 레스친스카 공주가 프랑스의 루이 15세의 왕비가 된 후 향수병으로 고통을 받고 있던 차, 하녀가 공주에게 마들렌을 만들어 주어 어린 시절의 추억과 향수를 되살리게 했다고 하는데. 마들렌은 공주의 아버지였던 폴란드 왕 레스친스키의 하녀인 마들렌이 만들었던 데에서 그 이름이 붙었는데, 공주가 어렸을 적부터 먹었던 향수 어린 빵이었다고 한다. 프루스트는 작품 속의 '나'를 통해 현재를 살면서도 늘 과거 속에 그리고 동시에 미래 속에 살아가는 인간을 그린다. 그래서 인간의 시간은 아인슈타인의 상대성 이론처럼 상대적이다. 현재의 시점에서 과거에 대한 상상과 기억을 할 수 있다는 것, 곧 인간은 시간을 통해 과거로 미래로 상상을 통해 넘어갈 수도 있다는 것이다. 아인슈타인의 상대성 이론에서 착상, 영향을 받았을 수도 있겠다. 상대성 이론은 1905년에 발표되고, 프루스트의 『잃어버린 시간을 찾아서』(1906년부터 1922년까지 집필하여 1913년부터 1927년까지 출간한 7권의 장편소설)는 제1부 「스완네 댁 쪽」이 1906년에 집필이 시작되었다고 하는데, 서로 비슷한 시점이기에 그렇다.

수시로 소환되는 시간 속 기억과 경험들은 무질서하다. 연대기적으로 되살아나는 것이 아니라 무질서하게 뒤섞여 살아난다. 프루스트의 소설에서, 어린 시절 방학을 보냈던 마을 콩브레와 그곳 사람들의 일화가 '나'의 의식의 흐름을 타고 끝없이 그려지듯이 말이다. 의식의 흐름은 옛 기억을 되살리는데 자연스럽게 일어나는 방식이다. 한 마디로 인과 관계나 이미 정해진 복선에 따른 것이 아니라 특정되지 않은 기억들이 무질서하게, 무작위로 환기되어 떠오르는 것이다. 그 삶의 기억들은 시간 밖에 있는 것, 프루스트의 말마따나, 우리 삶의 중요한 부분은 시간 안이 아니라 시간 밖에 있다는 사실이다.

잃어버린 시간은 그것을 떠올려 찾으려 드는 순간 더 이상 잃어버린 시간이 아닌, '되찾은 시간'(『잃어버린 시간을 찾아서』 7부 제목)이 된다. '나'는 잃어버린 시간이었다고 생각했지만 그 시간은 '나' 자신 속에 오롯이 남아 있었고, 그 시간을 생각하는 순간 곧 이내 되찾은 시간이 된다. 그 시간 속에서 나는 알게 모르게 삶을 살아온 것이다. 그제사 자신이 살아온 인생을 되돌아보고 깨닫는다. "나는 문학 작품의 이 모든 소재가 내 지나간 삶이라는 걸 깨달았다." (「되찾은 시간」)고 하면서 드디어 잃어버린 시간을 되찾아 소설 집필에 들어가 완성을 시키는 것이다. 시간 개념은 그렇다. 잃어버린 시간은 그 시간에 대한 인식의 주체가 누구냐에 따라 영영 잃어버린 시간으로, 혹은 기차게 되찾은, 보물 같은 시간으로 환원되기도 하는 것이다. 우리의 시간 밖 지난날들은 언제나 그렇게 일순간 '잃어버린 시간'이었을 뿐이다.

과거 편향주의라는 비아냥 소리를 들을지 모르지만 내게 과거는 삶의 시간이 남긴 유산이다. 그래서 소중하다. 과거를 찾는 일은 지나간 삶의 시간에 대한 그리움의 인식을 가진 사람들의 몫이다. 그리움은 단순히 지난날을 돌이키는 회고의 감정이 아니다. 물론 나이가 들면 지난날을 그리워하는 심리 현상이 생기긴 하지만 그것보다는 아름답고 값진 지난날을 반추하여 현재 삶을 깊이 성찰한 인식의 뜻인, 곧 남은 삶에 대한 소중한 인식으로서의 현상이다. 그리움을 아는 자만이 삶을 아름답게 채색할 수 있다. 그리움의 세계는 내가 반추하여 가능하면 그렇게 다시 살 수 있도록 반구(反求)할 세계이니 말이다. 그런 이유에서 지난날들은 다 거름이다. 그 거름은 지난날의 실제 경험에서 나온다. 경험적 인식이 거름이고 그리움이다.

헬레나 노르베리 호지가 지은 『오래된 미래』의 전언이 의미심장하게 울린다. 저자는, 서부 히말라야 고원의 작은 지역인 라다크, 곧 빈약한 자원과 혹독한 기후에도 불구하고 생태적 지혜를 통해 천년이 넘도록 평화롭고 건강한 공동체를 유지해 온 라다크가 서구식 개발 속에서 환경이 파괴되고 사회적으로 분열되는 과정을 보여주면서, 사회적, 생태적 재앙에 직면한 우리의 미래에 대한 구체적인 희망은 개발 이전의 라다크적인 삶의 방식이라고 힘주어 말하고 있다. '오래된 미래'에서 과거형인 '오래된'은 미래형인 '미래'와 수식 관계로 병치된, 곧 '오래된'이 '미래'를 꾸미는 관계로서 그 둘은 둘로 분리된 게 아니라 하나로 통합되어 있다. 그렇다고 과거의 삶이라는 것이 모두 되돌려 환기할 만한 그리움의 삶의 세목으로만 뭉쳐있는가,

하면 그렇지 않다. 두 번 다시 떠올리거나 환기하기 싫은 고통스러운 기억은 또 얼마나 층층이 가득한가. 그러나 과거는 내 삶의 소중한 시간이고 힘이고 의미인 것, 그래서도 두 번 다시 과거의 그런 삶은 반복되어서는 안 된다는 결연한 전제 아래 미래를 위한 추억으로 과거를 되살려야겠다. 괴롭긴 하지만 미래를 위한 그리운 과거로 변주되니 얼마나 다행이고 행복이고 축복의 일인가. '오래된 미래'는 그래서 뜻깊고 아름답다. 무의식적으로 돋는 부활의, 되찾은 시간을 통해 그리움의 세상인 '오래된 미래'를 태평하게 살고 싶기만 하다.

이방인의 세계
― '그러려니' 하는 관성의 질서

'그러려니' 하니, 지금도 여전히 방송 고문을 당하고 있는 고통의 경험을 먼저 토로해야겠다. 공동 주택인 아파트에 사는 게 편하기도 하지만 감당하기 힘들 정도로 불편하기도 하다. 경비원이 일주일에 한 번씩 관리실 직원들이 퇴근하고 난 뒤, 늦은 저녁 무렵에 방송을 하는 것이다. 흡연 건과 늦은 시간 세탁기 가동, 앞뒤 베란다 방수 건에 대한 방송이었다. 관리실의 존재 이유가 되는, 당연한 방송이다. 처음에는 별 부담없이 그 방송을 들었다. 그런데 몇 번 듣고 나니, 이 방송, 잘못되었구나, 하는 생각이 들면서, 그 방송을 듣기가 여간 고역이 아니었다. 그 방송은 불합리의 극을 달리는 방송인 것이다. 가장 먼저, 경비원이 하는 방송 멘트가, 방송이 처음 시작된 2, 3년 전이나 지금이나 글자 한 자 안 바뀐 채, 꼭 녹음기를 틀어놓은 듯 똑같은 것이다. 방송 팩트가 전혀 뒷받침되고 있지 않다는 것, 일주일에 한 번 한다는 틀에 박힌 방송이 아니라, 민원이라는 팩트를 방송 멘트에 넣어서 방송을 해야 합리적인 방송인 것이다. 그런데 민원 팩트가 전혀 없는 것이다. 합리적인 방송을 해야 흡연자나 늦은 시간에 세탁기를 돌린 장본인이 뜨끔하게 되는 것이다. 그래야만 시정이 있게 되는데, 그런 팩트가 없는 방송은 민원이 들어오지 않았다는 사실의 반증인 것, 그러니까 관리실이 임무 수행을 잘하고 있다는 시늉의 제스처로밖에 볼 수 없는 것이다. 이런 방송을 들으면 꼭 주체사상을 세뇌 주입하는 북한 방송을 듣거나 한때 귀에 못이 박히도록 들었던 반공 교육 시절로 돌아가는 기분에 휩싸인다. 듣기 고역인 방송이 나오는 순간, 밀폐된 고문실에 갇혀 고문을 당하는 고통 그 자체였다. 소음을 통한 고문 사례는 실제로 있었던 일, 주리를 틀거나 물고문 등의 신체적 고문보다도 더 견디기 어렵다고 한다. 해서, 그런 이야기를 같은 아파트에 사는 지인에게 이야기했더니, '그러려니' 하는 무감각의 시큰둥한 반응이었다. 그럴 수도 있지, 아니 오히려 잘하고 있다는 투의, 전형적인 대중의 반응이었다. 서로 이방인의 세계에 살고 있는 셈이다.

그리고 더 어처구니없는 '그러려니' 행태는 특별한 국가 기념의 날, 가령, 광복절, 국군의 날 등등의 날이 되면, 아침 일찍부터, 태극기를 달아라, 고 방송을 하는 것이다. 불현듯 국기에 대한 경례 의식이 일상이었던, 국기가 국가 상징 시스템이었던 그때 그 시절이 소환된다. 그때 그 시절에도 이런 전체주의적 시행에 반발했던, 소위 진보적 인사도 많았다. 여전히 이 아파트는 7, 80년대 계몽주의 시대에 시간이 멈춰있다. 무슨 일로 아직도 국기를 달아라, 하는 전체주의 계몽 시대인가. 국기 게양 방송을 하는 경비는 시키는 대로 하는 로봇이니 그에게는 말할 필요는 없고, 그런 방송을 하도록 지시한 원인의 실체가 누구인지, 어디인지 모르지만 호모-사피엔스와는 먼 거리에 있는 실체일 것, 그런데 더 심각한 문제는 그 방송을 듣고도 아무렇지도 않게 여기고, 그냥 두루뭉술하게 '그러려니' 하는 대중들인 아파트 주민들이다. 저 방송을 듣고 주리를 트는 내가 이방인인가, 아무렇지도 않게 여기고 평온한 생활을 하는 아파트 주민들이 이방인인가. 거듭 확인되는 것은 서로가 이방인의 세계에 살고 있는 이방인이라는 사실이다.

철학이든 혁명이든 그 역사적인 발상은 '그러려니' 하는 관성에 대한 반항이다. 철학의 핵심이 무엇인가. 필로소피(philosophy)의 소피(sophy) 곧 지혜인 것, 사람이 세상을 살아가기 위해서는 그냥 숨 쉬고만 산다는 것은 다른 동물이나 매한가지, 그래서 세상의 이치를 터득하여 지혜롭게 산다는 데 그 뜻이 있지 않은가. 정치 혁명이 왜 일어나는가. 관성에 따른 진부하고 타락한 정치적인 생활에 대한 반성과 성찰을 기화로, 새로운 혁신을 하기 위해 일어난 운동이 아닌가. 반성에 따른 변화가 있어야 한다. 그것은 보수에 대한 진보의 등장과 마찬가지 이치이고 현상이다. 보수도 처음에는 그 앞의 보수에 대한 진보에서 토대가 된 것인데, 그 진보도 정착해서 변화 없이 가면 결국 변화 없는 현재에 안주하는 보수가 되고 만다. 세상이 발전, 지탱되는 핵심 동력은 변화이다. 물도 흘러야 물이다. 흐르지 않은 물은 썩기 마련, 더러운 폐수가 되고 말지 않은가. 신선한 물은 고이지 않고 흘러야 산다. 인간 세상도 그렇다. 그래서 관성에 대한 반추,

반성은 우리 삶의 건강한 지속을 위해서도 필수적이다. 관성의 핵심은 '그러려니' 의식이다.

그런 '그러려니' 하는 폐단에 무감각하게 길들여져 살지 말자고 제안하고 싶다. 정의를 지키며 살자는 것이다. 정의라고 하니, 크고 위대한 인물들이 불의를 척결, 바로 잡고 질서를 바로 세우는 의로운 행위로만 생각하지만, 제 자리, 제 위치를 그대로 지킨다는 것, 자신의 역할에 충실하는 것, 그것이 바로 정의이다. 플라톤은 각 계급별로 가령, 지배계급은 통치자이건 관리자이건 전사이건 자신의 맡은 일에 최선을 다하고, 서민 계급이나 상인 계급 역시 그들 자신의 일에 전념할 때 정의가 될 것이라고 정의한 바가 있다. 한마디로 누구든 주제 파악도 하고, 주체 파악도 해야 한다는 것이다. 누구를 지적하자는 게 아니라 우리 모두 각자 세상에 대한 인식관이 바로 서야 한다는 사실, 질서대로 돌아가는 세상의 흐름에 따라야 하지만 때론 그것이 잘못된 질서에 따른 흐름이라면 과감히 거부하고 그것을 떨치고 일어서야 할 이유가 있는 것이다. 문제는 '그러려니'에 대한 문제점 인식이 먼저 있어야 한다는 것인데, 그래야만 세상 돌아가는 현상과 우리 자신의 행동을 돌아볼 수 있는 계기가 조성되어 깊은 반성 끝에 뭔가 의미있는 새로운 변화를 이끌어 낼 수 있다는 것이다.

그런데 '그러려니' 하는 폐단을 일으키는 주체는 한쪽이 아니고, 양쪽이다. 상식에서 어긋나는 행동을 아무렇지도 않게 '그러려니' 하는 행동의 주체가 그 하나이고, 다른 하나는 상식에 어긋나는 행동을 목격하고도 '그러려니' 하는 묵시와 방관의 주체가 또 하나이다. 그 잘못됨의 무게를 단다면 당연히 전자이다. 그런 행동을 취하지 않았어야 하지만, 그 행동의 주체인 자신에게 그것이 윤리적 도덕적으로 잘못되었다는 것을 자가 판단할 능력이 부재한 까닭이다. 그러나 잘못된 질서를 방임, 묵시하는 쪽 역시 문제이다. '그러려니' 하는 의식이 여실히 드러난 다음 말투를 들어보자.

가) 잘못된 것이 눈에 보여도 예민하게 굴지 말고 그냥 그저 그러려니 하고 살자.
나) 속이 쓰리고 위산 역류 현상이 나타나도 그냥 그러려니 하고 살자.
다) 몇 번이나 시정을 요구해도 들은 척도 안 하니 이젠 그러려니 한다.
라) 그녀는 남편의 외도에도 그러려니 하고 넘어간다.
다) 모든 것에 날을 세우면 싸움이 되니 그러려니 한다.
라) 술만 마시면 주사를 부리고 난리를 쳐도 그러려니 하고 산다.
마) 길거리에서 담배를 피우다가 꽁초를 길거리에 버려도 그러려니 하고 넘어가자.

위 예문에서 보는 것처럼, '그러려니'는 이해와 수용과 체념의 심리 상태를 뜻하는 상투적인 말로, 문제의 심각성을 전혀 인식하지 못하고, 설혹 인식한다 해도 책임 회피·유기, 무사안일, 자포자기, 도덕 윤리관 이탈, 체념 등의 전형적인 언어 형태이다. 그냥 되는 대로 살아가는 무책임한 태도이다. 물론 크게 정신적 스트레스 받지 않고 무난하게 살아가는 데에는 큰 문제가 없다. '노(no)!'라고 말할 수 없는 나약한 관성의 태도이고, 사안이나 현안에 대한 적극적인 대처가 아닌, 일종의, 타협의, 회피의 심리적 태도로서, 자연 무비판적이고 무기력하다. 혹자는 이 '그러려니' 의식을 긍정과 관용(寬容)의 의식 구조와 연관시키기도 한다. 또 혹자는 이 의식에는 지혜로움이 있다고 추켜세우기도 한다. 백 보를 양보하면 억지로 이해가 된다. 문제에 대한 인식은 있으나, 해결 방안이 없으니까, 아쉽지만 적당한 선에서 양보하려는 현실적 처신의, 또한 비관으로 일관하느니 차라리 회피하겠다는 낙천적인 포즈의, '그러려니' 하는 관성의 태도로 읽히는 까닭이다.

'그러려니' 의식의 관성에서 벗어나려면 세상에 대한 나름 예리한 분석과 비판 의식, 통찰력이 있어야 할 것이다. 이어령 선생은 어린 시절 수업 시간에 담임교사에게 딴지(?)를 걸었다가 혼났던 일화를 이야기한다. 술에 취한 사람이 들에 쓰러져 자는데 산불이 났단다. 그의 충견이 주인을 구하려고 강물을 몸에 적셔 동이 틀 때까지 계속 주인을 적신 덕분에 주인은 살고 개는 죽었다고 한다. 나라에서 이 훌륭한 개를 기려 무덤과 비석을 만들어 주었다는 이야기를 한데 대해, 그 이야기를 들은 반 친구들은 다 고개를 끄떡여 주억거리는데, 유독 자신만 납득이 안 되더라는 것이다. 그래서 담임교사에게 반론을 제기하고 발을 걸었다고 한다. 들판이 다 타는데, 어떻게 그 사람만 안 죽느냐, 개가 강물 적셔 비빈다고 그 불이 사람에게 안 붙겠느냐, 연기 때문에 질식해서 먼저 죽지 않느냐. 개도 그렇다. 강물을 몸에 적셔 주인 몸에 비비는 것보다 차라리 주인을 물어서 냇가로 끌고 가는 게 낫지 않느냐, 라고 하니 담임교사가 얼굴이 벌개져서 화를 내더라는 것이다. 갈릴레오 이야기도 그렇다. 지동설을 주장하다 종교 재판이 끝나고 나오면서 '그래도 지구는 돈다'라고 혼잣말을 했다는 기록에 대해 반론을 역시 제기했다고 한다. 혼잣말은 남이 듣지 못하는 소리인데, 누가 어떻게 그 소리를 듣고 기록했다는 것인 가, 이건 앞뒤가 안 맞는 논리적 모순이라는 발언을 했다고 한다. 그 뒤 담임교사가 어떤 행동을 취했는지는 굳이 알 필요가 없다. '그러 려니'의 관성에서 해방되거나 자유로운 큰 인물의 교사가 정작 교단 에서는 찾기 어려운 현실인 까닭이다.

'그러려니' 하고 자신의 이야기를 받아들일 것으로 담담히, 덤덤 히, 탐탐히 생각했던 담임교사에게 감히 태클, 딴지를 건 주인공 이 어령은 만 22세 5개월이던 1956년 5월 6일, '서울대를 갓 졸업한 신 출내기 졸업생'으로, 한국일보에 『우상의 파괴』라는 평론을 실어 그 야말로 '센세이션'을 일으켰던 주인공으로, 위 이야기는 그런 그가 '그러려니'에 대한 반항을 했던 어렸을 적의 일화이다. 제목부터가 '그러려니'의 존재론적인 인물상인 '우상'에 대한 파괴적인 감이 받 치는 『우상의 파괴』는 당시 '문단의 황제'였던 소설가 김동리에게는 '미몽의 우상', '모더니즘의 기수'를 자처한 조향에게는 '사기사(사기 꾼)의 우상', 농촌 문학가 이무영에게는 '우매의 우상', 신진 평론가 채일수에게는 '영아(嬰兒)의 우상'이라고 싸잡아 비판했고, 당시 기 세가 높았던 황순원·서정주·염상섭 등 당대 최고의 문인들도 그의 예 리한 비판의 칼날을 피하지 못했다. 어떤 계기로 그렇게 과격한 파괴 의 평론을 쓰게 되었느냐는 질문에 그는 답하기를, "그들을 우상이라 부른 것은 그분들을 공격하려던 게 아니라, 그들을 '우상'으로 섬기 는 같은 세대의 젊은이들이 한심스러웠기 때문"이라며 "그분들의 문학을 이상적인 문학 모델로 만들고 그들의 제자가 되어 인준을 받아서 글을 쓴다면, 우리에게 젊음이란 존재하지 않고 새로운 창조는 나올 수 없다는 이야기였다"고 털어놓았다. 김동리를 비롯한 문단의 우상들이 문제이기보다는 그들을 우상으로 떠받드는, 꼭 '텅 빈 우상 앞에 무릎을 꿇고 굿하는 사람'과 같은 젊은이들에 대한 비판적 시선이 우상의 파괴를 기획한 의도라고 밝힌 것이다. 그래서 단군 이래 3대 천재의 한 분으로, 그는 전혀 수용하지 않았지만, 그가 꼽혔던 것일까. 『우상의 파괴』 선언 이후 그의 파괴적인 독단의 행보가 그것을 입증한다.

이렇게 '그러려니'의 허상을 깨뜨린 이어령 선생이 말년에 즈음해서 하느님이나 예수에 대해서는 '그러려니' 하는 태도로 돌변하게 되었는지 오리무중이다. "역사적으로 부활의 기적은 오로지 예수 한 분뿐"이라는 선생의 말씀은 갈릴레오의 혼잣말 운운에 대한 반론 제기와는 완전히 엇박자이다. 죽은 생명이 다시 살아난다? 일반 신자들이 기독교의 성경 법전(!)에 나오는 기적을 그대로 믿어도 선생은 어린 시절에 갈릴레오 혼잣말의 허상을 과감히 깨뜨렸듯 그렇게 할 분으로 '그러려니' 했는데, 역시 '그러려니'의 결과인 탓인가, 아무튼 설명 불가이다. '그러려니' 하는, 무조건 믿음의 자세로 일관해야 하는 종교는 사고를 억제하거나 금지하는 경향이 있는 데 반해, 이어령 선생의 사고는 일고의 금령이 없는데, 그래서도 아무튼 불가사의이다. 하나에서 열에까지 그분을 '그러려니'한 관성적 사고의 나에게 먼저 원인이 있긴 하지만.

소크라테스의, 이른바 '산파술'이 겨냥하는 취지도 따지고 보면 '그러려니' 하는 무사고에 대한 반성과 성찰의 뜻이 아닐까. 소크라테스는 생진에 한 권의 저술도 남기지 않았다. 그의 철학적 언술은 그의 제자인 플라톤에 의해 재현 또는 재구성된 것이다. 소크라테스에 따르면, 인간은 은연중에 자신 안에 진리를 가지고 있으나 의식적으로 이를 알지 못한 채 있었던 것, 그래서 산파술을 통해 그들이 스스로 진리에 도달하도록 하는 것을 목표로 한다는 것이다. 자신은 단지 이데아의 탄생을 돕는 산파라는 존재에 그칠 뿐이라는 것, 그러니까 인간 스스로 '그러려니' 하는 의식을 깨뜨려 각자 자신에 대한, 그리고 세상 이치에 대한 진리 곧 이데아를 깨우치도록 곁에서 돕겠다는 시도가 바로 산파술이 아니었을까, 하는 것이다. 그의 산파술은 인문학의 목표인 반성과 성찰을 하게 하는 동력의 생명줄이다.

다시 말하지만, '그러려니' 하는 생각은 관성적이다. 관성은 뉴턴의 운동 법칙 중 제1번 법칙인데, 우리가 매일 하고 있는 어떤 생각, 행동, 반응들에 따라 생각하고 행동한다는 것이다. 단순히 설명하면, 정지되어 있는 물체는 그대로 있으려고 하고, 이동하는 물체는 계속 이동하려고 한다는 것, 그러니까 움직이면 계속 움직이고 싶고, 멈추면 계속 멈추고 싶은 것이다. 부지런하면 계속 부지런하고, 게으르면 계속 게을러지는 육체의 현상이 그것을 반증한다. 이 관성은 물체의 운동에만 적용되는 것이 아니고, 문제는 우리의 삶 속에서 각자의 관성을 경험하고, 관성에 맞추어 살게 된다는 데에서 나타난다.

따라서 의문이나 문제점을 제기하지 않는 세상은 이미 새로운 질서의 창조가 닫힌 세상이다. 자유인은 비논리적인 세상에 대해 논리로서 저항하고 늘 깨어있어야 한다. '그러려니' 하는 인간형은 파블로프의 개와 같은 전체주의적 인간형이다. 이래도 응, 저래도 응, 좋은 게 좋다는 식의 인간형은 사유가 소멸된 인간, 혹은 독자성이 죽은, 이미 관습화된, 타성화된 인간형이다. 그래서도 남과 다르게 산다는 것은 외로운 일이다. 모르는 게 편하고 아는 게 힘든 일이다. 사르트르의 표현을 빌면, 아웃사이더로 사는 일인데, 그는 인생을 되는 대로 사는 대신 '어떻게' 살 것인가에 관심을 가진 인간을 아웃사이더로 규정했다. '그러려니' 하는 관성의 질서에 대해 반항의 태도를 취하면 자칫 아웃사이더가 될 공산이 크다. 아웃사이더의 특징은, 콜린 윌슨의 말대로라면, 세속적인 관행을 멸시하거나 조소하려고 한 때문만이 아니라, '어떠한 희생을 치르더라도 진리는 이야기되어야 한다'는 것과 그렇지 않으면 궁극적인 질서 회복은 바랄 수 없다는, 어쩔 수 없는 감정으로부터 나오는 것이다. 그래서 그는 천명한다. "아웃사이더는 깨어나서 혼돈을 본 인간이다." 그래서 그는 크리스토퍼 히친스의 말처럼 그 혼돈을 침묵하지 않고 방관하지 않는 것일 것이다.

일본과 중국에 대한 인식도 관성의 법칙에 기반한 혼돈 그 자체이다. 우리 민족은 이민족의 끔찍한 식민 지배를 받았던 치욕의 경험이 있다. 이렇게 전제하면 일제 식민 시절을 먼저 떠올린다. 그렇다. 그러나 과연 일본에만 그칠까. 일제 식민지는 36년에 그쳤지만, 신라가 중국을 끌어들여 삼국을 통일한 뒤부터 조선말까지 중국의 지배를 받은 것은 지배라고 생각하지 않는다. 물론 일본이 우리 국권을 빼앗은 데 반해 중국은 빼앗지는 않았지만 하나에서 열까지, 특히 왕위 등극 시에는 반드시 중국의 허가를 받아야만 왕위에 등극할 수 있었던 것, 그러니까 중국의 속국이었던 셈인데, 한마디로 '그러려니' 하는 관성의 법칙에 지배당한 것이다. 사대주의가 그것의 분명한 입증인데, 지금도 그런 의식은 무의식적으로 작동되고 있는 모양, 중국의 오랜 간섭과 지배에 대해서는 엉뚱하게 엄청 도량을 베푸는 것이다. 그런데 지금 그들이 행하는, 불온하고 음흉한 계책을 주목하고 있기나 한가. 역사 왜곡의 극치인 동북공정(東北工程)의 정책, 우리 한민족의 역사를 왜곡하는 나쁜 처사인 그 동북공정, 말이다.

동북공정의 노른자위는 한반도의 북쪽 땅인 옛 고구려, 지금의 북한 땅에 맞춰져 있는 것으로 보이는데, 그래서 동북공정의 핵심은 '고구려는 한국의 역사가 아니며 온전히 중국의 역사'라는 관점의 음흉한 목적이다. 고구려의 지금 땅은 곧 북한인데, 북한의 영유권을 주장하는 셈이다. 식민 지배도 악이지만 역사 왜곡은 더 흉악한 짓이다. 과거에 자기들 땅의 역사이었기에 미래에도 언젠가는 자기들 역사로 복원되어야 한다는 주장을 밑에 깔고 있는 것, 무서운 흉계가 아닌가. '그러려니' 하는 관성의 질서에 중독된 한국인들은 일본에 대해서는 여전히 이를 갈고 있는가 하면 중국에 대해서는 무덤덤, 아무 생각이 없기도 하다.

사람들이 만나는 교유와 교류의 자리에서도 '그러려니' 하는 의식은 관성적이다. 하이데거의 말을 빌리면 오늘날 우리들의 이야기는 단순한 지껄임 곧 수다로 타락한 듯하다. 말은 하지만 귀담아 주워 담을 만한 깊은 가치의 말은 찾기 어렵다. 공허한, 텅 빈말뿐, 속된 표현으로 그냥 날림의 말을 씨불이는 데 그치는 까닭이다. 그래서 사람을 만나면 더 외롭고 괴로우며 갈수록 사람 만나는 자리가 고문의 자리이다. 주워 담을 만한 이야기는 없고, 그 이야기를 듣고 고문을 당하고 있는 상대에 대한 일고의 고려나 배려 없이 그냥 씨불인다. 인간에 대해, 세상에 대해, 인간의 생각 있는 말과 행동에 대해, 세상에 대한 찬찬한 분석과 판단, 전망의 통찰이 손톱만큼이나 보이면 그나마 그 자리는 뜻깊은, 살아있는 자리가 될 텐데. 자리도 기본적으로 어느 정도는 코드가 맞아야 가능할 듯, 그래야 대화가 되고 값지고 뜻있는 자리가 되지 싶다.

동병상련의 심정인지 아나키스트 박홍규 씨를 또 떠올린다. 그도, 개인 추정으로는 이런 '그러려니'의 관성을 피하려고 하다 보니, 혈연과 학연, 지연의 줄은 찾지 않는 정도를 넘어 아예 끊어버리고 산다는 것이지 않을까, 싶다. 그의 아나키즘 세계관을 부정시하거나 기존의 자본주의에 익숙한 세계관에 길든 삶으로 인해 그 세계관을 몰이해, 몰안시하여, 이단시하는 경우가 태반일 것, 그래서 그는 가족이나 친족 안에서도 '이단아'다. 각종 동창회나 회식 등 사교 모임에도 그는 일절 가지 않는다. 그의 말마따나 생각의 친구가 있어야 하는데, 그 생각이 긍정이든 부정이든 간에, 그래야 동창회나 회식의 자리가 만남이 가능한 자리가 될 터인데. 내가 지금 처해 있는 상황이 그의 상황에 그대로 겹친다. 그는 수수께끼 같은 이방인, 그래서 적극 공감, 동류의식을 느끼며, 나도 그와 같은 이방인으로, 생각 친구, 책 친구와 교류하는 중이다. 홀로이긴 하지만 외롭거나 쓸쓸하지는 않다. '그러려니' 하는 이들과 같이 자리하는 게 더 외롭고 쓸쓸하다는 경험을 뼈저리게 했으니 말이다. 홀로 골방에 박혀, 지난날 나 자신이 '그러려니' 했던, 안이한 관성의 행위들에 대해 끊임없이 사유하고 깨닫는 중이라 기분이 벅차고 늘 가슴이 뛴다. 분명 그들에게 이방인으로 비칠 것, 그들 역시 이방인으로 다가오고, 해서 서로 이방인의 세계에서 사는 이방인의 삶이 안타깝지만, 골방에서 이방인으로 사는 게 그나마 숨통이 트인다.

치자꽃 향기
— '안해'에게 부치는 말

사람은 혼자 사는 게 아니라 남들과 더불어 살 운명을 지니고 태어나 살기에 인간이라고 명명했다는 사실은 진실이다. 그래서 인간을 사회적 존재라고 하는데, 하이데거가 인간에 대해 '세계 내 존재'라는 명제를 부여한 것도 역시 그런 바탕 위에서 형성된 것이다. 젊은 시절에 뽕-가게 외우고 다녔던 김춘수 시인의 「꽃」이 새록새록 생각이 난다. 오랜 만에 초청해서 이런저런 생각에 잠기고 한 마디 펼치고 싶다. 아내를 만나기 전에 이 시를 읽곤 시의 값진 전언대로 사유하고 사유 끝에 그렇게 실천하여 살리라고 다짐했던 그때와 오랜 시간이 흐른 뒤의 지금 현재와 어떻게 다른지 겁이 나기도 하지만 펼쳐 보고 싶다.

내가 그의 이름을 불러주기 전에는
그는 다만
하나의 몸짓에 지나지 않았다.

내가 그의 이름을 불러주었을 때,
그는 나에게로 와서
꽃이 되었다.

내가 그의 이름을 불러준 것처럼
나의 이 빛깔과 향기에 알맞는
누가 나의 이름을 불러다오.
그에게로 가서 나도
그의 꽃이 되고 싶다.

우리들은 모두
무엇이 되고 싶다.
너는 나에게 나는 너에게
잊혀지지 않는 하나의 눈짓이 되고 싶다.

　‘그’라는 대상을 ‘꽃’이라는 이름으로 부르게 한 속속들이 깊은 사정이 잘 피력된 시이다. 물론 이 시는 남녀 관계가 맺어져 사랑하는 연인이 되는 그런 과정을 그린 시가 아니다. 존재에 대한 인식론의 시편으로 그 존재의 심연에 깊이 들어가면 그 존재가 가진 고유한 인식에 이르게 된다는 그런 존재론적인 인식의 시편이다. 그런데도 사랑하는 연인이 맺어지는 관계로 인식해도 허용이 되는 시편이기도 하다. ‘이름’이 핵심이다. 핵심인 ‘이름’으로 부르게 된 핵심은 ‘그’의 ‘빛깔과 香氣’이다. 중요한 것은 시적 주체인 ‘나’에게 아무 대상이나 이름이 불리어지는 것은 아니다. 내게 그 빛깔과 향기가 값지게 인식이 되어야만 꽃으로 불리는 것이다. 한 마디로 그는 내게 소중하고 의미 있는 그 '무엇'이 된 것이다. 처음 만난 남과 여 역시 그렇지 않은 가. 아무나 눈에 띄면 단지 남자에겐 여자라는 이유로, 여자에겐 남자라는 이유만으로 서로 의미 있는 소중한 그 '무엇'인 '꽃'이 되는가. 그렇게 맺어지고 난 뒤 둘은 하나로 합쳐질 것이다. 합쳐진 뒤 쉽게 서로에게 지치고 권태로운 존재로 떨어져서야 되겠는가. 서로에게 살아 있는 동안 영원히 '잊혀지지 않는 하나의 눈짓'이 되어야 하지 않겠는가. 그래야 이름을 부른 자신의 눈이 정확하고 숭고해지지 않을까. 한 번 돌이켜 보자. 지금의 나는 과연 그러한가. 그런데 문제가 그리 간단하지가 않다. 처음엔 서로에게 필이 꽂혀서 발견한 상대의 '빛깔과 향기'에 반해서 자신이 '이름'을 지어 부여하곤, 바라는 대로 '잊혀지지 않는 하나의 눈짓'이 되기를 약속했는데, 시간이 흐름에 따라 그 약속이 조금씩 금이 가고 깨지기 시작한 것이다. 문제는 무엇일까. 인간의 즉흥성과 권태성 때문일까. 그러니까 즉흥적인 한 순간에 빠져 깊이 있는 발견이 미흡했던 것일까. 혹은 인간의 보통 마음이랄까. 처음 먹은 신선함이나 매력이 갈수록 둔해지고 무덤덤해지는 인간의 한계성이 있는 마음 때문일까. 하긴 늘 접하면 신선도가 떨어지기 마련이다. 처음 볼 땐 새롭고 눈을 번쩍 띄게 하는 놀라운 것들도 살다 보면 늘 접하게 되니까 데면데면해지고 무뎌지기 마련이다.

일일이 확인할 수 없기에 확신할 수는 없지만, 누구든 결혼을 결심했을 때, 아내가 될 사람에 대해 나쁜 인상의 감정을 가지고 결혼을 결심한 사람이 있을까. 아내만이 갖는 내밀한 매력이나 인간됨의 향기를 보는 눈은 그 사람만이 가지고 있다. 그 매력은 객관적인 잣대로 재단하거나 잴 수 없는 매력이다. 남이 볼 때에는 매력을 발견하거나 찾지 못하지만 남편만은 그런 매력을 보는 눈이 있는 것이다. 둘의 관계가 인연이라는 확실한 반증이다. 그 매력이 외적인 데 있을 수도 있고, 내적인 데 있을 수도 있다. 외모는 신통찮은데 외모보다는 남편 될 인연의 사람이 아니면 찾을 수 없는 마음에 매력을 느끼는 것이다. 독특한 내밀한 아름다움의 매력이다. 그런데 문제는 같이 살면서 그런 매력이 서서히 잊혀져 간다는 사실이다. 나 역시 그렇다. 그렇게 서로에게 무덤덤하게 하루하루를 보내던 중, 이청준의 소설 「치자꽃 향기」를 읽게 되었다.

치자꽃 향기는 소설의 핵심이다. 주인공 지욱은 구체적으로 서술되진 않았지만 아내와 권태기에 접어든 즈음인 것으로 판명되는데, 치자꽃 향기는 여자의 내음으로 환기된다. 치자꽃 향기는 여인의 아름다움이 각인, 전이되어 여인에 대한 그의 미적 인식을 결정케 한 요인이다. 여인의 알몸에 치자꽃 향기를 배합한 추억인 것, 지욱의 아내 역시 그랬다. 아내의 몸에서도 기대했던 대로 그 짙은 치자꽃 향기가 물큰하니 묻어 있었던 것이다. 그런데 언제부터였는지는 모르지만 아내의 몸에서 달빛도, 치자꽃 향기도 사라지고 만다. '아름다운 것은 참으로 아름답게 보이는 거리가 필요했던 것일까.' 아내의 치자꽃 향기를 되찾기 위한 필사의 노력을 시도하는 낭만적인 서정의 작품이다. 소설에서 인상적으로 꽂히는 대목은, 화자의 목소리를 빌어 발성한 소설가의 목소리인 "아름다운 것은 아름답게 보이는 거리가 있는 법"이라는 대목이다. 아름다운 것은 치장일 수도 있고, 현혹됨일 수도 있는 것이다. 아름다움은 적당한 거리가 유지될 때 아름다운 것이다. 너무 가까이, 너무 오랫동안 그 아름다움에 익숙해지고 길들여지면 그 아름다움은 서서히 알게 모르게 무뎌지거나 실종되기 마련이다. 가령, 친절하고 부드럽게 대하는 사람이 있다고 치자. 실제로 그런 사람이 많긴 하다. 그러나 함께 살면서 늘 대하고 접하면 그 친절함과 부드러움은 '으레' '당연히'로 받아들여져 둔감해져 버리고 만다. 인간의 한계이고, 더 구체적으로 말하면 인간의 인지 감각의 한계이다. 전혀 새로운 낯섦이 시간의 흐름에 따라 적응이 되어 낯익음으로 둔감하는 것이다. 그것은 인간의 심리 현상이다.

그래서 지욱이 탈출구로 착안한 방법이 달빛이 비치는 밤중에 치자나무가 둘러친 우물가에서 알몸으로 물을 끼얹어 몸을 씻게 하는 장면을 연출하게 하는 것이다. 그 장면은 오랜 생각 끝에 내린 나름 효율적인 판단이자 결단인, 곧 아내와의 거리를 둔 장면이다. 그 거리는 먼저 '울타리 뒤'라는 물리적 거리이고, 또 하나는 새롭고 낯선 경험의 거리, 곧 남─친구인 영진─의 존재로 둔갑하여 목욕 장면을 훔쳐보는 것이다. 그렇게 두 거리를 장착한 뒤 아내의 목욕 장면을 은밀히 관음증적으로 훔쳐본 순간, 몽상적이지만 아내의 몸에서 한동안 사라졌던 훈훈한 치자꽃 향기가 다시 솟아나 코를 찌르는 놀라운 경험을 하게 된다. 소설 속 화자의 말대로, 그것은 물론 밝은 달빛으로 하여 더욱더 흐트러져 보이는 샘가의 치자꽃으로부터였을 터이었다. 역시 "아름다운 것은 아름답게 보이는 거리가 있는 법"이라는 잠언이 먹혀 들어가는 놀라운 장면이다.

그런데 장미, 국화, 백합, 작약 등 허다히 많은 꽃 중에 하필 치자꽃일까. 아내만의 내음 곧 아내만의 고유한 아름다움과 가치가 치자꽃에 투영되어 있기 때문인데, 치자꽃 향기는 한결같이 변함이 없다는 자연의 이치에서이다. 그 향기를 맡는 이만 변할 뿐, 그래서 그 치자꽃을 의미 있게 바라보는 눈이 중요한 것, 가령, 유치환의「치자꽃」에서, '저녁 어스름 속의 치자꽃 모양/ 아득한 기억 속 안으로/ 또렷이 또렷이 살아 있는 네 모습'처럼 말이다. 아득한 기억 속에 또렷이 살아 있는 네 모습을 저녁 어스름 속의 치자꽃에 비유한 그 속뜻은 무엇이겠는가. 저녁 어스름이 환기하는 사라져가는 세상 변화 속에서도 변함없이 한결같은 모습인 것이다. 치자꽃은 겨울에도 잎이 변하지 않는다고 하지 않은가. 조선조 강희안(姜希顔 1417~1464)이 쓴 양화소록(養花小錄)에 '치자화(梔子花)' 편이 있는데, "모든 꽃은 꽃잎이 여섯 장인 경우가 거의 없는데 오직 치자꽃만이 여섯 장의 꽃잎(六出)"이라면서, "꽃 빛이 희고 기름진 것, 향기가 맑고 풍부한 것, 겨울에도 잎이 변하지 않는 것, 열매가 노란빛으로 물든 것(梔子有四美, 花色白腴一也, 花香淸潤二也, 冬不改葉三也, 實染黃色四也.)"을 치자의 4가지 아름다움으로 꼽고는 '꽃 중에 가장 아름다운 것'이라고 극찬했다. 그런데 모든 꽃이 그가 내세운 조건 정도는 거의 갖추고 있는 편이다. 내 눈에는 두 번째, 세 번째 조건이 가장 치자꽃답다.

대체로 여자들은 꽃을 좋아한다. 꽃과 여자의 관계는 상동적인 관계인가. 우리말에 꽃의 옛말은 '가시'이다. 그래서 여자들을 흔히 부를 때 '가시나'라고 하지 않은가. 흔히 감성 운운하지만 인간이면 꽃을 좋아하지 않은 이가 있을까. 향기도 그렇고, 꽃핀 모습은 얼마나 눈부시게 아름다운가. 나는 여자나 아내를 칭하는 '가시나'의 '가시' 혹은 '굿〉갓'은—북쪽에서 사용하는 말로, 귀에 익게 들어왔던 비하어인 '(종)간나'도 그 뿌리는 같다—'처음'이라는 뜻으로 풀이했다. 다른 무엇보다도 한 생명을 처음으로 잉태해서 열 달을 지키고 이 세상에 고고(呱呱)의 첫울음을 울게 하지 않은가. 생명의 꽃 역시 그렇다. 우리말에 아내와 남편을 동시에 칭하는 말에 '가시버시'라는 말이 있다. 처음이라는 '굿'은 서양말로도 갓이란 말이 있다. 공교롭게 다름 아닌 'God' 곧 신이란 뜻이다. 내 아내는 내 안해이자 '가시나'인 곧 꽃이며 내 '굿'이자 'God'이다.

참고로, 아내의 원래 말인 '안해'는 '안ㅎ'+'애'〉안해〉안애〉아내로 바뀐 것이다. 그런데 개인적인 소견이지만, 그런데 언어의 변주, 정착 과정에서 한참 벗어난, 그러니까 '아내'보다는 '안해'에 더 정이 간다. '안해'는 '집안(內)의 해(日)'가 되어 집안의 밝음과 흐림을 이끄는 주체가 되니, 아내보다는 안해가 낫지 않은가. 실제로 그렇다. 집안을 책임진 아내가 안해의 도리를 유기한 채 집안을 망쳐놓는 일이 비일비재하지 않은가. 그러니 안해 없는 집안 세상을 꿈꿀 수 있는가. 안이 밝아야 밖도 밝은 법. 그리고 내 안(內)의 해(日)인 안해는 곧 나와 가족의 내일, 한자음이 동일한 내일(來日) 곧 나의 내일이자 미래인 것이다. 상세히는, 그 미래는 단순히 시간적인 미래라기보다는 나와 서로 겯고 가족의 미래를 보듬고 지켜주는 존재라는 뜻이다. 그리고, 안해의 '해'가 사람의 뜻이라는 해석도 있는데, 사나히(男), 갓나히(女)의 '히'처럼 안해의 '해' 역시 사람이라는 뜻이라는 것이다.

공교롭게 아내는 꽃을 지극히 사랑한다. 아니, 경(敬)을 바친다. 그렇다. 꽃을 존경한다. 공경한다. 경(敬)은 단지 위대하고 뛰어난 사람만을 존경한다는 뜻일까. 그것은 대상에 대한 주의와 집중의 뜻이 담겨 있을 것, 주의와 집중을 통해 대상의 가치와 의미를 파악해서 그것을 존경하고, 공경하는 행위가 나오는 것인데, 특히 그 대상이 생명의 존재라면 어떻겠는가. 꽃이라는 생명체, 그 생명의 경이에 대해 경탄을 가져 그것을 귀중히 여기고 사랑한다는 것이다. 꽃 하나의 생명에 대한 존중심이 있다는 것은 사람에 대해서는 어떤 태도일지 짐작이 가고도 남는다. 꽃에 대한 사랑은 인간에 대한 사랑이고, 아내는 특히 시집와서 어머니 병간호에 지극정성을 다 바쳤다. 아내는 희생적이고 헌신적이다. 자신을 희생해서라도 가족을 위해서라면 기꺼이 헌신한다. 모성도 '만들어진 모성'이라며 모성에 대한 비판적이고 부정적인 생각을 가진 페미니스트 엘리자베트 바댕테르와 "여자는 태어나는 것이 아니라 만들어진다"라고 했던 시몬느 드 보부아르가 아니꼬운 시선을 던질지 모르지만 내게 아내의 모성은 인간 세상의 아름다움의 절정이기만 하다. 그래서 그 꽃도 사랑이면서 기쁨이다. 자신의 사랑이자 기쁨이지만 남에게도 자신의 사랑을 바쳐 가슴 가득 기쁨을 안겨준다.

현관문을 열고 거실에 들기만 하면 다양한 꽃들이 사람을 반긴다. 보라색의 삭소롬이, 흰색 분홍색의 여러해살이풀인 제라늄이, 작고 붉은 열매가 열리는 만냥금이, 귀엽도록 작은 잎을 가진 베고니아가, 영산홍 군자란이, 보라색 분홍색 흰색의 사랑초라고 불리는 옥

살리스와 실리쿠오사가 환한 웃음으로 반긴다. 아파트 공간이라 마당이 없고, 그러다 보니 화분에 꽃을 심어 거실과 앞 베란다에 줄지어 꽃을 피우게 해 놓았다. 특히 거실에 있는 차 탁자 위에는 작은 화분이 몇 개 있는데, 옥살리스라고, 우리말 꽃명은 '사랑초'라고 한단다. 사랑초, 왜 이 꽃만 사랑초라는 것일까. 내가 생각하기엔 꽃이면 다 사랑을 피우는 꽃이기에 사랑초가 아닌가. 김소월의 목소리가 은은히, 아련히 들린다. 소월의 목소리에 따라, 우리 집 거실에는 '꽃 피네/ 꽃이 피네/ 갈 봄 여름 없이/ 꽃이 피'(김소월의 「산유화」)다가 '꽃 지네/ 꽃이 지네/ 갈 봄 여름 없이/ 꽃이 지'(ㄴ)다. 빨간색, 흰색, 노란색, 분홍색 등의 온갖 다채로운 사랑의 빛깔을 향기롭게 꽃 피운다. 그 꽃의 생명은 아내가 책임지고 마치 아기를 키우는 모성애로써 듬뿍 사랑을 담아 키운다. 생명은 긍정적일 때 생명답게 피어난다. 정신적인 차원의 사랑이 필요한 이유이다. 아프게 고백하지만 나는 아이들에게 고압적이었다. 아내는 성정이 밝고 따뜻하다. 누구에게든 친절하고 부드럽게 대한다. 아내가 키우고 보살피는 화분의 다양한 꽃들 역시 그렇게 대한다. 법정 스님처럼 난초를 놓고 소유, 무소유 운운하지 않는다. 난초는 생명체인 까닭에 소유, 무소유 개념과는 천양지차로 다름을 진작에 알았기에.

부부는 보완과 균형의 관계에 있어야 아름답다. 남편이 가지지 못한 성향을 아내가 가지고, 그 역도 그렇다면 좋다. 내가 가지지 못한, 아내의 아름다운 성향이 하나 있다. 그것은 부정적인 상황에서도 굴하지 않고 인내하고 희망적이고 긍정적이다. 알베르 카뮈의 〈시지프의 신화〉에서 카뮈가 시사하는 삶의 방향이 그것인데, 밀어 올려야 하는 바위로 상징된 삶의 길을 부정적으로 바라볼 것이 아니라 있는 그대로 받아들이는 것이다. 성실과 노력의 삶이 속박이나 구속이 아니라 자유로 인식하면서 삶을 책임지게 되는 일, 그것이 곧 반항이라는 것이다. 아내의 긍정은 바로 여기에서 발견된다. 반항이라고 해서 자칫 어떤 질서나 규율을 따르지 않고 못되게 구는 행사머리를 일컫는 것이 아니다. 부정적인 인식에 대해 긍정적으로 그것을 바라보는 것, 대체로 부정적인 인식이 대세로 받아들임에 대해 그것에 반대하여 긍정적인 인식을 표방하는 것, 그래서 반항이라는 것이다. 그 반항은 평생의 짝지에 대한, 짝지와의 인연으로 창조된 가족의 삶과 생명에 대한 사랑에 기반한다.

사랑에 대해 하이데거가 내린 멋진 정의가 있다. "사랑은 사랑의 대상이 되는 사람을 그가 있는 그대로 있게 하는 것이다." 한 마디로 상대에 대한 최대한 존중과 배려인 것이다. 내 뜻대로 상대를 바꾸고자 할 때 사랑의 상극인 폭력이 시작되는 것이다. 상대의 자아는 강제로 추방되고, 오로지 나의 자아만이 강요되어 내 자아로 환원되는 까닭이다. 타자성은 나와 절대적으로 다름이다. 사랑은 그 다름을 절대적인 가치로 인정하는 것이다. 신라시대의 강수(強首)는 부친이 대장간 집 천한 집안의 자부에 대해, 자부가 못 배우고 천한 집안 출신임을 부끄러워하는 말을 쏟아내자, 이렇게 말한다. "가난하고 천한 것이 부끄러운 일이 아니요, 도리를 배우고서도 이를 행하지 않는 것이 참으로 부끄러운 일입니다." 사람을 나무에 빗댄다면 사람의 품위나 가치는 나무가 뿜어내는 향기일 것이다. 강수는 나무의 향기는 나무의 겉치장에 있는 것이 아니라 배운 도리를 그대로 행하는 지행합일에 있다고 본 것이다.

그렇다. 그 향기는 겉만 번드레한 가짜 향기가 아니라 개인의 고유한 가치이자 개성이며 아름다움이고 건강성인 순수한 향기이다. 치자꽃 향기의 주체도 자신만의 개성과 건강의 아름다운 가치인 향기를 오래오래 지킬 수 있도록 마음을 써야 한다. 나아가 그 향기를 반듯하게 지키기 위해서도 아름다움의 거리를 두고 일신(日新)의 마음 자세로 그것을 가꾸고 다듬는 자세가 수행처럼 뒷받침되어야 한다. 혹 그 향기가 남의 눈을 가리게 할 불순한 목적으로 위장되거나 가장된 매력의 향기라면 얼마 못 가서 그 정체가 드러나겠지만. 살다 보면 심에 안 차고 그래서 극단의 선택을 하는 경우가 종종 있어 갈라서는 일이 발생하기도 하지만 그럴수록 자신을 살펴 가꾸고 서로를 배려하는 마음가짐으로 서로를 대하고 아꼈으면 하는 마음이다. 그래야 그 향기가 오래오래 지속될 것이다. 누구 말마따나 사랑할 날이 이제 많이 남지 않았다. 하루 지나면 하루 줄고 또 줄고, 언젠가는 완전히 다 소진될 날이 오게 될 것이다. 그래서도 사랑을, ―아니, 한국이라는 풍토에서는 사랑보다는 오히려 미운 정 고운 정이 더 절절한 표현이기에, 그 정을 서로 한껏 나누고 쏟으며 살아야 한다.

치자꽃 향기는 한결같은 아름다움이다. 젊은 한때의 아름다움에만 그친다면 그 아름다움은 거짓된 아름다움일 것, 진정한 아름다움은 늙어서도 한결같이 그대로인 아름다움일 것, 그래서 아름다움은 영원한 그리움이다. 눈을 감고 치자꽃 향기를 맡는 생각에 잠겨 있으면 젊은 시절의 그 아름다움이 떠오르고 가슴이 촉촉해지면서 따뜻한 그리움에 젖는다. 영원한 내 그리움이여, 치자꽃 향기여.

그 치자꽃 향기에 자귀나무의 모습이 얹힌다. 부부 금실을 상징하는 합환수(合歡樹)라고 하는, 밤이 되면 대칭을 이룬 잎사귀들이 오므라들어 포개진다는 그 자귀나무 말이다. 치자꽃 향기가 뭉클 묻어나는 가운데 자귀나무처럼 눈 시리게 정겹고 오붓한 부부가 그립다. 둘이지만 툭하면 위아래로 갈라지거나 깨어지는, 심각한 틈새의 둘이 아니라 서로의 다른 존재를 존중하는 진정한 관계의, 허물없는 둘이었으면 좋겠다. 하긴 그래서 부부 사이는 촌수가 없는 무촌(無寸)인가 보다. 그래서 호칭도 '자기(自己) 자신'이라고 할 때의 '자기'라고 하는가. 홀로인 '나' 혼자보다는 둘인 '나'가 훨씬 든든하고 듬직하다. 또한 똑같은 '나'가 아닌, 또 하나의 다른 '나'이기에 창조적일 수가 있는 것이다. 그 둘인 '나'의 창조물은 불교식으로 하면 몇백 경조 분의 일의 연(緣)으로 태어난 자식인 것, 위대한 창조, 하늘의 연이 맺어준 큰 축복이다.

어제도 그제도 엊그제도 그랬지만 오늘도 치자꽃 향기가 뭉클 피어나는 자귀나무 옆에서 나와 아내는 집 안으로 비치는 눈 부신 햇살을 받으며 차 한 잔을 마신다. 강하면서 툭하면 끊기는 진한 향기가 아닌, 강하지는 않지만 끊이지 않고 한결같이 내뿜는 은은한 치자꽃 향기를, 숨길이 다하는 날까지 은은히 맡으며 포근하게 즐겼으면 하는 마음이다.

3부

키 작은 선생님

낯익은 상그러운 말
— '서방'이라는 부름말

언제부턴가 'ㅇ서방'이라는, 오랫동안 익숙한 부름말이 낯설고 상그럽게 들리기 시작했다. 참으로 오랜 역사성을 지닌 부름말이 아닌가. 그런데 느닷없이 어느 날 갑자기 불편하고 상그럽게 들리는 것이다. 무슨 내막에서일까. '서방'은 사전에 보면, '남편'을 낮잡아 이르는 말, 성에 붙여 사위나 매제, 아래 동서 등을 이르는 말이라는 의미로 뜻매김되어 있다. 그런데 그것의 용례는 여기까지가 아니라, 더 있다. '서방'에 경칭 접미사 '님'을 덧붙였을 때에는 '남편'의 높임말로 쓰이거나, 결혼한 시동생이나 손아래 시누이의 남편을 이르거나 부르는 말, 또 예전에는, 평민이 벼슬 없는 젊은 선비를 부를 때 쓴 말이라고, 사전에 정의가 되어 있는데, 그런데 분명치 않고 애매하다. 그 이유는 '서방'이 한자어인 '서방(書房)'이기도 하지만 순우리말 '서방'이기도 한 때문인데, 그 둘을 명확히 구별해야 한다는 것이다.

'서방'이라는 부름말의 역사는 아무래도 혼인을 해서 처가엘 가면 그 댁 사위가 불리는 호칭인 '○서방'에 있다. 사위로서의 인정과 사랑, 든든한 믿음의 어감이 묻어나는 호칭이다. 누가 이 호칭에 대해 회의와 불만을 표할 이가 있을까. 자신에 대한 사랑과 믿음의 기호인 호칭인 까닭이다. 그렇게 불리지 않는 게 오히려 당당하지 못해 불안할 뿐이다. 그런데 혹 그 호칭이 불편하고 어색하기만 한 사람이 있을 수 있다. 그 호칭의 유래를 아는 까닭에서이다. 그런데 열에 아홉은 박 서방, 김 서방의 그 '서방'이 당연히 한자어 '書房'인 줄로 안다. 분명한 사실은 '서방'은 한자어 신랑(新郎)의 순우리말이라는 것이다. 新郎의 '新'의 순우리말은 동녘을 뜻하는 '싀'이다. '싀'는, 아침이면 동쪽에서 해가 뜨고, 해가 뜨면서 새로운 세상이 열린다는, 새롭다는 뜻의, 첫 글자인 '새'의 옛날 표기이다. 우주 자연현상에 대한 과학 지식이 전혀 미답의 상태였던, 옛날 원시시대에는 해가 지고 밤이 오면 캄캄한 암흑 세상이 되는 까닭에 칠흑 같은 밤이 오는 세상을 두렵게 여겼다. 그러다가 새벽이 오고, 東의 한자에서 보듯, 해가 뜨고(日) 나무(木) 사이로 떠오르며 세상을 환하게 밝히는 아침이 되면 새로운 세상이 열리는 것으로 여겼던 것이다. 그래서 新과 東—동(東)의 우리말 역시 '싀'이다. 동쪽에서 부는 바람은 '샛바람', 동쪽 벼랑을 '새벼리'라고 할 때의 그 '새'이다—은 말의 뿌리 상황이 같은, 역시 같은 뜻의 말이 된 것이다. '郎'은 사내의 뜻으로, 이 사내의 순우리말은 '방'이다. 가령, '만무방'이라는 말이 있는데, 만무방은 예의와 염치가 없이 막돼먹은 뻔뻔한 사람이라는 뜻이다. 김유정의 단편소설에 「만무방」(1935년)이라는 제명의 소설이 있는데, 소설에서 '만무방'으로 지목된 '응오'는 자신이 애써 가꾼 벼를 자기가 오히려 도적질해야 하는 눈물겨운 반어적 상황을 설정해서 일제 식민지 농촌 사회에서 소작인이 겪는 가혹한 상황을 그려내고 있다.

또 '건설방(건달)', '심방(神房 곧 신의 사내라는 뜻의 만능 무당)', '짐방(싸전 짐꾼)', '창방(농악의 양반 광대)' 등등에 붙어 쓰인 '방'이 있는데, 당연히 거주 공간인 '방(房)'이 아닌, '사람(사내)'을 가리키는 순우리말인 토박이말이다. '방(房)'은 백제 무왕이 지었다는 향가인 〈서동요(薯童謠)〉에서도 보인다. "善花公主主隱 他密只嫁良置古 薯童房乙 夜矣 卯乙抱遣去如"의 '薯童房乙'에서 그 기원이 보인다. 향찰식 표기를 풀이하면 '맛둥방을'인데, '맛둥방(薯童房)'은 서여(薯□) 곧 마를 비롯한 산약과 산나물을 캐어 생활을 이어가던 소년의 무리 중의 한 사내를 일컫는다. '房'은 사내 남자를 일컫는 우리말 '방'의 향찰식 표기어로 선택된 것이다. 우리말 '시'와 '방'의 뿌리 해석을 토대로 정리하면, 신랑(新郎)은 우리말인 '시방'의 한자어이고, '시방'은 '서방'으로 바뀌었다. 그 뜻은 이 '(집에) 새로 들어온 남자'라는 뜻이다. 따라서 뒤에 다시 거론될 동음어인 서방(書房)과는 차별성이 있는 호칭어이다. 발음만 같지, 용례 곧 사용 범주는 다르다.

그런데 왜 이런 말이 생겼을까. 서방의 유래는 서옥제(壻屋制)나 데릴사위 제도가 있었던 시대에 태동된 것으로 추정되는데,《三國志》〈魏志東夷傳〉'高句麗條'에 기술된 '서옥제'는 고구려에서, 그리고 신라에서 실제로 행해진 제도였다고 한다. 참고로, 기술된 그 대목을 보면 혼인하는 경우, 구두로 미리 약속하면 여자 집에서 본채 뒤편에 작은 별채를 짓는데, 그 집을 사위집 곧 서옥(壻屋)이라고 부른다. (…) 자식을 낳아서 장성하면 남편은 아내를 데리고 자기 집으로 돌아간다. (其俗作 婚姻 言語已定 女家作小屋於大屋後 名壻屋 (…) 至生子已長大 乃將婦 歸家)

서옥제와 데릴사위제의 차이점은 데릴사위는 '데리고 온 사위'라는 뜻으로, 처가에서 평생을 살아가지만, 서옥제는 일정 기간 처가에 머무는 제도이다. 고려시대까지도 이 독특한 혼인 풍습은 유지가 되었다. 이 제도는 서류부가(壻留婦家)로 불리는 풍습 제도인데, 어린 남자가 여자 집에 가서 일정 기간 생활한 후 결혼하는 제도로, 남자가 없는 집에서 노동력이 필요하여 실시하였다고 한다. 서옥제는 혼인 전 또는 혼인 후에 남자가 여자의 집에서 일정 기간 살게 되는 제도인데 반해, 데릴사위제는 죽을 때까지 살게 되는 제도인데, 그래서 데릴 사위는 혼인한 여자 집의 가장에게 복종하며 혼인 생활을 한다. 율곡 이이의 아버지 이원수 공이 처가인 강릉의 오죽헌에서 살았던 일도 데릴사위제와 관련이 있다. 예서(預壻) 초서(招壻)로 불리는 이 제도는 일명 췌서(贅壻·贅婿)라고도 불리는데, 중국에서 행해지던 노역혼의 일종으로, 여자를 얻는 대가로 폐물 대신 노역을 제공하는 습속을 말한다. 결혼 전에 여자 집에 들어가 노동력을 제공하고, 성장한 후 여자와 혼인하는 방식에서, 그래서 사위를 '서방'으로 칭하는 데에는 그런 노동의 의미가 있고, 그래서 그 뒤 남이지만 험하고 거친 노동을 하는 이들에게 통상 'O 서방'이라는 칭호를 부여한 것이다.

철학자 박이문 선생이 쓴 에세이 중에 「오 서방의 추억」이 있는데, 그중 한 대목이 "오 서방은 우리 집 머슴이었다. 나는 그를 '일꾼' 혹은 '오 서방'이라 불렀고 그는 나를 '인희 애기'라고 불렀다. 인희는 내 본명이다. 지금 생각해 보기에 나이 오십을 넘겼던 그의 피부는 흙, 태양, 그리고 땀으로 윤이 나면서도 이미 어딘가 시들시들해 보였고 그의 얼굴에는 이미 주름살이 많았다." 또 「동네를 쫓겨나는 김 서방과 오쟁 엄마」에서도 '서방'에 대한 언급 대목이 있다. "'일꾼'이라 불렸던 김 서방은 우리 집 머슴이었고 '오쟁 엄마'라 불렸던 여인은 우리 집 행랑채에서 남편, '오쟁이'라는 이름의 외아들 그리고 시어머니와 살고 있었다 (…), 김 서방은 물론 총각이었다" 앞의 오 서방은 박이문의 집에서 머슴으로 혼자 살았고, 노인이 되어 농사를 지을 힘이 없게 되자 어디론가 떠났다. 결혼을 했는지 안 했는지에 대해서는 언급이 없지만 가족이 없이 주인집에 혼자 기숙했다는 것은 결혼을 안 했을 가능성이 높다. 뒤의 김 서방도 우리 집 머슴이었는데 아직 총각이었고, 오쟁 엄마와 바람이 난 것이다. 그래서 그 둘은 동네에서 쫓겨나게 되었다. 여기서 주목되는 사실은, '오 서방'은 물론, 더욱이 '김 서방' 즉 혼인하지 않은 총각 머슴에게 '서방'이라는 말을 부려 썼다는 것이다. 우리가 알고 있는 상식, 곧 결혼한 사내를 부른다는 관례에서 일탈하고 있는 서방의 존재이다. 혼인과는 무관한데도 무슨 연유로 서방이라는 부름말을 부려 쓰고 있는 것일까. 그래서도 분명해진다. '서방'이 '머슴' '일꾼'이라는 육체적 노동의 존재를 환기한다는 사실, 또 그 부름말이 사용된 출처를 적극 뒷받침하고 있다는 것이다.

'서방'의 유래와 출현은 지금의 혼인 문화와는 현격한 차이의 전제에서 비롯된 것으로 판명된다. 친영례(親迎禮 신랑이 장인 집에 가서 신부를 대동해 와 본가에서 혼례를 올리는 방식)든 반친영례(半親迎禮 신부집에서 혼례를 치르고 여기서 잠시 머물다가 시댁으로 가는 방식)와는 다르게 고구려, 신라시대를 거쳐 고려시대 혼례 문화의 주축은 신부집이었다. 고려시대 혼인 거주는 처가살이였으며, 여자 측의 혼인 비용 부담이 컸다. 처가에서 머무르는 기간은 일정하지 않지만, 혼례를 처가에서 올리고 계속 처가에서 거주하다가 자기 집으로 가기도 하고, 대체로 같이 살지만 혹은 따로 살다가 처가로 옮겨 장인 장모를 모시기도 했다고 한다. 심지어 외조부모나 장인 장모 상복 기간이 친부모와 같이 모두 1년이었다고 한다. 사위나 외손주도 아들과 친손자와 마찬가지로 장인이나 외조부를 통해 음서 공음전(蔭敍 功蔭田) 특혜를 받기도 했다고 하니 새롭게 구성된 한 가족 구성원으로 인정받았다는 것이다. 그러니까 서방은 우리말로 새사람의 뜻인데, 따라서 아내는 시집살이가 아닌 친정살이를 했던 것이다. 물론 처음에는 친정에서 살다가 나중에 시집으로 들어가는 풍습이었다.

김유정의 소설 가운데 「봄·봄」(『朝光』誌, 1935년 12월)이라는 제명의 소설이 있다. '나'는 점순이와 혼인시켜 준다는, 주인이자 예비 장인인 봉필의 말만 믿고 머슴살이를 하고 있다. 흔히 말하는 데릴사위로 장인의 집에서 3년 넘게 일하고 있는 것이다. 그런데 장인이라는 사람은 그 혼사를 악용하여 벌써 3번째 데릴사위를 들인 것인데, 그 세 번째 희생물이 바로 작중인물인 '나'이다. 그런데도 장인이라는 사람은 혼사를 치러 줄 기미 자체를 아예 안 보이고, 그래서 혼사 문제로 장인과 사위가 서로 실랑이를 벌이는 해프닝의 소설이다. 끝내 작중인물인 '나'에게 '서방'이라고 불리는 자격을 부여했는지는 작품에서는 알 수가 없지만, 그 여운은 '봄·봄'의 해피엔딩이 아니라 분란이고 파탄이다. 소설 속에는 노동력 착취로밖에는 보이지 않는 데릴사위 제도이다. 소설 속 '나'는 이름뿐인 '서방'에 그치고, 그냥 노동력 제공자에 불과한 머슴이고 일꾼에 불과한 '서방'의 존재로 끝나지만, 독자인 본인에게 노동력과 서방의 관계에 대한 합당한 근거를 제공하고 있다.

사위를 칭하는 서방과 달리 또 하나의 서방이라는 부름말이 있는데, 그 둘을 혼동시하여 부르는 오해를 불식시킬 필요성이 요청된다. 여자의 경우, 시동생을, 남자의 경우 아랫동서를 부를 때 쓰는 호칭어인 서방은 한자어로 '書房'이다. 인터넷 사전을 찾아보면 남편을 낮추어 부르는 말이라는 뜻으로 풀이되어 있는데, 그 서방이 순우리말 서방이라면, 사전의 뜻풀이는 맞다. 자기 집에 일하러 온 사람이라는 뜻이 되니 말이다. 그러나 사전의 뜻풀이, 그것은 오류이다. 사전의 '서방'은 순우리말 '서방'이 아니고 한자어 '서방(書房)'인 까닭이다. 서방(書房)은 최씨 정권이 문인 우대 정책의 일환으로 설치한 문한(文翰) 담당 기관인데, 최씨 정권에서 서방을 설치한 목적은 한마디로 무인들의 치명적인 약점인 무식을 문인들의 지식과 지성의 지혜로서 보완하려는 정치적 목적에서 그들을 적극 활용했다고 볼수 있다. 남편이나 시동생, 시누이의 남편에게 서방으로 호명한 것은 그래도 벼슬, 그것도 무식한 무인이 아닌, 지식과 지성의 문인과 같은 우대받는 사회 지배 계층이 되기를 바라는 마음을 담은 부름말로 해석되는 것이다. 혹 남편이나 사위를 서방(書房)으로 호명하는 것은 순우리말 서방에 대한 몰인식에서 말미암은 것으로, 남편이나 사위가 벼슬을 하는, 세칭 잘 된 사람이 되길 바라는 마음에서 그렇게 부른다는 것이다. 이어령 선생도 남편을 서방(書房)으로 부른다고 하면서, 글을 통해 지식인이 되었으면 하는 바람을 나타낸다고 말한 적이 있는데, 선생의 오류라고 생각된다. 그런데 약간 모호한 서방, 곧 순우리말인 서방과 한자어인 서방(書房)이 혼동스러울 수 있는 대상이 있다. 그 대상은 며느리 관점의 손아래 시누이 남편인데, '서방(書房)님'일 수도, 순우리말 '서방님'일 수도 있다. '서방(書房)'은 시누이 남편이 잘 되기를 바라는 마음을 전제한 호칭이고, 순우리말 '서방'은 사위라는 측면에서 그렇게 부를 수 있는 터무니가 있는 것이다. 그리고 극히 드문 용례이지만, '서방(西房)'이라고도 한다는데, 옛날에는 장가를 든 신랑을 위해서 신방을 차릴 때는 서쪽에 있는 방을 골라 마련했던 모양으로, 거기서부터 '西房'이라는 말이 나왔다는 것이었다.

이젠 서방은 사위라는 일반명사의 부름말로 정착된 지 오래다. 사위는 《鷄林類事》에 '사회(沙會) 壻(서)'라고 나타나 있는데, '사'는 '사맞다' '사귀다'에서 보듯, '짝맞다', '짝하다' '벗하다'는 뜻을 가진 어근으로 추정한다. '회(會)'는 '사나히(男), 갓나히(女), 안해(妻)' 등에 나타나는 '히, 해'와 같이 사람을 의미하는 접미사로 본다.(서정범, 『새국어어원사전』) 그렇다면 사회>사위는 '짝으로 맺은 남자'라는 뜻을 가진 말이 된다. 사적 견해로는 서방과 사위는 같은 뿌리의 말이 아닌가 생각한다. 사는 '서방'의 '서'와 어원이 같고 신라의 노래인 '시니〉사뇌가(詞腦歌)'에서 보듯, '사'와 같은 뜻인, '시〉새(新)' 사람이라는 뜻으로 해석이 가능하다. '회〉위'는 '사람' 곧 남자, 신랑의 '랑(郞)'과 서방의 '방'도 남자, 그러니까 사위는 '새사람'의 뜻인바, 역시 그 뜻의 '서방'과 서방의 한자어인 '신랑(新郞)'이 된다.

　처가에서 사위를 부르는 '서방'이라는 부름말에 대해 큰 허물이나 트집을 잡거나 할 계제는 아니다. 그러나 유별스럽다는 시선이 있을 수 있지만 '서방'이 생긴 유래의 사실을 밝힘과 동시에 듣기 거북스러움도 표할 이유가 있다고 본다. 지금 '서방'은 듣는 이에 따라서 상당히 낮추어 하대되는 뉘앙스가 있어 거부감이 들기도 한 편이다. 앞에서 박이문 선생의 에세이를 사례로 들었지만, 남의 집 머슴으로 육체적 노동을 하거나 허드렛일 등 몸으로 때우는 일을 하는 이들에게 하나같이 낮춤말인 '서방'이라는 말을 쓴다. 실제로 서방의 유래, 어원이 그렇다. 그런데도 과연 불편하거나 거북스러움을 느끼지 않을 사람이 있을까. 특히 철학이나 사상, 인문학의 정신적인 깊이와 높이의 영역에 종사하는 사위일 경우, '서방'이라는 말은 듣기 불편하지 않을 리 없다. 가령, 퇴계 이황 선생이나 남명 조식 선생 같은 분에게 처가에서 '이 서방' '조 서방'이라는 호칭으로 그분들을 불렀을까, 의문이다. 퇴계 선생이 데릴사위로 갔겠는가. 아니면 남명 선생이 민사위로 갔겠는가. 민사위, 데릴사위가 곧 서방인 셈, 왜 미리 데려왔겠는가. 결국은 농사일 같은 노동 때문이 아니었을까. 그분들과 서방은 전혀 매치가 가당하지 않은 관계 설정이다.

그런데 공교롭게도 요즘은 '서방'이라는 말이 먹혀드는 추세로 흘러가고 있다. 지금 시대는 다시 고려시대로, 고구려 시대로 그 혼인 풍습이 타임머신을 타고 돌아가는 풍조이다. 아니, 돌아간다기보다는 부활하고 있다는 느낌이다. 혼인을 하면 처가살이를 하는 서방들이 부쩍 늘어나고 있다고 한다. 이른바 서옥제의 부활이다. 혼인을 하곤, 옛날과는 달리 아내는 전업 주부가 아니라 같이 맞벌이 부부로 생활 환경이 바뀐 것이다. 그러다 보니, 처가에서 아이들을 맡기고 혼인 생활을 하는 시대적 분위기이다. 고구려 시대나 신라 시대의 사위처럼 처가살이를 하는, 처가살이라고 해서 처가에 산다는 것이라기보다는 자식 아이들을 처가댁에 맡기다 보니 처가와 가까운 곳에 집이 있거나 그 비슷한 상황이라는 뜻이다. 그러니까 '○ 서방'의 호칭에 맞게 생활하는 셈이다.

모르는 게 약인데, 인식이 없는 게 약이다. 서방의 어원이나 유래에 대해 관심 밖이었다면 굳이 오랜 역사성을 지니고 역사적 문화어로 정착된 말에 대해 토를 달 이유가 없는데, 인식이 병이다. 서방이 잘못되거나 나쁘다거나 혐오감을 준다거나 하는 것은 결코 아니고, 다만 상대적이다. 그러니까 아무렇지도 않으면 무방한 일이지만, 듣기 불편해하거나 거부감을 느끼는 이에게는 그 부름말은 부름말로 쓰지 않고 적절한 다른 말로 대체했으면 하는 것이다. 상대에 대한 배려나 존중의 뜻에서이다. 다 신중해야 하지만 부름말에도 역시 신중해야 마땅한 일, 상대에 걸맞은 부름말을 불러야 상대의 인격을 존중하는 일이 된다. 지나치게 높게도 문제이지만, 지나치게 낮게도 문제, 아니, 낮게는 큰 문제이다. 왕왕 황당하기 짝이 없는 소리를 듣는 경우가 있다. 시청에서 그냥 직원으로 은퇴했는데, 그를 높인다고 '시장'이라고 부르는 것이다. 듣는 이가 과연 흐뭇한 미소를 지을까. 글쎄. 꼭 상대를 조롱하고 모욕하는, 장난기 다분한 말이다. 높여도 그러한데, 낮춘다면 어떤 반응의 결과를 예상할 수 있을까.

지금은 사위 호칭은 '서방'으로 일반화되었다. 오랜 역사적인 변천을 거치면서 굳어진 호칭이기에 잘못과 오류라는 지적을 하기에는 무리다. 하지만 정작 그 호칭의 대상이 듣기 불편해하거나 선선히 받아들이지 않는다면 각 집안이라는 자율적 권역에서 얼마든지 좋은 방향을 모색할 터무니가 있다. 당사자의 직책이 있으면 그 직책으로, 지적인 일에 종사한다면 보편적으로 '선생'으로 부르거나, 아니면 이름 외의 이름인 아호가 있다면 그 이름을 불러주는 게 예의인 것 같다. 지혜와 성찰, 통찰의 '선생' 호칭이 무난하다. 선생이란 호칭은 반드시 가르치는 사람이라는 것만을 가리키지는 않는다. 상대의 인격을 존중한다는 뜻이다. 슬슬 짐이 된다. 아니, 쿵쿵 가슴이 두근거리며 뛴다. 언젠가 사위를 맞을 날이 있을 텐데, 'O서방' 대신에 멋진, 아니, 표나지 않게 적절한 부름말을 찾아야 할 뿌듯한 고민 내지 들뜬 긴장감에서 그렇다.

닫힌 방의 세계
― 타인은 지옥이다, 아니, 천국이다

☐1

오늘은 12월 19일, 그 녀석들은 저에게 라디오를 들게 해서 무릎을 꿇리고 벌을 세웠어요. 그리고 5시 20분쯤 그 녀석들은 저를 피아노 의자에 엎드려 놓고 손을 봉쇄한 다음 무차별적으로 저를 구타했어요. 또 제 몸에 칼등을 새기려고 했을 때 실패하자 제 오른쪽 팔에 불을 붙이려고 했어요. 그리고 할머니 칠순 잔치 사진을 보고 우리 가족들을 욕 했어요.

2011년 12월 20일, 대구광역시 수성구에 살았던 덕원중학교 2학년에 재학 중이던 권승민 학생이 학급원 두 명의 가혹한 괴롭힘을 견디다 못해 아파트 베란다에서 투신자살한 사건이 있었다. 겨우 중2학년 어린 학생이 유서를 남기고 자살을 감행한 것이다. 그가 자살을 감행한 그곳은 자신의 집이었는데, 그곳에서 그는 자신을 괴롭힌 가해자와 일시 거하면서 온갖 폭력과 만행을 당했던 것, 자신의 집이 '닫힌 방' 곧 지옥이었던 것이다. 창문도 출구도 없이 갇힌 상태에서 모든 것이 박탈된 상황, 누구의 도움도 청하고 바랄 수도 없는, 지옥과 같은 닫힌 공간에서 결국 그 길을 선택한 것이다. 세상에, 다른 곳도 아닌, 영원히 자신을 지켜주는 공간인 집에서 그런 참혹한 일을 겪고 끝내 그 길을 택하다니, 실로 엄청난 모순이 안긴 비극적인 사건이다.

위의 글은 유서의 한 대목이다. 얼마나 괴롭고 힘들었으면 그 나이에 자살을 결심했단 말인가. 이 유서를 읽는 부모와 형 등 가족은 얼마나 통한의 눈물을 흘렸을까. 그 심리적 상처는 읽는 이에게도 전이되어 동일한 심리 상태가 된다. 유서에 묘사된 그대로를 떠올리면 치가 떨리고 분노로 이가 갈린다. 듣는 이가 분노의 극단적인 충동에 휩싸이는데 피해자의 부모 형제는 어땠을까. 나이 어린 악마 그들은 그들이 괴롭혔던 권 군의 자살 소식을 듣고 난 뒤 "장난인데 이렇게 될 줄 몰랐다"는, 섭천 소가 분노할 소리를 뱉었다고 한다. 그들이 가한 구타는 성인 주먹패들이 행한 짓거리로 보일 정도로 잔혹하다. 그게 장난으로 한 짓인가. 하마면 가장 다루기 힘든 나이대가 중 2학년이라고까지 할까. 괜히 '중2병'이라는 유행어가 생겼겠는가마는 그들은 단소로 폭행하고 물고문까지 가했다고 한다. 권 군은 부모님이나 교사, 경찰에게 도움을 구하려 했지만, 그들의 보복이 두려워서 참고 죽은 듯 견디었던 모양이다. 그 자신에겐 당최 기댈 언덕이나 나무 그늘이 없는 암담한 세상으로 판단했던 것이다. 하긴 당시 덕원중 교감이라는 자는 "자살한 애를 영웅 만들 일 있냐"는 망언을 했다고 한다. 심지어는 권 군 책상 위에 추모하는 뜻으로 조화를 놓는 것도 금했다고 하니, 그런 교육자에게 도움을 청해봤자, 허탈한 무위였을 것이다.

대구 중학생의 '왕따 폭력' 사태는 빙산의 일각, 이전에도 전국 각처에서 일어났고, 이후에도 봇물 터지듯 계속 일어나고 있다. 집단 괴롭힘이나 왕따 폭력으로 인해 최악의 결단인 자살을 택하는 학생들이 늘어나고만 있는 것이다. 왜 남을 괴롭히는 것일까. 남을 괴롭히는 사람들은 도대체 어떤 사람일까. 괴롭히는 그들을 보면 얼굴에 악이 쓰인 것도 아니다. 그냥 평범한 얼굴인데, 유대인 홀로코스트에 적극 가담한 아이히만 역시 그랬다고 하는데, 그래서 악은 평범한 것인가. 가해자들은 평소 학급에서 어떤 인상이었을까. 권 군의 한 친구가 한 말을 들어보자.

학교에서도, 뭔가 눈에 띌만한 그런 괴롭힘 장면이나 그런 걸 목격한 적이 없어서. 아무도 그런 생각을, 그런 일이 일어날 거라고도 생각 못 했고. (가해자들이 평소에) 사건 사고도 없었고, 그냥 조용하게 잘 묻어가던 친구들이었어요. 오히려 친구들이 좋아했던, 그런 장난을 많이 쳤던… 그 사건 전에는 다들 좋은 친구로 알고 있었어요.

한 마디로 지킬 박사와 하이드 씨라는 말인 듯한데, 남 앞에서는 선하고 좋은 친구인 지킬 박사처럼 행동했지만, 뒤에서는 악을 행한 하이드였다는 뉘앙스가 강하다. 전자는 낮의 인물이고 후자는 밤의 인간인데, 어느 쪽이 그 인물의 본색인지는 딱 부러지게 판단하지는 못하겠다. 낮의 인물인지 밤의 인간인지, 남 앞의 인물인지 남 뒤에서의 인간인지 그 본색을 가름하기 어렵다. 그들은 특별난 인물일까. 그렇지 않다. 우리 모두 다 낮에는 낮의 인물로, 밤에는 밤의 인물로, 그리고 남 앞에서는 남 보란 듯 두드러지게 폼나고 품위 있게, 남 뒤에서는 모든 위선과 탈을 벗어던지고 자신의 악의 본성을 있는 그대로 드러낸 '하이드'일 것이다. 나도 그렇고, 너도 그렇고, 그도 그럴 것이다.

왕따를 가하는 가해자의 심리에 대해 어떤 분석자는 이렇게 말한다. 자존감이 낮은 사람이 높은 사람을 공격하는 논리라는 것이다. 그러니까 그 공격의 원인은 열등감이라는 것인데, 상대를 자기와 비교한 뒤 상대를 끌어내리고자 하는 에너지가 생긴다는 것이다. 자존감이 높은 사람은 굳이 상대방과 자신을 비교하지 않고, 쟤는 저렇고 나는 이렇다는 사고만 할 뿐이라는 것이다. 왕따를 하는 사람이 무리를 짓는 이유는 그들 모두 비슷한, 낮은 자존감을 갖고 있기 때문이며, 책임 분산을 꾀한 탓이라는 것이다. 그 낮은 자존감의 출처는 부모라고 한다. 부모의 억압으로 인한 분노, 노여움, 적대 감정 등이 쌓여 탈출구를 찾고 있다가 만만한 대상을 만나 폭발한 것이라고 한다. 이러한 부정적인 감정들은 부모님이나 강한 사람들 즉 강자에게로 흘러가면 처벌, 공격이 따라오기 때문에 주로 피해자와 같은 약자들을 무의식적으로 찾게 된다는 것이다. 이들은 강한 자에게는 한없이 약하고 약한 자에게는 한없이 강해진다. 곧 약자에게는 새디즘의 가학자가 된다.

일견 타당성이 있지만, 대체로 납득하기 어렵다. 대체로 왕따 대상은 자존심이 강하거나 잘나고 똑똑하기보다는 뭔가 빠지거나 자존감이 부족한 이들이기 때문이다. 문제는 가해자들의 왕따 행위 곧 폭력성을 정작 본인들은 장난으로 인식하고 피해자의 상처나 아픔을 아픔으로 전혀 인식하지 않고 그 기억을 지워버리는 것이다. 피해자는 평생 자신이 당한 고통의 시간을 잊지 못하는 것이다. 어떤 이유이든 간에 절대로 가해자의 입장에 서서 왕따 행위를 분석하려 해서는 안 된다는 사실이다. 그런데 문제는 왕따 폭력 주도자에게 부역한 방관자들이다. 그들은 왕따를 당하는 피해자의 입장에서 그들을 구원하려 들지 않는다. 한 명이 주도하면 나머지는 비겁하게 침묵함으로써 방관하거나 동조하는 것이다. 주도자를, 병리적인 자기애를 드러내기 위해 대인 관계에서 정신적이고 육체적인 학대와 착취적인 행동을 하는, 자기애성 인격 장애자를 지칭하는 나르시시스트라고 하고, 동조자를 미국 판타지 소설 『오즈의 마법사』에 나오는, 사악한 마녀를 돕는 날개 달린 원숭이인 플라잉 몽키(Flying Monkey)라고도 한다. 플라잉 몽키는 나르시시스트의 행동이나 태도를 동의하고 지지하는 사람을 말한다. 나르시시스트도 사악하지만 플라잉 몽키도 아주 사악하다. 플라잉 몽키는 나르시시스트의 말과 행동을 지지하고 강력히 뒷받침해주는 역할을 한다. 그들의 눈에 왕따의 대상이 지정되고, 그들에게 괴롭힘과 착취를 당하게 된다. 『어른들은 잘 모르는 아이들의 숨겨진 삶』에서 아동심리학자 마이클 톰슨은 10여 년간 '아이들의 사회적 잔인성'을 주제로 연구한 결과, 아이들의 불미스럽고 충격적이기까지 한 폭력 사건의 배후에 '또래 집단'인 동조 집단 플라잉 몽키가 있음을 밝히고 있다.

　나르시시스트와 플라잉 몽키가 연합해서 저지르는 불의에 눈 감거나 방관하지 않고 당당히 맞서는 정의의 인물인 '업스탠더 (upstander)'가 아쉽기만 하다. 그 인물은 교사이기도 하고, 동급 학생일 수도 있다. 업스탠더의 인물로 나치 독일의 장교였던 빌헬름 호젠펠트을 떠올린다. 그는 초반에는 나치를 옹호하고 지지했으나 반유대주의, 반가톨릭 정책에 실망했다. 그는 나치가 폴란드에서 저지르는 학살을 목도하며 경악했고, 이후 유대인을 학살로부터 지키는 인류애를 발동하다가 소련군에게 체포되어 감옥에서 사망했다.

　업스탠더에 걸맞은 학생이 있었다. 역시 덕원중학교인데, 권 군이 자살하기 5개월쯤 전 2011년 7월에도 김희정이 자살하는 사건이 일어났다. 희정은 단짝 친구의 따돌림 문제를 알게 되어 문제 해결에 나섰으나, 쉽지 않았다. 그래서 친구에 대한 집단따돌림 실상을 밝히고, 이의 근절과 학급 분위기 쇄신을 호소하는 내용의 편지를 써서 담임교사의 책상에 두고 나왔다. 그걸 보고 교실에 온 담임교사는 크게 화를 내며, "누가 이 편지를 썼느냐. 당장 자수하라"고 말했다. 자수자가 나오지 않자, 단체 벌을 세웠고, 희정과 반 친구들은 책상 위에 올라가 1시간 동안 무릎을 꿇고 손을 들고 있어야만 했다. 희정은 자신의 행동으로 친구들이 고통받는 걸 보고 죄책감을 느꼈다고 한다. 가해자들을 비롯한 반 친구들로부터 비난과 따가운 눈총을 받곤 집으로 돌아온 뒤 13층 아파트에서 극단적인 선택을 한 것이다. 참,

안타깝다. 그리고 답답하고 한심한 담임교사이다. 담임교사가 좀더 지혜롭게 행동했더라면 희정의 비극적인 선택은 막을 수 있었을 텐데. 이문열의 소설 『우리들의 일그러진 영웅』에도 병태의 행동에 대한 담임의 무책임한 처신이 생생히 묘사되어 있다. 1987년 제11회 이상문학상 수상작인 소설 속 배경은 1960년 경인데, 희정의 담임교사가 행한 처신과 거의 겹친다.

그 장면을 간단히 추리면 이렇다. 병태가 석대의 횡포와 전횡에 대해 대책 건의를 하자 담임교사는 교실에 들어가 장본인인 석대가 임석한 자리에서 아이들에게 석대의 횡포에 발언하기를 요구하지만 제 죽을 짓을 할 아이가 누가 있겠는가. 또 병태의 무기명 진술 건의에 따라 담임교사가 석대를 교무실로 보낸 뒤 아이들에게 석대의 횡포나 전횡을 적어 내라고 하지만 아이들은 석대의 횡포에 대해서는 일절 적지 않고 오히려 병태에 대해서만 냅다 적어낸 것이다. 자신의 소신을 피력한 개인으로 처신했다가 집단으로부터의 따돌림이라는 낭패를 맞게 된 것이다. 그런데 담임교사는 그걸 아는지 모르는지 답답하게 아이들의 심리를 전혀 간파하지 못한 채 오히려 병태에게만 질책을 가하는 것이다. 이후 병태는 더욱 철저히 소외되고 따돌림당하게 된다.

학교 폭력은 한 인간의 삶을 파탄내는 심각한 문제인데, 이런 무책임한 교사들이 과연 문제를 해결할 수 있기나 할까. 극히 의문스럽다. 역설적이지만 상당 부분 학교의 왕따 폭력은 교사들의, 학생들의 교내 생활 혹은 교우 관계에 대한 관심 소홀이나 부재 내지는 결핍에서 발생한다. 따돌림은 학생들 간에만 일어나는 사건이 아니다. 직장에서도 동료 직원 간에 서로 친하고, 친한 이들끼리 뭉쳐서 특정한 한 사람을 따돌리는 일이 다반사이다. 학교 교사들 간에도 일어나는 몰상식한 행태이다. 특히 여교사들끼리 잘 어울리는 관계가 있는데, 거기에 전혀 끼지 못하고 따돌림당하는 교사가 눈에 보인다. 한 학교에서 목격한 장면인데, 한 여교사를 몇 명의 여교사들이 표나게 소외시켜 따돌린다. 지금도 따돌린 여교사들과 따돌림당한 여교사의 얼굴과 외모가 눈에 선히 그려진다. 한 마디로 교육자와는 거리가 먼 여자들이다. 그런데 학생 간에 그런 사태가 발생한다면 그 교사들이 그 문제를 해결하는 교사여야 하는데, 그런 교사들이 어떻게 그 문제에 당면해서 당해 학생들을 교육시킬 수 있을까. 본인이 따돌림의 장본인인 주제에 학생들에게 발생한 그 문제를, 해결하지도 못하겠지만, 해결한다는 게 아주 큰 모순이다. 주먹패에게, 주먹으로 인해 피해를 본 피해자와 가해자를 불러 대화로 해결하게끔 한다?

이러한 문제점은 사실 심각한 문제점으로 부각되어야 할 중대 사안인데도 아무것도 아닌 사소한 문제로 구렁이 담 넘어가듯 소홀시되고 있다. 교사의 가장 첫째 요건은 인간성의 정립이다. 바르고 반듯하며 따뜻한 인간성이 없는 교사는 교육을 망친다. 못된 인간성의 교사는 교육이라는 이름의 공간에 절대로 발을 디디지 못하도록 해야 한다. 따라서 무조건 점수 위주로 교사 자격증을 줄 것이 아니라 철저히 인간성 여부에 초점을 두어야 하며, 인간성 교육에 중점을 두어야 한다.

3

사르트르의 희곡 작품 가운데 「닫힌 방」이 있다. 세 명의 인물이 등장한다. 신문기자 가르생, 우체국 직원이었던 이네스, 그리고 부유한 유한 마담인 에스텔이다. 가르생은 남자이고 나머지는 모두 여성이다. 이들 각각이 품은 욕망이 서로 얽히고 충돌하면서 출구 없는 방에서, 이들의 공존은 지옥 그 자체가 되고 만다. 이 희곡은 독일 점령하에 감금 생활을 하던 프랑스인들의 체험을 극화한 것이라는 관점이 있다. 알 수 없는 '그들'에 의해 지속적으로 감시당하고, 말 한 마디 잘못해도 밀고 당하고 취조당하는 등 숨 막히는 분위기는 당시 프랑스 시민들이 체험했던 그 시대의 분위기였다. 살아있는 듯 보이지만 실은 죽어서 지옥에 와 있는 듯한 분위기였다. 끝없이 알 수 없는 남에게 감시당하고 억압당하는 분위기, 그래서 사르트르는 가르생의 입을 빌어 "지옥은 바로 타인들이야."라는 충격적인 말을 던진다. '닫힌 방'은 한 마디로 타인에 의해 만들어진 지옥인 것, 타인은 우리의 삶을 불행하게 만드는 주된 원인 중 하나이다.

2017년 9월 5일, 1992년 「즐거운 사라」 사건 이후 숨 막히는 '닫힌 방'에 갇혀 살던 마광수 교수가 끝내 목을 매달아 생을 끝내고 말았다. 누가 그를 지옥에 몰았던가. 여러 가지 원인이 있겠지만 그 중 중요한 한 원인은 바로 부조리한 현실인 '왕따 사건'이다. 사회 대중 매체는 말할 것도 없고, 문단으로부터, 동료 교수들로부터, 철저히 왕따를 당한 것이다. 그는 말한다. "2000년에 일어나던 이른바 교수 재임용 탈락 소동이에요. 같은 연세대 동료 교수들의 노골적인 따돌림으로 나를 교수 재임용에서 탈락시키려 한 거죠. 제일 친했던 사람들이."

나 역시 '닫힌 방'에 갇혀 오랜 시간 주눅이 들었던 경험이 있다. 아니, 지금도 지속되고 있는지 모른다. 말주변이 별로 없고, 타인과 비교해서 뛰어난 면이 없다 보니, 특히 외형은 두드러질 정도로 빠진다. 하마면 결혼한 지 무려 30년이 지난 환갑 나이 때에도 지인의 아내와 아내의 지인에게서, 면전에서 대놓고 키가 작다는 모욕적인 소리를 듣기도 했을까. 웬 키? 하며 뜬금없다는 낯색을 표할지 모르지만, 그 낯색은 위선적이다. 진실은, 작은 키는 흔히 말하는 약자 곧 외모적 약자, 그러니까 무게감이 없이 같잖게 보이는 외모인 까닭에 사람됨의 그릇을 그것으로 가름한다는 사실이다. 독일의 철학자 칸트도 한국에서였다면 자리에 있지만 없는 사람으로 취급, 무시당했을 것임은 불문가지, 그는 오척단구였다. 한국인의 의식구조에는 외모지상주의가 단단히 깔려 있는데, 그만큼 외모가 한몫한다. 특히 혼인에서부터 시작, 직장 입사 면접 때에도 큰 비중으로 작용한다는 사실이다. 너절너절한 수준의 외형 때문인지 모르지만, 혼가에서 여럿 모인 '자리들' 때마다 대화적으로 한 마디로 끼어들지 못하게 차단되는 바람에 존재감이 철저히 무시되고 소외된 채 그 '자리들'이 파할 때까지 묵비로 그 자리들을 버틴, 일명 칸트의 기억들이 있다. 그런 기억은 학창 시절의 어떤 동기와 직장의 몇몇 동료들한테 갈굼을 당해 생채기가 난 흔적처럼 짙게 남아 있다. 한 가지 소득이 있긴 하다.

그 사람들의 됨됨이를 알았다는 것, 이후 그들과는 일체의 진정한 관계는 끊어버리게 된, 우울한 소득이다.

그런데 왜 남을 힘들게 하는 것일까. 행동이나 사고가 독특하거나 특이한 경우 또는 보통보다 많이 모자라거나 빠진 경우에 건드리는 것 같다. 약하게 나가거나 슬슬 기는 모습을 보이면 가학적 충동 행태가 나타나 더욱 심하게 괴롭힌다. 관심거리가 없다는 것, 학교라는 곳이 틀에 매인 일과에 따라 운영되는 만큼 또 학업 성적이라는 목표나 성과에만 치중되어 숨쉴 틈을 주지 않는 곳이지 않은가. 한 마디로 즐겁고 재미있는 것이라곤 없다는 것이다. 운동이나 다른 취미 활동, 곧 음악이나 놀이 따위는 엄두도 내지 못 한다. 그래서 개인의 사디즘적인 즐거움과 재미를 찾다 보니 발견된 것이 가장 피해야 할 사람 괴롭히기가 아닐까, 싶다. 그러나 사람을 괴롭히는 그 짓은 아무나 못 한다. 적으나마 악한 성정이 깔려 있지 않고서는 하기 어려운 짓이다. 그 짓의 장본인의 성정과 가정과 사회가 일조한다. 학교 감옥에 갇혀 아무 할 일도 없는 숨 막히는 공간에서 그들이 해방되려는 욕구가 부정적인 방향으로 나왔던 것은 제삼자의 객관적 위치에서 보면 전혀 이해되지 않는 것도 아니다. 하마면 그랬을까. 하지만 그런 행동은 아무리 해도 용서받을 수 없다.

생명 있는 것들은 동물이건 식물이건 자기 중심의 본위로 움직인다는 사실이다. 땅 밑 세계의 치열한 생명 다툼을 우리는 잘 모르지만, 가령, 소나무가 밀집된 곳에서는 다른 나무는 살아내지를 못한다고 한다. 소나무의 뿌리가 다른 나무의 뿌리를 잠식해서 죽인다는 것이다. 이른바 강자만이 살아남는 약육강식의 원리인 것이다. 동물들의 세계에서 약한 자는 살아남지를 못한다. 새디즘 곧 가학적 충동 심리인데, 상대를 괴롭힘으로써 자신의 쾌락을 충족하는 심리이다. 마음에 안 들기 때문에 괴롭히는 데, 아니, 정확히 말하면 부족하거나 남보다 빠지는 면이 있기 때문에 괴롭히려 드는 것이다. 부족하면 부족한 것으로 받아들이면 되는데, 왜 괴롭힐까. 바로 여기에 인간의 악한 심성이 있는 것이다.

남을 괴롭히는 인간의 심성은 일단 악성의 것으로 보아야 한다. 그러니까 그 인간 자체가 인간으로서의 바탕을 갖추지 못했다는 것을 뜻한다. 사디즘적 악성이라고 할까. 남을 괴롭힘으로써 희열과 만족을 느낀다면 인간으로 볼 수 없는 일이다. 그런데 과연 인간이라고 제대로 칭할 수 있는 인간은 몇이나 될까.

화나는 건 남을 왕따시켜 힘들게 한 그 장본인은 그 대가를 받기는커녕 오히려 승승장구 잘 되는 반열에 끼여 갑이 되고, 괴롭힘을 당한 이는 심리적 위축감과 존재감 상실로 사회생활이 어려워져 바닥을 기게 되는 을이 되고 만다는 사실이다. 순전히 내 주변의 경험이다. 역시 잘난 놈이 못난 놈을 깔보고 업신여기고 그럴 만한 이유가 있구나, 하는 씁쓸한 자책감이 드는 것이다. 왕따의 주 장본인은 자기가 강하다는 의식에서 남을 왕따시키는 경향을 찾을 수 있는데, 참으로 비겁하고 비열한 짓이다. 세상에는 자기보다 강한 자가 언제

어디서건 있게 마련, 진정한 강자는 약자를 괴롭히지 않는다는 사실이다. 나아가 그 강자는 자신보다 강한 자에게 비굴하게 머리를 숙이지 않는다는 사실이다.

4

에리히 프롬은 『자유로부터의 도피』에서, 개인을 완전히 지배하는 쾌락, 이것이 사디즘적 충동의 본질로 규정한다. 사드 후작은 그의 작품 『쥘리에트』에서 지배의 성질이 사디즘의 본질이라는 견해를 밝혔다. 학교 내 왕따를 통한 폭력도 일종의 사디즘적 충동이라고 설명된다. 그것이 지배의 성질이라면 못된 지배욕이다. 이런 치들은 마조히즘적이다. 에리히 프롬은 『사회심리학적 양상들』이라는 에세이에서, 가족 내 가부장적 권위가 권위주의적 사회를 만든다는 유명한 주장을 하였다. 가부장적 가족의 생활을 통해 초자아(도덕)가 내면화되고 억압된 자아는 권위의 지시에 맹목적인 복종을 하는데, 이 심리가 바로 마조히즘이 되는 것이다. 그리고 마조히즘은 자신보다 낮은 계층 사람에 가하는 폭력, 즉 사디즘을 정당화한다. 따라서 사도-마조히즘은 권위주의의 중심에 있으면서 위에 있는 누군가에게는 사랑과 존경을, 아래에 있는 누군가에게는 경멸과 폭력을 서슴지 않는 이중적인 태도를 만들어 낸다.

혹 괴롭힘을 이겨내지 못한 이들에게 화살을 날리는 것은 설마 아니겠지, 라고 생각하지만, 어째 살짝 미심쩍다. 혹 괴롭힌 애들보다 그 정도의 괴롭힘을 감당하지 못하고 약해 빠져서 자살한 놈과 그런 놈을 낳은 부모가 한심하다는 쪽으로 여론이 일지 않겠지, 라고 애써 다질 뿐이다. 아직 이 세상은 악인들의 천지가 아니니까 말이다. 학교 폭력은 반드시 뿌리뽑혀야 한다. 얼마나 괴롭고 힘들었으면 자살을 택했겠는가. 늘 하나마나한 빈 소리로 일관하는 '말씀들'이 태반이다. 당사자가 하마면 그런 결심을 했을까. 그래서도 또 빈 소리에 그치겠지만, 죽는 것도 택하는 마당에 못할 일이 뭐가 있겠는가. 그냥 당당히 맞서서 맞받아쳐라! 최악의 경우가 죽음이라면 못할 게 뭐가 있겠는가. 눈에 쌍심지를 켜고 칼눈을 하고 같이 붙어라. 니가 안 죽으면 내가 죽겠지, 라는 막가는 심정으로 맞서지 않으면 방법이 없다. 독한 기운이 슬슬 퍼져서 상대 기를 죽여라. 그래야 산다. 지금만 그런 게 아니고, 인간이 이 세상에 인간으로 살게 된 그때부터 인간은 다른 인간을 괴롭히고 닦달하면서 살게 되어 있다. 남에게 못된 짓을 가해 평생 정신적인 고통을 받게 한 인간은 자기가 자행한 그 짓이 언젠가는 열 배가 넘는 칼이 되어 자기에게 가해지는 업이 세상의 이치가 되어야 한다. 나쁜 업보를 쌓으면 반드시 그 업이 자신에게 되돌아오는 카르마 법칙이 진리이고 진실이기를 믿는다. 할 수 있다면 그 업은 철저히 학대의 고통을 겪은 본인이 카르마 법칙을 실행하는 것이 가장 순리이다. 그 순리가 이루어지기를 바란다.

그러나 순진한 바람에 그칠 뿐이다. 고통을 받은 자는 존재감 상실로 인해 철저히 정신적 약자, 사회적 약자로 추락, 근근이 이 지상의 하루하루를 힘겹게 버티고 있는 까닭이다. 그래서도 박정만 시인

(1946-1988)이 아프게 생각난다. 물론 학교폭력이나 따돌림 사태와는 사안의 성격이 다르지만 폭력의 희생자로서 '닫힌 방'의 삶을 살다가 결국 비참하게 삶을 끝냈다는 점에서 서로 연결되는 바가 있기에 그렇다. 박 시인은 1981년 5월, 5공 군사 정권 치하, 소설가 한수산(韓水山)이 중앙일보에 연재하던 장편소설 「욕망의 거리」 필화 사건에 무고하게 연루되어 한수산과 함께 보안사로 연행되어, 잔혹한 고문을 당했다. 이 고문으로 인하여 그는 정신적으로 엄청난 충격을 받았을 뿐 아니라 몸 건강도 극심하게 악화되었다. 결국 그는 이 고문의 후유증으로 간경화증을 앓다가 1988년 10월 2일, 88서울올림픽 폐막식이 한창일 때 숨졌다. 카르마 법칙이니 사필귀정이란 말이 무색한, 박정만 시인의 죽음이다.

악은 평범하다. 세상에는 평범하게 악을 생각, 아니, 그런 평범한 생각조차도 없이 악을 행하는 인간들의 행태가 많이 발견된다. 지금까지 거론한 집단따돌림 짓거리가 바로 그 평범한 악의 행태, 곧 악의 소소한 일상적 발현 중의 하나이다. 소외되고 따돌림당하여 상처를 입은 이들은 따돌림 그 자체에만 얽매여서는 영영 벗어나지 못한다. 차라리 따돌림 그 자체를 자신의 과거로 받아들이고 그것을 발판으로 삼는 자세가 필요하다. 그러니까 자신을 단단하게 다지는 것이다. 따돌림의 그 치욕적인 과거를 현 자신의 존재로 반듯이 우뚝섬이 곧 반드시 되갚는 복수라는 각오를 벼리는 것이다. 학교에서의 왕따 경험과 상처를 바탕으로 남에게 약하게 보이지 말고 강한 면모를 갖추어야 한다. 물론 쉬운 일은 아니다. 한 번 입은 상처가 쉽게 아물어지고 치유가 되겠는가. 그렇지만 한 번의 인생, 그렇게 끝내는 건 너무 억울하고 분하고 아까운 일이 아니겠는가. 자신에게 고통을 안긴, 그 악의 장본인에게 되갚기 위해서도 고통을 이겨내고 우뚝 서야 한다.

그리고 가해자는 자신이 자행한 악행에 대해 반성에 반성을 거듭하고, 새로 태어나 지난날을 뼈저리게 회오하고 변상하는 마음으로 살아야 한다. 가장 먼저, 자신에게 괴롭힘을 당한 피해자를 만나 뒤늦게라도 자신이 저질렀던 못된 행태에 대해 자신의 속을 까서 진정 어린 사과를 하고 뼈아픈 참회를 해야 마땅하다. 그래야 악의 껍데기를 벗은 인간이라고 할 수 있다. 그렇지 않고 산다면 그는 자기가 행한 악을 그대로 받아서 '닫힌 방'의 고통스러운 삶을 살아야 한다. 혹 '닫힌 방'에서 질식했던 당사자로부터 잔혹한 보복을 당할 수도 있다. 2007년 4월 16일 미국 버지니아 공대에서 조승희 총기 난사 사건이 발생했다. 수많은 인명이 살상된 끔찍한 사건인데, 그 흉한 사건의 원인은 조승희 일가족의 미국 이민으로 인해 조승희가 중고교를 다니던 시절, 미국의 중고교 동급생들이 조승희를 '닫힌 방'에 가두곤 차마 견디기 힘든 몸과 정신의 고통을 가한 데 대한 처절한 보복적 행위였다는 것이다.

결론은 무르고 약한 자신이 독하게 강해져야 한다는 것이다. 당차고 강한 기로 살아가야 하는 것이 일백 경조 분의 일의 확률로 태어난 자신의 존재를 귀중한 인격체의 존재로 만드는 것이다. 포악한 타자에 의해 강제로 고립된 자아의 감옥에서 자유롭게 해방되어 '지옥

은 타인'이라는 사르트르의 말이 죽은 말이 되게 하고, 그 '닫힌 방'
은 완전히 철거한 뒤 '천국은 타인'이라는 합창 소리가 밝고 환히, 이
세상에 울려 퍼지기를 간절히 바라는 마음이다.

마지막 길의 풍속도
— 작지만 엄숙한 장례를 기리며

　　죽음은 인간으로 태어나 처음이자 마지막으로 겪는 삶의 현상으로, 누구든 반드시 겪어야 할 통과의례이다. 보들레르는 '나는 유언도 무덤도 싫다./ 죽어서 남의 눈물 빌기보다는/ 차라리 살아서 까마귀 불러/ 내 해골을 쪼아 먹이리라.'고 하면서 '자유롭고 즐거운 주검'(「즐거운 주검 Le Mort Joyeux」)을 바라는 역설적 목소리를 내기도 했다. 이 시는 1851년, 그의 나이 서른 살 때 창작된 작품인데, 서른 나이에 어떻게 이런 데카당스(Décadence)한, 특이한 시를 쓰게 된 것일까. 세상에 대한 복수를 다질 글을 쓰려고까지 했던 보들레르는 당대의 시대와 철저히 불화와 반목의, 틀어진 관계로 지냈기에 지상의 삶 자체가 고통스러웠을 것이다. 보들레르 이후, 〈절규〉의 화가 뭉크가 마치 보들레르의 죽음을 추모하여 그린 그림으로 착각이 드는 듯한 동 제목의 그림도 있다. 동병상련의 보들레르와 뭉크, 서로 불우하고 힘겨웠던 삶의 공통성을 지닌 인물들이었기에 각기 동 제목의 시와 그림이 창조되었을 것이다. '유언도 무덤도 싫다'

며 육신에 대한 불신과 무상함, 그리고 세속적인 죽음의 어떤 의식도 아예 단절한다는 내심의 인상이다. 이런 그에게 죽음을 치르는 장례의식이 무슨 의미가 부여될까. 그나마 그는 외롭게 사라지지만 그나마 행복한 길을 맞았던 것, 뭉크가 마치 조문의 뜻을 표명한 듯한 〈즐거운 주검〉이 있지 않은가. 보들레르는 삶에 대한 혐오와 두려움을 어머니에게 고백하기까지 한다. "아주 아주 여러 해 전부터, 끊임없이 제가 자살 일보 직전에서 살고 있다는 걸 생각해 보세요. 이는 어머니께 겁을 주려고 하는 말이 아니에요. 실제로 저는 불행하게도 삶이라는 형벌을 받고 있다고 느끼니까요." '자살', '삶이라는 형벌'을 어머니에게 토하는 그의 심정이 이해되기도 하는데, 자기를 낳아준 어머니보다 일찍 세상을 뜬 불효자인 보들레르는 저 하늘 세계에서 어떻게 지내고 있을지, 또 그가 극도로 혐오했던 부르조아지가 주도하는 이 지상을 내려다보며 무슨 생각에 잠겨 있을까.

1988년 10월 2일, 서울올림픽 폐막식이 한창일 때 박정만 시인이 자신의 집 화장실 변기 위에서 숨졌다. 그의 방 탁자에는 그가 마지막 남긴 유고시 「종시(終詩)」가 있었다.

나는 사라진다
저 광활한 우주 속으로
－「종시(終詩)」 전문

1981년 5월 29일, 5공 시절, 억울하게 '한수산 필화 사건'에 연루되어 보안사에 잡혀가 가혹한 고문을 당하고, 풀려난 뒤 줄곧 그 고문의 후유증을 겪다가 결국 '광활한 우주 속으로' '사라진', 안타까운 사연이 담긴, 그의 마지막 시편이다. 고문 후유증으로 사는 것이 얼마나 고통스럽고 견디기 힘들었을까. 가뜩이나 그는 섬세하고 예민한 심성과 감성으로, 인간과 세상을 낭만적으로, 아름답게, 서정적으로 포착한 서정시인이었는데, 얼마나 큰 충격을 받았을까. 유일한 위안은 한 병의 소주와 그것으로 생산된 시였을 것, 그는 이렇게 말한다. "나는 곡기를 끊고 술로 생명을 유지하고 있었다. (…) 보이지 않는 손의 인도에 따라 나는 머리 속에서 들끓는 시어의 화젓가락으로 시를 쓰기 시작했다." 1987년 8월 20일부터 9월 10일까지 20여 일 동안 밤낮없이 술만 마시며 시 300편을 쏟아냈던 시인 박정만, 그렇게 외롭게 술을 벗하며 시를 쏟아내던 그는 훌쩍 이 세상을 떠났다. 그랬던 그가 자신의 죽음 뒤에 홀로 가는 황천길을 향해 치러지는 장례 의식이 어떤 광경이길 원했을까. 식장을 가득 채운 수많은 조화와, 부고장을 날려 초청(?)된 조문객을 원했을까. 모르긴 해도 그는 자신의 아픔에 적극 동참하여 같이 가슴 아파한 진심의 지인을 그렸을 것, 그래서 진정으로 그의 죽음과 그의 삶에 공감하고 그의 삶과 죽음을 기리는 지인이 마지막 가는 길을 지켜주기를 원했을 것으로 생각된다.

누구든 삶의 마지막 단계인 죽음을 통과하지 않을 수 없는 일, 보들레르의 시 제목처럼 '즐거운 주검' 혹은 '행복한 주검'까지는 아니더라도 진지하고 엄숙한 주검까지는 가야 마땅하다. 그런데 현대의 장례는 장례의 본질인 슬픔―자유(子游)는 "喪은 슬픔을 극진히 할 뿐 (喪致乎哀而止)"이라며 상(喪) 곧 장례의 본질은 슬픔에 있다고 못 박기도 했는데―그것에 집중하기보다는 조의금이나 받고, 고인 또는 상주의 사회적인 지위나 명예를 내세우기 위한 보여주기식의, 형식적인 행사, 정확한 간명으로 '허례허식'으로 전락하고 만 듯한 느낌이다. 그런데 예(禮)는 유교를 먼저 상기시키는 도덕규범의 범주인데, 일반적으로 유교의 예에 대한 잘못된 인식이 지배적이다. 유교문화가 예의범절을 따지는 건 사실이지만 허례허식이라는 비판은 유교에 대한 잘못된 인식에서 오는 오류이다. 상례(喪禮)는 물론 예(禮)이다. 임방(林放)이 禮의 근본에 대해 묻자, 공자는 "예는 외관상 성대하게 거행하기보다는 차라리 검소한 것이 낫고, 상례는 형식적으로 잘 치르기보다는 차라리 진정으로 슬퍼하는 것이 낫다. (禮 與其奢也 寧儉, 喪 與其易也 寧戚)"(《論語》〈八佾〉편)고 가르쳤는데, 그것이 바로 공자의 예법(禮法)에 대한 본질이었다. 상례에 대한 공자의 가르침은 상례는 허례허식이어서는 안 된다는 것, 공자는 검소를 강조했고, 형식의 차원이 아닌 진정한 애도, 추모의 정신을 가르쳤던 것이다. 주자도 말한다. "슬픔을 극진히 하고 文飾(문식)을 숭상하지 않는 것이다. (致極其哀 , 不□文飾也)"(『가례(家禮)』) 문식(文飾)은 관혼상제에 대한 의식 절차, 곧 허례허식을 의미한다. 문식을 절대 부정한 유교가 조선에 들어와서 정치 논리 곧 양반 계급층의 지배 논리의 위선에 따라 허례허식이 된 것이다. 그렇게 양반 계급층의 지배 논리에 따라 유교, 하면 일반적으로 불편한 규범이나 규정, 헛된 장식이나 치장의 허례허식으로, 머릿속에 거의 각인되다시피한 실정이다. 유교문화의 의식에 대한 진정한 인식이 절실히 필요하다. 따라서 장례를 치르게 되는 상황에서 허례의식의 유혹을 과감히 떨치고, 돌아가신 분을 정성스럽게, 애틋하고 슬픈 마음을 담은 진정한 의식을 통해 보내드리는 게 도리라고 생각한다. 남들에게 보이기 위한 장례문화는 끊어야 한다.

'둥지의 철학자' 박이문 교수(1930-2017)는 「미리 써본 유서」에서, "남들에게 알리지 마오. 부고를 내지 마시오, 남들에 폐가 되니 말이오. 장례식을 치르는 것은 번거롭소. 그것은 또한 낭비기도 하오."라고 말한다. 과연 「미리 써본 유서」, —이 글은 1999년에 출간한 『아직 끝나지 않은 길』에 실린 글인데, 한국식 나이로 치면 일흔 이전에 쓴 글인 셈이다—, 그 글대로 박이문 선생이 2017년 3월 26일에 별세한 뒤 그대로 이행이 되었는지는 오리무중이다. 선생의 뜻이 그렇다고 해도, 1910년 11월 20일에 떠난 톨스토이 역시 선생의 유서와 같은 내용의 유언을 남겼지만, 유족들과 제자 지인들이 그대로 이행하지 않았다고 하는데, 선생의 뜻 역시 그대로 실천되었을지는 의문이다. 또한 본인은 확인할 수 없다. 그 유서는 글로 접한 유서였던 때문이었고, 그 큰 인물의 부고도 받지 못했기에 장례식장에 가보지 못한 까닭이다.

러시아의 대문호 톨스토이는 아내 소피야와의 생각 차이로 인해 갈등을 겪다가 끝내 가출을 감행, 혹독한 추위 속에서 열차를 타고 자유로운 여행을 하다가 독감에 걸려 폐렴으로 사망하고 만다. 그의 죽음은 전 세계 언론을 통해 톱뉴스로 보도가 되고, 엄청난 조문객들의 애도 속에서 장례를 치렀다고 한다. 그런데 톨스토이는 평소 자신의 장례식이 간소하게 치러지길 원했고, 심지어 자신의 무덤도 만들지 말라는 유언을 남기기도 했다고 한다. 정작 톨스토이의 장례가 치러지자, 유족과 지인들은 차마 유언대로 따를 수는 없었지만, 그의 뜻을 받들어 봉분만 만들고 묘비나 안내판은 세우지도 않았다고 한다. 명성에 비하면 아주 조촐하고 간소한 장례식이었다.

그런데 한국의 장례문화는 거의 허례허식 수준이라고 간주해도 크게 틀린 소리는 아니다. 지금은 이전과 달리 스마트폰이 결정적인 역할을 하는데, 폰 없이는 젊은이들은 외롭기만 하다. 오로지 폰에 의지해서 외로움을 극복하는 역설적인 세상이다. 폰에서 자주 '카톡-카톡'하는 소리가 들려 열어보면 부고장이 많이 날아온다. 지인이 보낸 부고장이기도 하고, 한참 동안 생각을 한 끝에 부고장을 보낸 이가 누구인지 기억하게 되는 부고장도 있다. 기쁜 일보다 슬픈 일에 동참, 함께 그 슬픔을 나누고 위로하고 다독여 주는 관계가 진정한 관계라는 말처럼, 부고장 남발에 대한 거부감을 의식적으로 떨치고 부고장을 보낸, 처음엔 낯선, 그런데 한참 기억을 살린 뒤에야 비로소 기억으로 떠오르는 그 낯-설익은 상주를 이해하려 노력한다. 상주의 입장에서는 남의 시선이 많이 의식이 되는바, 조문객이 많아야 체면이 서고, 또 장례비도 만만찮은 까닭에 조의금을 고려하지 않을 수 없는, 여러 상황을 감안하여 카톡으로 부고를 날렸을 것이다.

하마면 장례전문가 임준확은 "대한민국에는 효 사상이 깊다"며, "부모님의 마지막이니까 잘 모셔야겠다, 그런 걸 가지고 바가지를 씌우는 게 기본적인 내용"이라며 자식들의 효심을 상술로 이용하는 비정한 현실을 꼬집기도 했을까. 실제로 장례 비용에 대해서는 상주가 꼼꼼히 체크해서 확인하지 않고, 식장 측에서 요구하는 세액이 명시된 명세서에 기재된 대로 지급하기 마련이다. 그러다 보니 실제보다 지나치게 과한 장례식장비와 상복과 식대 등 엄청난 바가지를 씌우는 장례 현실이다. 장례비로 빚더미를 떠안게 된 후 자살까지 이르는 사례가 발생하기도 하는 한국의 장례 현실이다.

대학에서 가르침을 받은 분의 별세 부고를 받고 문상을 간 적이 있었다. 식장 입구에 늘어선 엄청난 근조화환의 대열에 순간 압도되었다. 그리곤 이내 가슴 속이 착잡해졌다. 솔직히 말해서 일반 장례 풍속도와는 다른 그분의 고아한 품격에 맞는 장례 광경을 기대했기 때문이다. 그러니까 사회 신분이나 계층, 지위에 따라 장례 의식의 급과 격이 달라지는 세속적 풍토를, 정신적 삶을 살아온 인격의 학자에게서조차 발견하고 싶지 않았기 때문이다. 하긴 그분이 유언으로 남긴 것도 아니고, 상주들의 사회적 지위나 위치에 따른 당연한 현상이기에 문제시될 사안이 전혀 아니다. 다만 그분이었기에 그런 생각이 든 것이다.

한국의 장례문화 가운데 가장 표나는 형식은 바로 근조화환이다. 부고를 받고 장례식장을 들어서면 가장 먼저 접하는 대상이 바로 조화인데, 딱히 조화에 관심을 가져서가 아니라 문상하기 직전에 우선 조화로 들어선 길을 걷지 않을 수 없게 되어 부득불 접하게 되어 있다. 조화는 대체로 개인보다는 단체에서 보낸다. 일종의 낯내기 용인 셈이다. 그래서 조화 사절이라는 상주의 선언이 없고서는 의례적으로 보내기 마련이다. 문제는 낭비이고, 또 하나의 문제는 조화에 고인의 죽음이 가려진다는 사실이다. 역설적이다. 고인을 애도하기 위해 보낸 조화에 고인이 가려진다니. 그것이 형식이기에 애도와 추모 자체가 형식일 가능성이 있다는 것이다.

그런데 한국의 장례문화에 실상 꽃은 낯설다. 한국은 고인에게 꽃보다는 향을 피워 고인의 저승길을 빌었던 것, 그러다가 장례에 조화를 사용하는 의식이 개화기 이후 서양의 기독교 문화가 들어오면서 생겼다. 서양의 장례문화는 꽃을 장식하여 영전에 바치면서 장례를 치렀던 의식인데, 그래서 고결, 엄숙을 상징하는 국화가 처음 등장, 조화(弔花)로 사용된 것이다. 고대 로마에서는 장미를 조화로 바쳤다고 한다. 다음 생에도 부활해서 꽃처럼 아름다운 생을 이어가길 기원하는 마음에서라고 한다. 슬프지만 아름다운 이별을 뜻하는 조화이다. 그런데 화환의 이미지는, 우리에게 조화보다는 축복과 영예 또는 종교의식에서 오히려 강하게 남아 있다. 가령, 그리스 올림픽에서 우승한 선수이거나 뛰어난 시인에게 올리브, 솔, 월계수, 종려나무 등의 잎으로 만든 화환을 만들어 머리에 씌워 그들의 영예를 높여 주었고, 크리스마스 날이면 호랑이 가시나무 잎과 열매로 만든 화환을 문 앞에 걸어 예수의 탄생을 축하하는 종교의식에서 그렇다. 주로 하얀 국화에 검은 리본으로 슬픔을 표현하여 고인을 애도하는 데 사용되고 있는 근조화환은, 그래서도 그 의미는 한없이 깊고 간절히 기릴 만하다.

조화는 십만 원이 기본이다. 그런데 그 조화는 삼일장 같으면 겨우 이틀 정도 장례식장에 서 있다가 수거되어 폐기되고 만다. 실제로 장지까지 가는 조화는 몇 개 되지 않는다. 엄청난 경제적 낭비가 아닌가. 오십 개라면 오백만 원이 이틀 새에 날아가 버린다는 것인데, 하긴 조화를 생계 수단으로 삼는 업체가 있으니 더 이상의 거론은 어렵다. 다만, 최소한의 기준 아래, 주변의 불우한 시설이나 단체에 기부한다면 얼마나 값진 돈이 될까. 돈은 똥인데, 농작물을 위한 거름으로서의 똥이 된다면 얼마나 값지겠는가. 그러나 똥은 더럽고 역겨운 냄새를 풍기는 물질인데, 이틀 만에 폐기되는 조화라면 똥의 생산성을 유기한 더러운 똥인 셈이다. 한국의 조화는 상주의 사회적 명예와 권위, 위세를 떨치는 데 큰 일익을 담당한다. 보는 이에 따라서 고인과 상주의 위치가 높아질 수도 있고, 낮아질 수도 있어서이다.

한국의 장례문화는 남에게 크게 보이려는 겉치레 의식이 아니었는데, 과거에는 장례를 치르게 되면, 이웃이 결집하여 모두 자기 일처럼 적극 동참하지 않았던가. 관을 준비하고 상여를 메는데 서로 어깨를 빌려주고, 무덤을 조성하여 발인과 장묘, 매장 절차에 가담함으로써 고인에 대한 지극한 예를 갖추었던 것이다. 고인의 통과 의례에 동참함으로써 고인에 대한 인간의 도리를 다하고 이웃 간의 두터운 정리를 다졌던 것, 금전의 보상을 전혀 바라지 않고 경건한 마음으로 상부상조의 미덕을 베풀었던 것이다. 이 베풂의 미덕은 대가를 바라지 않고 자진해서 서로 의지하고 돕는 이웃사촌 정신, 곧 사랑과 신뢰와 협조의 품앗이 정신이다. 물론 이러한 장례는 이전의 이야깃거리이다. 안타깝게도 지금은 그때와 같은 이웃이 없는 까닭이다. 그러다 보니 예에 관련된 길흉사 문화도 많이 변하고 또 남아 있어도 그 본질은 변질되었다. 그 변질의 형상은 단단한 속보다는 헐거운 겉에 치우치는 경향이다. 그 경향의 하나가 조화 현상이다. 농경 사회였던 이전과는 달리, 상주의 경우, 사회생활을 넓게 하다 보면 직장 사회나 친구들과의 계 모임이나 동호회 조직이 많다 보니 상을 당했을 경우, 그 단체에서 조화를 통해 마음을 표하는 것이다. 역사적으로 어느 문화권이든, 특히 장례는 기본적으로 민족의 정체성을 가장 오래 담은 전통적 의식이다. 작지만 엄숙했던 우리의 전통 의식이었던 장례문화가 그 본질이 변질되고 훼손된 것 같아서 심히 아쉽다.

한 카페에 올려진 글이 있다. "그런데 이런 장례문화 남들의 눈이 중요한 이런 허례허식은 지양해야 하지 않을까요? 다음 부고란엔 조화일체사절, 대신 다음 @@@으로 그마음을 기부해주십시요~~ 라는 문구를 넣으면 어떨까 생각해봅니다." 실제로 최근(2023.10.04.) 경북 청도군의 한 상주가 부친 장례식장에서 근조화환 대신 받은 쌀을 어려운 이웃에 기부했다는데, 생전 어려운 이웃과 더불어 살아야 한다는 고인의 뜻을 받들어 기부한, 참으로 보기 드문 장례식의 풍경이었다. 기부라는 말은 언제 들어도 아름답다. 이런 건강한 장례 의식에 대한 의식을 가진 사람이 있다는 것은 건강한 사회의 반증이다. 장례를 기해 이웃에 대해 선행을 하는 게 홀로 가는 길에 들어선 분을 진정으로 애도, 추모하는 것이 아닐까. 서구 유럽이나 미국의 경우만 해도 거의 가족 중심의 검소한 장례를 치른다. 죽음의 의미는 무엇일까. 다 비우고 간다는 것, 조용히 황천의 길을 향한다는 것인데, 죽음은 초라한 죽음과 거창한 죽음이 있는 건 아니다. 고작 조화 수와 조문객 숫자로 한 죽음이 초라한 죽음과 대단한 죽음으로 머릿속에 각인된다면 그때부터 죽음은 겉치레 형식에 그쳐 초라해진다.

검소하고 조용하며 엄숙한 죽음을 바란다. 죽음은 검소와 조용함 그리고 엄숙함이라는 함의가 있는데, 모든 것을 버리고 조용히 침묵으로 떠나야 하는 길이 아닌가. 죽음은 묻힌다. 조화만 남고 사람은 홀연 사라지는 장례 풍속도는 크게 바뀌어야 한다. 조화에 가려 죽은 사람이 보이지 않는 죽음의 풍속도는 슬프고 안타깝다. 차분하게 고인에 대해 추억하고 그의 죽음을 진정으로 추모하는 모습의 풍경이 그립다. 정신분석학의 원조인 프로이트는 부친이 별세하자 가족의 반대에도 불구하고 장례식을 조용히, 야단스럽지 않게 치르기로 마음먹었는데, 가족들은 남들이 뭐라고 하겠냐며 그런 프로이트의 방침을 못마땅하게 여겼다고 한다. 그런 가족들의 반대를 무릅쓰고 프로이트는 간소하게 치렀다. 프로이트, 하면, 가장 먼저 떠오르는 심리 현상은 외디푸스 콤플렉스인데, 간소한 장례는 "모든 인간에게는 외디푸스 콤플렉스를 극복하는 임무가 주어져 있다"고, 그가 한 말의 실천이었던가. 그는, 상사(喪事)는 형식이 아닌 슬픔 본연의 감정에 충실해야 한다는 공자의 가르침을 이행하는 듯, 시공을 초월하여 서로 소통하고 있는 듯하다.

2022년 9월 19일 영국의 엘리자베스 여왕의 장례식이 거행되었다. 세계 각국의 정상들과 왕족 등 2,000여 명이 참석한 가운데 장례식이 국장으로 치러졌다. 말이 국장이지 세계장이다. 황당하게 장례비 논란이 있기도 했다. 서양말로 된 비용을 우리말로 옮기는 과정에서 실수가 있었던 모양, 9조 원으로 방송을 탄 적이 있는데, 사실 액수는 약 120억 정도라고 한다. 60년 동안 왕비의 자리에 있었던, 한때 산업 혁명의 성공으로 인해 해가 지지 않는 강국을 대표하는 얼굴이기에 장례 규모가 가히 세계적인 것이다. 이런 거대한 장례식은 진정한 존경의 뜻이라기보다는 정치인들의 보이기식 정치적인 장례이다. 유명 정치인이나 위대한 문학예술가의 죽음에 조문하는 조문객들은 자발적으로 문상을 하고 애도하는 것인바, 알려서 부추기거나 할 제의가 아니다. 그런데 일반인들의 죽음은 지인 말고는 굳이 알려서 조문객 숫자만 늘리는 것은 지나치게 형식적이고 보이기 위한 의례로밖에 여겨지지 않는다. 마지막 가는 길은 지인들과의 마지막 이별의 자리가 되고, 황천으로의 진정한 기도를 띄우는 장례가 가장 아름답고 가치 있고 뜻있는 의식이라고 생각된다. 허례허식으로 굴러가면 추하다. 고인을 잘 알거나 상주를 잘 아는 지인들만이 모여 진정한 추모식을 거행, 마지막 가는 길을 애도하고 추모, 기리는 마음으로 보내드리는 게 가장 아름다운 장례라고 생각한다. 이렇게 말하는 나는 그렇게 갈 것이다. 그래서 이 글을 쓴다.

지금까지 마지막 길을 떠나는 세상의 풍속도에 씨불인 씨나락 같은 생각의 소리에, 열에 한 명이라도 공감하는 이가 있었으면, 하는 바람을 부치면서, 광활한 우주로 사라질 그날이 와서, 작지만 엄숙한 풍속도가 그려질 수 있도록 남은 삶을 값지고 진지하게 살아야겠다는 마지막 상투적인 전언을 날리며 이 글 마무리를 하려는 차, 정확히 구체적으로는, 2023년 12월 10일 오후 3시 16분, 폰에 문자가 들어오는 소리가 들렸다. 그래서 열어보니, 발신처는 대학 졸업생 모임 사무국으로, 내용은 70년대 말엽 대학 시절 가르침을 주셨던 이상태 교수님이 별세하셨다는 부음이다. 대학 시절, 그분은 늘 단정하고 꼿꼿하신 분으로, 꼭 곧고 바른 선비로 기억되는 분이셨다. 조문처는 대구 경북대 장례식장이다. 순간, 대구까지 조문은 어렵고, 조의는 표해야겠다는 생각이 들어, 부음을 읽었는데, '조의금 사절'이라고 적혀 있는 것이다. 눈이 휘둥그레졌다. 아니, 조의금 사절이라니, 전혀 뜻밖의 문구이다. 열에 아홉이 아니라 백이면 백 거의 다, 조의금 이체 계좌가 적혀 있기에, 순간 이곳이 한국 땅이 아니라는 착각이 들 정도였다. 그러나 이내 고개가 끄떡거려졌다. 그분의 유언이었을 것, 그래도 그분의 유언을 유족들이 그대로 실천하기란 어려운 일, '수신(修身)'의 정신이 전해온다. 선생께서 늘 수신의 자세로 '제가(齊家)'를 하셨기에, 가족들 역시 그런 반듯한 정신 자세를 정립했을 것이다. 진심을 담아 선생께서 편안한 귀천의 길을 걸으시길, 두 손 모아 빌었다. 마지막 길을 가시면서 마지막 가는 길의 아름답고 큰 희망의 풍속도를 그려주신 선생께, 합장근조(合掌謹弔).

방망이 깎는 노인

— 직업의식 혹은 장인(匠人) 정신

첨단 기술 사회인 지금은 생소한 용어로 들릴지 모르지만, 한때 '장인 정신'이라는 말이 있었다. '장인 정신'을 입에 올리면 동시에 떠오르는 장면이 있다. 소설 속, 혹은 영상 속의 한 장면인데, 한 도예가가 자신이 만들어 구운 도자기를 하나씩 확인하다가 자기 기준에 못 미친다고 판단하여 주저 없이 부수는, 충격적이면서 감동적인 장면이다. 장인 정신은 자신이 맡아서 하는 일의 완성에 몰입하거나 한 가지 기술에 전공하여 그 일에 정통하려고 하는 철저한 직업 정신을 말한다. 그 장인 정신에 대해 미술사가인 유홍준을 비롯한, 각 분야의 장인급 전문가 5명—김영일(음악), 배병우(사진), 정구호(패션), 김봉렬(건축), 조희숙(음식)—이 공저로 출간한 『우리 시대의 장인 정신을 말하다』라는 값진 책도 있다. 그런데 장인 정신은 예술 창작이나 조각가, 건축 등에만 국한되는 것은 아니다. 도공, 목수, 대장장이, 사진, 음식, 의복, 디자인, 설계 등 우리 생활 주변 곳곳에 자리한다. 환언하면, '장인 정신'은 전문 분야에만 걸쳐 있는 것이 아니라 그냥 우리 생활 주변에 깔려 있다는 뜻이다. 법조계나 의료계, 교육계 역시 마찬가지다. 유홍준은 "장인 정신이란 감동이다. 진실된 자세와 마음이다. 장인 정신은 결국 노력으로 이루어진다"고 말한다. 장인의 기본은 자신이 맡아서 하는 일에 대해 최선을 다해야 한다는 신념과 열정을 갖추어야 한다는 점이다.

윤오영의 수필 가운데에 「방망이 깎던 노인」이 있다. 방망이 한 자루에 온 정성을 기울이는 노인의 장인(匠人) 정신을 절묘하게 그려낸 수필이다. 그 장인 정신은 곧 자신의 하는 일에 대한 열정의 뜨거운 직업의식 또는 직업 윤리인 것이다. 작중 화자인 주체가 방망이 깎는 노인에게 방망이를 부탁했는데, 도대체 작업 진전이 느려터진 것이다. 작중 주체의 반응은 이렇다. "처음에는 빨리 깎는 것 같더니 저물도록 이리 돌려보고 저리 돌려보고 굼뜨기 시작하더니 마냥 늦장이다. 내가 보기에는 그만하면 다 됐는데, 자꾸만 더 깎고 있었다. 인제 다 됐으니 그냥 달라고 해도 통 못 들은 척 대꾸가 없다." 그래서 그만하면 됐다고 하니, 노인이 화를 버럭내며 "끓을 만큼 끓어야 밥이 되지, 생쌀이 재촉한다고 밥이 되나"고 한다. 고객이 그만하면 됐다고 하는데, 노인은 퉁명스럽게 "다른 데 가 사우, 난 안 팔겠소." 라며 도리어 화를 내는 낯선 광경이다. 그리곤 작중 주체가 마음대로 깎아보라고 하자, "글쎄, 재촉을 하면 점점 거칠어지고 늦어진다니까, 물건이란 제대로 만들어야지 깎다가 놓치면 되나."고 한다. 충격의 그리운 광경이다. 자신의 하는 일에 대한 자긍심, 책임감, 그것은 곧 자신의 삶에 대한 지극한 사랑과 열정의 정신이다. 그 정신은 잔잔하면서 깊게 울리는 감동의 물결이다. 특히 장인 정신의 육성인 듯 귀에 쟁쟁히 울리는 대목 한 구절, "흥정은 흥정이요 생계는 생계지만, 물건을 만드는 그 순간만은 오직 아름다운 물건을 만든다는 그것에만 열중했다. 그리고 스스로 보람을 느꼈다." 자신에게 맡겨진 일에 비록 느려 터졌지만 성실하고 묵묵히 처리하는 노인의 모습을 통해 장인 정신을 덧세움으로써, 맡은 일을 경박하게 서두르고 날림으로 처리하는, 현대인의 헐거운 직업관에 대한 성찰의 태도를 촉구한다.

재작년인가 아파트 앞뒤 베란다 외벽을 방수한 적이 있었다. 아파트 옥상 공사와 아파트 벽면 도색을 하는 중에 겸해서 혹 방수할 뜻이 있는 가정에서는 신청을 하라는 관리사무소의 안내 방송을 듣고 신청을 했는데, 작년 여름에 앞뒤 베란다 천장에서 물이 새는 걸 발견한 것이다. 일년만에 부실 공사로 판명이 난 것이다. 그리고 올 장마가 시작되면서 빗발이 거세지기에 뒤 베란다 창문을 닫으러 갔는데, 베란다 천장에서 대놓고 비가 줄줄 새고 있는 것이다. 말문이 막히고 억장이 무너졌다. 방수 공사를 한 지 십 년이 지난 것도 아니고, 오 년이 지난 것도 아닌데, 한 해가 지나자 비가 새는 이 공사에 대해 할 말이 없다. 1994년에 발생한 성수대교 붕괴와 1995년에 발생한 삼풍 백화점 붕괴 사고는 대표적인 부실 공사인데, 그 연장선에 있는 작은 사건 사고들은 헤아릴 수가 없을 정도이다. 도대체 부실 공사의 장본인은 누구인가. 도색을 한 일꾼이다. 사업의 구도상 관리실도 문제가 있다. 각 가정에서 공사업체를 선정해서 한 것도 아니고, 관리실에서 공사업체를 선정, 공사를 맡겼으면 이후 반드시 주민들에게 이상이 있는지 확인 조치를 해야 하는데, 전혀 그런 조치를 하지 않은 것이다. 한마디로 직무 유기이다. 공사를 책임진 업체 내표도 책임이 있다. 방수 작업에 대한 사전 교육이 철저해야 하는 깃이다. 그러나 결정적인 책임은 그 일을 맡아서 한 일꾼에게 있는 것이다. 일을 맡은 이상 누수의 원인처를 체크하고 난 뒤 방수액을 바르고 해야 하는데, 결과론적으로는 그렇게 하지 않았다는 것이다. 소명 의식이 생명인 직업의식의 실종이다. 더디더라도 하는 일을 꼼꼼히 마감하면, 할 땐 힘에 부치지만 오래오래 이름값이 매겨지는 부동의 인물이 된다. 자신의 존재는 자신이 스스로 만든다는 사실이 새삼 진실로 확인된 사건이다. 천장에서 비가 새는 광경을 보니, 6, 70년대 그 시절이 떠오른다. 장마 기간이면 지붕이 낡다 보니 천장에서 비가 줄줄 새고 벽에서도 새곤 했는데, 양푼이, 세숫대, 양동이를 갖다 놓고 새는 그 비를, 밤새도록 졸아가면서 받곤 했던, 떠올리고 싶지 않은 옛 추억을 또 떠올리게 한다. 장인(匠人) 정신이 실종된 장인(障人)의 공사로, '방망이 깎는 노인'이 한없이 그립기만 한 공사였다.

그런데 한 장인(匠人)을 뜻밖에, 성당 부근에 있는 이발소에서 만났는데, —이발소 이름이 공교롭게 성당과 매치가 되는 '성경이용원'이다—, 그 장인은 몸집이 퉁퉁한 느린 인상의, 60대 후반의 이발사이다. 처음 갔을 땐 느려터지게 이발을 하는 통에 지루해서 아주 혼이 났다. 그 이전에 이발소나 미장원에서 이발을 하면, 잠깐 앉았다 싶으면 이발이 끝나곤 했다. 물론 미장원에서 대체로 그랬고, 이발소는 아무래도 시간이 더 걸렸다. 그런데 새로 다니게 된 이발소는 다른 이발소에서 이발하는 데 걸리던 시간보다 더 걸렸다. 대략 1시간 정도 걸렸다. 이발을 시작한 이래 이곳 이발소에서처럼 이발하는 데 걸리는 시간이 길었던 적은 별로 없었다. 이발하는 동안, 대기하고 있는 고객이 있어도 이발사의 손놀림은 한결같이 꼼꼼하게 느렸다. 보통 기다리는 고객이 있으면, 의식적으로 빨리 깎기 마련인데, 이 이발사는 여전히, '방망이 깎던 노인'과 같은 느려터진 손놀림으로 꼼꼼하게 이발을 하는 데에만 집중을 하는 것이다. 이발은 3단계의 과정을 거친다. 첫 단계는 큰 가위로 전체적으로 이발 정리를 하는 방향으로 깎다가 두 번째 단계에서는 본격적으로 세세하게 깎는데, 이때 이발 시간이 통째로 들었다. 그리곤 마지막 단계에서는 혹 덜 깎기거나 균형이 맞지 않는 머릿결을 일일이 가위로 마무리하는데, 거짓말을 좀 보태면, 튀어나온 머리칼 하나에 가위를 대곤 슬로우-장면 한 컷 한 컷 찍듯이 천천히, 느릿느릿 깎는 것이다. 이게 실화의 장면인지 갑갑하고 답답해서 발작이 나 미치는 줄 알았다. 도대체 왜 머리를 이렇게 느려터지도록 천천히 깎는 걸까. 뒤늦게사 깨닫게 된 사실은 장인 정신 때문이었다. 섬세하게 완벽을 기하고자 하는 정신의 직업관에서 나온 느림이었던 것이다. 느림은 장인만의, 특유의 미학인 것이다. 그분의 장인 정신은 한 달쯤 뒤에 입증되어 나타나는데, 보통 그때쯤이면 머리가 많이 길어서 들쑥날쑥 모양새가 과히 좋지 않기 마련, 그런데 그분이 한 이발은 한 달 너머의 시간으로 오히려 자신의 장인 정신을 뒷받침하는 듯, 꼭 느려터진 손놀림의 결과인 듯한 인상의 태, 그러니까 머리가 길어도 흐트러져 어수선하지 않고, 머리가 긴 만큼 더 조화롭고 멋진 태가 나타나는 것이다. 역시 장인 정신의 여부는 오랜 시간의 뒤끝에 판가름 나는 법이라는 진리를, 그분이 무언의 이발 행위로 일러주었다.

존 러스킨은 "법률가도 이발사도 일의 가치에 있어서는 아무 차이도 없다"고 한 말처럼 직업 자체가 문제가 아니라 직업의식 곧 장인 의식이 관건이다. 직업의식 혹은 장인 의식의 그 '의식'을 어떻게 받아들여야 할까. 데카르트의 '코기토(Cogito)' 곧 '나는 생각한다'를 접목시켜 볼 수 있다. 코기토가 전제가 되어야만 '그러므로 나는 존재한다(ergo sum)'가 생명성을 띠면서 그 뒤를 힘있게 받치는 것이다. 깊은 사유와 성찰의 힘이 곧 생각인 것, 자신이 해야 하는 일에 대한 깊은 생각이 없고서는 그 일은 날림에 그치고 그 일을 한 자신도 아무 존재감이 없게 된다. '나는 존재한다'의 존재감은 이를테면 '장인'으로서의 존재감이다.

직업에 귀천이 없다고 하는데, 그 말의 진정성 여부는 그 일을 수행하는 이에게 전적으로 달려 있다. 객관적인 잣대로 보면 낮거나 천한 일로 보이는 어떤 일이라도 최선을 다해 그 일의 진정성과 가치를 보여야 한다. 직업에 대한 확고한 전문성이나 열성이 있어야 자신의 직업이 가치를 확보하는 것이다. 높은 직이라고 그런 의식이 있고, 낮은 직이라고 없는 게 아니다. 세칭 낮은 직일수록 그런 직업의식이 투철하고 확고하다면 그 직업은 존중을 받게 되어 있다. 흔히 사회적 약자라는 명분 뒤에 자신을 숨기는 직업인을 왕왕 목격하기도 하는데, 위선의 실체인 그들에게 사회적 약자 보호는 적용되지 않는다. 그런데 반드시 기술적인 측면에서만 직업의식 운운할 것이 아니다. 소위 전문직이라는 직업에서도 윤리, 독보적인 직업의식이 뚜렷해야 한다. 변호사는 선비의 화신일 터인데, 직업명 자체가 부조리한 상황에 처한다. 엄연히 용의자가 죄를 지었는데도 무죄를 주장하는 변호사들은 도대체가 부조리한 인간이다. 죄가 없는데 무죄를 변론해야 진짜 변호사가 아닌가. 문제는 변호사의 장인 의식은 사태의 진실을 얼마나 정확히 파악하느냐의 여부에 달려있다는 사실이다.

의사로서의 윤리 의식이나 직업적 장인 정신은 거론 첫 번째이다. BC 5세기에서 4세기경에 발표된 것으로 알려진 의료의 윤리적 지침인〈히포크라테스 선서〉와 1948년 스위스의 제네바에서 개최된 세계의학협회 총회에서 채택된〈제네바 선언〉은 철저히 장인 의식의 구현에 그 핵심이 있다. 의술을 양심과 품위를 유지하면서 베풀겠다, 환자의 건강을 가장 우선적으로 배려하겠다고 하는 선언 내용은 생명 지킴이로서의 의사의 역할에 대한 장인 정신을 표명한 것이다. 환자는 병원에 오면 약자이다. 따뜻하게 대해 주고 용기를 불어넣어 주고, 생명에 대한 기대와 희망을 주는 의사가 진정한 의사이다. 명의는 물론 정확한 진단과 완벽한 수술에 치료가 뛰어난 의사를 말하지만, 병적 육체의 약자인 환자를 따뜻하게 보살피면서 그들의 목숨을 지켜주려는 의사를 말한다. 약자를 함부로 대하고 통명스럽고 거칠게 다루는 의사는 명의라는 범주에 넣을 수 없다. 세칭 세상의 명의라는 이들은 고압적이고 통명스럽고 함부로 환자를 대한다. 그들 앞에서 잔뜩 기죽은 환자들은 더 위축되고 간이 졸린다. 이렇게 하는 의사는 그냥 기능적인 의사일 뿐 장인 정신의 명의라고 하기 어렵다. 얼마 전 진주제일병원에서 위암 수술을 시행했다. 서울의 큰 병원에서 수술해야 한다고 주변에서 강권했지만 여러 가지 상황을 고려한 끝에 결국 이 병원을 택했다. 담당 의사분은 정의철 선생인데, 첫 대면에서 진심 어린 지인을 만난 듯 안정된 마음에 믿음이 우러났다. 이 심리적 안정감과 믿음이 불안한 환자에겐 가장 큰 힘인데, 결과론적으로 지역 병원의 선택은 상투적인 뉘앙스가 뭉클한 선택(選擇)이 아닌, 등하불명(燈下不明)의 오류를 범하지 않은 혜안의 선택(善擇)이었다. 7시간이 넘게 수술하고 지금까지 회복을 위한 치유에 온 정성의 힘을 쏟아붓고 있는 선생에게서 인간의 생명 의식에 대한 의무와 인간 생명의 지킴이라는 직분이 곧 장인 정신의 진실임을 절절히 깨닫고 있다. 환자는 의사가 어려울 수도 있는데, 그분을 만나는 통원 치료의 날이 다가오면 꼭 반가운 지인을 만나러 가는 듯 마음이 평온해지는 사실이 그분이 환자의 생명을 따뜻이 보살피고 지키는 장인이라는 진실을 뒷받침하는 믿음직한 증거이다. '방망이 깎는 노인'을 떠올리는, 발자크의 말이 생각난다. "천재는 모든 사람과 비슷하지만 천재와 비슷한 사람은 아무도 없다." 그의 말을 원용한다면, 진정한 정신의 의사는 모든 뭇 의사와 비슷하지만 진정한 정신의 의사와 비슷한 의사는 아무도 없다. 존재의 고유성, 고유한 존재론이 골자인, 발자크의 명쾌한 말을 장인 정신의 의사에 대해 원용시키는 마음은 이렇게 뿌듯하고 듬직하기만 한데, '방망이 깎는 노인'인 '정의철 의사'가 지역 곳곳에서, 내가 잘 모르는 또 다른 장인 의사로 묵묵히 건재하고 있었으면, 하는 마음이다.

교사 역시 그렇다. 학교에서 학생들을 가르치는 교사에겐—교사의 직업의식은 교사 의식이니—교사 의식이 뚜렷해야 마땅하다. 왜냐하면 자신들의 말 한 마디 행동거지 하나하나에 그것을 보고 자신의 것으로 삼는 학생들이 있는 까닭이다. 가장 중요한 것은 학생들에게 어떤 이념을 강요해서는 안 된다는 것이다. 그것은 삐뚤어진 경향의 일환이다. 제대로 된 교사의식을 가진 교사라면 한쪽만의 이념 경향을 일방적으로 주입하거나 세뇌시켜서는 절대 안 된다. 양쪽의 이념을 객관적으로 가르치고, 그것의 선택은 학생들 개개인에게 맡겨야 한다. 교사가 개인의 권리와 자유를 침해하는 권리를 지닐 수 있는가. 누가 그에게 그런 권리를 부여했단 말인가. 중용의 미덕을 지켜야 하는 교사의 자리, 그 자리를 지키려 드는 교사가 얼마나 될까. 교직은 흔히 전문직이라고 일컬어지는데, 그것을 받아들이기가 여간 어렵지 않다. 교사는 오지선다형 점수 따기나 가르치고 있는 지금의 교육 현실에 대해 '나는 생각한다'는 선언대로 회의감을 느껴보기나 할까. 그런 생각 끝에서야 비로소 '나는 존재한다'고 당당히 존재감을 드러낼 수 있는 것인데, 그것의 일차적 원인인 교육 체계가 그들을 존재감이 없는 존재로 떨어뜨렸다. 장인 의식이 실종된 교직 사회이다.

일일이 찾아 경험해 볼 수 없기에 몰라서 그렇지, 주변 곳곳에 이전의 '방망이 깎던 노인'이 아니라 자신의 일에 몰입해서 방망이를 깎는 사람들이 많다. 여기서 '노인'은 장인의 상징적 존재이지 반드시 노인이라는 연령층을 말하는 것은 아니다. 나이나 성별을 떠나 어떤 일이든, 자신이 하는 그 일의 완성도에 몰입하는 사람이면 '장인'이고, 열정적으로 몰입에 임하고 자신에게 엄격한 태도가 곧 '장인 정신'인 것이다. 아파트 단지에서 청소하는 아주머니가 있다. 각 동 별로 한 명씩 정해져 있어 맡은 동의 청소를 책임지고 하는데, 늘 볼 때마다 쉬고 있는 모습은 없고, 오로지 자기가 맡은 일에 열중하는 모습이었다. 이전에는 지나가면 청소하는 일 그것만 보고 지나치는데, 지금은 아주머니의 얼굴을 보고, 너무 힘에 부치게 하기보다는 좀 쉬면서 하시라고 권하는 인사까지 하고 지나간다. 참기름이 떨어지면 언제든지 준비가 되어 음식 조리에 쓸 수 있게끔 맛깔나는 참기름을 공급해 주는, 아파트 앞 방앗간 아주머니도 그렇고, 가장 뛰어난 장인은 역시 어머니이고 아내이다. 자식을 태어나게끔 열 달 동안 임신하고 출산하고 난 뒤 육아부터 성장할 때까지 쏟는 그 정성과 열정은 어떻게 설명해야 할까. 그런 면에서 보면 이 세상의 모성이 장인 정신의 으뜸 대표인 셈이다.

나아가 우리가 살아가는 삶에 대한 의식도 뚜렷해야 한다. 우리의 삶 자체가 어떻게 보면 태어나면서 받은 직업이 아닐 것인가. 직업이 생계를 유지하기 위하여 특정 분야에 종사하는 일로만 규정할 이유가 있는가. 범위를 좀더 넓히면, 직업은 사람이 평생 값지게 시간을 투자하여 얻을 수 있는, 가치 있는 삶의 행위가 될 것이다. 그 삶의 최종적인 평가인은 응당 자신일 것이다. 자신의 열정적인 삶에 대해 자긍심과 자부심을 가질 수 있도록 자신의 삶을 일구어 나가야 할 것이다.

태어나면서 하늘로부터 장인의 피를 받고 태어나는 이가 있을까. 장인 정신은, 유홍준의 말처럼, 노력으로 이루어지는 것이다. 노력 이전에 그러한 정신 자세, 내가 하는 일에는 조금이나마 부끄럼이 없도록 그 모든 원인과 책임은 자신에게 있다는 것, 자신의 뜻이 올곧고 탈이 없게끔 일처리를 하겠다는, 그런 옹골찬 다짐이 요청되는 것이다. 허술하게 해서 남에게 피해를 주고 손가락질 받는 일이 없도록, 또한 자신의 허술한 일 처리로 인해 비인격적인 대우를 받지 않도록 자신의 인격을 지키기 위해서도 '장인 정신'에 무게를 두어야 하는 것이다.

'방망이 깎던 노인'은 다른 누구보다도 자신에게서 찾아야 할 인물형이고 장인 정신이다. 남의 삶에서보다는 우선은 자신이 그렇게 살아야 한다는 것이다. 남에게 과연 나는 '방망이 깎는 노인'으로 비칠까. 아니, 남에게 어떻게 보이기보다는 우선 나 자신에게 부끄럼이 없는 떳떳한 인물이 되어야 한다는 생각이 들면서 '방망이 깎던 노인'을 찾던 시선의 방향을 이젠 나 자신에게로 돌려야겠다. 그런데 시선을 돌려보니 눈에 들어오는 것은 부끄러움뿐이다. 부모의 자식으로서의 나, 자식의 아버지로서의 나, 지인들의 지인으로서의 나, 글 쓰는 이로서의 나, 인류 세상의 한 시기를 살다가는 한 인간으로서의 나, 등등에 대해 생각하니 한없이 부끄러움만 남는다. 그리고 보니 난 부끄러움만큼은 누구보다도 완벽하게 깎아온 인간인 모양이다. 혹 부끄러움도 남에게는, 역설적인 각도에서 훌륭한 가르침이 되기도 한다니, 타산지석(他山之石)의 위안으로 삼고 가야겠다.

이제 소박하게 벼리고 다지자. 앞으로 살 날 동안 더 이상의 부끄러움은 남기지 않는다는 약속의 뜻으로, 그 약속의 실천이 내가 가야 할 '방망이 깎는 노인'의 외길임을 제대로 인식하고 걸어가도록 하자.

사피엔스의 미풍 약속
― 포스트모던한 혼인을 기리며

호모사피엔스에게 있어 가장 아름다운 약속은 무엇일까. 음양의 조화와 결합 곧 둘이 하나 되어 어둡고 험한 세계를 함께 걸어가자는 약속의, 이른바 혼인이 아닐까. 비교신화학자인 조셉 캠벨은 이렇게 말한다. "혼인은 분리되어 있던 한 쌍의 재회입니다. 혼인으로 재회하는 둘은 원래 하나였어요. 그러니까 혼인이 무엇이냐 하면 이 둘 사이의 영적 동일성을 인식하는 일입니다." 다시 말하면 결혼은 원래 하나였던 것이 지어내는 둘의 관계, 둘이 하나의 육(肉)을 이루는 관계인 것이다. 그 둘은 영원한 하나이다. 둘이면서 영적 동일성의 하나인 관계를 확인하는 의식이 곧 혼인 의례인 것이다.

婚은 세 개의 한자로 이루어진 복합적인 회의 문자에다 형성 문자이다. 婚은 女와 昏의 합침 글자인데, '昏時行禮 , 故謂之婚也'(『白虎通義』) 곧 여자 집에서 저녁(昏)에 일(초례)을 치른다는 뜻이다. 참고로, 昏은 氏와 日의 합침 글자로서, 氏는 나무뿌리의 상형자이고, 日

은 해를 상형한 글자이니, 나무뿌리 쪽으로 해가 기울어 숨는다는 뜻으로, 곧 저녁 무렵을 뜻하는 것이다. 그런데 이 婚은 상징적인 문화 의식에다가 상징적인 삶의 내면을 그려내고 있다.

저녁에 혼사를 치르는 까닭은 사돈 간의 집 거리가 서로 멀리 떨어진 곳에 위치해 있다는 반증이다. 이전에는 한 동네에서 혼사가 이루어지는 경우는 극히 드물었다. 신부의 집이 20~30km 떨어져 있다고 가정해 보자. 신랑이 아무리 일찍 출발한다 해도 오후 1~2시쯤 되어야 신부 마을에 도착할 수 있다. 신부 마을에 도착했다고 곧바로 식을 올릴 수는 없다. 먼 길 왔으니 잠시 요기도 하고 휴식도 취하고, 사모관대를 갖추려면 적어도 1~2시간은 족히 걸린다. 사정이 이렇다 보니 지금처럼 대낮에 혼례를 올리고 싶어도 할 수가 없었다. 그래서 자연스럽게 신시(申時 오후 3~5시)나 유시(酉時 오후 5~7시)에 치르게 된 것이다.

참고로, 그래서 婚은 처갓집을 말하고, 姻은 사위집을 말하는데, 婚은 위에서처럼 신시(申時 오후 3~5시)에서 유시(酉時 오후 5~7시)의 저녁이나 밤쯤 되어야 가능한 곳이라는 뜻에서 처갓집이 되고, 여자는 그 남자로 인하여 시집을 가기에 사위집을 姻이라고 하는 것이다. 그래서도 '結婚'은 '남자가 장가 든다'는 의미이므로 축의 봉투에 '축결혼' '축화혼'이라고 적는 것은 신중할 필요가 있다. 지인의 딸이 혼인하는 경우, '婚'이라는 기표가 맞지 않는 까닭이다. 남자는 장가 들고 여자는 시집가는 것이기에 장가와 시집의, 두 의미가 동시에 들어 있는 '婚姻'으로 쓰는 것이 맞다.

신시는 정오 곧 오시(午時)에 극대화된 양의 기운이 점점 미약해지기 시작하면서 동시에 음기가 점점 성장하는 때로, 만물이 타고난 성질을 부여받는 시기이자 그 형체를 완성하는 시간이기도 하다. 가령, 물고추나물은 하루 종일 꽃봉오리만 맺은 상태로 있다가 신시가 되어야 꽃이 핀다고 한다. 신시를 지나 유시가 되면 음양이 서로 같아져 조화를 이룬다. 따라서 음양이 조화를 이루는 저녁 무렵에 혼인을 치르는 것이 가장 이상적이라 할 수 있다.

이 혼(婚)에는 숭고성의 세계를 지향하는 의식이 담겨 있다. 인간 삶의 순수 세계를 표상하려는 노력은 혼(婚)에 담긴 혼인의 의미 분석과 맥락이 닿는다. 그래서 혼인의 혼(婚)에는 몇 가지 상징적인 삶의 자세가 발견되거나 부여된다. 그러니까 혼인 이후 인연을 맺어 함께 살게 된 두 사람의 본격적인 일상의 삶이 혼(婚)에 담겨 있다. 한 가정을 책임진 가장으로서의 책무를 말하는 것인데, 그것은 가장 먼저 가족에 대한 가장의 역할이다. 혼(婚)을 보면 아침에 일터(직장)로 출근해서 자신의 맡은 역할을 충실히 행하고 저녁 무렵에 퇴근해서 집으로 돌아온다는 가장의 하루 행보가 담겨 있다. 나아가 세계의 중심이라는 인식의 주체로서의 가장은 적극적이고 활기찬 삶을 통해 가족의 삶을 지켜 나름 자기 세계의 주체로 살아가는데 든든히 뒤받치는 최선의 역할을 다하리라는 약속이 담겨 있다. 그 약속의 끝은 행복으로 가는 길이다. 그것은 책임과 의무로 삼아야 한다. 그것을 저버리거나 도외시하는 일은 크나큰 죄악이다. 혼(婚)에는 그런 윤리와 도덕의식이 촘촘히 엮이고 쟁여져 있다. 개인에 따라서는 부담스럽기도 하겠지만 아름다운 의무 사항이다.

그리고 혼(婚)에는 저녁 무렵(昏)의 시간대 곧 나이가 황혼에 접어들었다는 뜻의 혼(昏)이 배어 있으니, 같이 나이 들어 황혼을 맞이한다는 진중한 뜻이 담겨 있다. 부부는 검은 머리 파뿌리 될 때까지 서로 지켜야 할 의리와 믿음, 사랑으로 충전된 시간을 공유해야 한다는 뜻이다. 친영례(親迎禮 신랑이 장인 집에 가서 신부를 대동해 와 본가에서 혼례를 올리는 방식)든 반친영례(半親迎禮 신부집에서 혼례를 치르고 여기서 잠시 머물다가 시댁으로 가는 방식)든 간에 사내가 처가에 가서 신부를 데려오는 이유이다. 이혼 같은 불행 없이 검은 머리 파뿌리 될 때까지 같이 간다. 따라서 엄밀한 의미로 두 번 혼인하는 것은 혼인에서 허용되어 있지 않다. 전통 혼례 가운데 전안지례(奠雁之禮)가 있다. 신랑이 신부의 혼주에게 기러기를 전하는 의례로서, 기러기는 동행 곧 평생 함께 길을 가는 배우자를 상징한다. 삶은 고되고 힘든, 길고 오랜 여정일 것인데, 그래서 둘이 짝이 되어 그 길을 서로 겯고 감싸며 다독이고 부추기며 걸어가는 것이다. 아름답지 않은가. 기러기는 암수가 정답게 살다가 홀로 되면 평생 재혼을 하지 않고 새끼들을 극진히 키우는 것으로 알려져 있다. 기러기는 금슬의 상징이다. 거듭 거론이 되는데, 한 번 맺어진 기러기 한 쌍은 서로 헤어지지 않고 함께 살며, 무슨 일이 있더라도 결코 다른 새와 다시 만나지 않는다고 한다. 그래서 기러기는 검은 머리 파뿌리 되도록 생의 벼랑까지 같이 간다는, 백년해로의 약속인 것이다.

결국 혼인은 여기에 중점이 있는 것이 아닌가 생각된다. 사람이 평생을 살다보면 좋은 일 궂은 일을 겪게 마련이다. 그런데 좋은 일과 궂은 일에서 어떤 일이 많이 일어날까. 사람마다 각자 다르겠지만 일반적으로는 궂은 일이 많다고 한다. 그런데 좋은 일보다는 궂은 일 견디기가 더 힘들고 버거운 법이다. 그래서도 혼인은 필요한 것이다. 혼자서는 감당하기 어려운 힘들고 궂은 일이 일어났을 때 그 힘듦을 같이 감당, 헤쳐나갈 수 있는 가족이 필요한 것이다. 그러면서 나이가 들고 몸과 마음이 약해지고 할 때 서로 곁고 어깨를 감싸고 가는 것이다. 곧 짝지를 맞아 외롭고 힘든 인생을 살아가면서 황혼을 맞는 것이다.

혼(婚)의 전통 의식을 하나의 길로 삼는다면, 初行과 醮行을 따랐으면 좋겠다. 初行은 초례를 치르러 처음으로 가는 길을, 醮行은 醮禮를 치르기 위해 처가로 가는 것인데, 어쩌면 일생일대 처음이자 마지막으로 치르게 되는 혼인은 그래서도 初行과 醮行의 그 길을 줄곧 지켰으면 한다. 구식의 표현으로 '미운 정 고운 정' 운운하면 개인에 따라 거부감이 드는 경우도 있겠지만 정이라는 말이 환기하는 혹은 유추되는, 서로 밀고 당기고 또 어긋났다가 품고 하는 그런 과정을 거쳐야만 진정한 하나의 관계로 들어서는 게 아닌가 하는 생각이 드는 것이다.

그런데 혼인 풍속도 포스트모던 시대의 한 흐름일까. 해체가 핵심인 '포스트모던'은 기존의 세계 질서 또는 형식을 해체하여 새로운 질서를 구축하려는 시도이다. 포스트모던한 혼인은 기존의 혼인 질서를 탈피, 해체하여 새로운 형식을 지향하려는 개방성을 지향한다. 분명히 말하지만 '포스트모던'은 기존 질서의 파괴가 아니다. 파괴는 기존의, 진리의 세계를 무화시킨다. 해체는 파괴가 아니라 기존의 세계에 대한 허위나 모순을 밝히고 시정함으로써 새로운 진리의 세계를 추구하려는 것이다. 따라서 포스트모던의 해체 개념은 진부하고 낡은 개념의 혼인을 떨치고 새로운 프레임의 혼인을 모색, 추구한다는 것이다.

그런데 해체에 따른 포스트모던 현대 혼인식을 보면 아쉽게 생각되는 혼례 절차가 있다. 전통 혼례를 전제로, 비교해서 그렇다. 가령, 포스트모던 기법 가운데, 중심과 주변 혹은 혼성모방이라는 기법이 있다. 이 기법은 여러 작품 채널에서 부분적인 모티브들을 인용, 조합해 마치 하나의 독창적인 작품과 같이 만드는 방법인데, 한국의 현대식 혼인이 그렇다. 도대체 어떻게 저런 혼인 문화가 생겨난 것인지 감을 잡을 수가 없다. 그런 만큼 국적불명이다. 전통 혼례 가운에 계승되어 중요한 의식으로 치러졌으면 하는 절차가 있는 반면에 도대체 저 의식은 무엇 때문인가, 하는 회의가 강하게 드는 절차도 있다.

전통 혼례의 핵심 절차는 전안례(奠雁禮)와 교배례(交拜禮 맞절)와 근배례(졸拜禮 혹은 습졸禮)이다. 지금의 혼례식은 크게 뚜렷한 절차가 없다. 신랑 신부 맞절과 서약, 성혼 선언문 낭독, 주례사 등이다. 현 혼례에서 빠진 절차는 전안례와 합근례이고, 새로 든 절차는 서약과 선언문 낭독, 그리고 주례사이다. 전안례는 신랑이 금슬의 상징인 기러기를 신부집에 바치는 중요한 의식이다. 한번 짝을 지으면 평생 다른 새와 짝짓기를 하지 않고 오직 처음 짝지은 새와 사는 기러기를 예로 올리는 것은 일편단심 신의와 정조(貞操)를 지키고 백년해로를 맹세하면서 수복(壽福)과 후손의 번영을 비는 의미이다. 그리고 근배례는 표주박 잔에 술을 따라 신부의 입에 댔다가 신랑에게 주어 마시게 하는 의식이다. 그 답례도 행해진다. 마지막 세 번째 잔은 서로 교환해서 마시게 하는, 이른바 합환주를 했다. 이는 신랑과 신부가 청실과 홍실로 묶은 표주박에 담긴 술을 교환해 마심으로써 하나가 되는 의식이었다.

새로 유입된 프레임은 전통 혼례에서는 없었던 주례의 역할이다. 주례의 등장으로 인해 혼례는 혁신적으로 바뀌게 되었다. 주례는 이른바 서양의 기독교식 혼례에서 중요한 키워드일 수도 있는, 한 마디로 신의 뜻이 담긴 혼인을 대신 인정하는 역할인 것이다. 그런 역할, 곧 신을 대신할 사제인 목사나 신부 대신에 주례가 사회자의 도움으로 진행하는 소위 서양식 결혼식이 등장했고 혼례의 장소 역시 신부집 마당에서 교회나 전문 예식장으로 바뀌게 된 것이다. 알다시피 전통 혼례에는 주례가 없었다.

그런데 그런 변화의 소용돌이 속에서 혼인의 본질은 많이 훼손되고 말았다. 포스트모던의 특징 가운데 하나인 기표와 기의의 관계 소멸이 나타난 것이다. 그러니까 기표가 기의의 유기적인 관계를 제대로 드러내야 하는데, 기표 따로, 기의 따로, 아니 기표만이 노는 황당한 세계가 나타난 대신, 기의의 본질은 실종되고 만 것이다. 이른바 헛것의 세계인데, 지금의 혼인은 혼인의 본질에서 엄청 이탈해 있다. 그냥 껍데기에만 치중하고 본질은 저리가라인 것이다. 이런 난처한 포스트모던 현상이 우리 혼인의 현주소이다.

그러니까 포스트모던한 혼인의 두드러진 현상은 한국의 고유한 작은 혼인에서 대거 이탈, 혼인 풍속도가 방만해졌다는 것이다. 과거 혼인은 신랑 쪽은 상객과 신랑의 지인인 함진아비 혹은 中房(기럭아비), 그리고 후객 2~3명 정도 해서 모두 10명 안쪽이었다. 신부 쪽은 혼례를 치러야 하는 까닭에 친족들과 이웃 참석자가 아무래도 신랑 쪽보다는 많을 것이다. 그렇다고 해도 지금 혼인식장에, 아니 청첩장을 띄워 날리는 엄청난 초청자에 비하면 극히 작은 혼례에 불과하다. 어쨌든 지금의 혼례 초청 대상 범위는 실로 엄청나다. 자주 폰이 울린다. '카톡 카톡' 또는 문자 수신음이 들린다. 열어보면 청첩장이 나온다. 요즘 청첩장은 모바일 청첩장이 대세다. 그런데 어떤 혼주를 보면 한참 골똘히 생각해야 기억이 나기도 한다. 기억이 바로 나지 않을 정도의 나한테까지 청첩장을 날릴 정도이면 얼마나 많은 '카톡 카톡'을 날려야 할까. 축의금도 그렇다. 참석이 안 될 경우를 가정해서 아예 통장 계좌 번호를 명기한다. 이렇게까지 해야 할까, 싶지만 어쩌면 그렇게 하는 게 마음 편하기도 하다. 식장에 가기에는 멀고 남에게 부치기도 애매한 경우에 얼마나 편한가. 편안하다는 생각이 드는 순간, 씁쓸한 생각이 든다. 어쩌다 한국의 혼인 문화가 이렇게 되었을까. 혼인의 본질에서 너무 벗어난 껍데기 의식 그 자체이다. 지금의 혼인 풍속도는 빛 좋은 개살구이다. 금옥패서(金玉敗絮), 양질호피(羊質虎皮) 같은, 겉과 속이 서로 뒤틀리는 말이 소환될 정도로 허례허식이 심하다. 기표만 남고 기의는 실종 단계에 와 있는 셈이다.

그런데 오래전, TV에서 우연히 한 영화배우 부부가 한 들판에서 소박한 혼인식을 올리는, 인상적인 낯선 장면을 목격한 적이 있다. 2015년 5월 30일 강원도 정선 계곡 인근의 한 들판에서 혼인식을 치르는 것이다. 그 두 인물은 원빈과 이나영이었다. 참석자는 극소수의 인물들, 양가 부모와 지인들 몇뿐이었다. 주변의 연예인 동료들도 알아챌 수 없었던 극비 혼인식이었다. 대체로 연예인들의 혼사는 겉으로 올인하는 연예인의 이미지에 걸맞게 사람들이 부글부글 들끓는다. 그런데 혼인자 두 사람은 가족과 소수의 지인만 참석한 가운데 조촐하게 식을 치렀다. 들판 가까이 위치한 민박집에서 예식을 준비한 두 사람은 밀밭 사이로 난 길을 천천히 걷고 있었다. 두 사람이 앞으로 걸어야 할, 인생이라는 길을 벗이 되어 걷고 있는 의미 있는, 신선한 장면이었다.

그런 신선한 혼사를 주변에서 또 접한 적이 있다. 혼주인 그는 남의 경조사에 빠진 일이 거의 없다고 한다. 그래서 그를 잘 아는 지인이면 누구든 그가 경조사의 당사자가 되면 부조가 장난이 아니겠다고 말하곤 했다. 그런 그에게 경사가 생겼다. 아들이 혼사를 치르게 된 것이다. 그런데 혼사 장소가 대절 버스를 타고 가야 하는 먼 타지역이었다. 도대체 대형 버스를 몇 대나 대절해야 그 축하객을 다 이동시킬 수 있을까, 라고 생각했다. 그런데 달랑 한 대, 그것도 자신의 친인척을 비롯한 스무 명 남짓한 하객이 전부였다. 신선한 충격이었다. 그것도 다른 지역에서 혼인을 하게 되면 으레 여는 피로연조차 생략한 것이다. 피로연 자리를 열었다면 그 자리에서, 며칠 미뤄진 축의금을 몽땅 수거할 수 있을 터인데. 그렇다고 폰으로 혼인 청첩장을 발송한 것도 아니었다. 그러니 통장 계좌 이체는 전면 차단된 것이다. 그의 직업은 가구상이었다. 어쩌면 누구보다 혼인의 생태를 잘 알고 있는 그일 수도 있지 않은가. 참신하게 드문, 진정한 포스트모던 혼사의 발견이었다.

가족과 친구만 참석하는 작은 혼인 문화가 정착되었으면 좋으련만. 청첩장 남발, 요즘은 우편으로 띄우는 청첩장보다 폰으로 날리는 전자 모바일 청첩장이 대세이다. 그래서 모바일 청첩장은 우편 청첩장보다 쉽게 보낼 수 있는 효력이 월등하기에 더욱 남발되고 있는 현실이다. 한 마디로 허례허식으로 단정할 수 있는 혼인의 흐름이다. 허례허식에서 생겨난 과도한 결혼 비용과 혼수로 인해 양극화로 치닫고 있는 오늘날의 혼인 문화는 천박한 자본주의의 흐름과 맥을 같이 하고 있다. 국적 불명의 혼인 형태, 과도한 예물, 예단의 불합리성, 청첩장 남발로 인한 뇌물성 징수, 가계 부담, 과다 혼수로 인한 경제적 부담 등으로 인해 성스럽고 축복받아야 할 혼사가 매우 곤혹스러운 통과 의례가 되는 일이 허다하다.

그래서 진정한 혼사는 소수이지만 진심으로 축하의 마음을 가진 이에게만 초청해서 그들의 진심어린 축의를 받을 때 이루어진다. 이른바 포스트모던한 작은 혼인식이다. 친척도 의례적인 성받이라면 굳이 알릴 이유가 없다고 본다. 또 장소도 그렇다. 반드시 현대식 건물의 예식장에서 거행할 필요가 있을까. 이전 전통 혼례처럼 집에서, 아니면 양가 하객 사오십 명 정도 수용할 수 있는 바깥 공간이나 안 공간이라면 좋지 않을까 싶다. 물론 혼인 당사자가 좋아할지는 의문이지만. 미국이나 유럽의 혼인 문화가 부럽다. 작은 혼례 문화가 생활화되어 있는 그곳은 그냥 집 마당이나 교회에서 가까운 친지들이나 지인들만이 참석해서 진정한 축하의 뜻을 전하는 뜻깊은 자리를 마련한다. 부럽다. 미국은 보통 혼인식을 할 때 신랑 신부와 그의 가족들이 대접하는 편이라 정말 부를 사람만 부른다고 한다. 본인 잔치는 본인이 대접하는 자리로 생각해서라고 한다. 일본의 혼인식은 양가 직계가족과 친한 친구 몇 명만이 참석하는 조촐한 축하의 자리이다. 참석자는 양가 부모 형제를 포함하여 가까운 친척들과 신랑신부의 지인들을 포함해서 30명 전후이며, 많아야 50명 내외라고 한다. 하마면 중세 일본의 수필 〈枕草子〉에 "무엇이든 작은 것은 모두 다 아름답다"는 잠언까지 남겼을까. 혼인을 진정으로 축하해 줄 수 있고, 그럴 의무가 되어 있는 사람들을 초청하는 문화가 정착되어야 하는데, 한국은 겉치레에 빠져 너무 엇나가고 있다.

그리고 어긋난 혼인 풍속은 사람과 사람이 함께 감이 아니라 돈에 무게를 두는 것이다. 흔히 사자 돌림 직업을 가진 인물들의 혼인 시 혼수를 엄청 요구하는 풍조가 있다. 의사 결혼시 열쇠 3개 이상을 요구한다느니 하는, 하마면 이런 잘못된 혼수 풍토에 대해, 아니, 이런 현상에 대해 미국의 월스트리트저널(WSJ)은 큰 비용이 드는 호화로운 호텔 프러포즈가 결혼을 앞둔 커플들에게 압력을 가하는 혼인 문화라고 지적하곤 한국의 혼인율 하락의 원인으로 짚기도 했다. 실제로 최근 한국의 혼인율은 엄청 줄어들고 있으며, 결혼이 불필요하다고 응답하는 젊은이가 이미 50%를 훌쩍 넘어섰다고 한다. 통계청에 따르면 1996년에 40만 건대(43만 5000건)를 유지하던 혼인 건수가 기록 수준으로 뚝뚝 떨어져 내리다가 2021, 2022년 연속으로 10만 건대(19만건)로 뚝 떨어졌다. 잘못된 혼인 문화가 천박한 자본주의의 흐름과 맥을 같이 한다는 언급을 잠시 앞에서 했지만, 그것이 곧 혼인율 저하로 떨어지는 것은 동궤이다. 혼인율 저하의 원인을 짚을 수 있는 댓글이 하나 발견된다. 가령, "요즘 집값 때문인지 최근 결혼한 주변 3커플 보니, 가령 남자가 3억쯤 내면 여자가 2억쯤 내던데요." 주변에서 댓글의 상황과 겹치는 일을 귀소문으로 접한 적이 있다. 지인의 여식이 거의 혼인 단계에 들어갔는데, 심지어는 예식장 예약까지도 끝난 마당인데, 신랑 쪽에서 집 사는 데 돈을 보태라는 요구가 들어왔던 모양이다. 결국 이 혼사는 깨지고 말았다. 안타까운 일이다. 돈 때문에 사람의 평생 인연이 깨진 것이다. 사람과 사람과의 만남이 인연이라는 것도 시대에 따라 변해야 할 것 같다. 그 인연은 결국 돈에 달려 있다는 사실이다. 이러한 물질 위주의 세태 풍조에 음양의 원리도 더 이상 혼인의 논리로는 힘을 잃고 있다.

그리고 기표의 포스트모던한 혼인은 외모지상주의로 흘러가고 있다. 외모가 빠지면 결혼 상대로서는 제외되고 만다. 결혼하고 싶어도 외모를 중시하는 사회이기에 결혼율이 떨어질 수밖에 없다. 여자들은 열이면 아홉은 키 크고 잘 생긴 남자를 찾는다. 남자 역시 그렇다. 이해는 하지만 인간의 삶 전체가 키와 외모에 의해 움직이고 성패가 갈라지는 것일까. 그렇다면 현대 정치꾼들은 제외하고 위대한 철학자나 사상가, 문학예술가들은 하나같이 혼자 살아야 할 팔자이다. 한표 한 표가 목숨보다 중한 정치꾼들 외 그들은 외모에 가치를 두는 존재들이 아니지 않은가. 그들의 철학과 사상, 문학예술의 창작물이 그 주체의 외형적인 조건에 따라 우열이 갈라지고 성패가 좌우되는 것인가. 조셉 캠벨은 또 말한다. "진정한 혼인은 상대에게서 동일성을 인식한 데서 시작되는 혼인입니다. 이런 혼인에서 육체적인 하나 되기는 그 정신적 하나 되기를 확증하는 순서에 지나지 않는 것이지요. 거꾸로 된 사랑, 즉 육체적 관심에서 시작되어 정신화하는 것은 진짜 사랑이 아닌 것이지요. 따라서 진정한 혼인은 사랑, 즉 아모르의 영적인 충돌에서부터 시작되는 겁니다." 그의 말에 따른다면 지금의 혼인의 중요 요건인 외모 곧 육체적인 관심은 말짱 흰수작에 불과한 것이다. 하긴 그러니까 혼인한 뒤 얼마 지나지 않아서 이혼이 빈발하는 데 대한 설득력 있는 이유를 제공하는 것이다. 캠벨의 이야기가 요즘 세대에 먹혀들지는 의문이고, 다만 진지한 참고 말씀으로 귀담아 두어야 할 이야기다.

'보기 좋은 떡이 먹기도 좋다'는 속담이 있는데, 겉멋의 치중에 그 뜻이 있는 것은 물론 아니다. 내면의 가치는 외면에도 투영되는 법, 단정하고 깔끔한 맵시가 그 사람의 인격을 그대로 드러내는 법, 그래서 외양을 고상하게 하라는 그런 뜻이다. 그렇지만 겉멋의 치중으로 왜곡될 소지가 많다. 또한 '먹기도 좋다'는 대목이 잘못 해석될 여지를 남긴다. 먹기 좋다는 것이지, 맛이 뛰어나고 영양분이 풍부해서 건강에 좋다는 단정은 아닌 것이다. 겉과 속의 조화와 균형을 드러낸 표현인데, 오해와 왜곡의 우려가 있다. 우려대로 이 속담은 실제로 지금 한국인의 겉 치중 의식을 그대로 반영하고 있는 속담으로 변질되어, 겉멋이라면 사족을 못 쓰고 빠져드는 한국인의 속성을 드러내고 있다. 음식의 본질은 '맛'에 있지, 보기 좋은 겉에 있지는 않은데, 물론 전혀 겉을 무시할 수는 없지만 겉에 치중하는 의식이 안타깝기만 하다. 겉 치중 의식은 요즘 혼인 문화에도 그대로 혼입되고 있다. 만약 내가 지금의, 그릇된 포스트모던의 혼인 적령기에 들었다면 혼인보다는 혼자 살 가능성이 훨씬 높다. 외양이 영 별로인 것이다. 특히 키가 난쟁이 수준이다. 그런데도 당시 결혼을 했다. 지금의 혼인 잣대로 보면 이성적인 머리로는 놀라운 기적이다. 처는 나보다 키가 몇 센티 큰 편이다. 내 눈을 보았다고 한다. 눈을 보니 현재에 안주할, 안이한 타입으로 보이지 않았다는 것이다. 좀 막연하고 추상적이다. 그때 눈에 콩깍지가 씌었던 모양이다. 요즘 혼인 적령기에 든 청춘들이 이 말을 들으면 얼마나 웃을까. 지금 세대는 속은 텅텅 비어도 겉만 훤칠하면 오케이 사인을 보내는데, 속이 꽉 들어차고 해도 키가 작거나 생긴 모습이 별로이면 차갑고 싸늘한 반응이 나타나는 풍속도이다. 그래서인지 한국의 성형외과가 가장 성행한다. 외국에까지 널리 알려진 현상이다. 그러나 역시 겉일 뿐 혼인을 한 뒤 자식을 낳으면 성형은 거짓이 되고 마는데. 평생을 외양만 보고 살 수 있을까. 살다 보면 얼굴을 보고 사는 것이 아니라 그 인간의 내면을 보고 사는 것일 터인데, 어쩌다가 한국인은 겉에 휘말린 사피엔스가 되고 만 것일까.

이래저래 한국의 혼인 풍속도는 많이 달라졌다. 혼인의 깊은 의미가 담긴 의식의, 작고 검소한 혼인은 크고 방만한 과시 위주의 혼인 풍속에 밀려 사라진 지 오래다. 전세계의 문화는 교류되는 게 자연스럽다. 다만 외래문화에 대한 무비판적 수용은 경계해야 마땅하다. 윤오영 수필가가 「마고자」에서, 춘추시대 제(齊)나라의 안영(晏嬰)이 남긴 의미심장한 귤화위지(橘化爲枳)를 들며 외래문화에 대한 올바른 수용 태도를 제시한 한 대목이 생각난다. "귤(橘)이 회수(淮水)를 건너면 탱자가 된다는 말이 있다. 예전엔 남의 문물이 해동(海東)에 들어오면 해동 문물로 변했다. 그러나 그것은 탱자가 아니라 진주(眞珠)였다. 그런데 근래에는 반드시 그렇지만은 않은 것 같다. 남의 것이 들어오면 탱자가 될 뿐 아니라, 내 귤(橘)까지 탱자가 되고 마는 것 같아 안타까울 때가 있다." 귤이 탱자가 된다는 말은 사람이 환경에 따라 선하게도 악하게도 됨을 일컫는 고사다. 그러나 사람에게만 한정되지 않는다. 문화도 그렇다. 윤오영 씨는 전통 의복인 한복의 차림새인 마고자를 들었다. 마고자의 뿌리는 중국의 마괘자였다고 한다. 지금의 우리 문화는 어떤가. 그래서 마지막 대목이 심히 마음에 걸린다. 언제부터 남의 것이라면 맹목적으로 받아들여 우리 것은 생각 없이 버리고 있는가. 남의 것도 받아들여 우리 것으로 멋지게 만드는, 포용과 창의의 문화 정신은 다 어디로 팽개치고 밀았는가.

우리의 혼인 문화가 던지는 전언인, 소박하고 작지만 작기에 더욱 알차고 아름답기만 한 참인간들의 아름다운 약속이 그립다. 그래서도 참신한 포스트모던 혼인 문화가 정착되었으면 한다. 진정한 사피엔스답게 진정 포스트모던한 혼인 문화의 정착이 간절히 그립다. 포스트모던의 시대는 해체의 시대로 정의되는 데, 진정한 포스트모던의 혼인 시대가 정착되기를 간절히 바랄 뿐이다. 기존의 고리타분한 형식의 시대를 과감히 타파하고 탈중심의 다원화된 문화의 시대, 개성적이고 자율적이며 다양성을 추구하는 미풍(美風)의, 미풍(微風)의 흐름이 포스트모던 혼인에 장착, 정착되기를 바란다. 생각과 지혜의 사피엔스이기에 가능한 일, 세간의 인식에 대해 과감한 뒤집기를 한 사피엔스의 아름다운 미풍(微風)의 약속이여, 아름답고(美) 작은(微), 두 미풍이기에, 그래서 제스처는 작고 미미하지만 깊고 끈질기고 오질 것, 그 미풍에 실려 자기만의 혹은 다양한 포스트모던 혼인 시대가 열리기를 바라는 마음을 담아, 아멘.

수블의 말
— 술 권하는 사회

    수블은 술이다. 송나라 손목이 저술한 〈鷄林類事〉에 술의 명칭이 보인다. 수블의 이두식 표기인 '蘇孛(酒)' 소발〉수블 곧 술이다. 술은 물 곧 수(水)와 블(火)의 수블이 수울로, 수울이 술로 변천되었다고 추정된다. 수블은 술의 원형을 그대로 시각적으로 보여주는 말인데, 술의 본래 뜻을 앞세우기 위해서도 술의 원형을 그대로 쓴 것이다. 술보다는 수블이라는 말에 담긴 진지하고 숭고한 뜻을 음미하고, 그 진정한 가치대로 살리려는 뜻에서이다. 수블은 물 속에 불이 있다는 의미인 것, 물과 불이란 상극의 물질이 만나 조화롭게 소통과 화합의 의미인 수블이 되었다는 것인데, 여기에 그리스의 신화적 존재인 프로메티우스가 인간에게 가져다준 불로 인해 활발하게 된 인간들의 정신적인 활동인 동경과 갈망이 더해진다면 수블은 더욱 강한 인간의 운명이라는 생각이 들기까지 한다.

    물과 불은 상극이지만 서로 조화와 균형을 이루는 존재이다. 둘 다 생명과 관련된 것, 물도 그렇고, 불도 그렇다. 몸에 물기가 말라 끊기고 피가 식으면 생명은 끝난다. 생명이 유지되려면 물도 불도 있어야 가능한 일, 물과 불이 섞인 수블을 마시면 처음에는 신비처럼 잠잠하다가도 뒤에는 후끈 달아올라 말이 많고 사자처럼 행동이 커진다. 꼭 불기운이 솟는 인상, 생기를 되찾는 기분이다. 기분이 좋아지고 힘이 솟는다. 죽은 듯이 가라앉아 있던 기분이 붕 떠오른다. 희망이 솟는다. 용기가 치솟는다. 오늘 구겨지고 짓눌린 자존심이 서서히 바로잡혀 힘차게 솟구칠 내일을 기약한다. 수블의 긍정적인 최대의 효력이다.

"양인 불은 위를 태우고, 음인 물은 아래를 적신다." (《書經》〈洪範〉) 물은 물체를 적시고 아래로 흘러가는 성질을 가지고 있고, 불은 물체를 태우고 위로 올라가는 성질이 있다. 만물 창조와 형성의 원리가 물과 불, 곧 음과 양의 이치인 것이다. 그래서 전통 혼례에서는 신부와 신랑이 교환하여 함께 마시는 합환주(合歡酒)라는 수블이 있는데, 백년가약을 다지는 뜻을 가지는 예절 의식이다. 불 역시 생명력과 복을 상징한다. 옛날에는 불씨를 절대로 꺼뜨리지 않도록 했다. 특히 아궁이의 불씨와 화로의 불씨를 지키는 일은 며느리의 중요한 역할이었다. 집안의 생명력인 가통(家統) 계승인 까닭이다. 바슐라르에 의하면 수블은 물과 불의 혼합이다. 수블은 상극적인 두 요소의 결합, 생명력을 상징한다. (이후부터는 수블과 술을 섞어 쓰기로 한다. 지금엔 술이지만 그래서 술을 쓰지만 술의 어원이 수블이라는 사실에서 술과 물, 음과 양의 조화와 균형, 화합의 생명성을 인식하게끔 하기 위해서이다.)

그래서 서양 수블의 상징인 '위스키'는 생명의 물이라는 어원을 가지고 있다고 한다. 과거에는 위스키를 의약품으로 취급했고, 지금도 위스키를 이용해 핫 토디(Hot Toddy)라는 차를 만들어 감기와 폐렴 예방을 위해 사용하고 있다. 러시아 술의 상징인 보드카(Vodka)도 생명의 물이라는 뜻으로, 약품 알코올을 가리키는 말이라고 한다. 한국의 대표적인 술인 증류수 소주도 약품의 일종이었다. 애주가인 소설가 황순원 선생은 어린 시절부터 소화 불량에 시달려 열 두살 때부터 소주를 마시기 시작했다고 한다. 선생은 건강한 소화력 회복을 위해 '생명의 물'인 수블 소주를 마신 것이다. 수블은 먼저 몸 건강의 측면에서의 '생명의 물'이기도 하지만 삶에 활력을 불어넣는다는 측면에서의, '생명을 살리는 물'이기도 한 것이다. 『술의 세계사』를 쓴 패트릭 맥거번은 말한다. "알코올이 건강에 미치는 영향은 분명하다. 고통을 줄이고 감염을 막고 질병을 치료한다. 알코올의 심리학적, 사회적 이점 역시 분명하다. 일상의 괴로움을 덜어주고 사회적 교류를 원활하게 하며 삶의 기쁨을 느끼게 한다."

문인들, 특히 시인과 술의 관계는, 그 연분은 엄청 오래되고 두텁다. 속된 표현으로 그들의 술은 장난이 아니다. 1981년 5월 어느 날, 한수산 필화 사건에 억울하게 연루되어 군 수사기관에 끌려가 가혹한 고문을 당하고 만신창이가 되어 풀려난 뒤 정신적 충격과 육체적 고통으로 하루하루를 고뇌로 살다 간 시인 박정만은 1985년 한 해 동안 무려 1,000여 병의 소주를 마셨다고 한다. 하루에 3병꼴을 마신 셈이다. 심지어 1987년 6월과 8월 사이에 500병 정도의 술을 마셨다고 한다. 그해 8월 20일 경부터 9월 10일까지 약 20일 동안 물경 300편의 시를 썼다는데, "술만 마셨다 하면 시가 마치 폭포처럼 쏟아져 나오더라"고 지인에게 토로하기도 했다. 일찍 세상을 뜬 시인 기형도 역시 그랬다. 한창 무더울 때 20여 일간 소주 100병 이상을 마시며 무려 300여 편의 시를 썼다고 한다. 술과 시는 무슨 연관이 있기에 이렇게 시가 술을 만나 쏟아져 나온 것일까. 그 이유에 대해서는 보들레르가 「고독자의 술」에서 은근슬쩍 귀띔을 한다.

> 모두가 너만 못하다, 오, 그윽한 술병이여
> 갈증 난 가슴 지닌 경건한 시인을 위해
> 내 넉넉한 뱃속에 간직하여 그 향기로운 술만은
> 너는 시인에게 부어준다. 희망과 젊음과 생명을
>
> — 그리고 긍지를,

술의 자리, 술의 위치를 부여하고 있다. 갈증 난 가슴의 경건한 시인을 위해 술은 희망과 젊음과 생명, 그리고 긍지를 부어준다고 한다. 시인의 갈증 난 가슴이 있기에 시인은 경건하다. 그 갈증의 원인은 무엇일까. 자신이 잘 먹고 잘 살기 위한 고민을 하던 차의 갈증일까. 경건과는 한참 거리가 먼, 세속적 욕망의 갈증일 뿐, 전혀 본색이 아니다. 희망과 젊음과 생명 그리고 긍지가 실마리이다. 물론 박정만 시인이 엄청 많은 술을 마신 이유가 시사되는 "겨우 술로써 생명을 지탱하고 있었다"의 극단적 발언과는 다르다. 박정만의 술은 안타깝지만 힘들고 고된 삶을 버티게 해주는 마지막 보루로서의 안간힘인 데 반해 보들레르의 술은 희망과 젊음과 긍지라는 정신적인 생명을 북돋우고 키우는 힘 곧 수블의 힘이다. 플라톤은 말한다. "와인이 야말로 그들이 짊어지고 있는 인생의 무거운 짐을 가볍게 하고, 괴로운 마음을 치유하며 젊음을 되찾아주어 절망적인 생각을 잊어버리게 만들어준다." 인간이 살면서 맞닥뜨리게 되는 무겁고 우울한 세상사에 대해 수블에 대한 긍정적인 인식의 프레임이다.

그런데 복선이 깔려 있다. 수블의 좋은 면 뒤에 숨어 있는 수블의 야성이다. 이 두 가지 성향은 물과 불의 원모습이다. 야성은 물과 불의 본성이다. 물의 야성은 어떤가. 엄청나게 퍼붓는 폭우를 생각해보라. 산사태를 불러일으키는 태풍과 함께 퍼붓는 폭우. 바다의 파도 쓰나미 현상은 또 어떤가. 불은 어떤가. 화산 폭발과 산불을 보라. 불은 폭력적인 불이다. 전쟁에서의 불과 같다. 파괴, 폭력, 약탈과 방화, 그래서 불은 악을 상징한다. 그것을 어떻게 할지는 전적으로 수블을 마시는 주체에 달려 있는 것이다. 술이 사람의 진정한 모습을 드러낸다고 하지 않은가. 평소 선하고 매너 있는 참한 사람도 술이 들어가기만 하면 폭언, 폭행 등 난동 주사를 부리는 끔찍한 사람으로 둔갑하기도 한다. 술은 한편으로는 일상의 피로와 괴로움을 덜어주고 사회적 교류를 원만하게 만들기도 하지만, 다른 한편으로는 막대한 재산상의 피해는 물론 가정을 파괴하는 온갖 타락과 폭력으로 이끌기도 한다. 그래서 윌리엄 셰익스피어가 "오, 신이시여. 인간들은 자신의 정신을 빼앗아 가려는 적들을 입 안에 부어 넣고 있나이다."고 말했던 것일까. 미 고위 해군인 크리스토퍼 왓슨 그레이디가 지적한 술의 폐해에 대해 전적으로 공감한다.

술은 평화와 질서의 적이요, 부인의 공포요, 귀여운 어린이 얼굴의 구름이요, 언제나 무덤을 파는 자요, 어머니의 머리를 세게 하는 자요, 슬픔으로 무덤에 가게 하는 자이다. 그리고 아내의 사랑을 실망케 하고, 어린이들에게서 웃음을 빼앗으며, 가정에서 음악을 없애 버린다. 가정을 슬픔으로 차게 만드는 것, 그것이 술이다.

동의한다. 첫 마디부터 그렇다. 술은 평화와 질서의 적이다. 가정을 공포로, 구름으로, 무덤으로 만들고, 가정에서 사랑과 웃음과 음악을 빼앗으며, 슬픔으로 가득 차게 만든다. 나도 술을 좋아하긴 하지만 그레이디가 발한 대로 술을 저렇게 추악한 마성으로 마시는 취한들 때문에 술을 별로 좋아하지 않는다. 어불성설의, 이런 모순이라니. 술에 대한, 좋지 않은 기억 때문이다. 집안이 내림으로 술 핏줄을 이어받은 것인데, 술만 마셨다 하면 주사를 부려대는 방계 친족들로 인해 그런 광란이 벌어지기만 하면 '나는 커서 절대로 술 안 마실 것'이라고 단단히 벼르고 다지고 했다. 그러나 사회에 진출하고 나니 사회적 교류나 타인과의 교유를 위해서도 술은 필수적이었고, 또 혈통이 술 먹는 유전이다 보니 저절로 술이 넘어갔다. 다행스러운 일은 술 마시고 난 뒤 난동 피우는 그런 짓거리는 의식상, 성격상 맞지 않았다. 그냥 술을 마시고 나면 기분이 좋아져서 입에서 웃음이 떠나질 않는 것이다. 술은 즐거움이다. 적당한 음주를 하고 난 뒤이면 속을 답답하게 아프게 하는 세상사 고뇌사들이 누그러지고 그 예민한 각이 풀린 까닭에 기분이 좋아져 실없는 사람처럼 자꾸 웃음이 새어나오곤 했다. 젊었을 적에 집 문을 열다가도 자꾸 웃음이 새어나와 들어가기를 멈추고 웃음이 가시기를 기다려 다시 문을 열려고 하면 또

웃음이 비어져 나와 망설이곤 했던 적이 많았다. 마음이 넉넉해지고 너그러워지고 낙천적이었다. 그리고 절대로 과음을 할 수가 없었다. 일정량을 마시고 나면 한 모금도 더 넘어가질 않는 것이었다. 속에서 벌써 절주 신호를 보내는 것이었다. 윗대 친족들에게서 경험으로 깨우쳐 얻은, 타산지석과 반면교사의 음주 버릇이었다. 술자리에서 가장 피해야 할, 혐오스러운 음주 행위는 주사(酒邪)이다. 술자리는 즐겁고 속에 걸린 찜찜한 것들을 풀어내어 정화시키고 새로운 다짐으로 살아갈 수 있는 재생의 자리가 되는 게 마땅하다. 난동을 피우는 술자리의 주사는 술이 마약인 이유이다. 술자리 주사 난동의 행위에 대해 한숨과 함께 무겁게 입을 떼는 일순간 호방하면서 후련한 한 마디가 귓전을 울린다. "오늘은 여기까지!". 절주가 음주인 친구가 수블이 흥건히 넘치는 자리에서 짧지만 대차게 날리는, 결단 어린 절주의 한 마디이다. 술이 마약이 되는 악순환에 강한 제동을 건 것, 이후 그 자리는 거기까지로 정리되고, 같이 즐기던 친구들은 수블의 훗날을 기약하며 귀가들을 한다.

1982년 의령경찰서 우(범곤) 순경 총기 난사 사건이 있었다. 어린아이와 갓난아이를 포함한 62명을 총기로 무참히 살해한, 기네스북에까지 오른 전대미문의 끔찍한 사건이었다. 민간인을 지켜야 할 책임과 의무를 지닌 경찰관인 그는 왜 악마나 저지르는 그런 만행을 저질렀던 것일까. 본인의 자폭 자살로 사건이 끝난 뒤라 자세한 내막은 알 길이 없다. 단 한 가지, 그가 술을 엄청 마시고 난 뒤 총기로 민간인을 살상한 것이라는 사실 뿐이다. 그는 술만 마셨다 하면 광기가 솟구쳐 난동에 폭력을 휘두르는 등 심한 행패를 부려 '미친 호랑이'라는 별명이 붙을 정도였으니, 그에게 술은 광란의 마약이다. 그의 광란을 떠올릴 때마다, 보들레르가 일갈한 '부글부글 끓어오는 술 같은 분노'(「넝마주의들의 술」)가 솟구친다.

거듭, 재차 토를 달지만, 음주 시 꼭 지켜야 할 행동 수칙은 과유불급이다. 무엇이든 과한 것은 모자람만 못하다. 특히 술은 허가된 마약이기에 더욱 술 마시는 주체의 절제와 금기는 필수적이다. 그래서도 술이 사유하고 음미하는 술이었으면 한다. 갈수록 술자리 이야기는 수다로 시작해서 수다로 끝나고 만다. 주워 담을 깊은 이야기는 거의 없다는 것이다. 김현 선생이 쓴 에세이 「불타는 말」이 생각난다.

> 마음에 맞는 친구하고, 막걸리든, 소주든, 맥주든 술을 앞에 놓고 마주 앉으면, 내 속에서 잠자고 있던, 그리고 사실은 나 자신도 그것이 내 속에서 잠자고 있었던 줄도 모르는 말들이 줄줄, 아니 술술 나올 준비를 한다. 술은 이야기를 정답게 하게 만들기 쉬운 문화적 장치이다.
>
> — 김현, 「불꽃의 말」

술이라는 불을 통해 속에서 잠자고 있던, 아니, 깨어있던 말들이 솟아나는 것일까. 술을 마시면 그래서 말이 많아진다. 좋은 술자리는 속에 있던 말들이 조곤조곤히 흘러나와 상대에게 진심을 전하고 서로 소통이 되는 자리인데 반해, 나쁜 술자리는 과음으로 인해 몸을 제대로 못 가누고 고성과 욕설, 주사로 얼룩져 그 자리가 엉망으로 망쳐진 자리이다. 술은 문화적 장치인데, 포악한 장치가 되는 것도 역시 술이다. 취하려고 마시는 술은 마약이다. 주사를 부리고 난동을 피우고 가히 동물적인 난폭성을 드러낸다. 유배 중의 다산이 쓴 편지글에서 아들의 술버릇을 나무라는 대목이 있다. "참으로 술맛이란 입술을 적시는 데 있다. 소가 물 마시듯 마시는 사람들은 입술이나 혀에는 적시지도 않고 곧장 목구멍에다 탁 털어넣는데, 그들이야 무슨 맛을 알겠느냐? 술을 마시는 정취는 살짝 취하는 데 있는 것이지 저들 얼굴빛이 홍당무처럼 붉고 구토를 해대고 잠에 곯아 떨어져 버린다면 무슨 술 마시는 정취가 있겠느냐?" 송곳 같은 적절한 지적이다. 음미하면서 마셔보라는 것, 무작정 취하려고 마시는 술이 아니라, 정말 '맛있게' 마시는 술은 삶에 활력을 불어 넣는다. 술에 대해 더 잘 알고 마신다면 술맛이 적어도 두 배는 더 좋아질 거다. 지나치게 마시지만 않는다면, 정말로 술은 '생명을 살릴 물'인 것이다. 술의 긍정성이다. 그 긍정성을 받아 술을 음미하면 술의 부정적인 측면인 난동이나 주사가 나올 이유가 없다.

아니, 술은 불이 물과 결합한 상태로서 사람 몸속에 불을 일으킨다. 술은 불의 말이기에 열정적이다. 열정적이기에 그 말은 '차분하게'가 아니라 뜨겁고 힘차게, 그 말의 양도 평소에 비해 배로, 열 배로 엄청 늘어나고 고음으로 높아지게 마련이다. 가스통 바슐라르가 명명한, 이른바 호프만 콤플렉스이다. 술의 긍정적인 콤플렉스이다. 그러나 여기서 도가 넘치면, 그러니까 과유불급의 수칙을 넘어서면 부정적인 방향으로 흐르게 되어 있다. 아니, 자신을 부정, 파괴하고 새로이 태어나는 재생의 기회를 얻는 방향이라면 긍정적이다. 이른바, 엠페도클레스 콤플렉스의 핵심이 그것이다. 엠페도클레스가 신이 되고자 하는 열망으로 에트나 화산에 뛰어들었다는 데에서 나온 인식의 한 프레임이다. 우리가 살면서 그런 재생의 기회를 노리는 일이 수다히 많지 않은가. 술을 통해 자신을 다시 세울 수 있는 절호의 기회를 스스로 만든다면 수블의 원리에 일치하는 것일 것.

기아 직전의 중국을 오늘날의 중국이 되게 한 핵심 원동력인 등소평은 술과 담배를 즐긴 정치인이었는데, 향년 93세까지 수를 누렸다. 풍문에 그의 장수 비결 요인은 바로 그의 반주 습관이라고 한다. 식사 때마다 곡식으로 만든 술을 한두 잔씩 마셨다고 하는데, 그가 즐겨 마신 술은 알코올 농도 40도 이상인 고량주 일종인 마오타이주, 곧 모태주(茅台酒)였다. 그런데, 반주가 몸에 좋다는 데 대해 의사들은 그것은 술 먹는 사람들의 핑계라며 나쁜 영향이 더 많다며, 없어져야 할 나쁜 음주 습관이라고 지적한다. 반주에 대해 미국의 한 의과대학에서 연구한 결과 "소량일지라도 술을 한두 잔씩 주당 4회 이상 마시는 사람이 주당 3회 이하로 마시는 사람보다 조기 사망확률이 20% 높다."는 부정적인 결과가 나왔다는데, 글쎄, 그냥 하루 이틀 한두 달, 일이 년 더 오래 산다는 게 가치 있는 인생의 목표일까. 자신의 가치 있는 뜻을 추구하면서 살되, 어느 정도 인간적인 욕망을 충족시키면서 사는 게 하루 이틀, 한두 달, 일이 년 덜 산다고 해도 더 낫지 않을까.

굳이 금주라는 불편하고 부담스럽기만 한 표어 구어에 얽매이지 말고 자유롭게 살았으면 한다. 즐겁게 사는 것은 세상에 태어난 운명의 축복이다. 그렇게 살다가 가야 한다. 지나친 금기 금욕은 내게 있어서는 금해야 할 금기 사항이다. 하루 내도록 한 가지 일에 집중하여 몸과 마음이 피로해지고 무기력해졌을 때 술 한 잔의 희망은 사람을 일으켜 세운다. 희망, 즐거움, 기쁨, 행복 이러한 일련의 삶의 충족 욕망 없이 살다 갈 수는 없는 일이다. 술 마시지 않는 이에게 술 권해서도 안 되는 일, 그 사람의 권리와 자유를 침해하는 일인 것, 마찬가지로 술 한 잔에 행복과 기쁨을 느끼는 자에게 금주는 역시 그 사람의 자유와 권리를 강하게 침해하는 불권(不權), 월권 행위인 것, 즐겁고 기쁘게 살 자유와 권리가 있다.

안타까운 수블의 현실은 현진건이 그린 「술 권하는 사회」(『개벽(開闢)』, 1921. 11.)에서, 당시 일제 치하의 사회병리학적 징후인 무기력한 지식인이 토로한 술 권하는 사회이다. 답답하고 절망적인 지식인의 불안한 모습, 이런 현실의 실상이 오지 않기를 바랄 뿐이다. 현진건이 손사래를 친 '술 권하는 사회'가 아닌, 새로운 꿈의 도약을 위한 재기와 재생의 발판으로서의 '술 권하는 사회'가 오기를 기원한다. 미국의 시인이자 정치가 존 헤이는 "술은 비와 같다. 비가 오면 진흙밭은 진창이 되어 버리지만 좋은 흙이라면 꽃을 피운다"고 했는데, 술과 술을 마시는 술꾼의 현실에 대한 통찰의 깊이가 담긴 말씀, 우리는 비를 맞아 꽃을 피우는 흙이 되었으면 좋겠다. 세상을 피하기 위해서가 아닌, 세상을 즐기기 위해서도 술 권하는 건강한 사회가 되었으면 좋겠다.

그리고 갈란다. 하이데거의 명언을 패러디한 패트릭 맥거번의 '나는 마신다, 고로 존재한다'를 끝까지 내 말처럼 외면서 존재하다가, 마지막에 이르러 포도주 한 잔을 마신 후 'Es ist gut(좋군)!'이라는 한 마디를 남기고 죽었다는 칸트처럼 그렇게 갈란다.

키 작은 선생님

2004년 평택 영아 엄마를 청부 납치하여 살해한 사건이 있었는데, 인간이 아닌, 김 씨라는 유부녀가, 그것도 자식이 셋이나 되는 유부녀가 나이트클럽에서 만난 손아래 재력가 남자에게 임신했다고 거짓말을 해서 결혼하곤—실은 아이를 가질 수가 없는데도 거짓말을 한 것—, 미혼모의 신생아를 구해달라고 심부름센터에 의뢰했는데, 여의치 않자 생후 70일이 된 아기를 안고 걸어가던 엄마 여자를 발견, 미행하여 살해하고 아기를 납치한 잔혹한 사건이었다. 그런데 경찰에 체포된 심부름센터 사장이라는 범죄자한테 한 기자가 이렇게 질문을 던지는 것이었다. "선생님이 시킨 거예요?". 선생님?, 내가 잘못 들었나, 내 귀를 먼저 의심했다. '선생님'이란 호칭을 범죄자에게도 붙여 부르는 저 기자는 '선생님'에 대해 좋지 않은, 학창 시절의 기억을 가지고 있는 것일까. 그렇지 않고서야 악을 자행한 범죄자에게, 상대에 대한 존경과 존중의 뜻이 담긴 그 호칭을 붙여 부를 이유가 있을까.

도대체 '先生'은 어떤 의미의 부름말일까. 단지 글자의 뜻 그대로인 '먼저(先) 태어난 사람(生)'이라는 뜻의 부름말일까. 하긴 선생은 아무래도 먼저 태어나 먼저 많은 것들을 배우고 경험하며 알게 된 분들일 것. 그런데 선생이라고 모두 먼저 태어난 사람일까. 프랑스의 철학자 파스칼은 임종 때의 나이가 겨우 38세였다는데, 그의 철학은 38세 이상은 일인도 거들떠보지도 않았을까. 나이 어린 사람은 나이 많은 사람보다 뛰어날 수는 없는 것일까. 나이가 지혜로움과 어리석음을 가르는 절대 기준인 것일까 한 마디로 가당찮은 소리다. 선생은 먼저 태어났기 때문이 아니라 먼저 삶의 전체를 꿰뚫어 보기에 혜안을 가지고 지혜로운 길을 제시해 주는 분을 일컫는다. 인간 세상의 생(生)을 앞질러서(先) 보는, 크고 높고 깊고 밝은 지혜의 눈을 가진 분을 일컫는다.

남명 조식 선생, 퇴계 이황 선생, 율곡 이이 선생, 백범 김구 선생의 '선생'은 존경받는 인격자로서 덕망과 학식을 갖춘, 한 시대의 사표가 될 만한 인물의 존칭이었는데, 국가 중심 체제가 갖추어지면서 교육의 기능이 강화되자 교육 체제상 선생은 '남을 가르치는 사람'을 지칭하는 것으로 변화를 가져왔다. 지금은 초중고 학교 교사를 대체로 지칭하는 말이다. 사범대학이나 교육대학을 나와 교사 자격증을 취득하여 교원 임용고시에 합격하면 학교 교사가 된다. 그들이 갖추고 있는 학식 혹은 지식은 그 깊이나 높이, 넓이가 얼마나 될까. 또 인간과 인간 세상에 대한 깊이 있는 통찰이나 안목은 그 얼마나 될까. 남명 선생, 퇴계 선생의 그 선생들과는 과연 레벨과 클래스가 같은가. 사회의 사표요 만인의 모범이 되어야 하는, 앞서가는 인물, 안목과 철학을 가지고 인간을 계도하고 주도하는 인물이 곧 선생이다. 선생의 '先'은 그런 뜻이 있다. 생은 사람을 가리키는 보통 명사이다. 따라서 고전적인 의미의 선생은 세계에의 개안(開眼), 인간에의 개안, 자신에의 개안에 길을 열어주는, 계기를 마련해 주는 정신적 차원의 존재이다. 공부를 가르친다는 일에서 선생이라고 하는데, 과연 공부는 어떤 뜻일까. 점수 따기를 잘하면 공부를 잘하는 것일까. 공(工)은 하늘과 땅을 가로지른다는 뜻이고, 부(夫)는 그것을 하는 사람이라는 뜻이다. 세상 이치나 사람의 삶에 대한 깊은 통찰이 있는 활동이 곧 공부인 셈이다. 그 일을 하도록 하게 부여받은 사람은 선생이라고 하는 것이다.

진정한 선생의 할 일은 순자(荀子)의 다음 말에서 분명하다. "군자가 말하기를, 학문은 멈춰서는 안 된다. 푸른 물감은 쪽이라는 풀에서 얻지만 쪽보다 더 푸르고, 얼음은 물로 만들어진 것이지만 물보다 더 차갑다. (君子曰 學不可以已 靑就之於藍 而靑於藍 氷水爲之 而寒於水)"(〈荀子〉, 勸學篇) "靑就之於藍 而靑於藍 氷水爲之 而寒於水"은 스승의 가르침을 받아 스승보다 뛰어난 제자가 된다는 뜻의 진정한 사제지간의 관계를 이보다 강하게 나타내는 명언은 없다고 해도 과언이 아니다. 그러니까 끝에 가서는 제자가 스승을 떠나고 스승을 답습하는 데 그치는 것이 아니라 자신만의 독자적인 세계를 창조, 완성하게 된다는 말이다.

그러나 사실 선생의 참뜻에 쏠리면 사실 그런 선생은 존재할 수가 없는 일이다. 현실을 기반으로 해서 존재론적인 선생은 어떤 분이어야 할까. 가장 먼저 자신이 가르치는 분야에 대한 전문성은 스스로 학습해서 터득, 수립해야 한다. 지금 선생은 일단 학교 교사로 규정한다는 전제하에 사실 그들이 가지고 있는 지식이 어느 정도 수준이겠는가. 그다지 높거나 넓거나 깊지 않은 지식을 가지고 교사직을 수행하려 한다면 심각한 양심 불량이다. 그런데도 학교 교사들은 자신의 전공 분야에 대한 심도 있는 공부를 하지 않는다. 자신의 전공 분야의 고도한 지식 탐구와 끊임없는 공부가 있어야 할 것인데, 그런 교사를 본 적이 드물다. 하긴 질문자가 없는 교육 풍토이니 애써 공부할 이유가 딱히 없다.

교사는 지식인일까. 움베르토 에코는 지식인은 창조적으로 새로운 지식을 만들어내는 사람으로 정의한다. 그에 따르면 어떤 농부가 자신이 잘 알고 있는 새로운 접목 기술로 새로운 종류의 사과를 생산해 낸다면 그 순간 지적인 행위를 생산한 것이어서 지식인이 된다. 반면에 설사 대학교수라고 하더라도 하이데거에 대한 똑같은 수업만 평생 되풀이하는 사람은 딱히 지식인이라고 하기 어렵다는 것이다. 비판적인 창조성―우리가 현재 하고 있는 것에 대해 냉철히 분석, 비판하거나 그 일을 할 수 있는 더 나은 방법을 창조해 내는 것―만이 지식인의 역할의 유일한 징표라고, 에코는 말한다.

에코의 논리를 따른다면 이 나라의 학교 교사는 지식인이 될 수 없다. 교과서가 있고, 참고서가 있고, 그것을 바탕으로 오지선다형 문제를 풀기 위한 수업을 똑같이, 열정적으로 되풀이하고 있지 않은가. 상위로 빗댄다면, 하이데거 철학 강의하는 교수들과 다를 게 없는 이유이다. 치명적인 문제는 질문의 부재이다. 그들이 던지는 질문은 낮은 단계의 질문, 곧 사고를 거치는 질문이 없다는 것이다. 질문이건 답이건 교과서에 다 나와 있으니까. 진정한 질문은 바로 맞고 틀리고가 아니다. 물론 산파술의 대화를 통해 진정한 깨달음과 앎의 경지로 이끌어간 소크라테스도 자기가 답을 다 알고 있으면서도 유도 질문을 해서 사람들을 괴롭혔다는 헤겔의 분석이 있긴 하지만, 한국의 초중고 교육은 교육 제도상 질문을 하기가 힘들게 되어 있다. 오지선다형 학습인 것, 맞고 틀림은 이미 정해져 있는 것이고, 그 외의 것은 가르치거나 배우거나 할 필요가 없다. 말하자면 외우기만 하면 학업 성적 우수자가 되니 굳이 질문을 하고 자시고 할 이유가 전혀 없다. 그런 여유가 있으면 하나라도 더 외워서 점수를 올리는 게 이 나라에서 성공적인 삶을 사는 지름길이고, 정답인 것이다.

게다가 한국인의 의식에 무의식으로 깔려 있는 유교식 방식은 질문 자체가 금기이다. 질문은 의구심 또는 의문일 수도 있다. 그런데 유교식 방식은 권위 있는 성현의 말씀은 무조건 외워야만 된다. 전형적인 '공자왈 맹자왈'이 그것의 상징 방식이다. 여기에 무슨 토를 달고, 의문으로 가득 찬 질문이 들어갈 수 있을까. 발칙하고 무례한 인간 취급받기 딱 십상이다. 질문 자체의 원천 봉쇄, 질문이 사라진 한국의 교육 현장, 한국의 교육제도는 질문하는 사람을 사라지게 만드는, 그래서 수업 시간에는 일체 질문이 없는 고요한, 오로지 교사의 목소리만 고고히 울려 퍼지는 교실 세상이다. 답변 곤란한 교과서 외적인 질문을 하면 교사로부터 핀잔을 듣고 꾸지람을 듣는다. 급우들로부터 따돌림을 당하기도 한다. "나를 키운 팔 할은 '물음표'였다." 고까지 한 故 이어령 선생의, 다음 질문 일화는 유명하다.

> 형을 따라 줄레줄레 간 서당에서 꼬마 이어령은 쫓겨났다. 그것도 첫날에. 천자문 탓이었다. "하늘 천, 땅 지, 검을 현, 누를 황. 하늘은 검고 땅은 누렇느니라." 서당 훈장의 말에 꼬마 이어령이 물었다. "왜 하늘이 검나요? 내가 보기엔 파란데요?" "아, 이놈아, 밤에 보면 하늘이 검잖아." "그러면 땅도 검어야지, 왜 누렇다고 해요? 밤에 보면 다 까만데요?" 할 말을 잃은 훈장은 답변 대신 호통을 쳤다고 한다. "이 쥐방울만 한 녀석이 어딜 와서 따져? 옛 선현들이 다 그렇게 말씀하신 걸 가지고."
>
> — 『이어령, 80년 생각』

> 하지만 학교 선생님 입장에선 말끝마다 물고 늘어지는 그가 적잖이 골칫덩이였을 것이다. 질문의 난이도는 극에서 극을 망라했다. 갈릴레오 갈릴레이가 "그래도 지구는 돈다"라고 혼잣말했다는 이야기를 듣고 "혼잣말하는 것을 누가 들었지요?"라고 질문하다 선생님에게 '얄미운 놈'으로 눈 밖에 난 적도 있다.
>
> — 『이어령, 80년 생각』

그래서 그런지, 이어령 선생은 "학교에서 배운 게 별로 없다. 역설적이게도 그게 참 다행이야."라고 말한다. 소크라테스에게 제자가 묻기를, "선생님, (훌륭한) 교사는 어떤 사람인가요?" 소크라테스가 답하기를, "사람들에게 훌륭한 질문을 하는 사람이다. 그리고 더 훌륭한 교사는 훌륭한 질문을 하는 제자를 길러내는 사람이다." 한국의 상황에서는 꼭 구름 잡는 소리와 다름없는 말씀이다. 질문은 그 자체가 생각의 깊이와 넓이, 높이를 내장하고 있다는 뜻이다. 생각 없이는 질문이 생길 리가 없다. 진정한 교사는 학생들이 사회에 진출해서 그들의 삶을 지혜롭게 살아가는 길을 제시해 줄 수 있어야 한다. 지금 이 나라의 사회 체제에서는 별 뾰족한 답이 없지만 수업에서 창조적인 삶을 위해서는 질문을 통해 그들의 삶을 개척할 수 있도록 해야 한다.

그리고 참된 교사가 갖추었으면 하는 교사의 덕목은 솔선수범하는 지혜롭고 바른 삶의 태도이다. 이청준의 소설에 「선생님의 밥그릇」(《경향신문》, 1991, 11.17)이라는 단편소설이 있다. 중학교를 졸업한 지 37년 만에 만난 선생님과 동창들의 회식 자리에서, 37년 전에 도시락 사건에 얽힌 한 일화를 기억한 이야기이다. 1950년대 초 중반 당시 가난했던 그 시절엔 점심 도시락을 싸오지 않은 아이들도 많았다. 선생님은 그 이유를 알고 있었겠지만 도시락 검사를 해서 도시락을 싸오지 않은 아이들에겐 벌 청소를 시켰다. 물론 악의 없는 벌 청소였다. 아이들의 건강을 보살피려는 선생님의 뜻이지만, 아이들은 선생님의 뜻을 이해하면서도 벌 청소까지 시키는 선생님이 야속하고 원망스럽기만 한 것이다. 그런데 선생님으로 하여금 충격을 받게 한 일이 발견된다. 도시락을 싸오긴 했는데 한 번도 점심을 먹는 것을 본 적이 없었던 문상훈이라는 학생의 도시락을 열어본 결과, 그 속에 텅 비어 있음을 알고 도시락의 진실을 알게 된다. 텅 빈 도시락을 싸오는 아이의 마음은 얼마나 비참하고 참담했을까. 그 이후로는 선생님은 도시락 이야기는 입에 단 적이 한 번도 없었고, 대신 자신의 밥그릇은 절반은 덜어놓고 먹기로 자신에게 다짐한 것이다.

　　이제부터 나는 매끼 내 밥그릇의 절반을 덜어놓고 먹기로 했다. 비록 너나 네 어려운 이웃들에게 그것을 직접 나눌 수는 없더라도, 누가 너를 위해 늘 자기 몫의 절반을 나누고 있다는 것을 기억해라. 그 밥그릇의 절반만큼한 마음이 언제나 너의 곁에 함께하고 있음을 알고 앞으로의 어려움을 잘 이겨 나가도록 하거라.

37년이 지난 지금까지도 덜어놓기 버릇은 줄곧 이어지고 있는 것이다. '밥그릇'은 흔히 제 이익의 몫을 챙기려는 욕심의 비유적 표현이기도 한데, 선생님은 욕심이기는커녕 남을 배려하는 마음 곧 덜어놓기에 타당한 마음의 표현이다. 마지막에 남긴 그의 한 마디는 그렇다. "무슨 교육자랍시고 제 설익은 생각을 남에게 강요하기보다, 우선 내 가진 몫부터 절반만큼씩 줄여 나눠 가져보자는 생각에서였을 뿐"이라는 말이 진하게 여운으로 남는다. 거창하게 자신의 한 미행을 과장하는 헐거운 태도가 아니라 겸손이고 소박한 마음의 표현이다. 교사의 정체성은 지식을 가르치는 학자가 아니라, 우리 현실에서 바른 생활관이나 가치관을 스스로 인식하도록 보조하는 도움의 자리이다. 그것이 이 소설의 핵심이다. 각박하고 자신의 이익만 추구하여 챙기기 바쁜 현대인의 각박하고 삭막한 생활에서 인간이 취해야 할 아름다운 자세의 길을 제시하는 데 있다. 가난하고 소외된 이웃을 배려하고 감싸는 그런 인간적인 태도가 아쉽기만 한 현 시절을 돌이켜 반성하게 하는 「선생님의 밥그릇」이다. 제 밥그릇 챙기기에만 급급

해서 남이야 죽든 말든 상관없는 이기적인 비인간의 시대에 절절히 돌이켜 생각하게 하는 선생님의 밥그릇 덜어놓기이다.

한국은 유달리 이념 대립과 갈등이 우려가 클 정도로 심한 편이다. 그런데 문제는 학교에도 이념 집단이 생겨 대립과 갈등을 일으키고 있다는 사실이다. 특정 노조 출신의 특정 편향된 교육관으로 인해 교육 중립성이 크게 훼손되고 있는 실정이다. 이념은 세뇌 교육을 통해서도 이루어지는 경우가 많은데, 특히 학교에서는 교사가 학생들에게 편향된 이념을 은근슬쩍 주입시키는 비교육적인 행태가 나타나기도 한다. 버트런드 러셀의 말을 새겨들을 필요가 있다.

조직적인 당파심은 명백히 우리 시대의 가장 커다란 위험 가운데 하나이다. 당파심이 민족주의의 형태를 띨 경우에는 국가간에 전쟁이 일어나고, 다른 형태로 나타날 경우에는 내전이 벌어진다. 그러므로 우리는 당파간 투쟁으로부터 비켜서서 아이들에게 공평 무사한 탐구 습관을 길러 주고자 힘쓰는 것, 아이들로 하여금 여러 현안을 스스로 판단하도록 이끄는 것, 또 일방적인 성명을 액면 그대로 받아들이지 않도록 경각심을 심어주는 것 등을 교사의 업무로 삼아야 한다. 교사는 군중에게든 관료들에게든 편견을 칭찬할 사람이 아니라고 여겨져야 한다. 교사의 직업적 미덕은 모두를 공정히 대하려는 자세, 또 논쟁을 넘어 불편부당한 과학적 탐구의 영역으로 도약하고자 하는 노력 속에 존재해야 한다. 만약 교사가 탐구한 결과를 불편하게 여기는 사람들이 있다면, 교사가 명백한 거짓을 유포함으로써 스스로 기만적인 선동에 가담한 경우가 아닌 한 우리는 그들의 분노로 부터 교사를 보호해야만 한다.

— 「위대한 스승이 되려면」

교사는 편향적이 아니라 공명무사, 불편부당한 자세를 취해야 마땅하다. 그런데 인격의 문제라서 요구하기가 참 어렵다. 제 편들기, 제 편 감싸기로 일관하고 있는 이러한 작태가 교육 현실에서 일어나고 있다는 사실은 심지어는 중요한 승진제인 교장 승진이나 초빙교장제, 혹은 지역교육청 책임자, 이를테면 교육장 임명에도 크게 작용하고 있는 현실이다. 인간의 세상 이치는 사실 지킴과 나아감이라는 두 길, 그러나 이 두 길은 대척이면서 극복이고 극복이면서 상보의 관계로서 상호 존중을 통해 상생, 상존의 논리에 닿아 있다. 어느 한쪽으로만 편향되게 기울어서는 경색되어 건강한 관계는 사장되고 결국 극과 극의 대립이라는 상충 관계로 치달아 종국에는 파국만이 대기하는 상태인 것이다. 갈등이냐 조화로운 화합이냐의 갈림길에서 최선의 선택만이 기다리고 있다. 좌안과 우안, 좌뇌와 우뇌의, 신체적 유기적 관계를 잘 생각해 보아야 한다. 그런데, 그런 이치를 잘 가르쳐야 정상적인 교사일 텐데, 한쪽으로 치우친, 잘못된 관계를 가르친다는 것은 교사로서의 기본 자질이 부실하다는 증거이다. 시대착오적인 이념 편향은 유치한 영웅 심리이거나 아니면 어리석은 대중 심리의 표본이라 할 것이다. 미래를 볼 줄 아는 안목의 인간이 가장 훌륭한 교사이다. 밥을 반쯤 덜어놓고 먹는 선생님의, 비록 작은 덕목의 행위일지라도 그런 행위가 인간 세상에 꼭 요구되는 진정한 교사의 행위이다. 교사로서 가져야 할 기본자세 중 하나는 다시 러셀의 말을 빌리면, "불한당이 저지른 만행을 감쪽같이 숨긴 채 아이들에게 그들을 존경하라고 가르치는 것은 나쁜 짓이다." 그리고 "만약 교사가 탐구한 결과를 불편하게 여기는 사람들이 있다면, 교사가 명백한 거짓을 유포함으로써 스스로 기만적인 선동에 가담한 경우가 아닌한 우리는 그들의 분노로부터 교사를 보호해야만 한다."

그리고 자신의 인격을 되돌아보고 냉정하게 자신을 따져본 후에 자신을 가꾸는 데 노력을 아끼지 말아야 한다. 혹 나태한 지성에다가 인격도 갖추어지지 않은 교사가 남을 가르치는 자리에 있다는 것은 어불성설의 큰 모순이다. 설사 선천적이라고 해도 후천의 갈고 가꿈으로써 인격을 더 갖추도록 애써야 하며, 자신의 인격을 걸고 교사직을 수행해야 한다. 그래야만 학생의 인격도 존중하는 교육자의 모습이 취해지는 까닭이다. 중학교 1학년 때에 옆 반에서 수업 중인 담임교사에게 불려 간 적이 있었다. 담임교사가 지시한 이행 사항을 실행하지 못한 데 대한 질책과 꾸지람을 듣고 그 반 학생들이 보는 앞에서 모욕적인 소리와 함께 모질게 매를 맞고 바로 집으로 와서 빠뜨린 무엇인가를 챙겨갔던 적이 있다. 참으로 오래전의 일, 지금으로부터 오십 몇 년 전의 일이지만, 엄청 상처를 입었던, 꼭 어제 일처럼 새록새록 기억이 난다. 그분 성함도, 얼굴 모습도 선히 기억난다. 물론 지시 사항을 이행하지 않은 데 대해 분노가 일었을 수도 있다. 그러면 그냥 반에서 호되게 질책을 하거나 매를 대든지 했으면 불이행한 자신을 질책하고 반성하는 자세를 가졌을 텐데, 옆 반 학생들이 보는 앞에서 뺨을 맞을 때의, 그 무참함을 잊을 수가 없다. 그래서인지 「선생님의 밥그릇」의 그 선생님이 자꾸 겹치며 떠오른다. 성인도 되어도 실수가 없을 수는 없는 일, 성인으로 성장해 가는 미성년자들에게 실수는 자연스러운 일, 아니, 실수가 있기에 학교에서 교사의 지도를 받고 조금씩 실수를 줄이는 성인으로 성장하는 것이 아닐까. 학교와 교사의 존재성은 그래서 갖추어지는 게 아닐까. 인간은 완전한 존재가 아니다. 더욱이 초중고 학생의 경우는 부족하고 미흡한 게 넘치는 나이, 교사의 가르침에 따라 성장하면서 조금씩 고쳐지고 해서 나아지는 법이 아닌가. 잘못이 있고, 실수가 있으면 너그럽게 받아들여 좋은 말로 타이르고 또 따끔하게 꾸짖어서 고쳐갈 수 있도록 교육자다운 너그러움과 도량이 절실하게 요청된다. 세상을 달리한 지 벌써 십 년도 지난, 21세기 혁신의 아이콘이라 평가받는, 애플 사(社)의 창업자 스티브 잡스는 불우한 가정 환경 탓에 어린 시절 왕따나 다름없는 소외된 생활을 했다. 고등학교 시절 그의 재능을 알아보고 그에게 용기와 힘을 불어넣어 준 한 선생님의 뜨거운 성원 아래 자신의 뜻을 펼쳐 혁혁한 역사적인 발자취를 남긴 것이다. 교사의 힘이다. 인간의 역사를 바꿀 수도, 창조할 수도 있게 하는 숨은 큰 힘인 것이다. 작고 소박하지만, 지금도 여전히 밥을 반쯤 덜어놓고 식사를 하신다는 그런 선생님이 한없이 아쉽고 그립다.

교사의 인격, 아니 인성에 의문이 가는 기억이 하나 있다. 동료 교사를 따돌리는 교사를 어떻게 보아야 할까. 오래 전 한 시골 학교에서 근무할 때인데, 특수학급 담당 여교사가 동료 여교사들과 같이 어울리지 못하고 늘 혼자 지내는 것을 보았다. 뒤에 그 여교사가 하는 말이, 시골 학교에서 특수학급은 특수한 경우인 관계로 동료 여교사들이 자기를 따돌려서 늘 외롭게 혼자 지내고, 특수 학생을 맡으면서 어려운 일들이 있어도 상의를 하거나 도움을 청할 동료가 없었다는 속엣말을 토로한 것이었다. 자존심 혹은 자존감이 철저히 뭉개어진 교사 생활이었다는 표백이다. 인간으로서 존재한다는 표현이 자존심 또는 자존감인데, 같은 인간으로서 그것을 존중하기는커녕 무지막지 깔아뭉갠다는 것은 스스로 인간-되기를 포기한 몰지각한 짓이다. 듣는 순간, 그들의 그런 인상은 이미 내게도 꽂혀 있었던 까닭에 나는 그들의, 비비 꼬이거나 틀린, 바르지 않은 인성에 대해 가졌던 의문표가 새삼 떠올랐다. 인격이라는 말은 감히 쓸 수도 없고, 기본 인성도 안 된 사람들이 학생을 가르치는 교사직에 있다니, 가뜩이나 학생들 간의 왕따돌림 문제가 사회의 심각한 문제로 떠올랐는데, 교실에서 그런 잘못된 문제가 발생했을 경우, 저런 교사가 어떻게 그 문제를 해결할 수 있겠는가. 심지어 이런 생각이 드는 것이다. "못나고 약한 놈들은 짓밟아도 된다, 그러니 철저히 괴롭히고 왕따시켜서 너희들 종으로 만들어라." 자기들이 동료를 왕따시키는 마당에, 어떻게 학생들에게 바른 교육을 할 수 있겠는가. 가장 나쁜 인성의 행동은 사람을 사람답게 대하지 않고 낮추거나 따돌리는 짓거리이다. 한마디로 몰인간성의 인간인데, 인성이 나쁜 사람은 절대 교사가 되어서는 안 될 일이니만큼 심각한 문제임을 인식하여, 교육적인 차원에서 제도적인 장치를 마련하여 몰인간성의 인간은 퇴출 내지는 철저히 봉쇄해야 한다.

학생이 왕따를 당하고 이지메를 당해 고통을 겪고 있는 데에도 관심을 두지 않으면 교사로서의 자격이 없다. 본인이 맡은 과목만 가르치는 게 책임과 의무의 전부가 아니라 학생들의 인성을 바르게 발달시키는 점은 그보다 훨씬 중요한 덕목이다. 한 인간의 삶 전부를 통째로 망쳐버리게 되는 악한 계기를 만나는 학생들이 부지기수로 많다. 인생이 망가지는 것이다. 정신병적 트라우마를 겪는가 하면 심지어는 자살을 감행하기도 한다. 교사가 조금만 학생들의 관계나 학급의 움직임을 관찰하고 관심을 기울였더라면 그런 나쁜 결과를 막을 수 있지 않았을까.

사제 관계라면 세계문학사상 가장 아름다운 스승과 제자로 꼽히는 장 그르니에와 알베르 카뮈가 떠오른다. 알제 빈민 구역의 폐결핵 환자인 카뮈와 연을 맺어 작가로서의 꿈과 열정을 키워준 장 그르니에. 스승 그르니에의 작품집 『섬』(재판, 1959년)의 서문을 쓴 카뮈가 1960년 1월 4일 교통사고로 변사할 때까지 스물여덟 해 동안 사제 관계를 뛰어넘어 지적, 문학적 동반자의, 세기의 관계를 맺은, 장 그르니에가 없었더라도 카뮈는 문학의 길을 걸었겠지만 장 그르니에가 없었더라면 그 길은 어떤 길이었을까.

1933년 스승인 장 그르니에의 『섬』이 출간되었고, 당시 스무 살이었던 카뮈는 그 책을 처음 접한 감동을 이렇게 기술한다. "내가 이 책에서 받은 충격, 이 책이 내게, 그리고 나의 많은 친구들에게 끼친 영향에 대해서 오직 (앙드레) 지드의 『지상의 양식』이 한 세대에 끼친 충격 이외에는 비길 만한 것이 없을 것이다." 이 책은 실제로 카뮈에게 글을 쓰게 하는 계기가 되었는데, 카뮈는 글을 쓰고 싶은 막연한 생각을 결심으로 굳히게 된 것은 그 책을 읽고 난 뒤부터였다고 한다. 그르니에는 카뮈에게 창작의 기회를 제공했을 뿐만 아니라 그 자체로 가장 훌륭한 영감을 주었던 것이다.

심지어 스승인 장 그르니에가 제자인 카뮈와, 카뮈가 급작스레 세상을 떠나기 직전까지, 곧 1932년부터 1960년까지 주고받은 235통의 서신들이 책으로 묶이기도 했다. 《카뮈-그르니에 서한집》(1981년)은 카뮈가 112통, 그르니에가 123통이다. 그만큼 오랫동안 서로 내밀한 대화를 오랫동안 나누고 관계를 지속했다는 아름다운 반증이다. 카뮈는 말한다. "스승과 제자는 오직 존경과 감사의 관계 속에서 서로 마주 대하게 된다. 이럴 경우 중요한 것은 더 이상 의식과 의식의 투쟁이 아니고, 한번 시작되면 생명의 불이 꺼지지 않은 채 어떤 삶 전체를 가득 채워주게 되는 대화인 것이다."(『섬』 서문)

본 소고의 이름을 '키 작은 선생님'이라고 제명한 것은 신장이 환기하는 겉치장과는 무관하고, 속으로 올찬 선생에 대한 기대감을 그렇게 표명한 것인데, 그분은 크게 내세울 인물은 아니지만 자신의 책임과 의무 정신을 가진 분으로, 어떤 관료적 억압 상황에서도 의연한 모습으로 자기의 진실을 말할 수 있는 주체로 행동하는 선도자이다. 일상 속에서 자신의 존재 방식을 지속하면서 모두에게 마음을 열면서 자신의 뜻을 당당히 내세우고 행하는 자기 삶의주체가 되는 것이다. 이런 인물형을 편의상 '키 작은'이라는, 소박하고 옹골찬 형용어로 명명한 것이다.

교사의 할 일은 학생들이 각자의 미래를 준비하는 데 있어 조력자로서의 힘을 쏟는 데 있을 것이다. 교육 혁명을 주도할 대단한 혁명 투사나 열사, 의사가 아니라 소박하게 자신의 뜻을 견지하면서 실천해 나가는, 곧 말과 행동이 하나가 되는 인물, 이른바 전일성(全一性)의 '키 작은 선생님'이 교단에 많이 서 있으면 좋겠다. 교단에 서서 질문과 질문으로 미래의 주체이자 주인공이 될 이들과 대화를 나누는 소리가 합창으로 울려 퍼졌으면 한다.

4부

꽃동네의 합창

꽃동네의 합창

    이청준의 소설 「꽃동네의 합창」(《한국문학》 1976년 8월호)은 애국가만큼 유명한 〈고향의 봄〉을 작곡했는데도 남루한 삶을 사는 이원수(1911~1981)—작품 속에는 '이수원' 함자로 나옴 — 선생의 참행복이 어디에서 오는지 보여준다. 육십 대 중반의 동요 작가 이수원 선생이 어느 날 고향 친구가 사주인 동보물산 회사 건물을 찾아갔다가 현관 수위한테 망신을 당한다. "나이깨나 드신 양반이 세상을 어떻게 살아오셨길래 아직 그만 경우도 분별이 안 가시오?"라는 모욕적인 언사를 시작으로 문전박대를 당하고 만 것이다. 그 친구가 자신의 소식을 듣고 만나고 싶어한다는 이야기를 듣고 지나가는 길에 들러본 것인데, 불순한 언사에 무례한 핍박을 당한 것이다. 그날은 갑자기 비가 내리는 바람에 미처 우산을 준비하지 못한 탓에 비에 젖은 옷매무새에 윤기 없이 늙은 모습에서 수위는 함부로 대하고 무례한 짓을 자행한 것이다. 그런 불순한 언사와 무례한 행동으로 결국 친구를 만나지도 못하고 쫓기듯 나온 선생은 세상을 헛살아온 것만 같은 비참하고 참담한 심정이다. 명색이 애국가에 상당하는 노래를 지은 사람인데도 그가 누구인지를 알아보지 못하는 이에게 심한 모욕과 능욕을 당한 것이다. 겉만 보고 사람을 재단하는 속수무책의, 일반 대중들의 실상이다. 실제로 이청준은 우연히 뵈온 이원수 선생의 모습을 소설화한 것이다. 어느 잡지사 사무실에서 뵈온 선생은 왠지 쭈뼛쭈뼛 어딘지 썩 자신이 없어 보이는 말투와 조심스런 거동새를 보였다는데, 〈고향의 봄〉의 명성 뒤에 가려져 온 선생의 고단한 삶의 행로를 읽은 듯 씁쓸한 기분이 들었다는 것이다. 그래서 합창의 실종이라고 규정지었던 것, 곧 상대에 대한 이해와 배려, 사랑과 조화, 균형이 실종된 현실인 것이다.

수위에게 수모를 당한, 참담한 심사의 선생이 방황하듯 걸어간 곳이 뜻밖에도 〈고향의 봄〉에 나오는 '꽃동네'를 가게 이름으로 차린 술 가게 앞이었다. 들어가길 주저하다가 들어서자 주인 여자가 반갑게 맞이하고, 이어 술집 정업원 한 명이 〈고향의 봄〉을 부르자 다른 아가씨들이 합창하기 시작하고, 나중에는 술손님들도 합류, 합창을 한다. 이제껏 늘 그랬다. 그동안 이수원 선생은 쑥스러워 함께 부르지 않았지만, 오늘은 이수원 선생도 함께 부르기 시작하고, 눈물방울이 안경알에 뿌옇게 맺히는 장면으로 끝난다. 그래서 소설 제명이 「꽃동네의 합창」이다. 〈고향의 봄〉은 어린 시절, 고향에서의, 따뜻하고 정겨운 추억을 노래한 동시로 홍난파 작곡으로 널리 알려진, 그야말로 애국가 수준의 노래이다. 노래의 핵심어는 고향, 어린 시절, 그리움 곧 향수이다. 프랑스의 비평가 알베르 베갱은 "인간은 자신의 속 깊이 원초적 삶의 편린과 황금시대, 원초적 낙원에 대한 희미한 추억을 간직하고 있다"고 했는데, 어린 시절은 세상의 인간 질서가 타락하거나 무너질 때 마지막 보루의 영상으로 추억되기 마련이다. 그래서 인간은, 베갱의 말을 또 빌린다면, "자신의 어린 시절로 돌아가거나, 타락한 가운데서도 삶의 순수한 여명에 대한 향수를 희미하게나마 간직한다."

꽃동네의 사람들은 이수원 선생의 정체성을 알고 있었기에 노래를 합창하며 선생과 기꺼이 하나가 되기를 행동으로 실천했다. 이수원 선생 자신도 합창에 가담함으로써 그 원초적 소리를 통해 무너진 자신의 본래 모습을 복원시킨다. 합창의 연금술적 기능이 행사된 것이다. 그런데 합창에서 주목되는 부분은 성부 곧 음역대이다. 가령, 여성의 경우, 소프라노, 메조소프라노, 알토가 있고, 남성의 경우, 테너, 바리톤, 베이스 등의 고유한 음역이 있다. 이 각기 다른 음역은 서로의 차이가 있다는 것이고, 그 차이에 대한 편견을 걷어내고 어울리며 멋진 화음을 이루어 낸다는 것이다. 가령, 소프라노나 테너가 주된 음역인데, 다른 음역은 이를 뒷받침하거나 돕는, 이른바 조음역 내지 엑스트라 음역이지만 이 음역을 무시, 소외시키거나 능멸하는 것이 아니라, 상호 소통과 감정 공유를 해야 하는 공동성의 원리 아래 적극 배려하거나 존중하는, 곧 상호 원리에 따라 움직인다는 것이다. 그러니까 합창은 자기표현 능력을 강화하면서 다른 사람의 입장을 먼저 배려하는 태도를 반영하여 전체적인 조화와 균형을 꾀하는 공동체의 원리에 바탕을 둔 것이다. 그런 까닭에 합창이라는 장르는 다양한 목소리를 내는 것이 특징이며, 전체가 하나가 되는 선율의 조화와 균형이 합창의 묘미이다.

합창이라고 해서 보이기 위한 꾸민 태도보다는 일단 자신의 목소리로 자신의 음악을 표현하는 자가성을 기반으로 해서 이루어진다. 합창이라는 말 아래에 자신의 의견을 죽이는 것으로 오해해서는 안 된다. 다만 자신의 의견만이 최상이고 최선이라는 오만과 편견은 불식되어야 한다는 기본 전제 아래 남의 의견도 충실히 듣고 남의 입장을 충분히 헤아리는 도량과 이해심이 있어야 한다. 말하자면 화음인 셈인데, 성부 간의 차이는 있지만 그 성부로 인해 조화로움과 균형을 이루게 되는 것이다. 요는, 합창은 서로 다르다는 것을 먼저 인정하고, 그 다름을 기꺼이 수용할 수 있어야 한다는 것이다. 그런데 이게 말처럼 그렇게 호락호락 쉽게 인정하고 수용되는 것이 아니다. 문제의 발단은 바로 여기이다.

인간은 사회적 동물이라는데, 한자 문화권에서는 사회적 존재라는 뜻의 '인간'이라는 명명 속에 그런 명제가 이미 내포되어 있다. 인간(人間)의 간(間)은 혼자서는 살기 어렵다는 전제를 깔고 있는 단어이다. 혼자는 사이가 없고, 둘 이상이 되어야만 '사이'가 존재한다. 人은 한 개인인 것이고, 인과 인의 사이가 곧 인간인 것, '개인'이라는 말은 낱낱의 내 '진정한 자아'가 담긴 하나의 완전체라는 뜻이다. 한 완전체와 또 하나의 완전체들 간의 관계가 형성되어 하나의 조직체계가 이루어지는 것이 바로 사회적인 관계이고, 그것이 바로 인간 사회인 것이다. 경제적, 정치적, 법률적, 도덕적, 기타 문화적 관계

등의 여러 가지 사회적 관계 안에서 사람들은 생활하게 된다. 그 사회적 관계는 개인의 사상이나 이념, 경제, 사회적 신분이나 위치 등에서 두드러지게 표면화된다. 그런데 그 관계라는 것이 여러 가지 변수를 가지고 있다. 거기서 분열과 분란이 있게 되고, 서로 갈등과 대립의 첨예화가 이루어져 반목하게 되고, 사이가 틀어지고 멀어지게 된다.

이 나라 한국에서 가장 큰 골칫거리 테제는 이념이다. 이념 곧 이데올로기는 일종의 세계관이고, 나름 세계에 대한 인식론적인 패러다임으로써, 그것은 그 사람의 진리 의식이기도 하다. 그냥 풀어서 말한다면 자신이 세상에 대한 진리로 인식하고 있는 어떤 틀이랄까, 억세게 말하면, 진실과는 한참 거리가 있는, 고정되거나 뒤틀린 자신만의 인식 체계가 있다는 것이다. 하나는 사회주의, 공산주의 이념이고, 다른 하나는 자본주의 이념이다. 두 이념 체계는 일종의 안티테제로 가동되고 있는 것이다. 전자의 인식 체계는 사회의 모든 재산은 사회의 소유로 되며, 사회 구성원들은 이들을 누릴 수 있으며, 이를 통해 계급이 없는 평등한 사회를 구현하려는 것을 주창한 마르크스의 철학을 이상으로 하고 있다. 마르크스는 소수의 부르주아 이익을 대변하는 자본주의 사회는 필연적으로 종말을 고할 것이라는 역사 법칙주의를 주창한 바 있다. 그러나 그의 주장은 갈수록 허구가되어, 점점 더 자신의 주장에서 멀어지고 있는 현실에 접어든 실정이다. 자본주의의 현실은 마르크스가 예측한 대로와는 다른, 못된 자본주의의 길을 걸어가고 있다는 것을 인정해야 하는 천박한 실상을 드러내고 있다. 자본주의의 횡포에 시달리는 서민들이 많다. 횡포라기보다는 빈부 간의 격차로 인해 겪는 심리적 정신적 위축감이나 박탈감으로 인한 상실감이 실로 엄청나다. 수도권, 그것도 서울, 서울 중에서도 강남, 하면 한국 최상의 지역이다. 그것에서의 땅값, 특히 아파트 가격은 다른 지역과는 하늘과 땅 차이의, 실로 입이 쩍 벌어지는 엄청난 격차를 보여준다. 가령, 진주 지역의 아파트와 비교한다면, 같은 평수에 그 차이는 열 배 이상의 차이다. 그 격차는 경제적인 층위에서 끝나는 게 아니고 사람의 차이, 삶의 차이로 연결된다. 누구든 공평하게, 비슷하게 살고 싶어할 것, 천양지차로 나누어진 차이를 받아들일 수 있을까. 자본주의의 극심한 폐단이다. '자본주의' 앞에 '천박한'이란 속된 표현을 쓴 이유가 절실하다. 개인의 자유를 존중하면서 사회 공동체의 길을 존중하는 사회 체제가 해답이다.

그래서 합창을 원한다. 자본주의와 공산-사회주의의 음역이 조화를 이룬 합창이다. 공산-사회주의는 자본주의가 자행하는 폐단을 일소시킬 체제적인 특징을 가지고 있다. 다석 유영모 선생은 다음과 같이 말씀하셨다. "공산주의가 아니면 자본주의의 방해(妨害)를 막지 못한다. 자본주의가 아니면 공산주의의 맹위(猛威)를 제약(制約)할 수가 없다. 공산주의가 있는 것이나 자본주의가 있는 것이나 다 하느님의 섭리로 이루어지고 있다." 그렇다. 공산-사회주의가 있어야 자본주의 폐단을 막을 수 있는 것이다. 그래서인지 지금 세계 각국에서는 거의 자본주의 경제 및 민주주의 정치 체계와 결합한 사회주의 정책을 시행하고 있다. 스웨덴, 노르웨이, 프랑스, 캐나다, 인도 그리고 영국 등의 나라가 그렇다. 이들 나라에서 시행하는 정책은 보건 의료 정책과 더불어 국민건강보험공단, 어린이집부터 고등학교까지 무상 교육 실시, 공공 임대 주택, 부자 증세 등등 정부가 시행하고 있는 복지 및 재분배 정책 등 모두 사회주의적 성격을 가졌다. 한국 역시 그렇다. 지금은 공산주의 국가는 사실 없다고 해도 과언이 아니다. 소련이 해체되어 러시아로 돌아갔지만, 이전의 공산주의 국가는 아니고, 중국 역시 공산당이 정권을 틀어쥐고 있지만 완전한 공산주의는 아니다. 경제는 등소평 체제 이후로 자본주의에 편승하여 움직인다. 자본주의의 가장 큰 폐단은 빈부의 차이, 중국도 예외가 아니다. 세계에서 자본주의를 수용하지 않는 독보적인 곳은 한반도 북쪽인데, 그런데 공산주의가 제대로 가동되고 있기나 한가. 마르크스, 레닌의 논리를 틀어 보아도 공산주의는 어째 변질된 듯 멀게 느껴지고, 탈북이라는 언어가 자꾸 켕긴다. 북한이 세계에서 독보적으로 공산주의를 지향하면서 인민의 삶에 자유와 권리를 부여하는 합창의 체제가 될 수 있다면 천국이 바로 그곳일 것, 그런 체제가 되기를 바라는 합창 소리가 북한 전역을 관통하여 울려 퍼졌으면 얼마나 좋으랴만, 그런데, 아무래도 공상의 이념에 그칠 가능성이 크기에 공상주의자로 오인받기 딱 십상이다.

　그런데 이 합창은 빛깔로 치면 어떤 색인가. 회색이 아닐까. 붉은색에 흰색에 푸른색에 노란색을 얹거나 섞은, 그 모든 색깔을 종합한 색깔이 회색이 아닌가. 통상 정체성 부재의 어정쩡한 색깔이라는 부정적이고 회의적인 시선이 있을 수 있다. 그러나 회색은 양극의 빛깔을 거두어 지양하는, 모든 빛깔을 한데 모은 종합의 색이라는 색상의 측면에서 조화와 화합의 색이니 좋다. 흔히 순색인 빨간색, 흰색, 푸른색, 노란색 등이 좋은 색이고 회색은 나쁜 색이라고 생각할 수 있는데, 그건 한쪽에만 치우친 단세포적인 생각인 선입견이고 편견이다. 합창은 순색인 빨간색, 흰색, 푸른색, 노란색을 혼합한, 사람으로 치면 통 큰, 순수 회색이다. 순수 회색의 합창 소리가 균형 잡힌 이 한반도에 크게 울려 퍼졌으면 한다.

그런 교향악의 합창이 간절한 사건이 최근에 발생했다. 1992년에「즐거운 사라」를 발표한 뒤 '외설 작가'로 낙인찍힌 마광수 전 연세대 교수는 사회로부터 유폐된 삶을 살다가 2017년 9월 5일 스스로 목을 매달아 숨을 끊었다. 그는 「나는 야한 여자가 좋다」(1989)라는 에세이집을 낸 뒤 교수 품위를 실추시켰다는 이유로 징계를 받았고, 1992년 대학교 강의 중 음란물 제작 및 배포 혐의로 구속, 1995년 징역 8개월에 집행유예 2년이라는 유죄판결을 받았다. 1998년 사면·복권되어 연세대학교로 돌아와 2016년 8월 정년 퇴임을 했지만, 오래전 동료 교수들에게 집단따돌림을 당하면서 교수 재임용에서 탈락하기도 했다. 문제는 표현의 자유이다.

야하게 성적 판타지를 소설화했던 그의 문학은 국내 페미니스트, 진보주의자, 그리고 도덕적으로 근엄한 보수주의자로부터 배척받았다. 개인의 자유로운 창작물에 대한 발걸이 트집으로 표현의 자유가 처참하게 유린되고, 교수 자리에서 잘리고 구속까지 되었다는 것은 문화 민주적인 측면에서 심각한 문제인 것이다. 마 교수는 "문단에서도 왕따고, 책도 안 읽어보고 무조건 나를 변태로 매도하는 대중들, 문단의 처절한 국외자, 단지 성을 이야기했다는 이유만으로 평생을 따라다니는 간첩 같은 꼬리표" 운운하며 억울함을 토로했는데, 한 마디로 그는 한국 사회에서 철저히 따돌림당한 아웃사이더가 되어 저 아득한 나락으로 무참히 떨어져 내린 것이다.

외설 작품이란 비난을 받았던 작품 가운데 단연 윗자리 소설은 D.H. 로렌스의 『채털리 부인의 연인』이다. 1928년 발표 당시 외설적인 언어와 적나라한 성행위의 묘사로 인해 논란이 되어 판매금지가 되었다가 무려 30년 뒤 1959년 미국, 1960년 영국에서의 재판에서 승소한 뒤 출판이 허용되었다. 로렌스와 그 작품 역시 고된 시련을 혹하게 겪은 셈이다. 로렌스에게 성 테제는 건강한 생명의 관계라는 프레임으로 인식된다. 마광수의 성 테제도 퇴폐적이거나 음험하지는 않다. 인간 본연의 자연스러운 분출에 그 뜻이 있는 것이다. 가끔 인간은 가식과 위선을 부린다. 어쩔 수 없이 위신이거나 체면이라는 윤리, 도덕의 틀을 의식하지 않을 수 없는 것이다. 이 틀 또한 인정하고 이해하지 않을 수 없는 일, 그것처럼 마광수의 자유로운 성의식 또한 비난과 발길질보다는 다른 이면의 틀로 인정하고 수용해야 한다. 겉을 중시하면 속을 중시하기도 해야 한다. 마광수는 다음 시를 통해 합창을 제안한다.

대체 어느 누가
잡초와 화초의 한계를 지어 놓았는가 하는 것이에요
또 어떤 잡초는 몹시 예쁘기도 한데
왜 잡초이기에 뽑혀 나가야 하는지요?
잡초는 아무 도움 없이 잘만 자라주는데
사람들은 단지 잡초라는 이유로
계속 뽑아 버리고만 있습니다

— 마광수의 「잡초」에서

누구든 의문을 가질 것이다. 도대체 잡초와 화초의 한계는 어디까지인가. 마광수의 말마따나 어떤 잡초는 몹시 예쁘기도 한데, 누가 무슨 심사로 어떤 기준을 정해서 내렸기에 잡초라는 누명을 뒤집어쓰고 뽑혀 나가야 하는 운명에 처한단 말인가. 잡초든 화초든 모두 다 자기 생활 영역에서 최선을 다해 자신의 삶을 일구고 가꾸어 나가려고 애쓰고 있다. 김춘수 시인이 「꽃」에서 말하지 않았던가. "내가 그의 이름을 불러주기 전에는/ 그는 다만/ 하나의 몸짓에 지나지 않았"는데, "내가 그의 이름을 불러주었을 때/ 그는 나에게로 와서/ 꽃이 되었다"고 하지 않았던가. 그러니 우리는 서로 "나의 이 빛깔과 향기에 알맞은" 이름을 불러 "꽃이 되고 싶다"는 그의 존재론적인 간절한 바람을 기억하도록 하자. 차라리 잡초라고 부르기보다는 무명초라고 부르자. 편견으로 상대의 사상이나 고유한 사유를 무시하고 폄하하고 내려다보는 시선은 거두었으면 한다. 적어도 최선을 다해 자신의 삶을 개척, 가꾸고 있다면 존중, 배려하는 정신이 필요하다. 그리곤 함께 어깨를 겯고 다독이며 다 같이 좋은 노래를 합창하는 그런

합일의 아름다운 모습이 전개되기를 바란다. 관악기, 현악기, 타악기 등으로 합주되는 교향악도 좋듯이, 그 교향악으로 생명과 인생을 연주하듯이 각기 서로 다른 삶의 방식이나 방향이 다양한 연주를 하도록 하자. 화초를 존중하듯 잡초의 생명과 삶을 존중하자.

꽃동네의 합창이 반드시 문학예술인을 위해서가 아니라 서로서로 위하고 챙기고 배려하는 그런 조화롭고 화해로운 사회적 분위기와 기본적인 인간관계가 이루어졌으면 하는 간절한 바람이다. 울긋불긋 다양한 꽃들이 만발하는 꽃동네에서는 이 꽃이 저 꽃을 괴롭히거나 얄궂게 굴지 않고 서로를 존중하며 곁고 평화롭게 산다. 꽃동네에 모인 모든 사람이 한마음으로 꽃동네의 노래인 〈고향의 봄〉을 합창하는 소리가 울린다. 우리 모두 꽃동네 사람들이다.

반항하는 인간
— 색목(色目) 곧 진영에 대한 생각

이중환(李重煥)은 『택리지(擇里志)』에서 당시의 세태를 다음과 같이 꼬집었다.

사대부로서 현명함과 어리석음, 높음과 낮음이 자기 패, 한 색목(色目)에게만 통할 뿐이고, 딴 색목에게는 통하지 않는다. 이 색목 사람이 저 색목에게 배척되면 이 색목은 더욱 귀하게 여기는데, 저 색목도 또한 그러하다. 비록 하늘에 뻗치는 죄가 있더라도 한 번 딴 색목에게 공격당하면 시비와 곡직은 논하지도 않고 떼지어 일어나서 도우며, 도리어 허물 없는 사람으로 만들어버린다. 비록 독실한 행실과 숨은 덕이 있다 하여도, 같은 색목이 아니면 반드시 그 사람의 옳지 못한 곳부터 먼저 살핀다.
— 「복거총론(卜居總論)」, 「인심(人心)」條

'색목(色目)'은 당파를 말하는데, 정국을 주도하던 당파가 급격히 교체되는 환국(換局)을 여러 차례 거치면서 당파 간의 갈등은 절정을 이룬다. '색목', 요즘 말로 바꾸면 패거리 '진영'인데, 색목 논리에 따른 환국 정치의 상황을 지금 정치판에 갖다 붙여 비판하는 말이라고 해도 하등 이상할 게 없어 보인다. 사색 당쟁을 그렇게 극복해야 할 우리의 치부로 부정하더니 언제 그랬냐는 듯 여전히 지금도 진영논리, 내로남불로 아무런 거리낌 없이 그 오랜 구태를 여실히 자행하고 있다. 더 큰 문제는 그것이 잘못인지조차도 모르는 것 같아서이다. 정치판의 주체도 그렇지만 그들을 심판해야 할 냉철한 유권자인 국민 역시 하등 차이가 없는 것이다.

조선은 사색 당쟁의 공리공론으로 치달아 싸우다 결국 망했다. 그 철학적 논란이 한국의 장점이라는 이 지독한 아이러니라니! 지금 역시 그렇다. 이념은 공리공론이다. 그것에 목을 매달고 대가리가 깨지도록 박터지게 싸운다. 생산적이고 건설적인 싸움이 아니라 비생산적이고 자폭적인 싸움이다. 사색당쟁의 가장 큰 폐단은 상극이다. 내가 살고 네가 죽어야 한다는 극단이다. 상생이 되어야 하는데, 상극이라니, 좌파와 우파의 맞섬이 그것이다. 반면 진보와 보수는 상생이다. 상대를 인정해야 산다. 상대를 인정하지 않고 배타적이면 서로가 다 죽는다. 좌우가 손을 잡으면 상생의 진보와 보수가 되지만 좌우가 '파'로 갈라지면 서로를 죽이려 드는 상멸(相滅)의 처참한 길로 떨어지기 마련이다.

색목, 진영, 하니 문득 떠오르는 기억이 있다. 언젠가 오십 대의 한 후배가, 미국에 대해 어떻게 생각하느냐고 물었던 기억이다. 순간 8, 90년대로 거슬러 간 듯한 생각에 말문이 막혔다. 아직도 이념에 치우친, 흔히 말하는 좌파라는 말인가. 그래서 대놓고 답하기를, 우리가 이만큼 사는 데 도움을 준 건 분명하지, 라고 했더니, 찡그리는 인상과 동시에 즉시 돌아오는 답은 친미주의자군, 하는 싸한 반응이었다. 나 역시 싸하게 대했던 기억이 난다. 그 이후론 상종을 하지 않았다. 대해도 그냥 투명 인간이었다. 지금 만나도 역시 그럴 것이다. 도대체 왜 변증법적인 반립(反立)과는 거리가 먼, 반목의 이념과 색목에 빠지는 것일까. 이성과 합리성을 뺀, 서로 죽자-살자판 맹목은 절대 금물이다.

그런데도 이 나라에만 있는 이상한 질문이 하나 있다. 좌와 우, 어느 쪽이냐는 물음이 그것이다. 그런데 선뜻 대답하기가 난처하다는 사실이다. 사람의 개인 성향에 따라서 좌일 수도 있고, 우일 수도 있지 않은가. 그런데 이 나라는 그렇게 단순치가 않다. 그 둘은 서로를 존중하거나 인정하는 법이 없고 아예 적의 대상이거나 혐오의 대상으로 간주하는 것이다. 좌가 아니라거나 좌를 비판하면 우로 간주하고, 우가 아니라거나 우를 비판하면 좌로 간주되는 괴상한 나라이다. 그렇다면 결국 그들은 좌가 뭔지 우가 뭔지를 전혀 모르고 있다는 판단이 선다. '한 사회의 이념은 그 사회의 지배계급의 이념이다'라는 역사학자 E.H.카의 말대로 지배계급의 이념에 무조건 따른 데에서 결과된 현상일까. 좌우라는 이념은 반드시 그에 맞는 삶의 행동을 요구한다. 그런데 모르긴 해도 머릿속에만 좌 아니면 우가 들어있지, 그것을 통해 어떻게 행동해야 좌의 이념과 우의 이념에 부합되는지에 대해서는 무지한 것 같다.

그래서도 좌우라는 용어 자체는 적절치 않은 것이다. 그것의 기원은 이미 알고 있는 대로 프랑스 대혁명 당시 루이 16세의 처벌 수위를 놓고 공방을 벌이던 의회 좌측에 있던 쟈코뱅당과 우측에 있던 지롱드당에서 나온다. 그 두 당은 루이 16세를 처단하는 수위에 있어 의사당의 좌우에 위치해 있었던 공간의 차원에 불과했을 뿐, 쟈코뱅당은 단두대로 보내 참형을 할 것을 주장한 데 대해 지롱드당은 그 수위를 낮추자는 쪽이었을 뿐, 개혁에는 의기투합한 상태였다. 다만 강도의 차이, 죽이느냐 죽이는 건 너무 심하니 살려주고 처단하자는 차이일 뿐이다. 그런데 지금의 좌와 우는 어떤가. 수위 정도의 차이가 아니라 한 현안을 놓고 정반대의 해석이 가해지는 것이다. 따라서 이 개념은 맞지 않다.

이젠 그 틀에 박힌, 낡은 대립의 개념에서 탈피해야 마땅하다. 우선, 좌/우의 개념을 대립이 아닌, 좌가 있어야 우가 살고, 우가 있어야 좌가 산다는, 아니 좌우가 있어야 세상의 이치가 이치대로 제대로 돌아간다는 공존과 상생의 논리로 접근되어야 한다. 그 좌/우의 논리는 기수/우수, 여/남, 밤/낮, 달/태양의 이항적 관계의 전체 논리에 따라야 할 것이다. 좌는 글자 그대로 왼쪽, 손으로 치면, 왼손잡이이다. 동서고금을 떠나 왼손잡이는 대개 기피의 대상이다. 그러니까 오른손이 권장의 세계인 양지라면 왼손은 기피의 대상 세계인 음지 곧 그늘로 치부되었던 것인데, 연암의 「허생전」에도, 허생이 도둑들을 섬으로 데리고 가서 그곳에 정착, 살게 하곤 그 섬을 나오면서 하는 말이, 아이들이 성장하면 절대로 왼손을 쓰지 않게 하라고 당부한다. 왼손을 못 쓰게 한 이유를 분명하게 밝히지는 않았지만 인간 세상의 질서가 오른쪽에 있다는 관념 때문일 것이다. 이러한 관념적 질서 아래에서 왼손잡이는 소외와 경멸의 대상이 된다. 뜻에서도 구별되는 차이는 분명해진다. '오른'은 '옳은'의 뜻이니 '오른손'은 곧 '바른 손'이고, 왼손은 '외로 된' 곧 '바르지 않은'과 동격인 말로 왜곡되거나 삐뚤어져 있다는 뜻을 함축한다. '외'는 북한어에서는 몹시 비뚤거나 바르지 않다는 뜻의 접두사이다. 어원적으로 따지자면 다르다. '올'은 '많다', '외'는 '적다'의 뜻으로, 왼손보다 오른손을 쓰는 사람이 많기 때문에 이런 말이 만들어졌다고 한다. 그러니까 어원상 '오른'은 바르다는 뜻이 아니며 '왼'은 그르다의 뜻이 아니었다는 것이다.

서양에서도 오른쪽의 영어인 right도 '똑바르다'라는 의미의 게르만어(rehtaz)에서 파생된 것으로, "옳다, 오른쪽, 권리, 바로" 등을 뜻한다. 그리고 왼쪽의 left는 '약한 것'을 뜻하는 게르만어(lyft)에서 파생된 단어로, 성경에서는, 바른길에서 벗어난 상태를 가리키며, 나약하거나 미숙함, 어리석거나 악함 등의 상징어로 표현된다. 동서양을 떠나 '오른'과 '왼'에 대한 역사적 편견은 뿌리 깊다. 물론 문화적 편견이자 선입견으로, 이를 바로잡기 위한 작동으로, 동병상련의 왼쪽 파 곧 좌파의 존재 근거가 되는바, 좌파는 그들의 살 권리를 배려하고 생각해 주는 편에서, 소외된 약자인 왼손잡이에 대한 사랑을 쏟는다. 그래서도 '왼'은 '오른'으로 상징되는 기존 질서의 일탈과 파괴라는 상징성을 지닌다. 그런데 오른손을 주로 쓰긴 하지만 왼손이 없고서는 오른손 역할을 제대로 하기 어렵다. 균형이 깨지거나 맞지 않으면 몸은 제대로 기능을 하지 못한다. 그것은 왼손잡이 역시 마찬가지다. 그렇다면 좌와 우 모두 서로 상대를 인정함으로써 공존을 하고, 서로를 챙겨야만 공생이 가능하게 된다. 그것은 곧 전체적인 질서 그 자체인 것이다. 둘 중 하나가 없으면 전체 질서는 깨지게 마련이다. 그런데 문화라는 질서 외에도 좌우는 실로 극심한 대립과 갈등을 빚고 있다.

> 정치가들이나 인간 사회가 하는 기법은 놀랄 정도로 원시적이다. 편견, 상상, 특수한 이해 관계, 환상의 공포 등이 아직도 사회생활에 있어서 당연하다는 듯이 이성에 속하는 것에 끼어들려 하고 있다.

좌/우의 시대착오적인 대립과 갈등은, 위 어윈 에드만의 말대로 순전히 사리사욕에 빠진 사이비-정치꾼들에 의해 야기, 조장된 것이다. 그들의 정치욕이 케케묵은 이념 논리에 대중들을 빠뜨려 헤어나지 못하게 한 것이다. 편견, 상상, 특수한 이해 관계, 환상의 공포 등등, 이성의 차원에서 배척되거나 배제되어야 할 요소들이 이성에 소속되려고 슬쩍 새치기로 끼어들려고 하는 상태이다. 아주 사악하고 나쁜 정치의 사례라고 할 수 있다. 한 번쯤 자성의 진지한 몸짓이 요청된다. 한낱 이념으로 인해 우리 인생 자체가 비극으로 떨어질 수 있다는 것을, 이념적으로 대립하고 갈라지면 끝장난다는 사실, 좌/우, 진보/보수는 서로 죽이는 관계가 아니라 공존 공생의 길을 걸어가야 한다는 사실은 1936년에 발발한 스페인의 내전이 강력하게 뒷받침한다. 마누엘 아사냐가 이끄는 좌파 인민전선 정부과 프란시스코 프랑코의 우파 반란군 사이에 내전이 벌어져 무려 60만 명의 무고한 인명이 희생된 사태이다. 1950년에 일어난 한민족 최악의 비극적인 사태인 6.25 사변 역시 그렇다. 류시 말로리의 말이 절절하다. "우리들이 가지는 사상이 좋고 나쁨에 따라서, 우리들을 극락으로, 아니면 지옥으로 데려간다. 그 극락세계나 지옥은 천상(天上)이나 지하(地下)에 있는 것이 아니라 이 인생에 있는 극락이며 지옥이기도 하다." 그렇다. 우리 앞 세대분들과 스페인 사람들 역시 지하가 아닌 지상의 지옥을 끔찍하게 경험하지 않았던가.

지금도 툭, 하면 좌우익으로 가른다. 소설가 복거일은 우익 문인으로 몰린다. 그런데, 그의 세상 비평을 보라. 우익이라면 보수적인 의식 경향에 대한 그런 신랄한 비판이 나오겠는가. 강준만이나 진중권이 진보를 비판했다고 그를 보수로, 우로 전향했다고 인터넷이나 유튜브, SNS에서 몰아붙이며 비판하고 난리를 친다. 사안에 따라 보수가 보수를 비판할 수도, 진보가 진보를 비판할 수도 있다. 진보를 비판하면 보수로, 보수를 비판하면 진보로, 와 같은 틀에 박힌 공식적 편 가르기는 진부한, 전형적인 색목 프레임이다. 진보는 진보의 가치를 지향하는 점에서 진보를 인정한다. 왜 이념의 노예가 되고, 종이 되어 우민의 극을 치닫는 것을 즐겨하는 것일까.

좌파와 우파의, 평화롭게 공존할 수 있는 보편적 원리를 가진 현실 인식이 필요하다. 자유와 평등의 가치 운운은 좌와 우의 공존이 아닌가. 경제적, 사회적 소수자의 참된 인권을 위한 진정한 좌파의 존재가 한없이 그리워진다. 그리고 진정한 삶의 길에 대한 혜안을 가진 전통적 아름다움의 가치관을 가진 진정한 보수가 사무치게 그립다. 기존의 질서는 글자 그대로 기득권의 질서가 됨으로써 성찰과 자성의 몸짓이 둔하게 되어 정체된 질서로 자리잡게 되고 만다. 이때 혁신적인 사고의 좌의 출현은 필연적이다. 역사의 발전을 위해서는 좌가 출현해야 한다. 그 좌의 질서가 오래 가면 기존의 질서가 된다. 흔히 보수라고 칭해지는 정체된 흐름이다.

그런데 앞에서도 시사한 바 있지만, 좌파와 우파라는 관계보다는 진보와 보수라는 관계가 적절해 보인다. 좌파 우파는 어감상 서로를 적으로 간주하고 죽이려 드는 상극의 관계라는 인상이 강한 반면에 진보 보수는 변증적 발전 관계라는 역사적 단계의 인상이 두드러진다. 여기서 말하는 진보는 물질적 기술적인 문명의 진보가 아니다. 글자 그대로 기존의 체계가 정립한 질서나 일정한 틀을 깨고 일탈하여 새로운 질서 체계를 향해 나아가는 개념이고, 보수는 글자 그대로 지킨다는 뜻이니, 오랜 시간의 적층을 거쳐 문화적 가치가 인정된 질서를 지킨다는 것이다. 진보는 젊은이다운 상쾌하고 신선하며 활발한 행보가 느껴지는 데 반해, '보수'하면 행보가 멈춘 듯 늙고 고집스런 분위기가 받치는 느낌이다. 진보는 하나의 신념 아래 의리와 정의가 받친다. 시쳇말로 죽는 상황이 닥쳐도 의리에 반하거나 정의에 엇나가는 일은 별로 없다. 보수는, 그런 면에서 취약한 편이다. 무서운 힘 앞에서 몸을 잘 사리고, 앞과 뒤가 다른, 큰 이익 앞에 쉽게 흔들리거나 잘 갈라서고 돌아선다. 신념이 없거나 약한 편, 그래서도 추하다. 예의는 잘 지키는 듯하지만 예의가 반드시 장유에만 통하는, 곧 고개만 꾸벅꾸벅 잘 굽히는 것에 국한되지 않는다. 선과 진실, 정의를 향해 배신하지 않고, 힘 앞에서도 굽히지 않는 진정한 인간의 덕목으로서의 예의이다. 곧고 바른 소리는 진보의 덕목이다. 그런 면에서 진보를 높이 평가하고 존중한다.

진보를 존중하지만 진보 도그마도 문제가 있다. 보수적 전통질서에 대한 존중이나 배려가 필요한데, 지난날의 전통은 더는 존재해야 할 일고의 가치가 없다는 독선적 판단 아래, 과거의 문화적 전통적인 것들은 모조리 없애버리고, 전통적인 문화에서 모든 가치를 삭제, 부정해 버린다. 하긴 보들레르를 분노하게 한 것도 예술에 적용된 진보 도그마였다고 한다. 현대 예술이 과거의 예술을 몽땅 없애버리고, 모든 가치를 빼내 버리고, 그래서 과거 예술이 더는 예술이 아닌 것으로 치부, 망가뜨리고 만 것이다. 보들레르는 〈에드거 포에 관한 새로운 주석들〉에서 진보를 "몰락의 거대한 이단"이라고 명명할 정도로, 보들레르에게 몰락은 진보와 현대의 동의어로 간주되기까지 했다.

진보적 이념은 경제적으로는 분배의 평등을 강조하는 국가계획경제 체제와 정치적으로는 국가 전체의 통일성과 이익을 강조하는 전체주의적 체제를 뜻하는 사회주의를 지칭하고, 보수적 이념은 경제적으로는 개인의 경쟁에 의한 무한한 이윤추구의 장점을 강조하는 시장경제와 정치적으로는 개인의 자유와 권익에 초점을 두는 자유민주주의를 지칭한다. 그런 보수는 낡고 진부한, 벗어나야 할 시스템으로 보통 치부, 인식되고 있지만 실제로는 기존의 질서나 시스템을 지칭한다. 가령, 공산-사회주의 국가에서 반공산당·반사회주의가 '진보적'으로 인식되고, 공산당·사회주의가 '보수적'이라 인식된다. 북한 체제에서는 개방을 주장하는 입장이 진보적인 데 반하여 김 씨 3대 독재체제를 고수해야 한다는 주장을 보수적이라고 부를 수 있을 것이다.

역사의 진보는 아무래도 기존의, 오래되어 낡은 질서를 깨고 나가는 데 있다. 그것은 좌파 곧 진보가 해주어야 한다. 보수는 그 질서에 길들여져 있는 까닭에 제대로 인식이 되지 않는다. 그것은 좌파 곧 진보의 역할이다. 그래서도 색목의 한 진영 곧 북 체제에 대해 무비판 경도로 일관하는 이 나라의 진보는 진보답지 않다. 계급 없는 사회, 빈부의 격차가 없는 공동체 사회가 이 지구상에 있었으면 하는 바람이 컸고, 가장 가까운 북쪽에서 같은 민족이 차별과 계급이 없는 평등 사회에서 산다면, 하는 바람이 있었는데, 그 기대는 산산이 깨지고 말았다. 북 체제는 개인숭배 체제로서 마르크스 엥겔스 사상과는 완전 배치된다. 그 체제는 심지어 레닌마저 부정시하여 타파해야 할 제도임을 천명하지 않았던가. 그런데도 진보주의자는 진보를 주창하면서도 보수보다도 역행이 극심한 북의 개인숭배 체제에는 입을 꾹 다물고 있다. 북의 체제가 마르크스 공산-사회주의 이념을 이행하여 인민을 중심으로 한 진정한 공산주의 체제가 되기를 촉구해야 마땅한 것이 아닌가. 한마디로 공산주의에 역행하는 반동적 행태에는 침묵하고 있는 모순과 위선의 실상인 것이다. 독재보다 더 나쁜 것은 독선이라는 말이 있다. 개인숭배 체제는 독선에 기반한 체제인 것이다. 그 독재와 독선에 대해 침묵하는 진보는 진보가 아니다. 진보가 아니라 막말로, 퇴보이다. 아무튼 바란다. 보수우파는 물론이고, 진보좌파의 문제점이나 모순도 명쾌히 발견, 신랄하게 지적하고, 그들의 위선적 실체를 밝혀 바로 잡는 역할을 하는 진정한 진보를 만나기를 바란다.

진보와 보수는 상극 개념이 아니라 상존(相存) 혹은 공존 개념이다. 인간 사회 역사에서 진보 없는 보수, 보수 없는 진보가 존재하는가. 미국의 진보주의자 폴 굿먼은 자신을 원시적 보수주의자라고 했다는데, 무슨 뜻일까. 그의 보수주의는 지금 이념상의 보수주의 개념과는 다르게 접근되어야 할 것이다. 삶의 근본은 삶을 지켜내야 한다는 의미에서 보수적일 수밖에 없다. 그것은 달리 말하면 모든 것에 앞서 살아내야 한다는 것, 곧 삶의 생명성을 말하는 것으로, 단순히 숨만 살아 쉬는 뜻으로의 생명은 아닌 것이다. 자유의 논리가 기본으로서의 삶이 보장되어야 한다는 것이다.

헤겔의 논리에 따르면, 노인들의 눈에 새로운 것은 악한 것으로 보인다. 새로운 것 곧 악은 진보적이기에 어느 정도는 긍정적이다. 그러나 전통 사회에서는 새로운 것, 특히 사상은 위험한 것으로 느낀다. 전통적 질서를 파괴하는 것들은 모두 악으로 간주해 버리는 것이다. 그런데 악은 상대적이다. 현재에는 악이라고 생각하지만 미래에는 더 이상 악으로 여겨지지 않기 때문이다. 가령, 전통적 화법의 화가들에게 19세기의 아방가르드는 불쾌하고 허황된 예술이었다. 그러나 20세기 이후 이 예술 경향은 낡은 아방가르드가 되어 새로운 사조를 비합리적인 것이라고 묘사하기에 이르렀다. 또한 흔히 유교, 하면 보수 프레임의 근원으로 생각하지만, 진보적인 사상이었다. 신라 말기 최치원이 당나라에서 익힌 정치사상과 행정 경험을 바탕으로 한 유교 정치사상으로 신라의 관리체제를 개혁하려 했다. 유교 정치사상은 과거제를 기본으로 운용되는 체제로서 신분제를 기본으로 운용되는 신라의 골품제와는 전혀 다른 정치사상이었다. 당시 신라는 능력이 아니라 출신 유전에 따라 인생이 결정되는 폐쇄적인 사회였다. 그래서 최치원은 유교라는 진보사상으로 능력 위주의 개방적인 사회 제도로 바꾸려는 시무책(時務策) 10여 조를 진성여왕에게 올렸지만 가차 없이 진골 귀족들에 의해 거부되고, 그는 신라 사회를 떠나 은둔하고 만다. 요는, 지금의 보수적 가치는 한때 진보적 가치였다는 사실이다. 진보 없는 보수가 없다는 말의 근원지이다. 보수가 탄탄한 토대가 되고 그 위에 새로운 가치를 추구하는 진보가 선다. 그래야만 인간 사회는 발전적으로 비약한다. 보수는 진보를 위해 존재하는 것이다. 진보는 보수 위에서만 가능하다. 보수가 토대를 만들지 않고서는 진보는 없다. 진정한 중(中)은 진보나 보수 어느 쪽에 쏠리는 것이 아니라 진보이면서 보수인 단계이리라. 진보의 진정한 가치를 인정하면서 보수의 진정한 가치도 인정할 줄 아는, 그러면서 그릇된 진보나 보수가 나타나면 과감히 비판하는 단계이리라. 에릭 프롬이 말하지 않은가. "불굴의 용기는 세상이 당신에게 '예'라는 대답을 듣고 싶어 할 때 '아니요'라고 말할 수 있는 능력이다."

순자(荀子)는 말한다. "옳은 것을 옳다 하고 그른 것을 그르다고 하는 것을 지혜라 하고, 옳은 것을 그르다고 하고 그른 것을 옳다고 하는 것을 어리석음이라고 한다."(是是非非謂之知 非是是非非謂之 愚.《修身》). 앞의 프롬과 뒤의 파스칼, 카뮈의 말과 같은 맥락의 진언이다. 진정한 진보와 진정한 보수의 태도는 바로 여기에 있다. 순자의 말을 그대로 적용시킨다면, 우리는 옳고 그름을 구분하는 지혜를 행해야지, 그 둘을 가려내지 못하거나 거짓을 자행하는 어리석음을 범해서는 안 된다. 흔히 진보는 사회적 약자를 보호하는 세력이라고 한다. 그러면 보수는 약자에 대한 배려나 보호, 그리고 아낌없이 나누고 베푸는 마음은 없을까. 경주 최 부자는 어떻게 접근해야 할까. 3백 년이 넘는 오랜 기간 동안 이웃을 위해 곳간 문을 활짝 열었던, 그리고 그 때문에 행복했던 경주 최 부잣집, 최 부잣집은 철저하게 근검절약했고, 나라와 이웃을 위해 자신의 재산을 아낌없이 베풀어 씀으로써 도덕적 의무를 다했다. 흉년이면 어김없이 곳간 문을 열라, 내 것을 아껴 가난한 이들을 도와라, 사방 1백 리 안에 굶어 죽는 사람이 없게 해라, 나그네를 후하게 대접하라는 후행을 가훈으로 남긴 최 부잣집은 진보인가 보수인가. 흔히 노블레스 오블리주(Noblesse oblige), 곧 귀족은 의무를 진다는 사회적 의무를 진 최 부잣집이 아니었던가.

좌와 우, 혹은 진보와 보수의 변증법적 발전을 위해서는 부득불 그 둘의 체계를 뛰어넘는 중(中)의 단계가 반드시 필요하다. "진실로 그 중심을 잡으라."(允執其中,《論語》〈堯曰篇〉) 요임금이 순임금에게

임금 자리를 선양하면서 다스리는 이치의 대방(大方)으로 준 간오(簡奧)한 한 마디 교훈으로 곧 中은 지선한 경지이자 타당의 극치이다. 중용(中庸)의 중(中)은 치우치지 않음(不偏)이고, 용(庸)은 바뀌지 않음(不易)으로, 용(庸)은 중(中)을 강하게 뒷받침한다. 제대로 된 중용은 양쪽 사이의 한가운데인 어정쩡한 입장과 처지의 중용이 아니다. 그것은 그 어느 한 극단에 서지 않고, 카뮈가 즐겨 인용하는, "사람은 어느 한 극단으로 쏠림으로써가 아니라 양쪽에 동시에 가 닿음으로써 자신의 위대함을 보여준다."(〈독일 친구에게 보내는 편지〉)는 파스칼의 말에서처럼 "양쪽에 동시에 동시에 가 닿는" 것을 명령한다. 이 말에 단단한 믿음의 터를 잡은 카뮈가 쓴 책이 바로 『반항하는 인간』이다. 양쪽에 가서 신랄하게 그쪽을 비판할 수 있는 반항하는 인간이 되어야 한다는 것이다. 인간과 정의를 철저히 무시하고 모든 자유를 무너뜨리는 광적인 전체주의에 입을 다물고 있는 진보라면 그 진보는 사이비-진보이다. 카뮈는 그 전체주의에 억압받고 있던 동유럽인들을 위해서도, 스페인의 프랑코 체제에도 침묵하지 않고, 과감히 '아니요'라는 비판적 발언을 한다. 카뮈의 반항은 공동의 운명과 개인의 자유를 동시에 인식하면서, 부조리의 심장부에 자리한다. 이것도 저것도 아닌 중용은 사이비 중용이다. 이것이기도 하고 저것이기도 하면서, 이것이 잘못되면 이것을 비판하고 저것이 잘못되면 저것을 비판해야 한다. 그것이 진정한 중용의 길이다. 그 중용은, 카뮈의 논리에 따르면, 모순을 거부하는 것도, 모순의 해결도 아니지만, 모순을 그 자체로 인정하는 것이다. 나아가 그 인정에서 끝나는 게 아니라 과감히 모순에 대해서도 반항할 수 있어야 하는데, 카뮈, 그의 말을 빌리면 "나는 반항한다. 그러므로 우리는 존재한다." 해서, 반항하는 인간은 '아니요'라고 말할 수 있는 인간이다. 진정한 진보주의자와 보수주의자는 그 색목 진영의 잘못되거나 그릇된 길에 대해서는 바르고 곧은 정신으로 '아니요'를 선언할 수 있는 선비 정신을 갖추어야 한다.

정계에 진출한 지인이 있다. 한국 정치의 색목 현상이 워낙 강하기에 그의 정계 입문이 우려되었지만, 진지한 숙고 끝에 내린 그의 결단이기에 격려 차원에서도 존중해야 마땅한 일, 그 존중의 뒷받침 논리는 파스칼의 철학 논리를 그가 실천하리라는 기대감에 대한 강한 믿음에 있다. 한마디로 균형이 잡혀 있어야 한다는 것인데, 이 균형은 안락함의 차원이 아니라 갈등과 시련의 차원으로, 한 인간의 진지한 사유에 따른 노력과 용기의 결과인 것, 이 균형 잡힌 인간의 미래가 우리 사회의 진정한 미래상일 것이다. 그의 정치 행보는, 흔히 정치꾼들이 자신을 과포장해서 내세우는 데 반해, 이 지인은 자신을 과포장하는 데에는 전혀 익숙치 않고, 오히려 자신을 있는 그대로 진솔하게 드러내는데 더 자연스럽고 더 익숙하기만 하다. 그래서도, 향후 부조리한 정치 현안에 대해 무소신의 정치 행보를 전체적으로 강요받을 경우, 그는 '파블로프의 개'와 같은 무개념, 무소신의 정치 행태를 절대 거부할 것, 그래서 결코 골렘(Golem)의 정치 놀이가 아닌, 카뮈가 주창한 '아니요'라는 반항적 정치 행보를 과감히 결단, 독자적 정치의 참된 길을 걸으리라 믿는다. 맹목적 사유와 판단에 따른 전체주의적 행동보다는 오히려 부정에 바탕을 둔 부정적 사유에 따른 긍정적 행동이 최선의 무론(毋論) 단계라는 사실을, 나아가 순순한 굴종이나 순응주의는 우리 사회를 죽이는 계단식 붕괴의 단계임을 그는 깊이 인식하고 있으리라.

내킨 김에, 오래고 간절한 바람 하나 부친다. 차갑고 거친 좌파 진보가 아니라 따뜻하고 부드러운 진보 좌파가 되었으면, 늙고 고집스런 우파 보수가 아니라 젊고 유연한 보수 우파가 되었으면 한다. 좌파는 아무래도 이벤트성이 강하고 조직적이다. 그런 까닭에 젊은이들의 기질과 생리 취향에 꼭 맞다. 촛불을 보라. 젊은이들은 기존의 고루한 관습과 질서에 대해 거부감과 반감을 가지고 그 질서를 이탈하려는 성향이 강하다. 하물며 처칠도 "젊었을 때 사회주의에 경도되지 않은 사람은 가슴이 없는 사람이고, 나이 들어서도 사회주의를 고수하는 사람은 머리가 없는 사람이다"고 말했을까. 지금의 보수적 가치는 한때 진보적 가치였다. 진보 없는 보수가 없다는 말의 근원지이다. 보수가 탄탄한 토대가 되고 그 위에 새로운 가치를 추구하는 진보가 선다. 그래야만 인간 사회는 발전적으로 비약한다. 보수는 진보를 위해 존재하는 것이다. 보수를 존중하는 진보적인, 건강한 진보를, 진보를 존중하는 진정한 보수를 꼭 대하고 싶다.

이념의 안티테제에 대한 허술한 생각을 끝내려고 하니, 다른 색목을 수용, 인정하는 건강한 색목의 친구들과의 만남의 자리가 간절히 그립다. 그리고 우리의 미래가 되는 다음 세대의 삶이 다툼으로 날을 지새우는 그런 구차하고 초라한 미래가 아닌, 서로의 견해와 이념이 배척의 대상이 아닌 새로운 미래를 기약하는 발전의 계기가 되는, 그래서 수용할 것은 수용하는, 그런 발전적인 미래의 세상이 오기를 바란다.

산초 판사 이야기

　　2020년 10월, 생후 16개월 된 여자아이가 입양된 뒤부터 271일 동안 지속적인 양모의 폭행 학대로 사망하는 사건이 발생했다. 사망 원인은 외력에 의한 복부 손상, 후두부, 쇄골, 대퇴골 골절, 장간막 출혈, 소장과 대장의 파열, 췌장 절단이라고 한다. 한국식 나이로 그 애는 3살인데, 그 어린 나이에 이런 중상해는 폭행을 넘어 듣기에도 끔찍하기만 한 만행이다. 1심에서 양모에게 무기징역이, 양부에게는 징역 5년이 선고되었다. 양부모는 판결에 불복하여 항소를 했는데, 서울고등법원에서 무기징역은 지나치다며 양모에게는 징역 35년으로 감형, 양부에게는 그대로 징역 5년을 선고하였다. 재판부는 "이 사건 범행에 (피고인의) 잔인하고 포악한 본성이 발현됐다고 보긴 어렵다"면서 "피고인은 만 35세로 장기 수형생활을 통해 잘못을 깨닫고 조금이나마 문제를 개선할 가능성이 없다고 할 수 없고, 출소 후 재범 위험이 분명하다고 단정할 순 없다."고 했다.

　　인터넷을 검색해 보니, 재판부의 판결문 대목 중 감형 사유가 발췌되어 있다. 재판부 감형 사유는 다음과 같다. 양모가 살해 의도를 가지고 계획적으로 범행했다고 보기 어렵고, 병원으로 이동하면서 정인 양에게 심폐소생술을 실시했다는 점, 보호관찰소 검사 결과 스트레스 조절을 못하는 심리적 특성으로 인해 범행했을 가능성이 있는 점 등을 감형 사유로 들었다. 또한 양모가 자신의 행동을 후회하고 자책하며 증거 은폐를 시도하지 않았고, 벌금형 외 별다른 전과가 없고 사회적 위치나 관계가 견고했던 점과 이 사건에 대한 사회적 공분은 범행 자체의 참혹함뿐만 아니라 사회의 아동 보호 체계가 제대로 작동하지 않았다는 것에 있다는 점 등을 들었다.

판결 선고는 과할 수도 있고, 약할 수도 있기에 재판부 판사의 결정을 존중해야 하지만 그 판결 내용이 좀체 납득하기 어렵다. 살해 의도가 없다고 했는데, 의도가 그렇게 판결에 영향을 미치는 요인일까. 아이는 왜 죽었는가. 271일 동안 장기간 지속적이고 상습적인 학대와 폭행이 원인이 아닌가. 설사 성인이라도 그렇게 오랜 동안 학대와 폭행을 당하면 무사할까. 만약 죽지 않았다면 법적 처벌을 하지 않아도 된다는 논리인가. 재판부는 학대자인 양모의 입장만 중시하는 판결을 내린 듯하다. 누가 약자인가. 법은, 법을 집행하는 판사가 보호해야 하는 대상은 누구인가. 강자인가, 약자인가. 당연히 살인자의 입장에서는 살인 의도가 없었다고 발뺌을 하거나 억지소리를 해댈 것은 자명한 일, 그 변명 같지 않은 변명을 재판부는 진심으로 받아들인 것일까. 아니면 아예 상식적 판단을 가능케 하는 사유의 가동이 중단된 것일까. 법은 상식에서 출발해야 하는데, 법이 고도의 심리학을 적용해야만 되는 시스템인가. 물론 정신적으로 문제가 있는 사람이 인간 사회의 질서에 반하는 행위를 할 수도 있다. 그렇지만 그에 의해 생명의 피해를 입은 피해자의 살 권리는 무시하거나 폐기해도 된다는 말인가. 그리고 가해자가 법정에서 자신의 범행에 대해 뉘우치고 후회하는 태도를 보이면 그것을 그대로 진심으로 받아들일 정도인가. 그 순간을 피하기 위해서는 연기를 하지 않을까. 판사는 진실과 연기를 구분하지 못하는 순진한 존재인가. '사회의 아동 보호 체계가 제대로 작동하지 않았다' 운운도 심히 걸린다. 아동은 부모가 보호하고 지켜야 되는 것 아닌가, 사회의 아동 보호 체계 미흡 운운 하지만 당시 피해 아동이 다니던 어린이집 교사들이 아동 학대가 의심된다며 첫 신고를 하고, 대한아동학대방지협회는 공식 카페를 통해서 관할 경찰서에 아동학대 신고를 3번이나 했는 데에도 경찰서에서 모두 다 혐의없음으로 종결시켰다지 않은가. 아동 보호 체계가 제대로 가동되었지만 무효로 끝난 비극적 사건이다. 그런데 가장 중요한 아동 보호는 부모의 역할이 아닌가. 부모가 학대를 해도 아동 보호 체계 운운할 것인가. 상식의 완전한 이탈이다. 이에 대해 한 변호사는 "개인이 저지른 범죄를 사회적 책임으로 돌려서는 안 된다"며 "특히 법원의 판단에 의한 법 집행도 사회적 보호 체계에 포함이 되는데 법원이 사회적 책임을 물으면서 가볍게 처벌한다면 장차 발생할 피해자를 보호하는 예방적 효과가 감소될 수 있다."고 예리하게 지적하고 있다.

2013년 8월 경북 칠곡에서 계모가 8살 의붓딸을 학대하여 결국 사망에 이르게 한 소원이 사건이 있다. 무려 454일 동안 학대를 했는데도, 대구법원 판사는 미필적 고의가 없다고 판단, 상해치사죄로 최종적으로 계모에게 15년, 그 학대를 방조한 친아비라는 사람에게는 4년 형을 선고했다. 도대체 어떤 사유 끝에 저런 독특한 판단이 내려진 것일까. 454일 동안 학대를 했는데도 살인의 고의성이 없었다는 판단은 사람 머리로서는 생각하기 어렵다. 그리고 시민단체에서 살인죄를 적용하라는 시위를 벌이자, 판사가 내뱉은 말이 더욱 기가 차다. 아동 살인죄 전례가 없단다. 아니, 전례가 만들어지지 않았는가. 하긴 판사의 말도 일리가 있다. 법은 판사가 제정하는 것이 아니라 국회의원이라는 정치인들의 독보적인 역할이니까. 그렇다고 해도 숨이 막힐 지경이다. 저항력이 전혀 없는 아동을 학대해서 죽인 것만 해도 법정 최고형을 내려도 시원찮을 판인데, 판사는 전례의 논리를 들이대는 법적 현실이다. 정의로운 사회인가. 법이란 무엇인가. 법은 인간 위에 있는 게 아니라, 인간을 지키기 위해 있는 것이 아닌가. 살인마를 보호하고 지키려 드는 것이 법인가. 악행을 저질렀으면 응분의 대가를 치르도록 해서 그런 악행이 없어지도록 하는 게 법을 지키는 자의 임무이자 도덕적 의무가 아닌가. 법은 동일한 범죄 사건을 예방하는 차원에서도 엄해야 한다.

법은 공동생활을 질서 있게, 남의 권리나 인권이나 삶이 침해당하지 않도록 지켜주는 역할이다. 그러니 법은 그것이 침해당하거나 손해를 입었다는 전제 아래 존재하는 것이다. 따라서 법은 상식에 바탕을 두고 그 상식에 부합해야 한다. 물론 고대의 법을 그대로 현대사회에 적용할 수는 없다. 가령, 고대 바빌로니아의 함무라비 법전의 핵심인 탈리오(talionis) 법칙 곧 '눈에는 눈 이에는 이' 원칙, 이를테면, 사람을 죽인 자는 사형에 처하고, (평민이 귀족의) 눈을 쳐서 빠지게 하였으면, 그의 눈을 빼고(196조), (평민이 귀족의) 뼈를 부러뜨렸으면, 그의 뼈를 부러뜨린다.(197조) 물론 귀족이 평민에게 한 행동에 대한 처벌은 약한, 불평등한 법률이다. 만약 귀족과 평민 간에 불평등이 아닌 평등한 법이 집행되는 것이라면 잔혹하긴 하지만 합리적인 처벌이다. 법의 원칙이 그대로 적용된 것, 곧 자행한 만큼의 행동에 대한 처벌을 받는 것이다. 눈에 손상을 입혔으면 목숨을 빼앗는 것이 아니라 남의 눈을 빠지게 했기에 눈을 그대로 빼는 것이니, 얼마나 합리적인가. 고조선 8조법 역시 그렇다. 〈漢書地理志〉에 남겨진 법 조항은 세 조항이지만 우선 조항은 생명을 보호하려는 목적 아래 만들어진, '사람을 죽인 자는 즉시 죽임으로써 갚는다(相殺以當時償殺)'이다. 이것을 보더라도 법은 예나 지금이나 가장 먼저 사람의 생명 보호에 우선 목적이 있다.

또 하나의 건이 생각난다. 거의 하루도 빠짐없이 반복되는 남편의 가정 폭력으로 인해 아내가 끝내 마지막 방법을 선택한다. 그것은 남편이 폭력을 자행하고 잠든 틈을 타서 넥타이로 목을 졸라 살해한 것이다. 법정에서 변호사는 늘 일상이 되어버린 폭력에 대해 아내가 행한 그 행위에 대해 정당방위의 행위로 해석해서 무죄 판결을 내려달라는 최후 변론을 했지만, 판사는 남편이 잠든 중에 목을 졸은 것은 정당방위가 아니라며, 그냥 살인 행위로 판결을 내렸던 것이다. 그런데 과연 남편이 잠든 중이 아니라면 아내는 그 남편의 폭력을 중단시킬 수 있었을까. 그러니까 정당방위로 인정받기 위해서는 남편이 폭력을 가할 때 맞서서 대항하다가 그를 죽여야만 되는 것인데, 실제로 그런 일이 가능할까. 1%의 가능성도 없다. 늘 폭력에 시달리던 아내가 남자와 맞서서 대항할 경우, 이길 아내는 몇이나 될까. 따라서 남편이 눈 떠 있을 때의 정당방위는 언어로만 존재할 뿐 실제로는 없는 행위 언어라고 할 수 있다. 역시 상식을 배제하거나 완전히 벗어난 판결이다.

얼굴 근육이 팽팽히 조여드는, 상식 이하의 판결도 있다. 봉고차가 유치원 내에 진입하여 후진하다가 유치원생을 치게 한 사건이 있었다. 그런데 법원 판결은 전혀 상식을 뛰어넘은 것이었다. 유치원 운동장─운동장이라고 하기엔 학교 운동장만큼 크진 않지만, 마당이라고 하기에는 지나치게 넓으니 그냥 운동장이라 칭함─은 스쿨존이 아니기에 운전사에게 큰 잘못이 없다고 판결을 내린 것이다. 대체로 유치원을 비롯한 학교 앞의 도로가 스쿨존으로 지정되어 30km 이하로 운행해야 하고, 사고가 나면 큰 책임이 부과되는데, 유치원 혹은 학교 안은 그렇지 않다? 아이들을 다치게 하는 곳도, 다치게 해도 법으로 처벌받지 않은 곳이 있고, 처벌받는 곳이 각각 따로 정해져 있다는 말인가. 상식을 벗어난 듯하다. 도대체 이게 법인가. 국회의원들이 이런 애매모호한 상황까지 고려해서 그들의 깊은 사유를 통해 법을 그렇게 제정했다는 말인가.

거듭 묻는다. 도대체 법은 왜 있는 것일까. 인간이 존재하는 곳에는 예상 밖 돌변의 사건이 일어나기 마련이다. 불의의 전혀, 뜻밖의 사건이 일어날 수도 있고, 이해 관계로 인한 갈등과 대립으로 인해 분열이 일어날 수도 있다. 그것을 지혜롭게 중재하거나 칼로 무 자르듯 옳고 그름을 가려주는 역할을 해야 하는 것, 그것이 법이다. 그리고 또한 인간 사회에는 강자와 약자가 양립하기 마련이다. 분명 약자를 보호하고 악한 존재를 징계하기 위해 있는 것, 그래서 약자를 지켜주어야 하고, 악한 자는 엄중한 처벌을 받도록 하기 위해 법이 존재하는 것인데, 왕왕 뒷골이 당기게 하는 판결이 무수히 있다. 그 법을 적용해서 집행하는 판사라는 존재는 참으로 불가사의한 존재이다. 인간인지, 아니면 우주의 다른 별에서 온 존재인지 도대체 가늠이 안 간다.

음주 운전 사고를 내어 어린아이를 사망케 한 음주 운전자에게 판사는 판결을 한다. 고의성이 없었다는 이유로 가벼운 솜방망이로 무거운 판결을 내린다. 물론 음주 운전자가 생면부지의 어린아이한테 무슨 철천지 원수라고 생각했을까. 당연히 고의성이 없다. 그렇지만 한 어린아이의 생명을 앗아간 죄를 범하지 않았는가. 음주 운전사고를 두고 고의성이라는, 비상식적인 판결문은 이해하기 어렵다. 무고한 생명이 그렇게 무참하게 사라지는 것을 막기 위해서도 판사는 그런 어처구니없는 판결을 내려서는 안 된다. 법이 뭔가. 국민을, 국민의 삶을, 생명을 지키라는 제도 아닌가. 다음 또 무고하게 사망하는 어린이 희생자를 막기 위해서도 중형에 처해 마땅하다. 그래야 대중들은 겁을 내어 음주 운전이 줄어든다. 이것이 대중이 인간의 태반인 이 세상의 절절한 이치인 것을. 그래서 이 판사에게 칼 같이 엄정한 순자의 말을 부친다. 순자는 이렇게 말한다.

사람들이 혹시라도 죄를 짓게 되더라도 형벌이 가볍게 되면, 살인자 도 사형시키지 않고, 남을 다치게 한 자도 형벌을 받지 않게 된다. 죄는 무거운데 형벌은 너무 가벼워 일반 백성은 악이 무엇인지 알 수 없게 되 어 이보다 더 큰 혼란은 없을 것이다. 형벌의 근본은 포악함을 금지하고 악한 행위를 미워하게 해서 미래를 경계하는 데 있다. 살인자를 사형시키 지 않고 남을 다치게 한 자도 처벌받지 않으면 이것은 포악한 자에 은혜 를 베풀고, 도둑에게 관용을 베푸는 것이니 악을 미워하는 것이 아니다. 《荀子》〈正論〉

선을 지키고 악을 경계하는 게 법이다. 그 법을 지키는 게 판사이 다. 판사는 목에 칼이 들어와도 바른 소리를 하는 선비 정신을 갖추 어야 한다. 일반적으로 우리가 세운 기준대로의 법 규정은 법은 나라 의 기강과 질서를 바로잡아야 한다는 취지에서 제정된 것이다. 법이 피해자를 지키기보다는 가해자를 보호하려는 쪽으로 간다면 굳이 법 에 의지할 이유가 없다. 세르반테스의 명작 『돈키호테』의 돈키호테 는 바라타리아 섬의 영주로 부임하는 산초에게 조언을 띄운다.

부자가 하는 말보다 가난한 자의 눈물에 더 많은 연민을 가지도록 하 게. 그렇다고 가난한 자들의 편만 들라는 건 아니네. 정의는 공평해야 하 니까 말일세. 가난한 자의 흐느낌과 끈질기고 성가신 호소 속에서와 똑같 이 부자의 약속과 선물 속에서도 진실을 발견하도록 해야 하네. 중죄인에게 그 죄에 합당한 무거운 벌을 내릴 수 있고 또 그렇게 해야만 하는 경우에 서더라도 너무 가혹한 벌은 내리지 말게. 준엄한 판관이라는 명성은 동정심 많은 판관이라는 명성보다 더 좋은 게 아니라서 그러하네. 혹시 정의의 회초리를 꺾어야 할 경우가 있다면 그것은 뇌물의 무게 때문이 아니라 자비의 무게 때문에 그렇게 해야 하네. 자네의 원수와 관련한 소송을 재판할 일이 생길 때에는 자네가 받은 모욕은 머리 속에서 떨쳐 버리고 사건의 진실에만 생각을 집중해야 하네.

만일 한 아름다운 여인이 자네에게 판결을 요구하러 온다면, 그녀의 눈물에 눈을 두거나 그녀의 신음 소리에 귀를 기울이지 말고 그녀가 요구하는 것의 본질이 무엇인지를 차분히 생각해야 하네. 그녀의 눈물에 자네의 이성이, 그녀의 한숨에 자네의 착한 마음이 휘말려 버리는 게 싫다면 말일세.

돈키호테가 산초에게 띄운 조언의 핵심은 정의와 이성이다. 정의는 공평이고, 이성은 합리적인 냉정함이다. 산초 판사의 판사Panza는 스페인어로 '배(腹)'의 뜻이다. 산초의 체격이 작품 속에서 그런 체형인 까닭에서 그 이름의 개연성도 있지만, 그의 성(姓)일 가능성이 더 크다. 왜냐하면 산초 자신의 아버지도, 할아버지도 이름이 산초라고, 또 모두 판사로 불리었다고, 산초는 작품 속에서 말한다. 그의 아내 이름도 테레사 판사라고 한다. 당연히 집안 혈통은 성 씨가 같은 것이고, 그리고 서양의 경우, 여자는 혼인하면 남편 성으로 성을 갈지 않는가. 그런데 공교롭게 한국말인 판사, 그러니까 재판하고 판결하는 판사(判事)와 겹치는 것이다. 우선 발음이 같기도 하지만, 『돈키호테』 작품 속에서 산초는 실제로 판사 역할을 맡고 있는 까닭이다. 작품 속에서 산초는 바라타리아 섬의 영주가 되어 그곳 주민들의 사연을 예리한 안목과 사유를 통해 적절하게 해결하는 훌륭한 판사 역할을 한다. 두 사건을 소개하는데, 먼저 사건의 개요 및 판결 내용을 추리면 이렇다.

두 노인이 산초 판사 앞에 출두했는데, 한 노인은 갈대 줄기 같은 지팡이를 짚고 있었다. 지팡이를 가지지 않은 노인이 산초 판사에게 말하기를, 자신이 오래전에 금화 10에스쿠도를 빌려 주었는데 그 돈을 갚지 않는다는 것이다. 재촉을 해도 돈 빌린 기억이 없다고 떼를 쓴다는 것이다. 그러자 지팡이를 가진 노인이 말하기를, 자신이 돈 빌린 것은 분명하다며 산초 판사의 지팡이를 달라고 하는 것이다. 그리곤 그 지팡이 손잡이에 있는 십자가에 손을 얹고 그 돈을 틀림없이 갚았다고 맹세할 것이라는데, 그러자 판사는 지팡이를 내려주니 그 노인은 자신의 갈대 지팡이를 채권자 노인에게 맡기고 산초 판사의 지팡이를 잡고서는, 자기가 돈을 빌린 것은 틀림없으나 자기는 분명 돌려주었는데 상대방이 그것을 깨닫지 못하고 돌려 달라고 하는 것이라고 맹세했다. 상황이 이렇게까지 되자 돈을 빌려준 노인도 곰곰이 생각해 보고는 훌륭한 그리스도인인 상대방이 진실을 말하는 것이 틀림없을 것이다, 아마도 돈을 돌려받았는데 내가 잊어버렸나 보다, 앞으로 다시는 그 돈의 반환을 청구하지 않겠다고 산초 판사에게 말한다. 그러자 돈을 빌렸던 노인은 자신의 지팡이를 돌려받고는 황급히 법정에서 나가 버렸다. 그러자 잠시 생각에 잠겼던 산초 판사는 지팡이를 가진 노인을 다시 불러오게 하고는 노인에게 지팡이를 넘겨 달라고 한다. 노인이 순순히 지팡이를 넘겨주자 산초 판사는 그것을 돈을 빌려주었던 상대방 노인에게 건네주고는 "자, 기운을 내시오, 노인 양반. 벌써 돈을 돌려받았으니까요"라고 말한다. 그런데 그 지팡이를 받은 노인이 고개를 갸우뚱거리며 "그렇다면 이 갈대 줄기가 금화 10에스쿠도의 값어치가 있단 말입니까?" 그러자 산초 판사는 갈대 줄기를 꺾어 속을 꺼내라고 명령한다. 그 갈대 줄기 속에서 금화 10에스쿠도가 나왔고, 두 노인은 물론 거기 모인 사람들은 크게 놀라고, 사람들은 산초 판사를 성서 속의 현명한 재판관인, 새로운 솔로몬이라고 생각한다. 사건 해결의 요지는 이렇다. 산초 판사는 돈을 빌린 노인이 자신의 지팡이를 상대방 노인에게 맡겨 놓고 굳이 산초 판사의 지팡이를 빌려서 신에게 맹세를 한 다음 황급하게 다시 자신의 지팡이를 돌려받는 모습을 유심히 보았다고 한다. 그리곤 그 지팡이 속에 무언가 비밀이 있다고, 즉 그 지팡이 안에 갚으라고 요구하던 돈이 들어 있을 것이라는 생각이 들었다는 것이다.

마을 두 노인의 채무 관계를 산초 판사는 이렇게 명쾌하게 해결한다. 산초 판사의 눈썰미가 빛나는, 혜안이 넘치는 판결이다. 일반인들이 접근하기 어려운 복잡하고 난해한 법 조항에 의거해서 문제를 풀어간 것이 아니라, 사건의 두 당사자와 그 재판을 지켜본 사람들의 상식에 걸맞고 그들 모두를 납득시킬 수 있는 상식 논리로 문제를 해결한 것이다. 이 사건이 이 나라 판사들에게 회부되었다면 그들은 어떻게 처리하고 해결할까. 위험한 대중을 막는 길을 오로지 법 외에는 없다. 정인을 학대 살인한 양모의 이모라는 여자가 올린 글이 있다. "오직 하나님만이 심판자일 것이다. 절대 사탄의 꾀임에 넘어가서는 안 된다."라고 했다는데, 그처럼, 살인을 하거나 남을 괴롭히는 악한 짓을 했을 때, 신이 있어 필시 내세에서 심판한다면 그들의 악행을 막을 수 있을 것이다. 그러나 신이 가하는 내세의 심판을 누가 믿는가. 별수 없이 법으로써 인간의 악행을 다스릴 수밖에 없는 일이다. 산초의 예리한 눈으로 사태를 직시하여 현명한 판결을 내린 사건이 더 있다. 역시 사건의 개요 및 판결을 간추리면 이렇다.

한 여자가 부유해 보이는 가축상 차림의 남자를 붙잡고 법정으로 들어온다. 그 남자가 들판 한 가운데에서 자기를 성폭행했다는 것이다. 23년 동안 지켜온 정조를 그 남자한테 강제로 빼앗겼다는 것이다. 산초 판사는 남자에게 사실인지를 묻는다. 그러자 남자는 말한다. 자신은 돼지 장수인데, 이 마을에서 싼 가격으로 돼지 4마리를 팔고 가려는데 이 여자를 만났다는 것이다. 그리고는 하룻밤을 동침하고 충분히 돈을 지불했는데도 부족했는지 자기를 끌고 이 법정으로 데려왔다는 것이다. 강제로 희롱했다고 하지만 거짓말이라면 서로 합의 하에 성관계를 맺게 되었다는 이야기를 한다. 전적으로 사실이며 조금도 거짓이 없다고 말한다. 그러자 산초는 그에게 지금 가진 돈이 얼마쯤인가 묻고 그것을 지갑채로 여자에게 주라고 명령한다. 그러자 그 여자는 그 지갑을 받곤 산초에게 감사의 뜻을 표하며 법정을 빠져나간다. 그러자 눈물을 펑펑 쏟아내고 있는 남자에게 말한다. "저 여자 뒤를 쫓아가 억지로 그 지갑을 빼앗아 보시오. 물론 순순히 주지 않으려 하겠지만. 그렇게 해보고 그 여자와 함께 다시 이곳 법

정으로 돌아오시오." 얼마 안 있어 남자와 여자는 처음 들어왔을 때
보다 더 서로를 움켜잡고 서로에게 매달린 채 돌아왔다. 여자가 무릎
에다 지갑을 두었기에 치마가 들추어져 있고, 남자는 거기서 지갑을
빼앗으려고 기를 쓰는 중이었다. 하지만 여자가 있는 힘을 다해 버
티는 바람에 빼앗는 것은 불가능했다. 여자가 큰소리를 친다. 판사가
주라고 한 지갑을 다시 빼앗으려 한다고. 그러자 산초가 묻는다. 빼
앗겼는가. 여자는 답한다. "지갑을 빼앗기느니 차라리 내 목숨을 빼
앗기겠다. 내가 누군데. 이 재수없고 역겨운 인간이 아니라 다른 고
양이라도 내 턱에 던져보라지. 집게건 망방이건 망치건 끌이건 이 내
손톱에서, 아니 이 사자의 손톱에서 지갑을 빼앗을 수는 없을걸. 그
전에 차라리 육신 한가운데 있는 내 영혼부터 빼앗가게 될 걸!"이라
고 소리를 친다. 그러자 남자가 말한다. "제가 졌습니다. 힘이 없어
도저히 못 하겠습니다. 제 힘으로는 도저히 이 여자한테서 지갑을 빼
앗을 수는 없다는 것을 인정합니다. 전 관두겠습니다." 그러자 산초
는 여자에게 지갑을 보여달라고 하고, 그 지갑을 남자에게 돌려주면
서 판결을 내린다. "자매여, 그대가 이 지갑을 지키기 위해 그에게 보
여준 그 기세와 용기를 그 절반만이라도 그대 몸을 지키기 위해 보여
줬더라면, 헤라클레스의 힘도 그대를 제압하지는 못했을 것이오. 잘
가시오. 무진장 벌 받을 게요. 앞으로 그대는 이 섬은 물론이고, 주변
6레과 안에 머물러서는 안 되오. 그러지 않을 시 채찍으로 2백 대를
때릴 테니 그리 아시오. 다시 말하니, 당장 나가시오. 이 협잡꾼에 철
면피에 사깃꾼 같으니라고!" 여자는 놀라 고개를 숙인 채 툴툴거리며
나갔다.

산초 판사의 판결과 정인을 학대 살인한 양모에게 내린 판결이 자꾸 떠오르고 비교가 된다. 만약 위의 여자가 고발을 했을 때 이 나라의 판사는 과연 저렇게 예리한 안목을 발휘해서 지혜로운 판결을 내릴 수 있을까. 역부족의 현실, 남자를 가해자로 선고를 내렸을 것이다. 법이 진실과 정의의 구현이고 규현(規顯)이라면 그 법을 담당하는 이는 판사이다. 당연히 인간 사회 질서는 진실과 정의의 법을 집행하는 판사가 최종 마지노선이다. 그런데 역설적으로 판사에 의해 인간 사회 질서가 무너지고 있는 실정이다. 잔혹한 살해범은 판사에 따라 형 선고가 달라진다. 고작 십 년 정도 선고하는, 지나치게 인간적인 판사가 있는가 하면, 피해자가 잔혹하게 살해된 야만 행위를 엄정하게 처벌하는 판사가 있다. 하긴 돈키호테도 그런 조언을 하긴 했다. "중죄인에게 그 죄에 합당한 무거운 벌을 내릴 수 있고 또 그렇게 해야만 하는 경우에 서더라도 너무 가혹한 벌은 내리지 말게." 그런데 중죄인이지만 사람을 잔혹하게 살인한 죄인을 겨냥해서 한 말일까. 산초가 처리한 사건을 보면 맥이 잡히지 않은가. 제번하고, 이 나라의 판사는 악어의 눈물을 보고 반성의 태도가 역력하다며 솜방망이 처벌을 내린다. 그 범죄자는 무슨 생각을 했을까. 속으로 웃고 있지 않을까. 적당히 감옥에서 살다가 나가서 또 한 탕 해야지, 그리고 잡혀 들어와서는 절절하게 반성하는 태도의 쇼를 또 판사에게 해야지, 하는 쾌재를 울리고 있지 않을까. 그리고 유사한 범죄를 계획하고 있는 예비 살인자도 저 정도야 살다 나오면 땡이지, 하고 범죄를 저지르는 나쁜 상습적인 관행을 만들지 않을까. 죄과는 죄를 지은 만큼 지도록 해야 법이다. 지은 죄에 비해 언어도단인 형 선고는 최대한 피해야 나라 질서가 선다는 사실이다.

　오래전에 고등학교 동기회에서 검사직에 있는 동기를 만났다. 당시 나는 교사직에 있었는데, 그 동기가 하는 말이 교사직이 부럽다는 것이다. 내가 의아스럽게, 이 나라에서 검사가 얼마나 대단한가, 누구나 판검사와 같은 사자 돌림 직업을 원하지 않은가, 특히 판검사는 사법고시를 거쳐야 이룰 수 있는 어려운 직업이 아닌가, 라며 그의 말을 농담으로 간주하는데, 그는 진심이라는 것이다. 자신은 범죄자들만 취급해서 다루다 보니, 언행이 아주 고약하고 거칠어 무슨 상놈처럼 여겨진다는 것이다. 그는 일과가 마치면 주로 주점에 가서 독한 술로써 하루 동안 힘들었던 자신을 다스린다는 것이다. 그 뒤 한참 시간이 지난 뒤 들려온 이야기로는 그 친구는 암에 걸려 미국에서 수술을 받고 투병 생활을 하다가 세상을 떴다는 것이다. 그 친구의 말은 충분히 가납되는 것이고, 그가 맡은 검사직은 사회 정의와 법도를 지키고 개인의 생명과 권리를 지켜주는 의무와 책임을 부여받은 직책이다. 남들은 판·검사하면 국가직으로 높은 벼슬아치로만 생각한다. 그런데 그들이 하는 일은 인간 사회 질서를 흔들고 깨뜨리거나 나쁜 일을 저질러 인간 세상에 옴이 되고 암이 될 인간들을 다루는 것이니 어찌 하루하루 마음이 편하겠는가. 나라의 질서를 지키고 지탱하는 체계는 역시 법이고, 그 법을 집행하는 이는 검사 판사이다. 앞에서 줄곧 발목 걸며 빈정대는 소리를 했지만, 그들이 있기에 우리는 불안한 이 세상을 울처럼 보호를 받으며, 안전하게 살아가고 있는 것이다. 그런데도 발목 거는 일탈된 목소리를 내는 것은 믿는 만큼 또 아쉬운 마음이 들어서인 것이다. 검사, 판사도 참으로 불운한 운명이다. 좋은 일에 칭찬하고 격려차 상을 주는 이가 되었으면 얼마나 축복의 운명이었을까. 생각해 보자. 가령, 범죄인과 선하고 반듯한 사람 중, 사회생활에서 늘 대하는 관계의 사람으로 선택해야 할 여부가 달렸다면 어느 쪽 사람을 선택할까. 불문가지의 우문이다.

이 나라에도 돈키호테의 가르침을 받고 섬에서 진실에 입각한 공정하고 정의로운 법 판결과 집행으로 주민들의 생활을 지켜준 산초 판사가 곳곳에서 활약하여 국민의 삶을 탄탄히, 단단히 든든히 지켜주기를 기대하는 마음뿐이다. 나라의 법률은 어느 한 계층만을 위해 입법된 것이 아니라 모든 사람을 위한 것이며 국가 전체의 행복을 도모하기 위한 것이라는 소크라테스의 말을 빌려 권능에 따른 권위의 판사를 기리고 싶다. "악은 덕을 잘 알지 못하네. 하지만 유덕한 성질은 세월의 흐름에 따라 덕과 악에 대한 지식을 동시에 쌓게 되네. 이런 사람만이 판사가 되어야 하네."

상賞은 상上이다

상(賞)은 사전적으로는 "뛰어난 업적이나 잘한 행위를 높이기(尙) 위하여 주는 증서나 돈이나 값어치 있는 물건(貝)"으로 뜻매김된다. 자연 상을 받으면 그 상을 받은 이는 높은 자리에 오르게(上) 된다. 그 사람은 상의 가치로 인해 역시 자신의 존재 가치를 높이게 된다. 상(賞)은 상(上)이다. 상(賞)은 상(上)이기에 누구든 상에 약하다. 상에 기가 죽고 작아지고 움츠러들기 마련이다.

학창 시절부터 지금까지 상이란 상은 개근상 외에는 받아본 적이 없고, 상 받을 만한 업적이나 성취와는 거리가 멀다 보니 상과는 전혀 인연이 없고, 그래서 상은 포기가 아니라 나와는 아무런 연관이 없는 구름으로 인식하고 있다. 아이러니한 일은 그런 내가 지역 문학상 심사위원으로, 문화상 심사위원으로 심사에 참여했다는 사실이다. 심사에 임하는 마음 자세는 순진 그 자체였다. 왜냐하면 나름 문학상은 작품성을, 문화상은 문화적 성취를 심사 기준으로 잡고 심사에 임했지만 그건 아무런 소용이 없다는 사실을 알게 되었기 때문이다. 문화상 심사위원으로 참여했을 때였다. 이 문화상은 작품성은 따져 볼 수 없었다. 오로지 일차 과정을 거쳐 올라온 후보들에 대한 창작 열의나 문화적 성취도나 입적을 기준으로 삼아 심사 규정에 제시된 점수를 매기는 방식이었다. 세 명의 위원으로 구성되었는데, 심사 대상이 십 명을 훌쩍 넘어 일일이 창작 열의를 따지고 점수를 부여하고 있는데, 다른 심사위원은 심사를 다 끝냈는지 손을 놓고 있는 것이었다. 나보다는 심사에 능한 분들이구나, 생각하고 계속 집중하고 있는데, 옆에서 무슨 심사를 그렇게 하느냐고 말을 걸어왔다. 심사의 진실은 이내 드러났다. 그들은 이미 수상자를 정해 놓았던 것이었다. 그 말을 듣는 순간, 이거 꼼꼼히 심사해봐야 아무 소용이 없다는 것을 알아차렸다. 이미 수상자는 정해져 있기 때문이다. 순간 무슨 무슨 문화상, 문학상에 대한 회의가 밀려왔다.

문인치고 상을 받지 않은 이들은 열에 한 명이나 될까 말까, 할 정도로 거의 다 문학상을 수상한 경력이 있다. 황당한 경험의 기억이 하나 있다. 한 시인이 일제하에서 활동했던 작고 시인을 비롯한 유명 시인을 기리는 문학상을 대거 수상했기에 왠지 수상하게 느껴져 알아보았더니, 한 지역 출판사에서 출판사업용으로 만든 문학상이었다. 따라서 이 출판사에서 시집을 출간한 시인들 가운데 이 상을 받은 이들이 한둘이 아니었다. 심지어 어떤 시인은 출간 시집에 문학상이 없는 관계로 학교에서 근무할 때 받은 장관상, 교육감상을 줄줄이 경력란에 적어 두어 쓴웃음을 터트리게 한 적도 있다. 어쨌든 문학상 수상 경력이 자신의 작품이 우수하다는 것을 내세우는 확실한 무기가 된다는 생각에서 그럴 것이다. 이해가 안 되는 것은 아니지만 문학상 제도의 여러 문제점을 가지고 보면 문제가 있다.

문학상은 일종의 문학 권력의 획득이라는 문학 제도이다. 문학상은 글자 그대로 해석하면, 성적 우수상이 성적이 우수한 이에게 주는 상이고, 개근상은 결석이나 지각없이 학교에 충실하게 개근한 이에게 주는 상인 것처럼, 문학상은 문학 작품이 우수한 문인에게 주는 상이다. 원칙이나 본질의 측면에서 그렇다는 말이다. 그러나 현실은 그렇게 딱 들어맞지 않는다. 사실 문학 작품을 두고 누가 더 뛰어난 작품을 썼느냐를 가려내기란 쉬운 일이 아니다. 오지 선다형 문제 풀기에 뛰어난 능력의 성적 우수상과는 다른 것이다. 한 마디로 서열을 매기기가 난이한 것, 곧 객관성을 매기기가 불가능한 것이다.

현재 연중 시행되고 있는 한국의 문학상은 대략 300개 이상 된다고 한다. 그 상은 문협을 포함한 특정 단체에서 주관, 시상하는 상을 포함하여, 가장 높은 비율은 저명한 작고 문인을 기념하는 문학상이다. 그런데 생각보다 문제가 많이 노출되고 있다. 문인들을 대상으로 한, 문학상에 대한 평가는 긍정적인 평가보다는 부정적인 평가가 압도적으로 높다. 대략 전자의 경우가 20%가 채 못 되고, 후자의 경우는 80%를 넘는다. 문학상 제정 취지는 바람직하나 운영상의 문제가 크다는 지적이다. 공정성과 객관성, 타당성에 의해 선정되기보다는 문단의 친소 관계나 짜고 치는 패거리 주의에 의해 수상자가 선정되는 부조리한 문제점을 지적하는 것이다. 문학상은 작가들의 창작 의

욕을 북돋우고 창작 성과에 대한 합당한 보상을 겸한 격려 차원의 제도인데, 80% 이상의 부정적인 평가를 감안한다면 문학상의 취지는 많이 훼손된 채 시행되고 있는 것 같다. 또한 그 여파로 문학상을 받지 못한 문인들에 대한 인상이 상대적으로 작동하는 것 같다. 문학상 수상 여부에 그 문인의 문학 작품성을 연결하는 게 아닌가 하는 것인데, 역으로 말하면 문학상을 받은 문인은 그의 문학성이 인정받는다는 사실이다.

문학상에 얽매이기보다는 문학상에서 자유로운 문학인이 그립다. 이성복 시인은 한 작고 시인을 기리는 문학상 수상자로 결정되었지만 그 수상을 거부했다는 뒷이야기를 들은 바 있다. 수상 거부의 이유가 무엇인지 알 수 없기에 수상 거부 사실이 납득되지 않지만 그 상을 못 받아 안달복달하는 시인들이 압도적인데, 수상 거부라니, 놀랍고 신선한 기분이다. 백낙청 씨도 팔봉비평문학상을 거부했다. 팔봉은 일제시대에 활동한 김기진 씨의 호인데, 친일 행위로 인해 부정적인 평가를 받고 있는 인물이다. 그러나 숱한 비평가들이 수상자로 결정되면 다 수상할 정도로 최고의 비평문학상으로 인정되고 있는 상을 그는 거부한 것이다. 그도 상을 받고 싶은 마음이 전혀 없지는 않았겠지만 자신의 평소 추구해 온 소견이나 소신에 반하지 않은 행동을 취한 것이다. 문학상을 거부한 인물 가운데 가히 전설적인 일화를 가진 인물이 있다. 아동문학가 권정생이다. 그는 1969년 동화「강아지똥」으로 월간《기독교교육》의 제1회 아동문학상 공모에 당선되면서 등단한 뒤, 1975년 제1회 한국아동문학상을 수상했다. 그러나 그 이후 모든 문학상 수상을 거부했다. 일례로 1995년 장편 동화 『하느님이 우리 옆집에 살고 있네요』로 제22회 새싹문학상 수상자로 선정되었는데, 김용락의 시 대목대로라면, "우리 어른들이 어린이들을 위해 한 게/ 뭐 있다고 이런 상을 만들어/ 어른들끼리 주고 받니껴?/ 내사 이 상 안 받을라니더……"(김용락, 「조탑동에서 주워들은 시 같지 않은 시·6」)라며 거절했다고 한다. 문학상이란 허명에 손톱만치도 흔들리지 않은, 작가의 정신 자세를 보여준 놀라운 일화이다.

세계적인 문학상이라면 1901년에 프랑스의 쉴리 프뤼돔을 첫 수상자로, 2023년에는 노르웨이의 극작가 겸 소설가 욘 포세를 수상자로 탄생시킨 노벨상을 올리지 않을 수 없다. 그런데 이 상도 문제가 없는 것은 아니다. 주로 미국과 유럽 위주의 문학인을 수상자로 선정했고, 아시아권에서 수상한 나라는 인도와 일본, 중국 등 겨우 3개국에 불과하다.

노벨상 심사에는 작품성 외에 작가의 정치 성향, 국적, 그리고 시대 상황을 비롯한 작품 외적 요소가 많이 고려된다고 한다. 러시아의 대문호 톨스토이는 왜 받지 못했을까. 문학상은 아니지만 비폭력 저항 운동의 대명사인 평화의 사도 간디는 왜 평화상을 받지 못했을까. 남미의 보르헤스 또한 아리송하다. 문학상도 정치 역학적인 관계에 있나 보다. 1회의 유력 후보였던 톨스토이는 스웨덴과 역사적으로 불편한 관계인 러시아인인데다 기독교적 무정부주의를 표방했다는 이유로 외면받았고, 간디는 37년부터 48년까지 무려 5차례 평화상 후보로 올랐지만 비유럽인에 대한 편견과 당시 인도의 점령국인 영국의 눈치를 보느라 배제되었다고 한다. 그런데 1913년도에 인도의 타고르는 어떻게 수상자가 되었을까. 역시 그도 영국령 식민지 인도 시인이 아니었던가. 해답은 영국의 왕립문학회에서 그를 추천했기 때문에 가능했다고 한다. 특히 수상 분야가 문학이었기에 가능했던 것, 이에 반해 간디는 비폭력 저항운동가였으니 타고르와는 처한 상황이나 입지가 현격히 달랐던 것이다. 1960년대부터 노벨문학상 수상 후보로 올랐던, 아르헨티나의 보르헤스는 파시스트와 독재 정권을 지지했다는 논란 때문에 끝내 수상하지 못했다. 반면 사르트르는 한국전쟁 북침설, 소련 굴라그(구소련 시절 악명 높은 강제노동 수용소), 모택동의 문화대혁명 등 공산주의 행태를 지지하는 정치 이념적 행보를 보였음에도 선정되었다. 심사 기준이 들쑥날쑥 모호하다. 노벨상 아카데미의 이런 실체를 이문열은 잘 간파하고 있었던 모양, 그래서 그는 2015년 연말에 한 신문지와의 기자 회견에서 "노벨문학상을 받고 싶지 않은가."라는 기자의 질문에 "그 상은 문학에 주는 게 아니니 착각 말라. 문학을 통해서 인류의 자유 정신, 민주화에 이바지한 사람들한테 주는 것인데" 운운하며 노벨상의 정치적 이념성에 대해 거론한 적이 있다.

그러나 모든 이들이 다 희색만면하여 노벨문학상을 수상하는 것은 아니다. 그 대표적인 인물이 1964년 수상자로 선정되었지만, 수상을 거부한 사르트르이다. 사르트르 이전에도 수상을 거절한 작가가 있는데, 1958년에 수상자로 선정된 『닥터 지바고』의 작가 소련의 보리스 파스테르나크이다. 만약 그 상을 수상한다면 국외로 추방해야 한다는 소련 작가동맹의 목소리가 높아지고 있었기 때문인데, 그는 고국 소련을 사랑했기에 부득불 수상을 거절했다고 한다. 사르트르와는 수상 거절 사유가 판이한데, 엄밀하게는 조국 추방을 거절하기 위해서 노벨문학상을 거절한 셈이 된다. 사르트르의 수상 거절 이유는 이렇다. 노벨문학상에 작가가 예속되어 작가의 주체성이나 실존성은 무시되거나 침해당하게 된다는 것, 그래서 작가는 어떤 권위 있는 기구나 제도권 편입을 거부한다는 뜻으로 수상 거부 의사를 밝힌 것이다.

사르트르의 높고 깊은 수상 거부의 뜻을 존중하면서 나름 그의 수상 거부의 이면에 대해 전혀 황당한 궤변이 불쑥 솟는다. 사실 사르트르 같은 경우, 인간적으로 자존심이 상했을 수도 있다. 자신의 작품이 어떤 등급이나 등위 서열에 따라 매겨진다는 사실을 받아들이기 어려울 수도 있는 것이다. 그리고 그가 수상을 거부한 한 이유가 되지만, 작가 자신의 본질에서 혹은 실존에서 자신의 작품이 팔려나가는 것이 아니라 노벨상이라는 외부 권위에 의해 팔린다면 기분이 어떻겠는가. 실제로 그렇다. 문학상을 받았다고 하면 그 작품은 많이 팔린다. 독서 대중들은 작품의 가치가 아니라 노벨상이라는 제도의 권위와 문학상 수상자라는 명성에 쏠려 그 작품을 구매해서 읽는 것이다. 사르트르의 입에서 수상을 거부한다는 전혀 뜻밖의 발언이 터져나올 소지가 충분한 것으로 판단된다는, 당혹스러운 궤변을 부리게 된 이유이다.

또 다른 이유에서 그의 노벨문학상 수상 거부가 충분히 가납되기도 한다. 수상작이 그의 창작물인 소설이나 희곡 작품이 아닌, 그의 자서전 『말』인 것이다. 비록 자서진의 형태를 빌어 자신의 종교관, 세계관, 실존주의 철학을 심오하게 표출한 저작이긴 하지만 작품의 존재성으로 보면 창작물에 미치지 못한다. 그런데도 수상작으로 선정되었으니 작가로서는 곤혹스러우며, 심하게는 자존심이 상하는 일이 아닐까. 자신의 창작물이 수상작이 되는 게 자랑스럽고 떳떳한 일인데, 창작물은 빠지고 자서전이 되다니, 결국은 '내 창작은 수상작이 되기엔 부족하다는 것인가'라는 자격지심이 발동될 수도 있는 일. 그래서 그는 혹 적의한 명분을 내세워 수상을 거부한 게 아닌가 하는데, 다시 한번 말하지만 순전히 내 사적인 생각일 뿐이다. 특히 『반항하는 인간』에 대한 이견으로 격렬한 논쟁을 벌이기도 할 정도로 경쟁의식이 있었던, 지인 알베르 카뮈가 1957년에 노벨문학상을 수상하기도 했기에 더욱 수상 거부의 오기가 발동하지 않았을까. 물론 카뮈는 4년 전 1960년에 자동차 사고로 이 세상을 떠났지만. 사르트르도 카뮈가 소설로써 노벨문학상을 수상한 것처럼 자신도 문학 창작으로 수상해야 카뮈와 당당히 맞설 수 있다고 사료하지 않았을까, 하는 추정이 드는 것이다. 신이 아니라 인간이기에 그럴 수 있다. 사르트르가 인간보다는 월등한 인간이지만 신은 아니다. 그 역시 인간적인 감정이나 사유의 존재에서 예외적인 존재가 아니다.

한 가지 이유가 더 잡힌다. 뒤에 언급되는 처칠의 노벨문학상 수상이다. 처칠은 문학예술가가 아니다. 그의 수상작은 회고록 『제2차 세계대전』이다. 사르트르의 입장에서는 자신과 처칠이 어쩐지 동일시되는 감이 있다고 느꼈을 수도 있겠다. 기껏 수상작이 회고록이라니, 그리고 자신의 수상작도 창작물이 아닌 자서전인 것이다. 물론 처칠의 회고록과 사르트르의 자서전은 전혀 다르다. 속은 영판 다르지만 겉은 비창작이라는 인상의 닮은 감이 잡히는 것이다. 사르트르로서는 자존심이 심히 상하는 문제이다. 차마 같이 한 통속으로 넘어갈 수는 없는 일, 그러기 위해서는 당연히 거부해야지, 하는 오기가 발동하지 않았을까. 그래야만 자신의 자존감을 지킬 수 있으니 말이다. 역시 인간이기에 그럴 수 있다. 사르트르이기에 자신의 자존심과 자존감을 지키기 위한, 신선하고 놀라운 행동은 더욱 강하게 예상되는 것이다.

윈스턴 처칠은 1953년 노벨문학상 수상자로 선정되었다. 그 해 문학상 유력 후보는 헤밍웨이—헤밍웨이는 그 이듬해 1954년에 선정되었다—였다고 하는데, 쟁쟁한 그를 제치고 처칠이 수상한 것이다. 그만큼 의외였다. 수상작은 세계 제2차대전을 이끈 회고록이다. 처칠의 회고록은 인류 역사 최대의 전쟁인 2차 세계대전의 역사를 영국 국가 수반으로서 전쟁 내각을 이끌며 겪은 연합 국가 간의 전략과 협상 경험을 기록한 책으로, 개인의 회고록이라지만 그 깊이와 넓이가 타의 추종을 불허하는 전쟁사의 대역작으로 평가된다. 스웨덴 한림원은 "역사적이고 전기(傳記)적인 글에서 보인 탁월한 묘사와, 고양된 인간의 가치를 옹호하는 빼어난 웅변술"을 선정 이유로 들었다. 그런데 처칠은 평화상 받기를 원했지, 문학상은 크게 생각하지 않았다고 한다. 하긴 2016년 노벨문학상 수상자로 미국 포크 가수 밥 딜런이 선정된 바도 있다. 대중음악 가수가 이 상을 받은 것은 1901년 첫 수상자를 낸 이후 115년 만에 처음이다. 스웨덴 한림원은 "밥 딜런이 위대한 미국의 노래 전통 속에서 새로운 시적(詩的) 표현을 창조해 왔다"고 시상 이유를 밝혔는데, 수상작을 대중음악에까지 범위를 넓힐 정도이면 그에 비견할 만한 문학 작품이 없었다는 반증 아닌가. 앞으로는 노벨문학상 규정을 고쳐야 하겠다. 후보작은 문학 작품에만 한정하지 않고, 음악의 노래 가사, 광고물의 전언에까지 그 범위를 넓힌다는 규정으로 말이다. 차라리 이견 분분의 여지를 봉쇄하기 위해서 노벨문학상을 노벨 대중예술상으로 명칭을 바꾸는 게 좋겠다. 가수 양희은은 "밥 딜런의 노래는 어떠한 문학 작품보다 더 많은 이들이 함께 읽었다고 할 수 있다. 모두 함께 들으며, 마음 모아 따라 부르며, 수억 명의 젊은이가 같이 낭송했다"며 밥 딜런의 수상을 대환영했다. 환영의 논리로서는 적절하다. 노벨문학상은 노벨 대중예술상으로 이름을 바꾼다는 전제 아래 말이다. 지금껏 노벨문학상 수상작은 대중의 눈높이와 머리의 깊이, 넓이로서는 감히 가까이 하기 어려운 장르였기에 더욱 그렇다.

아직 한국은 노벨문학상을 한 번도 수상하지 못한 나라이다. 김동리, 박경리, 고은 같은 문인들이 노벨문학상 수상감이 된다고 쑥덕거렸다. 김동리가 노벨문학상을 겨냥하고 쓴 작품이 「까치소리」라고 하는데, 샤머니즘 세계를 문학적으로 형상화한 작품인 『을화』를 두고 "한국문학과 나아가서는 세계문학에 제의해 보고자 하는 것"이라는 선언에 대해 노벨문학상을 의식한 것이라고 해석하기도 한다. 이 작품은 1982년 노벨문학상 수상 후보작으로 거론되었다는 보도가 있기도 했다. 오래 전에 나온 이야기지만, 노벨문학상 후보로 가장 가능성이 있는 작가로 박경리가 지목되고 있다고, 프랑스의 소설가 파스칼 카자노바가 2000년 서울 국제문학포럼에 참여하여 발표한 〈문학의 세계화의 길, 노벨문학상〉에서 언급한 적이 있다. 규정상 사후 작가에게도 수상 자격이 있다면 모를까, 이젠 지나간 이야기가 되고 말았다. 안타깝게도 박경리는 2008년에 세상을 뜨고 말았다. 고은은 노벨문학상 발표 때만 되면 그 집 앞에 기자들이 우글대며 취재 열기에 들뜨기도 한 시인이다. 고은은 노벨문학상 후보로 거론되기 시작한 것은 2000년대부터 약 10년간 늘 노벨문학상 후보로 올랐지만 번번이 고배를 마시고 말았다. 그런데 노벨상 후보는 수십 년 뒤에나 공개함이 원칙이기 때문에 실제로 고은이 노벨상 후보에 올랐는지 여부는 알 길이 없다고 한다.

누구든 상에 대한 욕망이 있다. 인간이면 오르고 싶은 욕망은 순수하든 순수하지 않든 원초적 본능인 까닭이다. 하지만 진짜 글쟁이라면 상에다 글쓰기 목표를 두는 이가 있을까. 인간 세상을 깊이 있게 들여다보는 통찰의 글쓰기에 격려의 차원에서 상을 준다면 굳이 그 상을 거부할 이유가 있을까. 거부하는 이만을 높이 평가할 것이 아니라 자신의 글쓰기 행위에 대해 당당히 상을 받는 이에게도 굳이 안 좋은 시선을 보낼 이유는 전혀 없다고 본다. 작가들의 창작을 격려하고 좋은 작품을 쓰고자 하는 동기와 자극을 주고, 창작 의욕을 더욱 고취하는 계기가 된다면 상은 더욱 고무적인 자극이 될 터, 문학상은 이러한 순기능을 지니고 있다. 문제는 상이 글쓰기의 목표로 세워진다는 점인데, 반드시 사르트르의 수상 거부 사유를 귀담아 들을 필요가 있다.

개근상 외에는 상이라곤 받아본 적 없다는 말을 했지만 늦게사 고백하는 상이 하나 있다. 중학교 2학년 때 받은 우등상이다. 지금도 그렇지만, 당시로서는 우등상은 감히 넘겨다볼 수 없는 상이었다. 그런데도 비밀로 하고 입을 봉한 데에는 이유가 있다. 진실은 내가 우등상을 받을 수 있는 성적이 아니었다는 사실이다. 무슨 말이냐 하면, 담임교사가 점수 합산을 잘못한 데에서 내 총점이 올라간 것이다. 가로세로 점수 합산을 해보니 십 몇 점이 차이가 난 것, 지금에야 컴퓨터로 계산을 하니 오류가 전혀 나지 않지만, 당시에는 일일이 수작업으로 주판을 두들기며 계산을 해야 했던 데에서 오류가 난 것이다. 그런데도 차마 말을 못했던 것, 사실을 그대로 이야기하게 되면 그 뒤 상황, 곧 담임교사의 입장이 난처하고, 처리해야 할 일이 복잡한 것이다. 그래서 차라리 숨기고 성적 우수자로 가는 게 좋겠다는 판단 아래 운동장 조례 시 전교 학생이 기립하고 선 앞에서 학교장이 주는 성적 우등상을 받았던 것이다. 받고 난 즉시 그 우등상은 폐기 처분되었다. 세상에, 계산 오류로 인해 성적 우등상과는 무관한 이가 성적 우등상을 받다니. 그런데 어찌 된 일인지 문학상과 겹친다.

황정산 시인은 문학상이 필요한 두 가지 경우를 제시한다. 첫째는 잘 팔리는 시나 소설, 곧 작품이 아니라 문학 상품을 만들어 출판사나 작가 자신에게 큰 경제적 이익을 가져왔다면 그 사람은 상을 받아야 한다. 두 번째는 강력한 문학적 이념 집단이 요구하는 문학적 경향에 편입될 수 있기를 원한다면 상이라는 형식과 그 과정을 거쳐야 한다는 것이다. 이 두 가지 경우가 아니라면 문학하는 사람이 상을 받아야 할 이유가 어디에 있겠느냐며, 거론하는데, 어째 문학상에 대한 조언으로 들리기보다는 빈정대는 말투로 느껴진다.

그리고 왠지 상은 상에 권위와 힘을 불어넣는, 그래서 가부장적인 제도의 분위기가 물씬하다. 하마면 2022년 노벨문학상을 수상한 프랑스의 소설가 에르노는 '노벨상은 남성을 위한 제도'라고 작심한 듯 거센 발언을 했을까. 사실이고, 실제이다. 자신만의 독자적인 세계를 추구하는 문학의 길에 비추어 보면 문학상은 엇박자 걸음이라는 인상이 강하게 든다. 문학의 본질이 자율성과 독자성, 다양성의 세계 추구에 있다는 점을 고려한다면 문학상은 줄세우기나 마찬가지이다. 이에 대해 한 가지 덧붙이면, 문학의 대중성에 영합하지 않고 자신만의 문학 세계를 추구해 온 작가에게는 문학상으로 그의 문학을 보상해 주는 것이 어떨지 제안한다. 그런 문학상이 진정한 문학상의 위상을 정립하는 길이 아닐까.

제번하고, 상에는 목숨을 걸지 않고 얽매이지도 않는, 자유로운 통 큰 문학인이 그립다. 아무튼 상(賞)은 상(祥)이고 상(上)이다. 그래서 상은 수상 문인에게 상서로운 문학 기운을 북돋운다. 그리고 또

상은 아래를 내리깔고 보게 하는 상이 아니라 위를 올려다보게 하는 상(上)이니, 수상의 주체는 올려다보는 위의 본질과 가치를 정확히 꿰뚫고, 나아가 인간과 세상을 더 높이, 더 깊이, 더 멀리 천착하고 조망해서 사람들에게 혜안의 길을 선히, 훤히 비춰 주길 바란다.

악의 평범성
— 혹은 평범한 일상의 선

아돌프 아이히만은 독일 나치스 친위대 중령으로 제2차 세계대전 중 유대인을 학살한 혐의를 받은 전범이었다. 그는 독일이 패망할 때 도망쳐 나와 아르헨티나에 정착했다. 1960년 5월 11일 이스라엘 비밀조직에 체포되어 이스라엘로 압송, 법정 재판 끝에 사형 선고를 받고 교수형에 처해졌다. 한나 아렌트는 『뉴요커』 잡지의 특파원 자격으로 아이히만의 재판 과정을 참관하게 된다. 재판 과정을 취재한 후 『예루살렘의 아이히만』(1963)을 출간하는데, 아이히만을 흉악하고 잔인무도하며 나쁜 짓을 밥 먹듯 저지르는 악의 화신으로 그리지 않고, 독일 어디에나 있을 법한 평범한 '따분한' 인간으로 그려내고 있다. '악의 평범성'은 여기에서 나왔다. 아이히만이 유대인 말살이라는 반인륜적 범죄에 가담하여, 악을 자행한 것은 그의 타고난 악마적 성격 때문이 아니라 아무런 생각 없이 자신의 직무를 수행하는 '사고력의 결여' 혹은 '사유의 무능성' 때문이라고 주장한 것이다. 에리히 프롬은 아이히만을 '관료주의적 인간'으로 규정, 그가 수십만

명의 유대인을 가스실로 보낸 동기는 유대인에 대한 개인적 증오심이 아니라 '자신의 의무'에 충실한 의무감에서 비롯된 것이라고 분석한다. 그에 따르면, "관료주의자의 1차적 특성은 인간적 공감의 결핍과 규칙이라는 우상에 대한 비합리적 숭배"이다. 아이히만의 악에 대한 두 철학자의 공통된 인식은 부여된 임무 수행을 하려는 평범한 인간의 사고력 결핍으로 인한 행동으로 가닥이 잡힌다. 누구든지 아이히만이 될 수 있다. 그는 다만 자기 직무에 충실했을 따름, 그래서 그는 불운하다. 좋은 세상에 태어나 살면서 좋은 군주를 만났더라면 자신에게 맡겨진 직무에 충실한 '장인(匠人) 정신'의 표본으로 남았을 남겼을 텐데. 어쨌든 그는 '사유의 무능성' 곧 자신의 행위가 옳고 그른가에 대한 사유를 포기한 채 순응한 '선'이야말로 잔혹한 '악'이 될 수 있다는 역사적 교훈을 남겼다.

일상생활 곳곳에서 악의 평범성은 나타난다. 여러 사람이 모이면 누군가 심각한 인격 침해를 당하는 흉악한 일이 벌어지곤 한다. 가령, 성년이 되기 이전인 학교에서 악랄하게 자행되는 폭력과 따돌림에서, 아니, 성인들의 일상 곳곳에서 그런 일이 벌어진다. 일상 속 악의 평범성은 가령, 동창회나 계모임 같은, 일명 지인들의 모임이라는 이름의 단체에서 은밀하게 자행된다. 알게 모르게 잘난 놈, 못난 놈으로 구별, 무시하거나 소외시키는 것이다. 숨을 끊지는 않았지만 기를 꺾어 숨통을 조인 것이나 다름없는 악행이다. 길거리를 걷다 보면 악은 깔려 있고 널렸다. 생면부지의, 지나가는 사람들의 무례하고 발칙한 행동들, 택시 기사를 포함한 운전자들의 밑바닥 언행 들들은 공자나 부처, 소크라테스도 대처 불가능해서 개망신당하거나 수모를 당할 것, 그들이 평범한 악행을 저지르는 인간들을 상대해서 훈계를 할 수 있을까. 그냥 당한 수모를 모르는 채 피하는 게 상책이다. 상대를 하자니, 사유의 기미는 전혀 안 보이고 고래고래 날뛰고 설치는 그들의 만행을 어떻게 감당할 수 있을까. 소크라테스의 산파술이 먹혀들까. '공자왈 맹자왈'은 어떨까. 두 손을 모으고 발하는 부처의 공손한 '아미타하'는 혹 먹혀들지 모르겠지만 하여튼 먹혀드는 이들이 있고, 안 먹혀 드는 이들이 있기 마련, 안 먹혀 드는 이들이 곧 대중들이다. 그런 그들에 의해 소크라테스는 독살형 선고를 받지 않았던가. 아우슈비츠에서 일했던 나치 군인들을 보라. 그들은 직무 수행에 따라 수용소 안에서 매일 유대인의 시신을 불태웠지만, 직무를 마치면 막사로 돌아와 한 잔 커피를 마시고 카드놀이를 하거나 고향의 가족들에게 편지를 쓰곤 했다지 않은가. 아이히만 역시 수용소 밖의 관사로 돌아와 자상한 아버지로서 아이들과 재미있게 놀았다는 기록도 있다. 그야말로 악은 평범하다. 평범한 인간이 악을 평범하게 예사로 자행한다. 히틀러나 스탈린, 폴 포트가 사탄이라면 악마는 평범하다. 사탄은 신에 대항하는 악마의 우두머리를 지칭하는데, 아이히만 같은 평범한 무리는 사탄의 지시에 따라 일상에서 평범한 악을 행한다.

일상에서의 악은 약자에게만 자행된다. 그래서 사회적 강자는 강자이기에 악을 경험해 보지 않은 까닭에 평범한 악의 실체를 전혀 인식하지 못한다. 선 역시 그럴 수도 있다. 강자에게만 선이 행해지기에 약자는 선을 모를 수도 있다. 남을 해코지하고 교묘하게 괴롭히는 악은 남녀 구별이 없다. 여자들은 보통 제외하지만 선입견이다. 그들은 층위가 달라서일 뿐, 그들 역시 못되게 악을 행한다. 악을 용서한다는 운운은 철저한 위선이다. 악을 선으로 포용한다느니 용서한다는 히는 소리는 헛수작이다. 악은 절대로 뉘우치거나 반성하는 법이 없다. 그래서 악이다. 그래서 악은 용서할 필요도 이유도 없다. 악은 반드시 자행한 만큼 받는 것이 이치이고 진리이다. 원수를 사랑하라는 성경의 이야기는 늘 고개를 갸우뚱거리게 한다. 원수 곧 악을 자행하는 존재를 사랑하란다. 혐오하고 저주를 해도 시원찮을 판인데, 사랑하라니. 그런데 그 말과는 상치되는, 즉 모순되는 복음서의 말씀이 있다. "너희, 뱀의 무리, 독사의 자식들아, 너희가 어찌 지옥의 저주를 면하겠느냐." 예수가 자신의 설교에 귀 기울이지 않는 사람들을 향해 보복적인 분노를 터뜨린 어조의 말이라고 한다. 장 멜리에 프랑스 카톨릭 신부의 말이 후련하게 들린다. "기독교의 교리와 도덕은 오류다. 우리의 원수를 사랑하듯이 너에게 해를 끼치는 이를 선하게 대하고, 사악한 이에게도 저항하지 말라고 가르치는 것이다. 원수들이 우리를 부상입히고 학대하더라도 조용히 인내하라고 요구한다. 이는 마치 정글의 법칙을 수용하고 '현상 그대로'를 인정하라는 말과 같다." 그래서 기독교는 희대의 살인 독재자의 학대와 폭정을 허용한 것인가. 실제로 히틀러의 유대인 학살 때 로마 교황청에서 묵인하거나 동조했던 사실이 그것을 생생히 뒷받침한다.

편도 1차선 시골길 도로를 주행하고 있는데 차 뒤꽁무니에 중형차가 바짝 붙어 따라오고 있는 것이다. 앞차 속도가 느리면 추월을 하면 되는데, 그러지도 않고 계속 따라붙어 불안과 위협을 가한다. 불안과 위협이 지속되는 만큼의 고통을 겪는 동안 평범한 악마의 존재를 느낀다. 자본주의 정신이었을까. 괴롭힘을 당하는 앞 차량은 값싼 소형 승용차였던 것, 압박 운전, 위협 겁박 운전, 보복 운전은 인간의 악의 평범성을 그대로 드러내고 있는 짓거리이다. 악마는 악마로 운명 지워진 존재가 아니라, 한나 아렌트의 말대로 평범한 인간들에게서 발견되는 것이라는 게 확인되었다. 차에만 타면 악마가 된다. 평소 선량해 보이던 사람도 자동차 문을 닫고 운전석에 앉아 운전 시동을 걸어 운전대를 잡는 순간 악마성이 발동하기 시작한다. 더구나 검은색 유리창으로 자신을 숨긴 채 악마성을 드러낸 악마로 변신하는 것이다. 남자만 그런 악마로 돌변할까. 여자는 늘 선한 피해자일까. 남녀 불문이다. 여자들도 마찬가지, 못되고 나쁜 짓거리를 자행한다. 현대문명인 자동차가 인간의 악마성을 드러내도록 한 것인지, 인간이 인간의 악마성을 현대문명을 통해 배출하는 것인지 헷갈릴 정도로 현대문명은 인간의 악을 드러낸다. 이전 같으면 자동차 대신에 말인데, 말 탄 사람이 그랬나. 아무래도 현대문명이 수상하다. 현대문명의 매체 뒤에 자신을 숨긴 채 남에게 악을 자행하는 인간이 비일비재하지 않은가. 인터넷 SNS가 대표적이다.

어쩌다가 이렇게 되었을까. 글쎄, 보들레르의 생각대로, 인간은 원죄에 물들어 나쁜 존재일 수밖에 없기에 악조차도 생활에서 쉽게 접할 수 있도록 평범해졌는가. 지금까지 기독교의 원죄론에 대해 부정적이고 아예 일방적인 무시 방향으로 일관해 왔는데, 인간의 악마성을 보면 그 원죄론을 믿어야 할까. 원죄론을 뒷받침하는, 평범한 인간들이 자행하는 악한 사건이 한두 건이 아니다. 악이 설치고 있다는 사실이다. 블로그에 올려진 익명의 악플로 인해 연예인 운동선수들이 그 악플에 시달리다 자살을 감행하는 사건이 곧잘 심심찮게 일어나고 있다. 탤런트 최진실도 그랬고, 배구선수 김인혁도 그랬다. 익명이라는 사실에서 스스로 떳떳하지 못한 행위임을 인정하고 있긴 한데, 못되고 추악하며 비겁한 일이다. 남의 행동에 대해 개입할 일이 있다면 당당히 자신의 이름을 밝히고 비판해야 마땅한 일, 이름을 밝히지 못할 것이면 입을 다물어야 인간이다. 익명의 그는 인간이기를 포기한 채 남의 목숨을 앗아간 악마이다.

영국의 작가 R. L. B. 스티븐슨의 중편소설 『지킬 박사와 하이드 씨』는 인간의 이중성, 곧 인간에게는 선과 악의 두 성질이 공존한다는 인격 분열의 이중성의 문제를 다룬 작품이다. 학식이 많고 자비로운 의사 지킬 박사는 선과 악을 분리할 수 있다고 믿고, 인간의 이중성을 분리할 수 있는 약품을 개발, 복용한 후 악한 하이드로 변신한다. 그런데 점차 약품을 쓰지 않고도 하이드로 변하게 되고 급기야는 지킬로 돌아올 수 없게 되면서, 살인을 범하고 쫓겨, 결국 자살하면서 모든 것을 유서로 고백한다는 내용이다. 그런데 문제는 지킬 박사와 하이드 씨의 그 이중성이 모든 인간에게서 보편성을 띄고 있다는 사실이다. 인간에게는 두 개의 자아가 있는 게 아닌가 생각되는바, 선으로서의 자아와 악으로서의 자아가 그것이다.

연쇄 살인 범죄자는 어떻게 이해할 수 있을까. 경찰 차량에 체포되어 현장 재현에 나서는 범인들을 보면 도대체 맹자의 성선설은 백 보 양보해도 받아들이기 어려워진다. 일말의 양심의 가책을 느끼기는커녕 더 죽이지 못해 아쉽다는 말과 함께 전혀 뉘우침이라곤 찾을 수 없는, 도리어 미소를 짓는 뻔뻔하고 잔인한 얼굴들, 그들을 처벌하는 법은 그래서 그 자체가 인간의 악을 반증하고 있다. 만약 인간의 성정이 선으로만 되어 있어 선을 행한다면 법이 필요할까. 그래서 법은 인간의 악에 대비한, 혹은 악을 응징하는 시스템이다. 무수한 살인, 개인의 살인이거나 살인 독재자에 의한 대량 인명 살상은 인간의 악성을 그대로 드러내는 바이다. 그러나 그것은 겉으로 확연히 드러난 악이다. 문제는 악의 본성이 표나게 드러나지 않지만 사사로이 행해진다는 것이다.

언제부턴가 늘 의문으로 떠오르는 것은 인간의 본성은 선할까 아니면 악할까, 이다. 이 문제는 유교에서 터져 나온 본성론인데, 전자는 맹자가, 후자는 순자가 주장한 것이다. "인간의 본성이 선(善)하다는 것은 마치 물이 위에서 아래로 흐르는 것과 같은 이치"라는 전제 아래 "물이 아래로 흐르지 않는 것이 없듯이, 사람은 선(善)하지 않는 이가 없다"는 맹자의 주장은 다소 억지로 들린다. 물이 위에서 아래로 흐르는 것과 사람의 선함을 어떻게 한 자리로 놓게 된 것일까. 그런데 지나치게 낙관적이다. 인간의 천성이 선하다는 생각을 굳이 부정할 이유는 없지만 단정적인 화법은 받아들이기 어렵다. 결국 그 선한 성정이 태어나 자라면서 악의 성정이 개입된 것은 외적 환경의 요인이라는 전제가 성립된다.

　순자는 인간의 천성은 악하다는 성악론을 펼쳤다. "인간의 본성은 본래 악(惡)한 것이다. 선(善)이란 인위적(人爲的)으로 바로잡은 것이다." 공맹 사상의 성선설에 정면 박치기를 한 셈이다. 무슨 근거로 인간의 성정이 본래 악하다는 극단적인 단정을 내린 것일까. 맹자의 단정이 '지나치게' 낙관적이라면 순자의 단정은 '지나치게' 비관적이다. 두 단정의 공통점은 '지나침' 곧 한쪽으로 쏠리는 현상인데, 한쪽으로 치우치는 쏠림 현상은 객관성을 상실하기 마련이다. 순자는 해결책으로, 교육이라는 인위적 훈련과 예(禮)라는 사회 제도에 따라 인간의 악(惡)한 본성을 교정·교화해야 한다고 주장한다. 그러나 고불해(告不害 : 고자)는 맹자, 순자와는 다르게 "인간의 본성이란 선(善)한 것도 아니고 선(善)하지 않은 것도 아니다"는 입장을 취하고 있었다.

　서양의 철학자 칸트와 장 자크 루소도 같은 주장을 내린 바 있다. 칸트는 인간은 본성적으로 선한 것도 없고 악한 것도 없다고 했으며, 장 자크 루소 또한 인간의 본성은 선하지도 않고 악하지도 않다며, 후천적 환경에 따라 선해지기도 하고 악해지기도 한다고 했다. "인간은 천사도 아니요, 짐승도 아니다"고 한 파스칼의 중간적 존재론도 그렇다. 파스칼은 이어 "그리고 불행한 것은 인간은 천사와 같이 행동하기를 바라면서 짐승과 같이 행동한다."고 말한다. 자칫 양비론 내지는 양시론이라는 비판의 소지가 있지만 맹자나 순자의 극단적인 견해보다는 이들의 의견이 타당한 설로 받아들여진다. 인간의 성정은 칼로 무 자르듯 극단적일 수 없다. 순자의 합리성은 성악설에 기반한 인간의 악한 성정은 오로지 교육에 의해서 선함으로 바로 잡혀질 수 있다는 주장을 펼친 데 있다. 따지고 보면 맹자의 성선설 역시 그래야 마땅하다. 아무리 인간의 성정이 선에 있다고 하더라도 후천의 환경 영향에 따라 악의 가면을 쓰고 악한 행동을 감행할 수 있지 않은가. 그것을 사전에 제어하는 길은 교육밖에 없지 않은가.

교육이라고 해서 학교 교육 같은 제도적인 교육을 일컫는 것은 아니다. 학교 교육 혹은 가르침이 가르침인가. 점수 따기용 간단한 외우기용 딸랑이 정도나 가르치는 곳이 아닌가. 인간의 생각과 마음을 가르치는 곳이 아니다. 따라서 학교는 전혀 답이 되지 않는다. 그 답은 부모에게 숨겨져 있다. 어렸을 때부터 부모가 자식에게 선을 가르치고 선하게 키우는 것이다. 물론 그렇게 해도 악이 깊은 곳에 꽁꽁 숨겨져 있으면 어찌할 도리가 없다. 그래도 최선을 다하는 수밖에 없다. 부모가 선하면 자식도 선하고, 부모가 선하다고 자식이 다 선한 것은 아니지만 그 교육 환경의 영향에 따를 가능성이 높은 것은 사실이다.

아무리 선과 악에 대해 가르침을 주어도 깨우침까지 이르기는 개인마다 다 같지는 않다. 결국엔 자기 인생에 대해 곰곰이 생각해 보아야 한다는 것이다. 선을 꼭 행하고 살기는 어렵지만 악은 절대 피해야 한다. 악을 행하면, 그렇다고 그 악이 법에 저촉이 되어 형벌을 사는 것만에 국한되지는 않고, 남을 괴롭히는 일은 결국 자기 인생을 망친다는 사실에 깊이 생각이 미쳐야 한다. 무엇보다도 자신의 소중하고 고귀한 삶을 위해서도 선을 행하는 일이 필요하다. 연예인 중에 어떤 가수는 기부하는데 목숨을 걸 정도로 열정적이라고 한다. 왜 그럴까. 남의 어려움을 헤아려 도움을 주면 그렇게 자신의 마음이 행복하고 쾌락이 온다는 것이다. 얼마나 행복하고 다행한 일인가. 좋은 일을 함으로써 자신이 쾌락을 얻는다니.

재종 내외가 가까이 있다. 그들은 작은 농사를 짓는데, 때가 되면 꼭 연락을 취한다. 밭에서 갖가지 채소류를 수확했다며 작지만 그 마음을 전하고 싶다는 것이다. 배추, 무, 상추, 쑥갓, 쪽파, 전구지, 더덕 등등의 각종 야채를 담은 자루 봉지가 아주 수북하다. 작지만 풍요로운 세계가 뿌듯하게 다가온다. 그렇게 함으로써 마음의 기쁨을 얻는다고 하는데, 베푼 만큼의 대가나 보상을 바라지 않고 베푸는, 곧 지극한 사랑의 선을 행하는 데 대한 기쁨일 것이다. 그 기쁨은 악 역시 동일한 체험일 것인데, 그러니까 남을 해코지하여 괴롭힘으로써 희열과 쾌감을 만끽한다는 것, 같은 기쁨인데도 그 정신적인 분위기나 어감은 천양지차이다. 선과 악의 차이인 것, 선은 선을 행함으로써 봄날의 따뜻한 햇살 같은 평화롭고 부드러운 기쁨을 얻는 것이고, 악은 악을 행함으로써 잔혹한 희열과 쾌감을 얻는 것이다. 선은 처지거나 빠지거나 없는 남을 존재론적으로 배려하고 존중하여 작지만 진심을 담아 아낌없이 베푸는 데 있다. 재종 내외의 발걸음 소리로 키운 한 포기 한 포기 채소에서 그들의 진심이 담긴 선이 절절히 전해져 온다. 그들의 선은 일상이다. 선이 대단한 것처럼 우쭐거리거나 의식하는 것이 아니라 그들에겐 거저 일상일 뿐이다.

등잔 밑이 어둡다는 말처럼, 실은 평범한 악이 가장 가까운 곳에서, 아니, 바로 내가 그 악을 자행하고 있다는 사실을 놓치기도 한다. 그러니까 평범한 악은 가족 간에 자행해진다는 사실이다. 악의 자행이라고 했지만, 정확히는 가부장적인 엄격한 권위 곧 금기와 계명 혹은 권위나 관습의 행사와 지배이다. 그 권위의 행사와 지배에, 에리히 프롬의 말을 빌려 명의를 세운다면, 가부장적 사회에서 가부장 존재는 가족을 각종 위험에서 보호하고 특정한 상황에 처할 때 그 상황에 대처할 방법을 제공하기 위해서도 권위를 행사하지 않을 수 없다. 문제는 명분이 서는 이 권위가, ―정확히는 합리적인 권위가 아닌 비합리적인 권위가 해당 당사자에겐 큰 위협이 되고, 엄청 트라우마로 작동된다는 사실이다. 그 피해자는 누구이겠는가. 남편에 의한 아내, 부모에 의한 자식인 것, 양의 동서를 막론하고 공공연한 사실이다. 거듭 말하지만, 다만 그럴 듯한 명분에 가려질 뿐이다. 그 명분은, 사랑이다. 자식이 제 길을 잘 찾아서 제 길을 잘 걸어갔으면 하는 욕심이고 바람이라는 부모의 마음을 명분으로 내세우는 것이다. 사랑이라는 명분 아래 자식에게 악을 가한다. 거듭 말하지만, 부모가 가하는 악은 폭행이나 고문이나 위협이 아니라 자식의 자유와 권리에 대한 모진 억압과 전횡과 통제이다. 자식에 대한 사랑이라면 자신의 욕망이 투사된 억압과 간섭은 배제하고 자식의 자유 의지와 선택을 존중해야 한다는 것, 그러니까 모든 식물이 모두 다 많은 물을 좋아하지는 않는다는 자연의 이치를 깨닫는 마음, 그것일 것이다. 누가 홍수를 바라랴.

알베르트 슈바이처는 "인간은 자신이 만든 악은 결코 알아보지 못한다"고 했는데, 악을 예방하는 일은 자신이 하는 행위가 평범한 악의 범주에 들 수 있다는 생각을 하는, 그 생각의 힘에 달려 있다는 사실, 나아가 그 생각은 역지사지의 생각에 이르러야 한다는 사실이다. 역지사지의 생각을 하면 악은 물리치고 자연히 선을 행하게 마련이다. 한 발 물러서, 선까지는 몰라도 악은 행하지 않을 것, 악인이 아니라면 자신이 당한 고통의 상처를 남에게, 심지어 가족에게, 특히 자식에게 재연하려 가할까. 앞으로는 역지사지의 생각을 모토로 삼고 더욱 생각을 깊이 하여 외부적으로 행하는 자신의 언행에 조신을 기하는 일만 남았다. 이 글을 마치려 하니, 불현듯 한 지인이 떠오른다. 언젠가 그와 회동키로 약속을 한 장소에서 만나 안으로 들어가는데, 마침 한 60대 중년 아줌마가 재활용 박스를 수거하는 작업을 하고 있었다. 그 장면을 본 지인이 함께 거들기에 잠시 거드는 것으로 간주하고, 안으로 먼저 들어가 자리를 잡곤 지인이 들어오기를 기다리고 있는데, 한참을 기다려도 들어오지를 않는 것이었다. 그래서 나가 봤더니 산더미같이 많은 박스를 그 아줌마와 함께 정리하고 마무리 작업 중인 것이었다. 보기 드문 광경, 놀라웠다. 사실 선은 추상적이고 관념적인 선, 선, 선으로만 머릿속에 각인되어 있지, 실제로는 목도하기가 쉽지 않다. 선은 본질상 진실과 순수 그 자체이기에 크게 부풀리지 않고, 순수한 그 속을 남에게 보이려 외고 패고 하지 않기에 일상으로 접하기는 어렵다. 진실과 순수 그 자체인 선은, 그 선의 주체가 선을 떠벌리고 까발리지 않은 까닭에 작아서 보이지 않은 듯하지만 멀리, 오래, 크게 보인다. 혹 선을 보이기 위한 선행으로 가장하여 선을 행하는 이들도 많다. 지인이 하는 선은 무위지위(無爲之爲)의 행동이랄까, 그러니까 남을 의식하고 남 보라고 하는 행위가 아니라, 거저 부모 형제 가족에게 하듯 자연스럽고 자발적이어서 자기가 하는 행동이 구태여 행동으로 느껴지지 않는 그런 행동, 곧 무위지위의 행동인 것이다. 그 장면을 목격한 나 역시 선 그 자체이다. 그 지인의 선이 거짓-선이 아니라 참-선임을 알았기 때문이다. 다행이고 축복이다. 우울하고 침침한 악의 평범성 혹은 평범한 악으로 시작했지만, 선의 평범성 혹은 평범한 선으로 마무리하게 되었으니, 말이다. 선을 의식하여 선을 짐짓 표내는 의식적인 선이 아니라, 선이 그냥 이웃사촌처럼 일상의 평범한 선으로 자리하고 있는 세상은 건강하다. 재종과 지인이 이웃한 평범한 일상의 이 세상, 그래서 우리가 사는 이 세상은 아직도 건강한, 살만한 세상이다.

'우리'라는 의식
— 학연 지연 혈연의 연고주의

    우리 국민의 단체 가입 현황을 묻는, 2006년도의 한 설문 조사 (12월 27일)에서, 연고 집단에 참여한 비율은 전체 응답자 중 89.2% 로서 다른 사회단체, 구체적으로 정당(4%), 봉사 단체(8.3%), 취미 단체(42.8%) 등에 비해 월등히 높았다. 물론 이 연고 집단은 학연, 지연, 혈연의 연고주의에 입각한 집단이다. 89.2%라면 열 명 중 아홉 명인데, 한 마디로 압도적이다. 참여하지 않은 약 10%가 오히려 사회성 장애가 의심되는 수준이다. 이 나라의 정치 · 경제적 구조는 급격히 근대화된 데 반해 사회 구조 자체는 여전히 전근대적 구조이다. 그렇게 된 가장 큰 이유 중의 하나가 혈연 · 지연 · 학연을 기반으로 하는 연고주의, 속된 표현으로 '연줄' 곧 폐쇄적 공동체 의식이다.

    물론 연고주의는, 『공동사회와 이익사회』의 저자 페르디난트 퇴니스가 언명한 대로, 혈연 및 친족 관계나 이웃 관계, 친구 관계, 사상이나 믿음의 공유관계 등에서 공동체의 본질을 발견하고, 서로의 이해를 상호교환함으로써 그 상호성이 유지되는 이점이 있다. 그러나 공동체 의식이긴 하지만 문제는 폐쇄적이고 배타적인 성향의 공동체 의식이라는 점이다. 학연 지연 혈연의 고리로 형성된 연고 집단을 중심으로 편파적으로 그 권익을 추구한다는 것, 한 마디로 집단 이기주의인 것이다. 내집단(In-group)과 외집단(out-group)의 구별이 극심해진다는 점은 갈등과 대립의 극화로 연장, 지속되는 것이다. 여기서 내집단은 내 편이고, 외집단은 남으로 규정되는데, 내집단은 어떤 사고나 규범, 가치관 등의 문화 질서를 공유, 동류의식을 가진 집단을 일컫고, 외집단은 전혀 서로 공유되지 않는 이질적 의식의 존재 집단을 일컫는다. 내집단은 외집단을 철저히 배제하고 따돌린다. '나' '홀로'로만 버티고 살기가 실로 힘에 버겁다. 그래서 '나'는 열에 아홉은 혈연, 지연, 학연을 통해 경계 밖의 외집단인 '남'이 아닌, 경계 안의 내집단인 '우리'가 되려고 무진 노력한다. 내집단에 들어오게 되면 서로 챙겨주고 보살펴 주며, 불합리한 것도 눈감아 주기도 한다. 학연 지연 혈연의 연고주의는 한마디로 명명한다면 '우리 의식'이다.

따뜻한 인간관계의 대명사인 '우리'는 정겨운 공동체 의식의 표현인데, '우리'와 '울', '울타리'는 같은 뿌리를 가진 말이다. '울'은 풀이나 나무 등을 얽거나 엮어서 담 대신에 경계를 지어 막는 물건 또는 바깥과 경계를 한 안쪽을 말한다. 우리 곧 울이 된다는 말은 서로를 아껴주고 지켜주는 든든한 언덕이 되고 나무 그늘이 된다는 말과 같은 뜻이다. 그래서 너와 나, 너와 나와 다른 이들인 우리는 울타리

안에 있는 여러 사람의 뜻으로 쓰이게 되었다. 그런데 '우리'는 짐승을 가두어 기르는 곳이라는 뜻으로도 사용되는바, 그때의 우리는 어감이 극으로 치닫는다. 물론 짐승을 가두어 지킨다는 보호의 의미 말고, 서로를 우리(畜舍)라는 울에 가두어서 집단이나 조직의 뜻에 벗어나지 못하게 하는 범주의 우리가 되는 까닭이다. 그래서 '우리'는 안전과 보호의 공동체적 운명이기도 하지만 생각하기에 따라서 자유와 억압의 구속이기도 한 것이다. 그래서도 이 '우리'라는 말이 풍기는 어감 곧 뉘앙스가 그리 편치는 않다. 우리 속에 들지 못하는 남은 배척한다는 그런 뉘앙스, 한국 사회의 진정한 공동체적 사회 구성 곧 공공성 확보를 위해서는 폐쇄적 공동체의 문제점을 지양하는 것이 무엇보다 긴급한 문제이다.

한때 한국 사회에서 유행했던 '우리가 남이가'라는 말이 불현듯 소환된다. 당연히 부정적인 공동체 의식 혹은 동류의식(同類意識)의 일환이다. 이런 식의 동류의식에 사로잡혀 내집단인 '우리'로 똘똘 뭉쳐 그렇지 않은 집단을 외집단으로 몰아 갈등과 대립, 반목으로 치닫는 잘못된 풍토는 한국 사회를 병들게 하는 적폐 현상으로 굳어졌다. 지역적인 반목이 가장 나쁜 결과이다. 문제는 그 '우리' 의식이 비단 지역적인 반목에서만 그런 것이 아니고 이념상의 문제에서 파생되는 온갖 갈등과 대립에까지 치닫게 된 것이다. 삼국시대로 다시 돌아간 듯 뿔뿔이 갈라지고 있다. 넓게는 남과 북, 좁게는 남(경상)과 남(전라), 그 두 남과 북, 세대간도 그렇고, 젊은 층 간에서도 여성과 남성 간의 갈등이 우려될 정도로 심각하다. '우리'라는 이름으로 자신의 집단 공동체를 맹목적으로 지지하고 응원하는 것은 아닌가. 한국의 미래가 걸린 심각한 사안이고 현안이다.

언제부터 학연·지연·혈연의 연고주의 곧 '우리' 의식이 나타난 것일까. 아무래도 농경 중심 사회였기에 집단 공동체를 형성할 수밖에 없었을 것, 농업이 가져오는 자연조건과 이에 따른 집단화 현상으로 인해 혈연 중심의 씨족 부족 사회가 먼저 이루어지고, 이어 학연·지연의 집단주의 공동체 사회로 발전해 간 것이다. 그러니까 개인적 생존을 위해서는 개인주의보다 집단주의가 더 효율적이라는 집단화 현상으로 발전되면서 집단의식의 패러다임인 혈연·지연·학연의 연고주의를 만들게 된 것이다.

그런데 학연·지연 곧 사회적 차원의 '우리' 의식의 뿌리는 조선조 사색 붕당(四色朋黨)에서 찾아진다. 사색 붕당은 조선 중기 이후 특정한 지역적, 학문적, 정치적 입장을 공유하는 양반들이 모여 구성한 정치 집단이다. 붕당 정치는 학문적 유대를 바탕으로 형성된 각 붕당들 사이의 공존을 특징으로 하는 조선의 독특한 정치 운영 형태를 말한다. 사색이기에 붕당이고, 붕당이기에 사색이었던 것, 사색(四色)의 '색(色)'은 요즘 말로 바꾸면 '진영'인데 진영논리에 따라 나라의 정책이 결정되었다. 그 사색은 동인 서인에서 비롯되어 갈라진 남인, 북인, 노론, 소론 4대 당파를 가리킨다. 한국의 국론분열 사태는 당파들끼리의 다툼에 뿌리를 두고 있다. 임진왜란과 병자호란을 겪으면서도 투쟁을 위한 투쟁, 반대를 위한 반대를 일삼는 한심한 작태를 벌이기도 했다. 또한 학연과 지연의 갈래는 성리학의 큰 축을 이루고 있는 퇴계 이황과 율곡 이이가 주도한 영남학파와 기호학파에서, 제자들도 지역과 학파에 따라 서로 다른 학문적 성격으로도 발현된다.

조선조 이중환이 《擇里志》를 저술한 이유는 '망국적인 사색당파' 때문이었다고 한다. 그는 숙종 때 24살 젊은 나이로 증광시에 급제한 뒤 승승장구 달리다가 소론과 노론의 당쟁에 연루되어 오랫동안 유배살이를 했던, 이른바 사색당파의 희생양이었다고 한다. 〈卜居叢論〉'人心' 條에서 그는 "무릇, 사대부가 사는 곳치고 인심이 무너져 내리지 않은 곳이 없다. 그 이유는 사대부들이 당파를 만들어서 일 없는 사람들을 불러들이고 그들의 권세와 이익을 추구하기 때문이다."(凡士大夫所在處人心無不壞敗 植朋黨以收遊客張權利以侵小民)고 말한다. 《擇里志》는 글자 그대로 택리(擇里) 곧 사는 곳(里)을 택(擇)하는 책인데, 뜻밖에도 "동쪽에도 살 수 없고, 서쪽에도 살 수 없으며, 남쪽에도 살 수 없고, 북쪽에도 살 수 없다. 이렇게 되면 살 곳이 없다."(洞亦不可居西亦不可居南亦不可居北亦不可居如此則將無地)면서 어디에도 갈 곳이 없다는 슬픈 탄식을 한다. 오죽했으면 '택리(擇里)'에 대해 썼으면서도 '택리(擇里)'가 없다는 모순된 말을 던졌을까.

지금도 학연은 초중고등학교와 대학교를 기반으로 주축이 되어 사회생활에 매우 중요한 요소로 작용한다. 출신학교가 같은 사람들끼리는 뿌리가 같은 고향 의식을 갖게 되고, 동창회라는 모임 단체를 통해 그 집단에 소속됨으로써 일체감과 동질감을 느끼며 내집단 의식을 가지게 된다. 나는 동창회라는 이름의 집단에 들지 않고 있다. 자유롭지 못하고 얽매이는 기분이 들어서, 아니, 그런 커뮤니티가 싫어서 학연의 유대 관계를 거의 끊고 있는 편이다. 초중고교 동문, 심지어는 대학 동창회 인터넷 SNS에도 참여를 안 하고 있다. 모여 보았자 집단 연줄 특징 그대로 생산적이고 발전적인 차원의 모색은 찾기 어렵다. 지나치고 마는 일에 얼렁뚱땅 시간이나 소모, 낭비하는 그런 모임에 불과한 것이다. 그래서도 그런 모임에 얽매이거나 구속되는 게 싫다. 누군가와 똑같이 어떤 정해진 규율이나 법칙에 따라 행하는 파블로프의 개와 같은 존재가 되는 듯해서도 싫다. 데카르트의 말처럼 인간은 "코기토 에르고 숨 Cogito, ergo sum"이다. 내가 누군가와 똑같이 정해진 틀에 따라 생각하고 행동한다는 게 도저히 받아들이기 어렵다. 요즘 아나키즘에 관심이 가는 이유이다.

친교를 목적으로 향우회, 동우회, 동문회, 동창회 등을 강조하는데, 도대체 그 친교는 한 마디로 뭉친다는 것, 뭉치고 서로 돕고 편의를 봐준다는 것, 뭉침은 힘을 키우고 세력을 키운다는 것이다. 그래서 모임은 그냥 형식적이다. 특별한 관계가 없는데도 단지 동문, 혈족이라는 이유만으로 모임 일원으로 가담하는 것이다. 심리적으로 어디에 소속된다는 것, 분리된 존재가 아니라 한 조직에 가담 소속된 존재라는 것이 그 핵심이다. 사람들 심리 가운데 혼자 외따로 떨어지는 것에 대한 불안감과 공포감이 실로 크다. 가장 견디기 힘든 게 외로움, 따돌림인 것이다. 뛰어난 인물 외에는 은둔 생활을 극히 기피하는 이유이다. 정서적으로 자신이 버려졌다는 느낌, 소외되고 분리되었다는 기분은, 그래서 바깥에 대한 지독한 관심으로 유대 관계를 모색하는 것이다. 타인과의 교류라는 진지한 삶의 관점이 아쉽다.

지역을 달리해서 출타하여 바깥에서 살아본 경험이 없기 때문에 지연에 대해서는 큰 경험을 해본 적이 없다. 지연의 심각성은 아무래도 정치적인 범주에서 지각되거나 인식된다. 지연의 심각성은 1987년 13대 대선 때 절감했다. 당시 후보들이 받은 지지율을 보곤 심히 우려스러웠다. 대선 당선자인 노태우 후보는 자신의 연고지인 대구와 경북에서 각각 70.7%와 66.4%를, 김영삼 후보는 부산과 경남에서 56%와 51.3%를, 김대중 후보는 광주와 전북, 전남에서 각각 94.4%와 83.5%, 90.3%를, 김종필 후보는 충남에서 45%를 획득했다. 김종필 후보를 뺀 후보들은 자신들 연고지에서 모두 과반의 지지를 받았다. 그런데 김대중 후보의 경우는 민주주의 투표로서는 가히 상상 불가의 득표이다. 조선조부터 박대와 무시를 당한 집단 콤플렉스가 시간 층위의 면에서 전라도민들에게 얼마나 층층이 쌓였을까, 생각하면 이해가 되긴 하지만, 이후에 나타날 지연 사태에 대한 불안 기미가 층층이 쌓여만 갔다. 지금 그 불안은 현실로 나타나 날로 커져만 가고 있다.

한때 PK, TK 인사라는 유행어가 나라를 휩쓴 적이 있었다. 어느 정권이든 지역 편중 인사는 마찬가지다. 정부 고위직 인사의 지역 안배 문제는 다른 나라의 경우에도 흔히 논란과 시비의 대상이 되는 문제이고, 우리나라에서도 초대(初代) 이승만(李承晚) 정부 이래 역대 정부 때마다 시빗거리가 되었던 것이 사실이다. 그런데 2017년에 등장한 문재인 정권의 '호남 편중(偏重) 인사'는 실로 어마어마했다. 문 정권이 들어서면서 국무총리, 사회부총리, 靑비서실장, 정책실장, 법무장관, 검찰총장, 경찰청장, 육참총장 모두 호남 출신의 인사를 임명했다. 특정 지역 인사를 국가의 권력 요직에 대거 등용한 적은 크게 없었던 것 같은데, 여기에 비하면 PK, TK 인사는 유치원급에 불과했다. 자신을 적극 밀어준 호남인들에 대한 보은 인사라는 인상이 강하다. 그렇게 하지 않으면 자신의 권력 기반이 무너진다는 불안감과 위기감의 발로였을까.

정부 부처에 이어 공공기관 고위직 인사에서도 호남 인사가 도배가 되었던 모양, 호남이 나라 전체 인구의 10%에 해당하는 지역 인구에 비해 호남 중용은 지나치다는 지적도 있었지만 이전 정권 때 지역 인사 편중을 비판하던 한 유명 언론 매체는 그때보다 더 심한 편중 인사에도 침묵하고 있었다. 그런데 자세히 따져보면 문재인의 호남 편중 인사는 지연은 아니다. 학연 지연 혈연은 그런 말을 하는 주체가 학과 지와 혈의 연의 관계가 있어야 하는데, 문재인은 전혀 그런 연의 관계가 없다. 그의 고향은 경상남도 거제이고, 단지 소속당이 민주당일 뿐이다.

지연 문제는 지역 간의 갈등, 곧 경상도와 전라도의 첨예한 갈등이다. 오래전에 조사한 지역 간의 갈등은 심각한 문제로 수면 속에서 수면 위로 부상되었다. 최근의 지연에 대한 조사는 굳이 할 필요가 없다. 오히려 지역 간의 갈등을 더욱 부각, 고착시키는 난제로 굳어지는 까닭에서 한국사회학회에서 1988년 10월에 조사한 결과를 보면, 다음과 같다. 조사 대상자 2,020명 가운데에서 46%가 전라도 출신자에 대하여 거부감을 가졌으며, 다른 지역보다도 영남과 강원 지역주민이 더 높은 거부감을 가진 것으로 나타났고, 전라도 지역주민도 경상도 출신자에 대하여 30% 이상의 거부감을 가진 것으로 나타났다. (이종한(1994), 『연고주의가 한국사회의 발전에 미치는 부정적 영향과 이에 대한 대안의 모색』) 한마디로 살풍경이다. '니 편 내편'이 아니라 '내 편과 적'이라는 적대 논리의 대립이다. 지역 간의 편 가르기는 실로 위험한 지경에 이르렀다. 사실로 치면 문재인 정권이 앞세운 적폐는 학연 지연 혈연에 의한 연고주의 곧 '우리' 의식을 겨냥, 그 의식을 청산했더라면 역사상 큰 치적이었을 텐데. 안타깝게도 문 정권은 내로남불의 새로운 적폐를 남기고 떠났다.

어느 나라 어느 사회든 거의 비슷하겠지만 특히 한국은 연고주의, 곧 학연 지연 혈연에 근거한 편향주의가 장애물이다. 한국의 현재 연고주의는 이기적 개인주의가 연고주의의 명분을 빌려 자신의 이익을 달성시키려는 의도 아래 진행되고 있는 중이다. 나는 사실 엄격히 따진다면 큰 사회적 인물이 못 되는 까닭에 연고주의에 휘말려 고민할 처지에 있는 위치에 있지도 않지만 내집단에 들어가자니 '나'는 실종되어 그렇고, 외집단으로 빠지자니 '우리' 밖의 홀로인 존재가 되어또 그렇고 해서, 이러지도 저러지도 못하고, 참 난망이다. 고운 최치원 선생처럼 완전한 은둔의 길로 들어서지 않고서는 갈등을 겪지 않을 수 없는 일, 갈등을 겪게 되는 결정적인 문제점은 내가 고운 선생 같은 통 큰 사람이 아닌 데 있다. 연고주의는 에리히 프롬에 따르면 일차적 유대 관계인데, 그의 말을 참고로 할 필요가 있다.

> 자기 인식과 외로움을 느끼는 능력으로 차별화하는 인간은 자신을 넘어서 세상과 연결되고 통합되어야 하는 필요를 충족시켜줄 정서적 유대를 찾지 못하면 바람에 날리는 먼지 같은 무기력한 존재가 될 것이다. (…) 인간이 제정신을 유지하기 위해 가장 필요로 하는 것은 안전하게 연결되어 있다고 느낄 수 있는 존재와의 유대이다. 정의상 그런 유대를 갖고 있지 못한 사람은 동료 인간들과 아무런 정서적 연결도 맺을 수 없는 미친 사람이다.
> 인간의 연관 중에서 가장 쉽고, 가장 많이 나타나는 형태는 출신지를 따지는 '일차적 유대'다. 혈연, 지연, 부족, 아버지와 어머니, 혹은 좀 더 복잡한 사회에서는 자신의 국가, 종교, 계층에 따른 유대를 말한다. 이러한 유대는 (…) 참을 수 없는 분리감을 극복하지 못한 사람의 갈망을 충족시켜준다.
>
> —『희망의 혁명』에서

존재와의 유대와 분리 극복의 시스템인 일차적 인간관계는 혈연, 지연, 학연, 그리고 종교, 계층에 의해 형성되는 유대 관계 곧 본인의 선택이나 의사와 관계없이 운명적으로 주어지는 관계를 뜻한다. 이차적 인간관계는 개인적 매력, 직업적 이해관계, 가치 등의 공유에 의해 형성되는 관계를 말한다. 따라서 일차적 관계에서 이차적 관계로 나아가는 게 진화적인 단계이다. 인간의 분리감 문제를 극복하고 각 개인의 개성과 독립성을 누리면서 함께 연대감을 키울 수 있는 방향을 모색해야 한다. 구질구질하게 편 가르기식의 똘똘 뭉침은 서로가 나락의 길로 들어서는 징조 외에는 아무것도 아니다. 학연 지연 혈연은 한국인에만 있는, 유별난 현상이 아니라 세계적인 현상이다. 에리히 프롬의 위 언급이 그렇다. 그렇다고 용인될 수만은 없다. 일차적 유대에서만 끝나야지, 그것이 음흉한 계획이나 계책으로 이용하는데도 그것을 알아차리지 못하고 휘둘리는 것은 진지하게 반성에 반성의 성찰을 해야 한다. 대중들의 전형적인 기제의 하나가 바로 학연 지연 혈연이라는 연고주의이다. 우루루 뭉침이 핵심인 이 '연줄'은 대중들을 현혹시켜 갈라서게 해서 갈라진 채로 똘똘 뭉치게 만드는 뛰어난 방식이다. 그들은 소외되거나 따돌림당하는 것을 가장 큰 두려움으로, 불안으로, 치욕으로 받아들이니 말이다. 그런데 이런 인간의 심리를 교묘하게 악용하는 무리들이 있다. 권력욕이 심한 인간들인데, 이른바 정치꾼들이다. 나라가 평화롭고 국민이 평안, 평온하려면 특히 지역 간의 갈등을 초래하는 연고주의를 뛰어넘는 그런 국민 의식이 절대 요청된다.

"진정한 클럽은 연구회와 사교의 혼합"이라고 젊은 20대의 노발리스는 말했는데, 그리고 "사교적 모임의 목적은 단지 (정신을) 생동시키는 수단일 뿐"이고, 그래서도 "사교는 항상 즐거운 것"이라면서 "사교는 바로 공동의 삶으로—함께 생각하고 감각하는 분리 불가능한 하나의 인격체"라고도 정의하기도 했다. 모쪼록 노발리스의 말처럼, 한 클럽이, 혹은 한 단체가 정신을 생동시키는 수단으로서, 또한 공동의 삶으로서의 사교 모임으로 정착될 수 있으면 좋을 텐데. 노발리스가 거론한 클럽의 범주에는 특히 각 지역 단체, 가령, 문인들의 경우, 문인협회, 기념사업회, 각종 장르별 문학 단체 등도 포함된다. 그런데 아쉽게도 노발리스가 언급한 그런 수위의 단계에는 미치지 못한다. 이 단체에는 가입하지 않으면 아예 문인으로 인정받기 어렵기에 가입하는 것, 그래서 가입하지 않으면 아예 문인으로서 설 자리가 없게 되니, 한마디로 무압력의 강한 압력인 셈이다. 진정한 '우리' 의식은 가두어서 옥죄고 얽어매고 구속하는 '우리(畜舍)'가 아니라, 공존 공생의 전략적 제휴를 모색, 조화와 상생의 묘수를 찾을 수 있는 숨통의 길이 되도록 해야 한다. 그렇다. '우리가 남이가'

코기토의 존재
— 추종에 대한 생각

　　추종자라는 말이 있다. 추종(追從)은 남의 뒤를 따라서 좇는다는, 글자 그대로의 기본 뜻에 권력이나 권세를 가진 사람이나 자신이 동의하는 학설 따위를 별 판단 없이 믿고 따른다는, 상황 맥락상의 뜻이 있다. 그런데 '판단 없이 믿고 따른다'는 정의 대목이 심히 걸리는 부분인데, 데카르트의 코기토를 전제로 하면 추종은 '반-코기토'의 행위이다. 이성적인 관점이라면 추종자가 나올 수 있을까. 그래서 추종의 뉘앙스는 맹종의 부정적인 인상이 압도하는바, 밝지 않고 어둡고 침침하다. 추종자는 생각 없이 부추김을 당하고 우월한 대상에게 세뇌되어 그 대상을 우상화하고 절대적으로 따르는 이들을 떠올리게 한다. 인간을 흔히 호모사피엔스라고 명명하는데, 이 호모사피엔스에겐 동물과는 달리 논리적, 의식적 사고나 판단력, 지각 능력을 담당하는 신피질이라는 뇌의 구조가 있다고 한다. 물론 신피질은 사단칠정의 섬세하고 다양한 자연적 감정이나 정서를 담당하는 기능도 가지고 있다. 그런데 지각이나 사고 능력이 없는 동물에게는 신피질이 없다고 한다. 우리 모두는 사피엔스이기에 신피질의 존재라는 것을 스스로 드러낼 이유가 있다. 신피질의 존재이지만 신피질의 기능이 떨어지거나 마비된 채 흔들어 제친다면, 눈앞에 나타나게 될 어떤 세상을 가상할 수 있을까. 잔인한 만행의 아비규환으로 온통 아수라장이 된 세상이 나타날 수도 있지 않을까. 독일 나치가 자행한 홀로코스트가 그렇다. 히틀러만의 만행이었을까. 히틀러만이 문제가 아니라, 그 만행을 자행한 악마를 지도자로 만든 체계와 환경이 우선 문제이며, 히틀러의 잘못된 명령을 아무런 저항 없이 수용케 만든 선전과 조직이 더욱 사악한 것이다. 그래서도 히틀러를 통치자로 압도적 지지를 보낸 독일 국민에게도 큰 책임이 있다. 반인륜적인 악행에 대한 집단적 책임이 있는 것이다. 독일 국민은 히틀러의 추종자였을까. 쉽게 답하기 어렵다. 설마 '하일 히틀러! Heil Hitler', 하고 인사하며 대놓고 그를 추켜올린 추종자였겠느냐 마는 그에게 전폭적인 지지를 보냈다는 사실부터가 그를 추종했다는 간접적인 반증이 아닌가.

그런데 추종자, 하면 마르크스가 가장 먼저 튀어나온다. 헤겔 철학의 영향을 많이 받은 사상가 마르크스가 헤겔의 추종자라서가 아니라, 오히려 추종자이기를 거부하고, 헤겔의 사상을 비판, 뛰어넘었다는 사실에서 그렇다. 마르크스가 헤겔의 추종자에 그쳤다면 헤겔의 관념론적 변증법을 비판한, 그의 변증법적인 유물론이 생성될 수 있었을까. 헤겔의 변증법은 기독교의 신의 정신 곧 절대정신이라는 관념론을 바탕으로 한다. 그러나 마르크스는 헤겔의 변증법을 계승했지만 그 관념론을 비판하곤 자신만의 유물론적 변증론을 주창했다. 물론 유물론적 변증론의 토대는 루드비히 포이어바흐가 헤겔의 관념론에 먼저 반발, 터를 잡았고, 그 뒤를 이어 마르크스가 탄탄히 갈고 닦아 축을 세웠다. 그는 인간 사회의 문제를 인간 내면의 정신이나 절대적 신에서 찾지 않고 외부에 객관적으로 존재하는 사회 구조, 과학 현상에 접근하고 분석한다. 이른바 유물론적 변증법의 역사관이다. 그가 헤겔의 맹목적인 추종자였다면 그의 유물론 사상이 독자적인 사상으로 구축되어 정립되었을까. 관념론은 현실을 배제하거나 망각할 때 생기는 추상적 이론인데, 마르크스는 당연히 절대정신이라는 관념론을 물리쳤기에 자신의 철학 곧 현실을 요인으로 한 공산주의, 사회주의 사상을 실현할 수 있었던 것이다. 그러니까 헤겔의 절대정신이라는 관념을 추종하지 않고 거부하고 현실에 그의 주 관심을 꽂아 집중했기에 그의 사상은 역사성을 획득할 수 있었던 것이다.

마르크스를 더 거슬러 올라가면 떠오르는 인물이 있다. 플라톤이다. 그가 떠오르는 가장 중요한 이유는 철학을 가진 사람들이 지도자가 되어야 한다는 그의 정치 철학 때문이다. 철학이 무엇인가. 철학은 멍 때리는 소리에 가까운 몽롱한 헛소리이거나 답이라곤 찾을 수 없이, 그냥 아무 생각 없이 내뱉는 소리이거나 뜬구름이나 잡는 소리가 아니라 내적인 사유를 통해 인간과 세계의 의미, 정신과 행위가 지향해야 할 방향을 모색한다. 따라서 자기만의 지혜로운 안목이 담긴, 특유하고 독자적인 세계관인 것, 플라톤의 정치 철학에 북한의 주체사상은 딱 들어맞는다. 주체사상은 북한의 통치 이념으로, 그 핵심은 '인민대중' 곧 사람이 모든 것의 주인이고, 모든 것의 주인인 까닭에 "인민대중은 사회 역사의 주체"로서 모든 것을 결정한다는 기본 원칙 아래, 사상에서의 주체, 정치에서의 자주, 경제에서의 자립, 국방에서의 자위(自衛)를 지도 지침으로 하고 있다. 그런데 주체사상의 노른자위에 해당하는 핵심이 있다. 김정일에 따르면, "인민대중은 역사의 창조자이지만 옳은 지도에 의하여서만 사회 역사 발전에서 주체로서의 지위를 차지하고 역할을 다할 수 있다"고 했는데, 바로 수령론이다. 수령의 영도 아래 사회 역사 발전을 꾀할 수 있다는 것, 주체사상은 이렇듯 수령의 절대성을 주창하기 위한 이론인 것이다.

남쪽에서 그 주체사상을 추종하는 세력이 나타났다. 그 추종 세력을 이끈 대표 추종자는 『강철서신』의 저자 김영환이다. 주체사상은 사람이 모든 것의 주인이며 모든 것을 결정한다는 인본주의의 기본 원칙 아래, 정치에서의 자주, 경제에서의 자립, 국방에서의 자위(自衛)를 지도 지침으로 하고 있지 않은가. 80년대 당시 전두환 군사 정권 시절에 남한의 젊은 대학생들이 훅 빠져들 만한 매력 포인트가 꽉 찬 사상이다. 문제는 주체사상이 권력 세습을 정당화하는 봉건주의라는 비판이 강한데, 개인 독재와 전제세습 군주제를 교묘하게 겹쳐 뒤에 깔고 있다는 사실이다. 마르크스나 엥겔스는 물론 레닌까지도 개인숭배나 전제 군주체제는 단호히 비판, 투쟁해야 한다고 했는데, 개인숭배는 사회주의 이데올로기에 정면으로 배치되며 공산주의 운동에 심각한 해악을 끼친다는 것이다. 북한이 주체사상을 충실히 이행, 인민이 주체가 된, 인민의 천국이 되어 공산주의나 사회주의 이념을 완벽히 달성한 나라가 되었어야 했는데, 현실은 안타깝게 엇박자이다. 세상에, 제가 태어나 자란 고향을 탈출하는 사람, 곧 탈북민이라는 듣도 보도 못한 말이 생겨났으니, 말이다.

어쨌든 1986년 봄에 김영환의『강철서신』이 배포되면서 한국 사회를 발칵 뒤집혀 놓았던 종북 세력인 주사파가 등장한다. 김영환은 남한의 군사 독재 체제와 반공주의 체제에 대한 반감으로 인해 자신에겐 미지의 세계인 북한에 대해 호기심 반, 동경심 반으로 북한 방송을 들으며 북한에 대한 연구 곧 주체사상에 대한 집중 연구를 시작했다고 한다. 그에게 있어 당시 북한은 남한의 현실에 비추면 일종의 황홀한 꿈이었던 것인데, 잠시 막스 피카르트의 말을 경청할 필요가 있다.

꿈이라는 것은 현실이 있는 곳에서만 가능하다. 꿈은 감싸 안을 현실을 필요로 한다. 꿈이 강력한 것은, 그 안의 현실이 강력할 때뿐이다. 꿈은 물질이 단단하게 엉겨 붙어 있는 현실을 좀 더 부드럽고 투명하게 만들기 위해 있는 것이다. 즉 현실이 먼저 존재해야만　한다. 그 현실을 인정해야만 한다. 그래야 꿈은 그 본질에 맞게 현실을 투명하게 만들 수 있다. 이런 현실이 없다면 꿈은 그 본질을 상실한다. 그렇게 되면 꿈은 현실의 부족한 것에 대한 단순한 심리적 반응에 지나지 않는다.

꿈과 현실에 대한 피카르트의 이야기를 김영환이 경청할 기회가 제공되었어야 했는데, 그랬다면 "꿈이라는 것은 현실이 있는 곳에서만 가능하다. 꿈은 감싸 안을 현실을 필요로 한다."로 시작되는 피카르트의 말을 조목조목 새겨들은 뒤인 까닭에 그의 판단과 결단이 한

참 뒤의 오류와 반성으로 이어질 이유가 없었을 터인데. 김영환은 북한의 현실에 대한 인식이 전적으로 결핍, 부재했던 것, 그는 주체사상이 살아 있는, 자신의 꿈의 공간이었던 북한에 1991년에 밀입국해 주석 김일성과 두 차례 면담한 이후 북측의 실상을 알게 됐다고, 몇년 뒤 후회와 반성이 담긴 육성으로 술회한다. 주체사상파의 원조인 김영환이 북한을 밀입국한 뒤에야 비로소 북한의 실상을 알게 되었다는 데에서 그냥 그는 주체사상을 관념적으로만 받아들인 것이다. 마르크스가 헤겔의 변증법에 대한 추종자이기를 거부한 것이 바로 그 관념론에 있지 않았던가. 김영환은 말한다. "주사파 중에 주체사상을 이해하고 있는 사람은 단 한 명도 없다". 전형적인 추종자의 관념적인 행태이다. 하긴 대상의 실체를 속속들이 파헤쳐 따지고 분석했다면 추종자가 될 턱이 없는 일, 추종자는 냉철한 분석과 판단력이 결핍되거나 부재한 상태에서 탄생하는 것이다. 뒤늦게 김영환은 "북한의 주체사상 운운은 수령독재를 위장한 거대한 사기극", 그러니까 그 사상은 그들에게 단지 지배의 도구에 불과하다고 말하면서, "북한 추종주의에 빠지면 안 된다"고 공개 천명한다. 환상이 추종자의 실체라는 것을 고한 셈인데, 그의 용기에 박수를 표해야 하는지, 아니면 환상을 진실로 오인한 무책임한 추종자의 실체를 알리기 위해 그를 우화해야 하는지, 주체적인 고민과 갈등이 앞선다.

한때 나라를 뒤흔들었던 주체사상파의 실체가 드러나면서 새삼 추종자에 대한 심각한 생각이 솟는다. 엄밀하게 따진다면 주체사상이 문제될 것은 없다. 인민 곧 국민이 주체라는 것이 왜 잘못인가. 어느 나라이건 간에 국민이 주인이고 주체이어야 하지 않은가. 이런 사상을 누가 반대할까. 나도 주사파이다. 북한에 주체사상이 자리잡도록 해야 한다. 그러려면 누구나 주사파가 되어야 한다. 인민이 주체이다. 세습 독재자를 위한 주체사상이 아닌, 인민의, 인민에 의한, 인민을 위한, 진정한 주체사상이 정립될 수 있도록 간절한 바람을 띄우고, 최선의 노력을 기울여야 한다. 수령론만 뺀다면, 주체사상은 플라톤이 말한 대로 정치지도자라면 마땅히 가져야 할 정치철학이다. 칼 포퍼는 이미 1992년 스페인의 세비야 엑스포에서 한 강연에서 "마르크시즘은 마르크시즘 때문에 죽었다"고 하면서 마르크시즘의 종언을 선언했는데, 주체사상도 주체사상 곧 주체사상의 핵심인 수령론 때문에 죽을 수도 있다는 가능성을 배제할 수 없다.

한때 정치판을 중심으로 일반 국민 사이에 '빠'라는 말이 유행했다. 노빠, 박빠, 문빠 혹은 노사모, 박사모, 심지어는 대깨문이라는 조어가 한 나라를 휩쓸었다. '빠'라는 말은 우리말 '오빠'에서 유래된 말로, 누군가에게 심하게 빠져 타인에게 불쾌감이나 피해를 주는 사람을 비하해서 부르는 신조어다. '빠'가 신조어로 자리잡게 된 것은 연예인에 대한 팬덤 현상인 '오빠 부대'로 인해서인데, 일종의, 절대적, 배타적 지지, 맹목적 지지를 하는 팬덤 현상의 일환이다. 80년대 스타 가수 조용필은 '오빠 부대'의 창시자로 알려져 있는데, 그의 집 앞에서 열성 여성 팬들이 밤샘하며 기다리거나 행사장이 있는 곳이면 어디든지 찾아갔다고 하는데, 그래서 그들을 '오빠 부대'라고 불렀다고 한다. 이 '빠'가 정치판으로 흘러들어와 노빠, 박빠, 문빠라는 유행어를 만들었던 것인데, 한 나라의 운명을 틀어쥔 이들이 연예인들 수준의 '빠'라는 조어식 형태에 따른다는 것은 시대의 흐름일 수도 있지만 그만큼 정치 수준이 춘하추동으로 바뀌는 인기 위주로 흘러가고 있다는 현상을 시사하는 것이다. 포퓰리즘에 말린 일부 국민의 무뇌적 맹목적 행동이 그런 조어 현상을 일으킨 것으로 본다. 세상에, 남명 선생, 김구 선생을 따르는 것도 아니고, 현대판 정치인들은 정치인이라고 불릴 만한 인물이 손으로 꼽을 정도로 희소하다. 대개는 정치꾼으로 비하시켜 불러야 할 존재에 불과하다. 그런 존재들에게 맹목적으로 빠지는 사람들은 도대체 어떤 사람들일까. 만나보면 다 멀쩡하다. 하긴 머릿속 신피질까지 들여다볼 수는 없으니, 말이다. 정치인이 벌인 정치의 효과는 단시일 내에 확인하기는 어렵다. 최소한 그의 권력이 끝난 이삼십 년, 아니 백 년 이후, 그 이후까지를 바라보고 해야 하는 정치가 큰 정치인 것이다. 정치는 현재형이지만 그 파급 효과는 먼 미래형이다. '빠'는 인기가 떨어지면 언제 어느 시에 조변석개로 거두어질 수도 있다. 추종자를 의식한 정치는 요순우탕의 정치가 아니다. 지금 정치는 눈앞의 이익인 권력과 추종자의 추종만 바라보고 벌이는, 그래서 일시적으로 인기를 구가하려는 데 목적과 목표를 둔 행위이다. 국민은 추종자가 아니라 진실 어린 비판자가 되어야 국민 대대로 대를 이어 진정한 사람살이가 이어질 것인데.

다중의 사단이란 말이 있다. 먼저, 사단은 문인들이 모여 형성된 집단이나 단체를 지칭하는 사단(詞壇) 곧 달리는 문단(文壇)인데, 문단은 집단이나 단체이니 개인 추종과는 무관하다. 그런데 한 뛰어난 특정인을 중심으로 한 사단이 있는데, 이 사단은 그 인물을 추종하거나 따르는 방향으로 움직이는 한 무리를 뜻하는 말로서, 한자로 쓴다면 사단(師團)은 당연히 아니고, 사단(師壇)도, 사단(社團)도 아니고, 사단(私團)일 가능성이 높다. 사단의 뉘앙스가 사사로운 모임(私團)이라는 인상이 강하게 느껴지는 까닭이다. 그렇기에 사단은 학연, 지연에 의해 가동된다. 이율곡, 박제가와 더불어 단군 이래 삼대 천재로 꼽히기도 하는 이어령 선생은, 그가 만약 사단을 만들었다면 그를 따르면 무리가 많았을 텐데, 그러나 그는 사단을 만들지 않았다고 한다. 사단은 사상이나 학문, 문학예술에서 뛰어난 인물을 중심으로 그 인물을 우러러 조직된 단체인데, 어떻게 보면 종교 역시 마찬가지다.

그런데 특정 인물의 사단에 들어가지 못해 안달복달 발광을 하는 이들이 많다. 어떤 심리에서 그럴까. 소속감일까. 아니면 열등감 내지 자격지심에서 그러는 것일까. 어쨌든 자신의 존재에 대한 인식에서 나온 것임은 분명하다. 뛰어난 인물의 사단에 자신이 소속됨으로써 자신의 존재를 높이고자 하는 열등의식의 반작용이 아닌가 싶다. 그러나 결코 바람직한 현상이 아니다. 가령, 문학에서, 뛰어난 문학가가 있다고 했을 때, 그를 추종하는 길로 들어선다면 과연 자신의 문학이 세워질 수 있을까. 아류가 되는 길 밖에는 길이 없는 게 아닌가. 자신만의 문학을 모색해서 가야 마땅한데, 문학은 닮아서는 죽는 길밖에 없다. 아니, 문학만이 아니라 모든 인간사에 다 적용된다.

요는, 문인 추종자는 스스로 문인이기를 포기한 자의 몫이 아닌가 하는 것이다. 글은 철저히 자기 위주의, 자기만의 글이 이룩되어야 하는 까닭이다. 거듭 말하지만, 글 쓰는 이가 가장 경계해야 할 덕목은 아류가 되는 것을 절대 거부해야 한다는 사실이다. 그래서도 문인들 사이에 사단이라는 말은 전적으로 배제되어야 마땅하다. 문학판에서 사단은 일종의 문학 권력인 것이다. 권력에 대해 권력을 비판하고 권력의 존재를 유명무실하게 날려 버려야 할 절대 사명을 가진 문학인이 권력을 부리고 권력에 굴종하는 모습은 가납하기 어려운 모순이고 자가당착인 것, 그 모순과 자가당착을 스스로 세상에 폭로하는 것이나 다름없다. 큰 인물에 대한 존경과 존중은 그분에 대한 추종과는 엄격히 다르다.

오쇼 나즈니쉬라는 인도 철학자가 한 말이 있다. "결코 추종자가 되지 말라. 추종자가 된다는 것은 그대 자신의 길을 찾을 생각은 않고 그림자처럼 다른 사람의 발자국을 따라간다는 뜻이다. 추종자는 나약한 사람이다." 종교는 인간을 추종자로 전락시키는 모욕적인 짓을 해왔다. 종교는 인류 전체를 노예로 전락시켰다. 고탐 붓다는 말하지 않았던가. "나를 보면 죽여라." 그리고 "나와 함께 있는 모든 사람이 붓다가 되지 않는 한, 나는 만족하지 않을 것이다. 만일 그대들이 내가 즐거워하고 행복해지기를 원한다면 다른 데 시간을 낭비하지 말라. 붓다가 되라!"고 선언한 그 붓다가 절이나 불교적 공간의 불당 한가운데에 거대한 불상으로 조각되어 자리한 채 우상화되고 있는 자신의 모습을 보면 어떤 생각에 잠길까. 누구든 부처가 될 수 있는 종교인 불교, 신이 될 수 없는 기독교나 이슬람교와는 달리 신, 아니 부처가 될 수 있는 불교는 고탑 붓다를 추종할 수 없게끔 되어 있지 않은가. 부처가 되려면 앞의 부처를 죽이고, 스스로 명상에 잠기고 깨달음을 얻으면 부처가 되는 것이니 말이다.

왜 자신의 주체성을 찾아 지키지 않고 남을 쫓아 그것의 그림자로 살려고 자청하는 것일까. 아니 남이라도 본받을 만한 행동의 모범이 될 만한 인물이라면 기꺼이 그를 본받아 자신을 돌아보고 개선의 길을 쫓아 자신을 바람직한 길로 들어설 수 있도록 하는 계기를 마련할 수도 있는 것이다. 그러나 일방적으로 자신을 버리고 남을 쫓아가는 것은 자신을 포기하고 사는 것이나 다름없다. 귀담아 새겨들어야 할 순자의 말이 있다. "푸른색은 쪽에서 얻지만 쪽보다 푸르며, 얼음은 물로 만들어지지만 물보다 차갑다."(靑取之於藍而靑於藍 氷水爲之而寒於水)(《荀子》, 〈勸學〉條) 마르크스의 길이 그 길이 아니었던가. 그랬기에 그의 유물론적 변증론이 탄생하지 않았던가. 추종의 길을 걷게 된다면 '靑於藍(쪽보다 푸르다)'과 '寒於水(물보다 차갑다)'의, 발전된 세상을 기대하기 어렵다. 그런 길은 갈수록 요원하지만 요원하기에 갈수록 기대해 본다. 그래야만 세상이 조금씩 발전적으로 나아가고 역사라는 게 결국 그러한 길을 밟아야만 바르게 정립되는 것이니까, 말이다.

사람은 누구나 우주에서 하나밖에 없는, 하나의 독자적인 세상이다. 자신이 죽으면 이 세상도 끝나는 것, 그러니까 이 세상의 주인은 바로 자신인 것, 이름이 하나인 이유이고, 물론 동명도 있지만, 동명이라도 그 이름의 세상은 각기 독자적이다. 그런 코기토를 가지고 살아야 한다. 그래야 이 세상에 몇백 경조 분의 일로 태어난 인연의 뜻이고, 그 뜻에 맞추어 자신의 세계관을 수립하고 펼쳐서 자신만의 세계를 정립해 나가는 것, 이른바 자신의 존재에 대한 주체사상을 가지고 자신만의 독보적인 세상으로 살아야 하는 것이다. 남의 세계를 추앙하여 드높이는 추종자가 되는 일은 자신의 존재 자체를 스스로 까뭉개는 자학, 자해, 자폭 행위인 것, 남도 추종하지 말고, 남도 나를 추종하지 않도록, 세상의 원리와 이치에 맞춰 독자적으로 사는 게 인연의 뜻에 맞춘 밝고 지혜로운 일이다. 우리는 우리 자신의 삶에 대한 진중한 생각이 있는 코기토의 존재이기에 우리 모두 이 세상의 주체임을 선언해야 한다. "나는 코기토의 존재이다!"

판테온의 미학
─ 원로의 길

소설가 김훈의 부친인 김광주 소설가는 문협 이사장 선거와 예총 회장 선거를 증오했고, 신문 연재 소설이나 대학 선생 자리 얻으려고 쇠고기 몇 근을 사들고 권력자를 찾아다니는 자들의 가엾은 몰골을 연민했으며, 소인 잡배 들끓는 한국 문단을 버러지처럼 경멸했다고 한다. 증오, 경멸의 언어는 그 언어의 발신자인 김광주의 과격한 심리 상태를 그대로 전하는 언어인데, 무슨 일이 있었던 것으로 감지된다.

소설가 김광주가 폭력 사태에 휘말린 사건이 있었는데, 1952년에 발표한 단편소설 「나는 너를 싫어한다」가 빌미가 되었다. 이 소설은 '선전부 장관'의 부인이 테너 가수인 '나'를 유혹한다는 설정을 통해 이승만 정권하의 권력층의 부패와 타락을 비판하는 데 핵심이 놓인 작품이다. 이것이 빌미가 되어 당시 공보처장 이철원 씨의 부인으로부터 거친 항변을 받게 된다. 독자의 전형적인 인식 행위이다. 공보처장의 부인이 소설 속 '선전부 장관 부인'은 바로 자기를 모델로

한 것으로 간주하고 불쾌하게 생각한 나머지 김광주를 찾아가 따진다. 김광주는 여주인공이 소설 속 가상의 인물일 뿐이라고 해명했으나, 부인은 막무가내로 소설을 '취소'할 것을 요구했다. 그리곤 그 자리에서 김광주는 부인의 측근에게 폭행을 당한다. 사건 이후 당시 전국문화단체 총연합회(줄여서 문총) 대구 거주 회원 45명은 성명서를 발표하곤 공보처를 성토했다. 며칠 뒤 문총 회장이었던 월탄 박종화가 주도한 성명서가 나왔는데, 문인들의 기대와는 전혀 다른 내용이었다.

문총 성명서의 내용은 대충 다음과 같았다. 예술은 하나의 자유의 세계이다. 이러한 예술에 대한 현실적인 간섭은 국민의 여론이나 법적 조치 이외의 어떠한 방법으로서도 표시되어서는 아니 된다는 것도 또한 상식적인 양식의 하나이다. 이러한 견지에서 비록 당해자의 직접적인 폭행이 아니더라도 작자에 대한 폭행은 그 어떤 그 이유 여하를 불구하고 비신사적인 행동이라고 규정지을 수밖에 없다. 그러나 특정한 개인의 인신에 불미한 곡해와 오해를 야기시킬 수 있는 요소를 가졌다는 것은 작가의 의도 여하를 불구하고 작가의 반성이 필요하다고 인정한다면서 현 전시하에 있어서 불건전한 호기심에 영합하는 저속한 작품의 출현을 경계한다고 경고한다는 것이다. 스스로 내린, 예술은 자유의 세계라는 명제를 무색하게 만드는, 한 마디로 양비론이었던 것이다. 그 성명서를 대한 김광주의 심정은 어땠을까. 처참한 상황에 처해 있던 김광주에게 실낱같은 기대치였던 회장의 반응 태도에 대해 크게 실망하지 않았을까. 예술 창작을 통해 자유의 세계를 지향하는 한 글쟁이를 외부의 압력으로부터 지켜주고 창작 의지를 한층 북돋워 주어야 할 위치에 있는 문인 대표가 양비론의 어 정쩡한 입장을 취하는 바람에 가뜩이나 코너에 몰려 곤경에 처한, 한 글쟁이 약자는 가일층 막다른 코너로 내몰린 셈이다. 모르긴 해도 막 다른 코너에 몰린, 격한 분노의 경험이 그로 하여금 허두의, 증오와 경멸의 언어를 토하게 한 원인이었던 것으로 추정된다.

당시 문단의 원로 월탄 선생의 지혜로운 판단과 결단이 아쉽다. 그는, 이른바 문총의 쐐기돌이었는데, 쐐기돌의 역할은 안이한 양비 론을 취하기보다는 글쟁이의 권리와 자유를 지키는 마지막 보루가 된다는 진지한 세계관에 있고, 그 세계관이 곧 쐐기돌의 권위이자 권 위 있는 힘이라고 할 수 있다. 월탄 선생과 당시 권력자인 우남 이승 만과의 관계를 이해하지 못하는 건 아니지만, 문총의 쐐기돌 역할을 제대로 해야 나라의 쐐기돌로 그 인식이 연장된다는 사실이다. 우남 도 젊은 시절 글쟁이였다는 사실, 특히 그가 쓴 신체시 「고목가(古木 歌」(1898년 3월 5일자 《협성회회보》제10호에 발표)는 당시 위태로 운 대한제국의 운명, 그 운명을 위기로 몰아가는 매국노들에 대한 성 토와 위기의식을 드러낸 우남의 애국관이 표명된 작품으로, 한국 현 대시의 기점으로 잡을 수 있다는 역사적 평가가 내려진 시편이다. 그 런 그가, 문인의 창작 활동을 지키려는 월탄의 진지한 몸짓에 좀스럽 게 발목을 잡고 곱지 않은 시선을 날렸을까.

문인단체에도 그 단체를 이끌어가는 수장이 있다. 그 수장은 정치

집단의 선거제와 마찬가지로, 아쉽게도 역시 선거를 통해 뽑힌다. 선거를 통해 뽑히지만 정치 집단의 선거와는 다르다고 생각한다. 정치 집단의 선거는 비열하고 추악하다. 상대의 약점이나 허점을 파고들어 그것을 부풀려서 외쳐대고, 대신 자신을 깨끗하고 정직한 인물로 과대포장을 해서 대중들에게 표를 구걸한다. 진정한 정치인은 자신을 겸손하게 낮추고, 상대의 약점이나 허물을 들추어내기보다는 상대의 존재를 인정하는 대인풍의 자세를 취한다. 안타깝지만 현실 정치판에서 이런 정치인은 나타나지도 않지만 나타나봤자 개망신당하기 십상이다. 바다를 본 적이 없으면 바다에 대한 인식 자체가 부재하는 것처럼 대인풍의 존재를 대한 적이 없는 대중들에게는 대인에 대한 인식이 깔려 있지도, 교육되지도 않은 까닭이다. 진정한 정치인이 사라진 정치 현실과는 달리 문단의 수장은 창작과 인물 양면의 대인풍 원로 문인이어야 한다.

한국문인협회는 1961년 초대 이사장 전영택 소설가 이후 현 28대 이사장 김호운 소설가(2023년부터)로 이어지고 있다. 문인협회 선거는 정치 선거와는 달리 그다지 홍역을 치르지는 않는다. 문인들의 자화상이다. 그런데 1973년의 문협 첫 과열 선거 사태가 있었다. 9대(70-71), 10대(71-72) 이사장을 지낸 김동리 소설가가 11대까지 3연임을 하겠다고 나선 것이다. 그때 서정주 시인과 황순원 소설가가 반기를 들고 조연현 씨를 강력히 지원하게 된, 그래서 과열된 선거였다. 평소 문학단체나 문단 활동에 관심 자체를 두지 않은 황순원 소설가가 회원들에게 서정주와 연명으로 조연현 지지의 서신까지 띄울 정도였으니, 이 선거의 과열상이 짐작되고도 남는다. 그러나 11대 선거는 선거가 과열되었다는 사실이 문제였을 뿐, 다른 문제는 없었다. 그런데, 2011년 제25대 문인협회 이사장 선거는 한 마디로 날벼락이었다. 낙선한 후보들이 '선거 부정' 의혹을 제기하면서 선거 결과에 대해 불복하여 '문협 비대위'라는 카페를 만들어 새 집행부의 출범을 막기도 하고, 법정에까지 그 싸움이 이어지는 사태에까지 이르렀다. 양측은 격렬한 진실 공방을 벌였고 급기야 비방과 인신공격이 문인협회 홈페이지 자유게시판에 도배되었다. 법정 싸움으로까지 번진 이 사건은 우리 문단 선거의 추한 민낯의 한 단면을 적나라하게 드러낸 것이다. 한 마디로 25대 이사장 선거는 문인 정신이 실종된 문단 선거전으로 문인들의 부끄러운 자화상이 되고 말았다.

최근 한국문협 한 지부장 선거에 대해 당해 지역 회원의 비판적 목소리가 들리기도 한다. 단독 출마를 위해 상대 후보에게 출마하지 못하도록 강압적 분위기를 조성하고 자기 편이 아니면 솎아내겠다는 발언까지 하며 공포감을 조성했다는 것이다. 또한 불공정한 선거 과정과 불합리한 방식에 바른 소리 쓴소리한 회원들은 무차별 징계하고 제명까지 시켰다고 하는데, 한 마디로 언론 표현의 자유를 묵살한, 비민주적인 행태를 문인들이 앞장서 자행하고 있는 현실임을 심하게 비판하는 목소리이다. 인젠 문단의 선거도 추악한 정치 선거판으로 추락해가고 있다는 여실한 반증이다.

홍승주 희곡작가는 서정주, 김동리, 조연현, 조병화 이사장 시대를 일컬어, "이분들은 한결같이 문단 원로로서 위상과 문학적 권위로써 경모(敬慕)를 모으던 분들이라 문협은 잡음 없이 평온했다"고 평가한다. '문단 원로'의 핵심 요건은 위상과 문학적 권위이다. 앞은 인간적 깊이 혹은 높이, 뒤는 창작의 깊이 또는 높이에 대한 것인바, 그것이 곧 경모 대상인 문단 원로의 정체성인데, 문단 원로를 되돌아볼 때 켕기는 문제는 이 두 가지 요건 여부이다. 오래전, 1963년 7월에 청마 유치환이 본인이 원치 않았던 부산문협회장에 추대되어 억지 감투를 쓴 뒤 뒤틀린 듯 내뱉은 한 마디가 착잡한 생각에 젖게 한다. "어쩌자고 내가 시끄럽고 성가신 어중이 패에 엎쓸려들었는지 나 자신이 미워진다." 굳이 문협인들을 시끄럽고 성가신 어중이 패로 떨어뜨리고, 문협회장인 자신이 미워진다고까지 비하적으로 발언한 저의가 무엇일까. 청마는 부산문협회장으로 추대되었으나 일절 모임에 참석하지 않았다고 한다. 대인풍의 청마에게 그런 감투가, 그런 감투 속 너절한 짓거리들이 그의 기질엔 맞지 않았던 것으로 짐작되는데, 분명 그 발언의 저변에는 문인들에 대한 극도의 실망과 회의가 깔려 있는 것으로 보인다.

문인협회의 감투는 문단 권력으로서 일종의 감투욕이고 명예욕으로 간주된다. 하긴 문인들이라 해서 명예욕에 젖지 말라는 법은 없다. 오히려 창작의 동력이 될 수도 있다. 의당 좋은 작품의 창작에 의한 명예여야만 성취감이 배가되고, 독자들의 사랑을 받을 수 있을 것이다. 하지만 감투욕은 문제가 있지 싶다. 작품은 볼품없이 쓰거나, 그마저 안 쓴 지 오래인 이름만의 문인이 문단 선거에 끼어들어 한 자리 얻은 감투를 뽐내고 다닌다면, 이야말로 비지성, 반(反)문화의 전형이라 지적해도 변명할 말이 없을 터이다. 왕성한 창작 열정을 가진 이가 수장이 되어야 그 단체가 위상이 높아지고 글쟁이들의 이미지 역시 고조될 것인데….

문협의 벼슬자리 곧 감투욕의 동기에 대한 마광수의 예리한 발언이 있다. 〈명예의 허구성에 대하여〉에서, 그는 까놓고 사실대로 말한다. 아무리 학술적 업적이 뛰어난 사람이라 할지라도 학계나 교육계에서 '감투'를 쓰고 '보스' 역할을 하고 있지 않으면 그런 대접을 받기 어렵다는 것, 말하자면 어떤 형태로든 '조직'을 장악하고 있어서 한다는 것이다. 혼자서 공부만 열심히 하고 있는 사람이라면 살아생전에 그런 대접을 받기 어렵고, 대개는 공부보다 '조직관리'나 '감투쓰기'에 능한 사람이 더 '원로학자' 대접을 받는다. 이것은 문단도 마찬가지다. 글만 열심히 쓰고 있으면 늙어서 외로워지기 쉽다. 이른바 '문단 정치'를 통해 인간관계를 원활히 하고 후배 관리를 잘해야만 늙은 뒤에 가서 '원로 문인' 대접을 받게 되는 것이다. 그런데 정말 뛰어난 문인들은 굳이 문단에 발을 디뎌 감투욕에 표내지 않아도 대접은 받게 마련이다. 황순원 소설가의 경우가 그렇지 않은가. 프랑스의 모리스 블랑쇼 역시 그랬다. 그는 얼굴 없는 작가로 유명하고 사진도 안 찍고 학회를 비롯한 사교계 활동을 일체 하지 않았던, 반문학적인 제도나 기관을 거부했던 은둔 작가로 평생 글쓰기에만 전념했다고 한다. 그래서도 마광수의 이야기에서 뛰어난 문인은 예외이다. 문제는 미미한 문인들이다. 성큼 발설하고 싶지 않은, 역설적 조언이지만, 그들이 늙어서 원로 대접을 받으려면 마광수의 말을 경청해야 할 것 같다. 진정한 원로로 살아가려면 그의 말을 역으로 거슬러, 그가 말한 '원로 문인' 대접을 포기하는 길이다. 그러니까 인간관계나 후배 관리를 통한 '원로 문인-되기'를 포기하는 대신, 남의 시선이나 인정과는 관계없이 자신의 길을 찾아 걸어가는 데 모든 의미와 가치를 부여하는 일이다.

야인(野人)이라는 말이 있다. 어떤 질서나 조직 체계의 메커니즘에 얽매이지 않고, 제 뜻과 철학적 이념대로 자유로운 삶을 사는 사람 곧 들사람(野人)이라는 말이다. 허유(許由)와 소부(巢父)가 그랬고, 아나키즘의 노자 장자가 그랬고, 남명 조식이 그랬다. 진정한 문학예술가라면 야인을 꿈꾸어야 하지 않을까. 이악스럽게 감투에나 목을 매는 속물성 강한 행위는 진정한 문학예술가의 사주와는 어긋나거나 뒤틀린다. 황순원 선생은 늘 '소설가'라는 자신의 위치에 족한다며 문인협회 감투를 거부하고, 방송 언론 미디어의 출연이나 잡문 쓰기, 심지어는 대학 학장 자리나 명예박사학위까지도 사절했다고 한다. 그는 진정한 야인이고, 문단의 우러름을 받는 고결한 원로이셨다. 그런 원로를 뵙기란 참으로 드문 일, 감투를 쓴 원로가 원로 대접을 받는 세상이니, 그래서 문단은 감투 자리를 놓고 벌이는 정치판 그대로이다. 여기에 꼭 들어맞는, 나이가 좀 든 시인이 있다. 문단 감투를 위해 시를 쓰는 것으로 착인할 정도로 감투에 열혈을 쏟는다. 그래서 인지 시에 앞서 시인의 얼굴이 번질번질, 불그스름하게 떠오른다.

진정한 원로는 글과 사람됨이 하나로 일치되는 분일 것인데, 「광장」의 작가 최인훈 소설가는 후배 문인이, '글과 생각, 그리고 삶이 늘 일치했던 분'이라고 회고한다. 한국 문단에서 존경받는 원로의 한 분이었지만, 어떤 종류의 권위나 권력도 욕심낸 적이 없이 마지막까지 오직 책을 읽고 글을 쓰는 진정한 '작가'로 생을 마감했다는 이야기다. 문학과 인간 양면에서 문단의 존경을 받는 원로분이 문학과 인간의 길을, 문단을 활기 넘치게 이끌어 가도록 추대했으면 한다. 문학 세계에서는 대표 인물을 뽑는답시고 서로 헐뜯고 험한 소리나 지껄이고 내뱉고 하는 추잡한 선거판이 없어졌으면 하는 바람을 부칠 뿐이다. 오랜 경륜과 세상 이치의 터득, 지혜로운 안목과 덕을 갖춘 분이 원로일 것인데, 그분을 어렵게 모셨으면 하는 것이다. 문협의 실무는 사무국장이 맡으면 된다. 툭하면 회장단 회의, 이사진 회의를 소집하는 권위주의적인 행태를 보이지 말고, 중요한 문제가 생기면 사무국장이 이사장에게 현안을 알리고, 회의를 소집하면 된다. 대신 회장, 이사장이신 문단 원로는 명분만 이사장, 회장이고, 원로 문인답게 창작에 열중하는 것이다. 그러나 안타깝게도, 문제는 그 원로가 사라지고 있다는 사실이다. 특히 사회가 어려울 때 쓴소리를 해서 제자리를 잃고 헤매고 있는 질서를 바로 세우고, 반목과 불신으로 서로 맞서 충돌하는 시, 시원히 다듬고 바로 잡아줄 원로가 참, 아쉽다. 큰 바위 얼굴이거나 큰 나무의 그늘과도 같은데.

고대 로마의 건축물 판테온은 세계 건축 역사상 인상적인 돔 건축의 시원이라고 할 수 있는 건축물이다. 직경 43.3m에 달하는, 판테온의 거대한 돔은 당시로서는 놀라운 건축공학적 성과였다. 그리고 판테온은 돔 형태의 지붕 구조인 까닭에 가장 힘을 받치는 곳은 가운데 꼭대기이다. 그래서 그곳에는 반드시 키스톤 혹은 종석(宗石), 우리말로는 쐐기돌이 있기 마련이다. 그래야 안정과 균형으로 오래 버틸 수 있다. 그렇지 않으면 대번에 허물어진다. 그런데 판테온이 상식 질서를 깨는 놀라운 건축물인 것은 판테온을 안정되게 받치는 쐐기돌인 키스톤이 없다는 것이다. 대신 그 자리엔 원형 구멍인 오큘러스가 있다. 건축물의 아나키즘이랄까. 그러나 오히려 그것이 판테온을 더 빛나게 하는, 불가사의하게 신비한 건축물로 자리하게 한 결정적인 요인이다. 마땅히 있어야 하지만 없고서 더욱 생명의 상징이자 근원인 빛을 쏟아내는 곳, 꼭 원로의 모습, 원로의 존재성을 드러내고 있는 신비한 형상과 놀랍게도 같다. 환기를 제공하고 돔의 무게를 고르게 분산시켜 돔을 버티게 하는 그 형상은 사각형의 모가 난 형상이 아니라 둥글다. 밑에서 올려다보면 밝은 태양, 혹은 그 빛이 흩어져 내리는, 그래서 환하게 눈이 부시도록 밝은 눈, 그것이다. 이상적인 원로의 이미지이다.

문학이라는 예술 양식은 판테온이다. 판테온(Pantheon)은 모든(Pan) 신(theon)이고, 모든 신을 기리는 신전이기에 그렇다. 문학 판테온은 특정 장르에 쏠린 것이 아니라, 시와 소설, 수필과 희곡 등등의, 고유하면서 다양한 장르를 모두 한 자리에 나란히 아우른 데 있다. 문학 판테온은 모든 장르 혹은 그 장르인을 한 자리에 겯고 아우른다는 뜻의 아치 구조라는 것, 그래서 문학 원로 누군가가 문학판을 안정되게 떠받치는 키스톤 곧 중심을 잡아주는 쐐기돌이라는 것, 아니, 문학 판테온은 키스톤보다 한 단계 위인, 키스톤의 무의식화인 오큘러스에 있다는 것이다. 없는 듯 강하게 존재하고 있는 그것을 일컬어, 원로 글쟁이의 길 곧 판테온의 미학이라고 명명하고자 한다.

문을 열다

초판 1쇄 인쇄일	2024년 1월 23일
초판 1쇄 발행일	2024년 1월 31일

지은이	강외석
편집/디자인	정구형 이보은
마케팅	정찬용 정진이
영업관리	한선희 김형철
책임편집	정구형
인쇄처	으뜸사
펴낸곳	국학자료원 새미(주)
	등록일 2005 03 15 제251002005000008호
	경기도 고양시 덕양구 권율대로 656 원흥동
	클래시아 더 퍼스트 1519,1520호
	Tel 4424623 Fax 64993082
	www.kookhak.co.kr
	kookhak2010@hanmail.net
ISBN	979-11-6797-145-6 *03810
가격	18,000원